시의 숲을 거닐다
열 개의 테마로 읽는 시

시의 숲을 거닐다

초판 1쇄 발행 | 2021년 8월 31일
초판 2쇄 발행 | 2023년 2월 20일

지은이 | 박민영

펴낸곳 | (주)태학사
등록 | 제406-2020-000008호
주소 | 경기도 파주시 광인사길 217
전화 | 031-955-7580
전송 | 031-955-0910
전자우편 | thspub@daum.net
홈페이지 | www.thaehaksa.com

편집 | 조윤형 여미숙 김선정
디자인 | 이영아
마케팅 | 김일신
경영지원 | 김영지
인쇄·제책 | 천광인쇄

값 18,000원
ISBN 979-11-90727-77-8 93810

책임편집 | 조윤형
북디자인 | 지소영

열 개 의 테 마 로 읽 는 시

시의 ── 숲을 ─────
거닐다

박민영
지음

태학사

시를 연구하고 강의하면서 또 한 권의 책을 출간한다. 진작에 냈어야 할 책이다. 2년 전 성신여대에서 온라인 전용 강의 '현대시 산책'을 개설하면서 강의 노트를 준비했었다. 책 출간을 염두에 두고 만들었으니 그저 정리만 하면 될 일이었다. 초반부 작업은 순조로웠다. 첫 학기에는 강의를 진행하며 학생들의 피드백을 듣고 스크립트를 수정하는 일을 반복했다. 40명 내외의 소규모 강의만 하다가 갑자기 3백 명이 넘는 수강생이 몰려드니 당황스럽기도 했지만, 한편으로는 뿌듯하기도 했다. 초대형 강의가 된 만큼 교재의 필요성도 절실해졌다.

문제는 아무도 예상치 못한 곳에서 일어났다. 두 번째 학기가 시작되던 2020년 1학기, 코로나 사태가 터졌다. '현대시 산책' 강의뿐만 아니라 모든 강의가 급하게 온라인으로 전환됐다. 남들보다 한 학기 먼저 시작했다는 것은 큰 도움이 되지 않았다. 한 학기에 한 강좌를 온라인으로 강의하는 것만으로도 힘에 부쳤는데, 모든 강좌를 그렇게 해야 한다는 것은 기계치인 나에게 큰 부담이었다. 인터넷 용량을 보강하고 노트북을 바꾸고 또 새로운 강의 환경에 적응하고……. 그러는 동안, 차근차근 준비했던 '현대시 산책' 교재 출간은 점점 멀어지고 있었다.

강의 스크립트를 다시 들춰 본 것은 올해 초였다. 그사이 온라인 강의에 익숙해지면서 마음에 조금 여유가 생겼다. 이미 코로나 사태는 장기화되어 현재까지 진행 중이다. 도대체 언제 끝날지 모르는 긴 터널을 지나고 있는 듯하다. 그런데 언제부터인가 시를 배우고 읽음으로써 마음에 위로를 받았다는 피드백을 받기 시작했다. 코로나 블루. 갑갑하고 우울한 것은 나만이 아니었다. 많은 이들이 세상과 격리되어 노트북의 전원을 켜고 끄는 것이 전부인 하루를 살고 있었다.

시가 마음을 밝혀 줄 등불이 될 수 있을까. 애초에 시로 무엇을 할 수 있을 것이라는 생각은 하지 않았었다. 시는 원래 쓸데없는 것이고, 그렇기 때문에 아름다운 것이라고 공공연히 말하고 다녔다. 그런데 그런 시를 읽고 공감하며 어둠의 긴 터널을 견디고 있는 이들이 있었다!

나는 강의 노트를 과감하게 열 가지 테마로 나누었다. 사실 시대별로, 문학사조별로 시를 읽는 것은 얼마나 지루한가. 그 대신 우리 주변에서 늘 보고 듣고 생각할 수 있는, 그림과 노래와 영화 같은 테마를 넣었다. 물론 사랑과 성찰 같은 문학과 예술의 불변하는 테마도 넣었다. 그렇게 나눈 열 개의 테마에 시를 다시 분류했다. 한결 그럴듯해 보였다. 시를 좋아하는 이들이 관심 있는 테마부터 찾아 읽는다면 더욱 쉽게 시와 가까워지지 않을까.

시를 강의하면서 풍요로운 인문학적 소양의 함양을 지향했다. 이 책도 그렇게 썼다.

1부에서는 시의 원리를 다루었다. 시론에 해당하는 부분인데, 일상어와 시어, 언어의 함축성 등 꼭 필요한 이론만 간단히 살폈다. 은유와 리듬 같은 시의 요소는 영화 〈일 포스티노〉의 감상으로 대신했다. '영화로 읽는 시론'인데, 이 책에서는 종종 시의 이론을 영화의 한 장면으로 설명한다. 영화 〈죽은 시인의 사회〉에서 키팅 선생님의 시 강의를 함께 듣고, 영화 〈실비아〉를 보면서 여성주의 시에 대해 이야기했다.

2부는 테마로 읽는 시로서 신화, 종교, 그림, 음악, 성찰, 사랑, 여성 등의 테마로 시를 감상한다. 한국 문학사에서 중요한 위치를 차지하고 있는 시인의 시뿐만 아니라, 동시대 시와 외국 시를 함께 살펴보았다. 셰익스피어, 로제티, 랭보, 휘트먼, 타고르, 릴케 등의 시를 테마별로 감상했다. 한국 시는 근현대 시인의 잘 알려지지 않은 시를 골라 읽었다. 널리 알려진 시는 가능한 한 새로운 관점에서 읽고자 했다.

음악을 듣고 그림을 보고 또 영화를 감상하며 시를 강의하는 것은 나의 오래된 습관이다. 의외로 온라인 강의는 이런 강의법에 적합했다. 김광석과 이문세의 노래를 듣고 이중섭과 마크 로스코, 반 고흐의 그림을 시와 연관지어 분석했다. 다양한 영화도 자료로 활용했다. 〈브라이트 스타〉, 〈망향〉, 〈모던 보이〉, 〈공동경비구역 JSA〉, 〈동주〉, 〈편지〉, 〈301/302〉, 〈베를린 천사의 시〉 등이다. 뮤지컬 〈나와 나타샤와 흰 당나귀〉도 백석의 시와 함께 이야기한다.

이 자리를 빌려, 시와 친해지고 싶은 이들에게 몇 가지 시 읽기 방법을 추천한다.

먼저 시어, 그 자체에 유의한다. 시는 설명하면 진부해진다. 영화 〈일 포스티노〉에서 칠레 시인 네루다가 한 말이다. 시는 설명하고 해석하는 것이 아니라 공감하는 것이며, 시에 대한 느낌은 독자에 따라 다를 수 있다. 시에서 중요한 것은 시어에 대한 설명이나 해석이 아니라 시어, 그 자체다.

텍스트와 함께 콘텍스트(context)에도 관심을 둔다. 시를 그 자체로 감상함과 동시에 시인의 전기적 사실, 시가 쓰인 배경, 그 시와 상호 텍스트성을 이루는 문학·예술 작품에 대해서도 폭넓게 알아 보자. 하나의 시어가 얼마나 많은 의미를 함축하고 있는지 느껴질 것이다.

또한 번역 시를 감상할 때는 원작의 언어와 그 언어를 사용한 시인의 국적 혹은 출신, 그리고 그에 따른 이면의 역사에 유의한다. 같은 에스파냐어로 쓰인 시라도 스페인 시인과 칠레 시인의 시는 구별해야 한다. 영국 시와 아일랜드 시도 그렇다. 외국 시를 감상할 때는 적어도 원작 시에 대한 최소한의 정보는 숙지해야 할 것이다. 시를 읽고 감상하고 공감하는 일련의 과정을 스스로 체험함으로써 시와 더욱 가까워지길 바란다.

책 출간을 앞두고 고마운 분들이 떠오른다. 먼저, 책 출간을 흔쾌히 허락해 주신 태학사 김연우 대표님께 깊이 감사드린다. 책의 편집을 맡아 주신 조윤형 주간님과 직원 여러분께도 고마움의 뜻을 전한다. 바쁜 일정에 정말 고생하셨다.

책을 쓴다는 핑계로 시골집에 많이 머물렀다. 다락방 나무 책상에 앉아 조금씩 강의 노트를 고쳤다. 글이 써지지 않을 때는 몇 시간이고 바다를 바라보다 숲을 산책했다. 시의 숲을 거닐듯이 쓰면 될 것을. 그렇게 쉬며 놀며 책 한 권을 완성했으니 고향에 집 한 칸을 마련한 남편이 고마울 따름이다. 다시 유학을 떠난 아들 현종과 함께한 시간도 소중하고 고맙다.

오늘따라 아버지 생각이 난다. 돌아가신 지 꼭 1년이 됐다. 책이 나올 때마다 기뻐하시고 자랑스러워하시던 모습이 눈에 선하다. 이 책을 아버지 영전에 바친다.

2021년 8월 23일
울진 산포리 다락방에서
박민영

차례

2부
테마로 읽는 시

1부

시의 원리

1   일상어와 시어

흔히 시를 '아름답다'고 한다. 혹은 '심오하다'고 도 한다. 그런데 그 아름답고 심오한 시를 조금 읽다 보면 '무슨 말인 지 잘 모르겠다' '이해가 가지 않는다'고 말한다. 왜 시는 어렵게 느껴 질까. 어렵게 느껴지는 시를 편안하게 감상하고, 또 시인의 상상력의 세계에 쉽게 공감하는 방법은 없을까.

본격적으로 시 읽기에 들어가기 전에 아름답고 심오한, 그러나 어렵 기도 한 시의 언어에 대해 살펴보자. 먼저 일상어와 시어를 비교하고, 이를 위해서 언어의 기능을 '지시'와 '함축'으로 나누어 알아본다. 그 리고 시와 가요의 언어를 구별해 보고, 장미의 시인 라이너 마리아 릴 케의 시 작품과 장미를 노래한 가요의 노랫말을 함께 감상한다.

언어의 기능

언어에는 지시적 기능과 함축적 기능이 있다. 이를 '빙산'에 비유해 설 명하겠다. 빙산의 전체가 언어라고 한다면, 바로 물 위의 부분을 언어의 지시적 의미, 물 밑의 거대한 부분을 함축적 의미라고 보면 된다. 빙산이 그렇듯이 언어도 지시적 기능은 제한적이지만, 함축적 기능은 쉽게 가늠할 수 없을 정도로 무궁무진하다.

지시

지시적 기능은 다른 말로 객관적 기능이라고 한다. 수면 위의 빙산처럼, 우리는 그 의미를 객관적으로 인지할 수 있다. 잘 모른다면, 혹은 정확한 의미를 알고 싶으면 사전을 찾으면 된다. 사전에는 그 단어의 객관적 의미가 설명되어 있다.

다음은 한 단어의 사전적 의미를 그대로 옮겨온 것이다. (　　) 안에 단어를 맞혀 보자.

> 관목성의 화목(花木)이다. 야생종이 북반구의 한대·아한대·온대·아열대에 분포하며 약 100종 이상이 알려져 있다. 오늘날 (　　)라고 하는 것은 이들 야생종의 자연잡종과 개량종을 말한다. (　　)는 갖춘꽃으로 꽃의 아름다운 형태와 향기 때문에 관상용과 향료용으로 재배해 왔으며, 개량을 가하여 육성한 원예종(Rosa hybrida Hort.)을 말한다. 지금까지 2만 5000종이 개발되었으나 현존하는 것은 6~7,000종이며, 해마다 200종 이상의 새 품종이 개발되고 있다. (　　)는 그리스·로마 시대에 서아시아에서 유럽 지역의 야생종과 이들의 자연교잡에 의한 변종이 재배되고 있었으며, 이때부터 르네상스 시대에 걸쳐 주로 유럽 남부에서 많이 재배되었다.
>
> — 『네이버 지식백과(두산백과)』

( ) 안에 들어갈 단어는 '장미'다. 장미의 객관적 모습과 정보가 들어가 있다.

　이렇게 언어의 지시적·객관적 기능을 잘 보여 주는 것이 사전이다. 그래서 지시적 기능은 사전적 기능이라고도 한다. '객관적 의미의 공유'가 중요한 일상생활에서는 언어의 지시적 기능이 주로 쓰인다. 누군가 우리에게 "장미 한 단 사 오세요."라고 했을 때, 꽃집에서 떠올린 바로 그 꽃이 여기 이 장미일 것이다. 그가 생각하는 이런 장미를 우리 역시 그렇게 생각하고 있다. 그러한 장미를 떠올리는 데 사실 이렇게 긴 설명도 필요 없다.

함축

함축적 기능은 다른 말로 주관적 기능이라고 한다. 언어는 그것을 사용하는 사람, 그리고 그것을 받아들이는 사람에 따라 다양한 의미를 내포한다. 개인의 경험과 상상력에 따라 다르게 사용하고, 다르게 해석될 수 있다. 시어는 바로 언어의 이러한 함축적 기능을 사용한다. 그래서 함축적 기능을 '시적 기능'이라고 한다. 물론 일상생활에서도 언어의 함축적 기능을 사용하지만, 비교적 덜 주관적이고 의미의 공유에 문제가 없을 만큼의 함축이다. 즉, 사전에는 나와 있지 않으나, 관습적으로 널리 통용되는 그런 함축이다.

　시 읽기는 언어의 함축적 의미를 따라 심연으로 여행하는 것과 같다. 수면 아래, 어두운 심해에 잠겨 있는 빙산의 모습을 가늠하는 일은 쉽지 않다. 개인의 경험과 상상력이 내포된 언어의 함축적 의미를 공유하는 일도 쉬운 일이 아니다. 그래서 우리는 시가 어렵다고 한다.

시와 가요

시에 대해 이야기하기 전에 잠시, 시와 많이 닮은 '가요(歌謠)'에 대해 생각해 보자. 노랫말이 아름다운 가요가 참 많다. 그런 노래를 들으면 우리는 '한 편의 시'와 같다고 말한다. 어려운 시보다는 유행가 한 구절에 우리는 쉽게 공감하고 감동한다. 그러면 시에 쓰이는 말과 가요에 쓰이는 언어는 어떻게 구별될까.

'장미'라는 단어가 들어간 두 편의 작품이 있다. 하나는 가요의 노랫말이고, 다른 하나는 시다. '장미'라는 단어에 유의해 함께 읽고, 구별해 보자.

그대 떠난 여기
노을 진 산마루턱엔
아직도 그대 향기가 남아서
이렇게 서 있소
나를 두고 가면
얼마나 멀리 가려고
그렇게 가고 싶어서
나를 졸랐나
그대여 나의 어린애
그대는 휘파람 휘이히
불며 떠나가 버렸네
그대여 나의 장미여

사랑하는 그대
내 곁을 떠나갈 적엔

그래도 섭섭했었나

나를 보며 눈물 흘리다

두 손 잡고 고개 끄덕여

달라 하기에

그렇게 하기 싫어서

나도 울었네

그대여 나의 어린애

그대는 휘파람 휘이히

불며 떠나가 버렸네

그대여 나의 장미여

이문세가 노래한「휘파람」은 곡조도 좋지만, 시적인 노랫말로 대중에게 오랫동안 사랑받았다. 이 노래에서 '장미'는 헤어진 연인이다. 작품의 배경은 노을 진 산마루턱, 그러니까 장미처럼 붉은색이 연상된다. 그러나 그곳에 연인의 모습은 없고, 그의 향기만 남아 있다. 장미향기처럼 아름다운 품성을 지녔을 연인에 대한 아쉬움과 슬픔이 그대로 전해진다.

이 노래에서 '장미'는 사전적 의미가 아닌 함축적 의미로 사용되고 있다. 장미는 곧 사랑하는 사람이라는, 사전에는 나와 있지 않은 주관적 의미로 쓰였다. 그런데 그다지 어렵지는 않다. 함축을 사용하고 있지만, 빙산에 비유해서 말하자면, 수면 바로 아래의 얕은 함축을 사용하고 있기 때문이다. 일반적으로 얕은 함축을 사용하는 대중가요는 일상어와 시어의 중간 정도에 있다.

얕은 함축의 특징은 '보편성'이다. 얕은 함축을 사용한 작품은 쉽게 이해되고 공감된다. 노랫말은 그 특성상 듣는 즉시 이해하고 공감시켜

즉각적인 반응을 끌어내야 하므로 얕은 함축을 사용한다. 이것은 곧 대중성, 혹은 집단성과도 밀접한 관계가 있다. 이런 효과를 염두에 두고 시를 쓴다면 얕은 함축을 사용하는 것이 더 효과적일 수 있다. 그러나 보편성은 '상투성'으로 흐를 위험이 있다. 누구나 쉽게 이해한다는 것은 그만큼 뻔한 것일 수 있고, 창의적 요소가 부족할 수 있다. 문학과 예술의 가치는 창의성에 있다. 익숙한 것을 새롭게 인식하고, 새로운 의미를 발견할 때 우리는 창의적이라고 한다. 상투성은 창의성의 가장 큰 적이다. 어떤 작품에서 상투적인 함축을 썼다면, 그것은 대중가요는 될 수 있어도 진정한 의미에서의 시가 되기는 어렵다.

대중가요와 시를 구별하는 요소는 함축의 깊이가 아니라, 창의성이다. 다만 얕은 함축을 사용하면 보편성을 획득하기에는 쉽지만 상투성으로 흐를 우려가 있다. 반대로 깊은 함축을 사용하면 '남다른 주관적 의미 부여'라는 측면에서 창의성을 획득하기에는 일정 부분 유리하지만, 보편적 공감을 얻기 위해서는 독자에게 많은 것을 요구해야 한다. 시가 어렵게 느껴지는 이유이다.

릴케, 장미의 시인

두 번째 작품은 라이너 마리아 릴케의 시 「장미」다. 이 시에도 장미가 나온다. 릴케의 장미와 이문세의 장미, 혹은 시의 장미와 가요의 장미는 어떻게 구별될까. 릴케의 시 「장미」를 찬찬히 살펴보도록 하자.

> 여기 장미, 노란 장미를
> 어제 내게 소년이 주었지;
> 오늘 나는 그걸, 이 장미를

새로 생긴 그의 무덤에 가져갔다.

장미는 어제부터 주욱
귀엽고 아름다웠지,
높은 숲속에 있는
제 누이들과 똑같이.

장미 잎에 빛나는 방울들이
기대어 있구나 ― 보라니까!
그저 오늘은 그것들이 ― 눈물이다.
어제는 이슬이었는데.

- 라이너 마리아 릴케, 「장미」 전문

여기 노란 장미가 있다. 어제 화자에게 소년이 준 것이다. 소년은 화자에게 왜 장미를 주었을까. 누군가에게 장미를 받은 적이 있다면, 그가 왜 장미를 주었을까를 생각하면 된다.

이 장미는 당연히 사랑을 상징한다. 독자의 경험에 따라 기쁨, 혹은 수줍음을 느낄 수도 있다. 사랑의 범주에서 크게 벗어나지 않는다. 여기까지는 어렵지 않다. 그 장미를 오늘, 화자는 소년의 무덤으로 가져간다. 조화(弔花)다. 이제 장미는 사랑의 상징이 아니다. 슬픔의 장미다. 기쁨으로 받은 장미를 슬픔으로 돌려준 것이다.

어떻게 하룻밤 사이 사랑을 고백하던 소년이 죽었고, 무덤까지 만들어졌을까. 화자가 어제 본 것은 이미 이 세상 사람이 아닌 소년의 유령이 아니었을까. 하지만 시는 논리 이전에 존재한다. 시인은 이렇게 비논리적인 상황을 통해 무엇을 이야기하고 싶은 건지 궁금해진다.

2연에 이 상황에 대한 설명이 나온다. 장미는 어제부터 오늘까지 변함없이 귀엽고 아름답다. 그건 숲속에 있는 다른 장미들과 다르지 않다. 그 변함없는 장미가 사랑에서 애도의 의미로 변화한 것은 그것을 둘러싼 상황이 변했기 때문이다. 연인에게 선물하는 장미는 사랑의 장미다. 고인에게 바치는 장미는 애도의 장미다. 장미는 똑같은 장미지만 주고받는 사람과 상황에 따라 사랑과 생명과 기쁨의 장미가 되기도 하고, 애도와 죽음과 슬픔의 장미가 되기도 한다.

3연은 1연의 변주다. 장미에 맺힌 물방울이 사랑의 장미일 때는 빛나는 이슬이었다면, 애도의 장미일 때는 눈물이 된다.

객관적 상관물

릴케의 시에서 '장미'라는 시어는 얕은 함축에서 깊은 함축으로 발전하고 있다. 어제의 장미는 앞서 살펴본 노랫말에서처럼 사랑을 상징한다. 이것은 보편적이며, 상투적이다. 그런데 그 장미가 돌연 정반대의 의미인 슬픔을 상징하게 된다. 그리고 장미가 그런 속성을 가지게 된 것은 바로 장미를 대하는 사람이 그렇기 때문이라는 깨달음에 이른다. 이제 장미는 사랑과 애도뿐만 아니라, 인간의 모든 감정이 이입될 수 있는 '객관적 상관물'이 된다. 대하는 사람에 따라 분노의 장미도, 배반의 장미도 될 수 있다.

여기서 중요한 문학 용어인 '객관적 상관물'의 개념을 정리하겠다. 객관적 상관물은 문학 작품의 다양한 표현 방식 가운데 하나로 작가가 자신의 감정을 표현하기 위해 어떤 사물의 특징이나 모양, 행동 등에 의미를 부여해서 자신의 감정을 간접적으로 담아내는 표현 방식이다. 릴케의 시로 돌아가 설명하면, 이 작품 속의 장미는 시인의 삶과 죽음에 대한 모순된 정서를 표현한 객관적 상관물이 된다.

릴케(1875~1926)는 '장미의 시인'으로 유명하다. 유난히도 장미를 사랑했고, 그토록 사랑했던 장미의 가시에 찔려 패혈증으로 고통받았다. 흔히 릴케의 사인(死因)을 패혈증으로 잘못 알고 있는데, 릴케는 출혈성 백혈병으로 죽었다. 사실은 이렇다. 1926년 가을, 릴케는 자신을 찾아온 친구를 위하여 장미꽃을 꺾다가 가시에 찔려 패혈증이 발병됐으며, 그해 12월 29일 출혈성 백혈병으로 생애를 마쳤다. 그의 나이 51세였다. 패혈증은 백혈병으로 이미 쇠약해진 신체를 더욱 고통스럽게 한 셈이다. 앞에서 살펴본 시 「장미」는 이런 시인의 생애가 선험적으로 담겨 있다. 이때 이미 릴케는 자신의 죽음을 예견하고 있었던 것이 아니었을까.

별 하나에 부른 이름

프라하 출신의 오스트리아 시인인 릴케는 우리에게 친숙한 독일어권 시인이다. 그는 일제강점기에서 현대에 이르기까지 한국 문단에 큰 영향을 끼쳤다. 일찍이 윤동주는 그 유명한 시 「별 헤는 밤」에서 별 하나에 부른 아름다운 말 한마디에 그의 이름을 넣었다. 윤동주의 「별 헤는 밤」 부분이다.

> 어머님, 나는 별 하나에 아름다운 말 한마디씩 불러 봅니다. 소학교 때 책상을 같이했던 아이들의 이름과, 패, 경, 옥 이런 이국 소녀들의 이름과, 벌써 애기 어머니 된 계집애들의 이름과, 가난한 이웃 사람들의 이름과, 비둘기, 강아지, 토끼, 노새, 노루, 프랑시스 잠, 라이너 마리아 릴케, 이런 시인의 이름을 불러 봅니다.
>
> — 윤동주, 「별 헤는 밤」 부분

이 부분은 백석의 시 「흰 바람벽이 있어」의 끝부분과 유사하다. 습작 시절 윤동주가 백석의 시집 『사슴』(1936)을 필사했다는 것은 널리 알려진 사실이다. 백석의 시구절은 윤동주 시에 이식되어 또 다른 생명력을 얻었다. 다음은 라이너 마리아 릴케가 언급된 백석의 시다.

> ─ 하늘이 이 세상을 내일 적에 그가 가장 귀해하고 사랑하는 것들은 모두
> 가난하고 외롭고 높고 쓸쓸하니 그리고 언제나 넘치는 사랑과 슬픔 속에 살도록 만드신 것이다
> 초생달과 바구지꽃과 짝새와 당나귀가 그러하듯이
> 그리고 또 '프랑시쓰 쨈'과 도연명과 '라이넬 마리아 릴케'가 그러하듯이
>
> - 백석, 「흰 바람벽이 있어」 부분

김춘수 역시 릴케에게 큰 영향을 받았다. 시인은 일본 유학 시절인 1940년, 18세의 나이에 도쿄의 어느 고서점에서 릴케의 시를 우연히 보았다. 그때 읽은 시가 바로 「사랑이 어떻게 너에게로 왔는가」였는데, 이 시가 마치 계시처럼 다가왔으며 '이 세상에 시가 참으로 있구나!' 하는 느낌을 받았다고 한다. 릴케의 작품을 통하여 시를 알게 되었고, 마침내 시를 써 보고 싶은 충동까지 일게 되었다는 것이다.

> 사랑이 어떻게 너에게로 왔는가.
> 햇빛처럼 꽃보라처럼 또는 기도처럼 왔는가.
> 행복이 반짝이며 하늘에서 몰려와
> 날개를 거두고 꽃피는 나의 가슴에 걸려온 것을……
> 하얀 국화가 피어 있는 날

그 집의 화사함이 어쩐지 마음에 불안하였다.

그날 밤늦게, 조용히 네가 내 마음에 닿아 왔다.

나는 불안하였다. 아주 상냥하게 네가 왔다.

마침 꿈속에서 너를 생각하고 있었다.

네가 오고 은은히, 동화에서처럼 밤이 울려 퍼졌다.

밤은 은으로 빛나는 옷을 입고 한 주먹의 꿈을 뿌린다.

꿈은 속속들이 마음속 깊이 스며들어 나는 취한다.

어린아이들이 호도와 불빛으로 가득한 크리스마스를 보듯 나는 본다.

네가 밤 속을 걸으며 꽃송이 송이마다 입 맞춰 주는 것을.

— 라이너 마리아 릴케, 「사랑이 어떻게 너에게로 왔는가」 전문

사랑이 찾아온 순간을 사랑스럽게 묘사한 이 시에서 가장 인상적인 부분은 너의 모습을 화자가 "어린아이들이 호도와 불빛으로 가득한 크리스마스를 보듯" 본다는 구절이다. 그 표정은 경이로움과 설렘, 그리고 환희가 가득한 표정일 것이다. 그러한 표정으로 사랑하는 너를 바라보는 화자의 마음을 이 시를 읽으며 함께 느꼈으면 한다.

지금까지 일상어와 시어의 차이를 '지시'와 '함축'이라는 언어의 2가지 기능을 중심으로 살펴봤다. 시어는 언어가 가진 함축적 기능을 바탕으로 운용된다. 시인의 경험과 상상력이 내포된 언어의 함축적 의미를 공유하기 위해서 독자 역시 상상력으로써 시인의 내면세계를 꼼꼼히 살피고 공감하는 과정이 필요하다.

2 공감의 시 읽기

시인은 자신의 상상력으로 시를 쓴다. 시는 시인의 상상력을 함축하고 있다. 독자는 자신의 상상력으로 시를 읽는다. 시를 매개로 시인의 상상력과 독자의 상상력이 만난다. 프랑스의 철학자 바슐라르는 시인과 독자의 상상력이 행복하게 만나는 순간 '혼의 울림'이 일어난다고 했다.

읽는 순간 그대로 마음에 들어와 마치 내 이야기인 양 공감되는 그런 작품이 있다. 혹은 처음에는 무덤덤했는데 되풀이해 읽을수록 좋아지는 시도 있다. 평범하게 보이던 시어가 작품에 담긴 사연을 알고 난 후 비로소 예사롭지 않게 느껴지기도 한다. 모두 시인과 독자의 상상력이 행복하게 만난 경우다.

시인의 상상력과 만나기 위해서는 무엇보다 경험의 공유가 필요하다. 상상력은 경험에서 비롯되므로 시인과 유사한 경험을 한 독자라면 쉽게 그 작품에 공감할 수 있다. 예컨대, 사랑에 빠진 사람은 연애 시에 쉽게 공감한다. 시인의 경험과 독자의 경험에 거리가 있을 때는 어떻게 해야 할까. 시인의 상상력과 행복하게 만나기 위해 독자인 우리가 할 수 있는 일은 무엇일까.

첫째, 시를 꼼꼼히 여러 번 읽어 보자. 특히 소리 내어 읽으면 시의 운율과 함께, 음상(音像)과 결합한 이미지의 효과를 한층 더 효과적으로 느낄 수 있다.

둘째, 시인의 다른 작품과 비교해 보자. 어렵게 여겨지는 시의 상징은 사실 시인의 상상력 속에서 일정한 패턴을 보이며 변용되게 마련이다. 이 패턴의 법칙이 시인의 상상력을 해명하는 중요한 열쇠다.

셋째, 시를 집필할 당시 시인의 전기적 사실도 참고해 보자. 때론 시에서 텍스트만큼 콘텍스트도 중요하다.

그냥 좋은 것이 진짜 좋은 것이다. 시도 단번에 공감이 되어 그냥 좋아진다면 무슨 설명이 필요할까마는 아쉽게도 그런 경우는 드물다. 우리가 꼼꼼히 시를 읽고 곰곰이 생각해야 하는 이유다.

이 장에서는 서정주 시 「동천(冬天)」을 텍스트로 하여 시인의 상상력에 공감하며 시를 읽어 보고자 한다. 이른바 '공감의 시 읽기'로, 텍스트를 꼼꼼히 읽고 시인의 다른 시를 참고하거나 관련 작품을 교차 강독하고 전기적 사실을 고려하는 과정을 포함한다.

뱀과 달의 상상력

서정주 시 감상에 들어가기 전에 뱀과 달의 이미지에 대해 생각해 보자. 뱀과 달은 어떤 공통점을 가지고 있을까.

뱀은 허물을 벗고 다시 태어난다는 점에서, 달은 차오름과 이지러짐을 반복한다는 점에서 재생과 순환의 생명력이라는 공통분모를 가진다. 그런 점에서 이 둘은 여성성을 상징한다.

예전 사람들은 뱀을 불로장생의 동물이라고 생각했다. 기독교의 영향권에서는 뱀이 이브를 유혹한 사악한 존재로 간주되지만, 조금 넓게 인류학적인 면에서 본다면 영원한 생명을 상징한다. 일반적으로 뱀이 상징하는 에로티시즘도 다른 각도에서 본다면 곧 생명력이다.

달 역시 끊임없이 순환을 반복한다. 특히 원형 상징에서 달과 바다와 여성은 '주기를 가지고 있는' 같은 상징으로 묶인다. 달은 한 달을 주기로 부풀었다가 꺼지고, 바다는 달의 영향을 받아 밀물과 썰물이 생긴다. 여성의 몸도 한 달에 한 번씩 주기를 가지고 있다. 혹은 열 달에 한 번 보름달처럼 부풀어 오를 수도 있다. 부풀어 올랐다가 꺼지는 것은 생명의 소멸이 아니라 또 다른 생명의 탄생과 연결된다. 달과 바다와 여성이 같은 상징에 포함되는 이유이다. 이런 것을 알고 나면 서정주의 시가 보다 쉽게 읽힌다.

초기 시에서 중기 시로 넘어가는 서정주 시의 상상력의 세계를 한마디로 요약하면 '뱀에 비유되던 여성의 뜨거운 피를 차갑게 식혀서 하늘에 달로 심어놓는다.'가 될 것이다.

그러면 시 「동천」에 앞서 서정주의 대표작 「화사(花蛇)」부터 살펴보도록 한다. 시 「화사」는 『시인부락』 2호(1936. 12.)에 발표된 시로, 서정주의 초기 시를 대표하는 작품이다. 시인은 이 작품의 제목을 따서 첫 시집의 이름을 『화사집(花蛇集)』(1941)으로 했다. 『화사집』은 프랑스 시인 보들레르에게 영향을 받은 세기말적 악마성과 토속적인 원시성이 조화를 이룬 작품집으로 평가되며, 후일 서정주를 생명파 시인으로 분류하는 실마리를 제공하기도 했다. 시 「화사」의 전문이다. 시어의 배열과 문장부호에 유의하여 소리 내어 읽어 보자.

사향 박하의 뒤안길이다.

아름다운 배암…….

을마나 크다란 슬픔으로 태여났기에, 저리도 징그라운 몸뚱아리나 꽃다님 같다.
너의 할아버지가 이브를 꼬여 내든 달변의 혓바닥이
소리 잃은 채 낼룽그리는 붉은 아가리로
푸른 하눌이다. ……물어뜯어라. 원통히 물어뜯어,

달아나거라. 저놈의 대가리!

돌팔매를 쏘면서, 쏘면서, 사향방초ㅅ길
저놈의 뒤를 따르는 것은
우리 할아버지의 안해가 이브라서 그러는 게 아니라
석유 먹은 듯…… 석유 먹은 듯…… 가쁜 숨결이야

바눌에 꼬여 두를까 부다. 꽃다님보단도 아름다운 빛……

크레오파투라의 피 먹은 양 붉게 타오르는 고흔 입설이다…… 슴
여라! 베암.

우리 순네는 스믈난 난 색시, 고양이같이 고운 입설…… 슴여라!
베암.

                                        - 서정주, 「花蛇」 전문

　서정주의 초기 시를 논할 때 빠짐없이 등장하는 이 시는 수많은 연
구자에 의해 무수히 논의됐다. 화사가 원시적인 생명력을 상징하며,
서정주 초기 시의 지향성을 함축한다는 사실에 대해서는 대체로 의견
이 일치한다.
　먼저 제목과 리듬에 대해 살펴보자. 이 시의 제목이자 시적 대상은

'화사'다. 화사는 산무애뱀을 한방에서 이르는 말로 우리나라에서 흔히 볼 수 있는 뱀의 한 종류다.『국어대사전』에는 다음과 같이 산무애뱀에 대해 설명되어 있다. 이른바 '화사'의 지시적 의미, 혹은 사전적 의미다.

산무애뱀

뱀과에 속하는 무독(無毒)의 뱀. 길이 1.4m가량이고, 체린(體鱗)은 19~21열(列)임. 몸빛은 갈색 바탕에 네 개의 흑색 줄무늬가 머리에서 꼬리까지 있으며 온몸에 흑색 또는 갈색의 많은 가로무늬가 있고 사다리 모양의 반문(斑紋)이 있으나 성장함에 따라 가로무늬가 불명(不明)하게 됨. 개체(個體)에 따라 색상(色相)이 여러 가지 있는데, 온몸이 흑색인 것을 '먹구렁이'라고도 함. 개구리 · 쥐 · 도마뱀 · 새 등을 포식하고, 겨울에는 10~100여 마리가 모여 동면(冬眠)함. 얕은 산, 풀밭, 습지, 물가에 서식하는데, 한국 · 중국 · 일본 등지에 분포함. 한방(韓方)에서 '화사(花蛇)'라 하여 문둥병, 풍약(風藥), 보신 강장제로 씀. 건비사(乾鼻蛇), 기사(蘄蛇), 백화사(白花蛇), 화사(花蛇).

– 이희승 편저,『국어대사전』

이런 뱀이 서정주 시의 소재가 되면서 모순과 갈등을 불러일으키는 강렬한 존재로 거듭난다. 그러면 화사의 함축적 의미, 혹은 시적 의미에 대해 알아보자.

시인은 산무애뱀을 굳이 한자어인 '花蛇'라고 표기해, 꽃과 뱀이 결합한 모순의 존재임을 강조한다. 이 긍정과 부정의 이중적 속성을 가진 시적 대상은 그것을 대하는 화자의 마음에 갈등을 불러일으킨다. 화사를 꽃으로 보고 따라가는 마음과, 뱀으로 보고 물리치려는 마음이 그것이다. 화사를 향한 화자의 모순된 행동은 이미 시적 대상의 모순된 속성으로 예견된 것이다.

다음은 시의 운율이다. 이 시는 부분적으로 리듬이 지연되고 있다. 시인은 화사를 '뱀'이라고 원래 한 음절로 말하지 않고, '배암'이라고 늘여 말하고 있다. 여기서 '배암'이라고 양성모음 'ㅐ'를 쓴 것이 아닌 베암이라는 음성모음 'ㅔ'를 사용했다. 게다가 점을 여섯 개나 찍은 말줄임표를 사용하고 있다.

'뱀'과 '배암'과 '베암……'의 느낌을 비교하면 어느 것이 더 길고 징그럽게 느껴지는지 확연히 차이가 난다. '베암……'은 음성모음이 주는 어두움과 말줄임표의 시각적인 효과로 길고 음습한 뱀의 모습을 떠올리게 한다. 즉, "베암……"은 뱀의 긴 몸체를 연상시킨다는 점에서 소리와 의미, 나아가 시각적인 요소가 성공적으로 결합한 예다. 이 시에서 무려 일곱 번이나 쓰인 말줄임표(……) 또한 시의 호흡을 늘이면서, 시각적으로 뱀의 모습을 연상하게 한다. 이렇게 문장부호는 시의 리듬과 의미에 영향을 준다.

1연의 3행 "을마나 크다란 슬픔"을 살펴보자. 을마나 크다란 슬픔은 음성모음 'ㅡ'가 4번, 조사인 '으로'까지 합치면 5번이나 반복되고 있다. 수업 시간 학생들에게 이 시를 읽혀 보면 "을마나 크다란 슬픔"을 표준어로 "얼마나 커다란 슬픔"으로 읽는다. 잘 읽었을까.

문학평론가 이어령은 "사람들은 징그러울 때에는 누구나 어금니를 물고 몸서리를 친다. 어금니를 물고 징그러운 정감을 나타내는 소리가 바로 ㅡ음이다."라고 하면서, "을마나 크다란 슬픔"의 네 개의 ㅡ음은 징그러운의 '그'와 마주치면서 어금니에서 새어 나오는 징그러운 정표의 메아리를 만들어 낸다고 했다. 우리는 징그럽거나 싫거나 부정하고 싶을 때, 어릴 때 쓴 약을 먹을 때 얼굴을 찡그리며 '으'라고 소리를 냈다. 반대로 멋지거나 좋거나 긍정하고 싶을 때, 시원한 물 한 잔을 마실 때 '어'라고 한다. 배우지 않아도 본능적으로 소리의 음감을 사용한다.

이 시에서 "을마나 크다란 슬픔"은 반복된 ㅡ가 가지고 있는 어두운 음상이 슬픔이라는 정서와 만나 한층 더 부정적인 분위기를 만드는, 소리와 의미가 효과적으로 상호작용을 한 예다. 그러니까 이 부분을 읽을 때는 징그러움에 몸서리를 치듯이 어금니를 꽉 물고 ㅡ음에 유의하여 읽어야 한다.

끝으로 제목 '花蛇'의 표기를 보겠다. 시인은 산무애뱀이나, 순우리말인 꽃뱀이라는 말을 쓰지 않고 '화사'라는 한자어를 사용했고, 또 꽃 화(花)와 뱀 사(蛇)를 써서 한자어로 표기했다. 한자는 상형문자로 글자를 읽으면서 모양을 상상하게 한다. 마음속으로 꽃 화, 뱀 사라고 의미를 되뇌기도 한다. 꽃 화, 뱀 사의 花蛇는 산무애뱀이나 꽃뱀이나 한글 화사보다 느리게 읽히고, 그래서 리듬은 자연스럽게 무겁고 느려진다.

이렇게 시를 제대로 감상하기 위해서는 소리 내서 읽어야 한다. 소리 내서 읽으면, 음상의 반복과 속도, 의미와 소리의 결합을 직관적으로 느낄 수 있다. 눈으로 읽었을 때 느끼지 못했던 숨겨진 시의 리듬을 찾을 수 있게 된다.

아름답고 징그러운

1연에서 시적 화자는 사향초와 박하가 우거진 뒤안길에서 뱀을 발견한다. 예전에 우리나라에서는 뱀을 퇴치하기 위해 사향초로 울타리를 하고, 뒤뜰에는 박하를 심었다고 한다. 서구 기독교 문화권에서 사향초는 성모 마리아에게 바치는 풀로 신성시되었다. 그런데 거기에 뱀이 나타났다!

있을 수 없는 장소에 나타난 뱀의 존재는 마치 전위 작품이 그렇듯 경이와 충격의 대상이다. 화자는 그 대상을 '아름답다'고 인식한다. 화려한 줄무늬의 이 뱀은 사향초와 박하 사이에서 다른 한 포기의 식물, 그러니까 이름 그대로 '꽃'처럼 보였을 것이다. 사향초와 박하의 향기는 뱀을 쫓는 향기임과 동시에, 오히려 뱀을 매혹적으로 만드는 장치가 된다.

징그러운 뱀을 아름답다고 인식하는 것은 꽃과 뱀의 모순된 속성을 가지고 있는 화사의 특성에서 비롯된다. 모순된 속성을 가진 화사와 모순된 마음으로 화사를 대하는 시적 화자를 중심으로 이 시를 다시 읽어 보자.

시적 화자는 화사에 대해 긍정과 부정의 인식을 교차 반복하고 있는데, 시가 전개될수록 그 대립의 강도가 심해진다.

처음 시적 화자는 화사를 '아름답다'고 인식한다. 그러나 이러한 긍정은 곧 번복된다.

아름다움에서 징그러움으로 바뀐 시적 화자의 시각은 2연에서 "꽃다님 같다"고 다시 좀 더 강한 긍정을 한다. 단순히 보기에만 아름다운 것이 아니라, 바지 끝을 여미던 색대님의 감촉을 떠올리며 한번 만져 보고 싶은 촉각의 감각을 보태는 것이다. 이 만지고 싶은 욕망은 뒤에 "두를까 부다"의 한층 강한 밀착의 욕망으로 이어진다.

색대님의 긍정은 "붉은 아가리"라는 좀 더 강한 부정으로 전환된다. 기독교적인 원죄 의식과 맞물려 뱀은 이브를 꾀어 내던 사악한 존재가 되고, 그 형벌로 소리를 잃었다는 사실을 기억해 낸다. '혓바닥', '아가리', 그리고 3연의 '대가리' 등의 비속어는 의식적으로 뱀을 경원시하는 화자의 마음을 반영한다.

시적 화자는 4연에서 스스로 뱀의 죄를 응징하기 위해 돌팔매질을 한다. 돌팔매를 쏘는 장소가 사향방초ㅅ길이라는 것은 사향초가 뱀을 퇴치하는 풀이자, 성모 마리아에게 바치는 성스러운 풀임을 상기할 때 시사하는 바가 크다. 이 시에는 표면상으로 드러난 이브·클레오파트라·순네와 같은 육정적인 여인들 이면에 기독교적 정신성을 상징하는 성모 마리아의 모습이 내재해 있으며, 이는 육체성에 대한 긍정과 부정의 갈등을 심화시킨다.

돌팔매질이라는 뱀에 대한 적극적인 부정은, 다음 행에서 "저놈의 뒤를 따르는 것"이라는 적극적인 긍정으로 또다시 바뀐다. 그는 돌팔매질로 뱀을 쫓아 버린 것이 아니라, 사실은 달아나는 뱀을 뒤따르고 있었다. 여기서 뱀은 달아남으로써 화자의 잠재된 욕망을 일깨운다.

대상과의 거리가 점차 가까워지면서, 화자는 석유를 먹은 듯 가쁜 숨을 내쉰다. 석유는 민간에서 뱀을 퇴치하기 위해 자주 사용되었다. 그러나 이 시에서 뱀으로 상징되는 욕망은 마치 석유 먹은 뱀이 죽기 전 필사적으로 꿈틀대듯 오히려 격렬해진다. 석유는 액화된 불로 석유 냄새가 치밀어 오를 것 같은 가쁜 숨은 다음에 나오는 클레오파트라의 피와 연결되면서 뜨겁게 타오르는 욕망으로 전환된다.

5연에서 화자는 마침내 뱀을 몸에 두르고 싶다고 말한다. 그리고 그 빛이 "꽃다님보단도" 더 아름답다고 한층 강한 긍정을 한다. 1연부터 4연까지 화자는 실제로 화사를 발견하고, 돌팔매질하며 쫓아갔으나, 5연부터는 행동이 아닌 말로써 자신의 내면세계를 드러낸다. 즉, 화자는 실제로 화사를 잡아 바늘에 꿰여 몸에 두른 것은 아니지만, "…ㄹ까 부다"고 말함으로써 뱀과 밀착되고 싶은 속마음을 표출한다. 그는 상상력 속에서 이미 뱀과 한 몸이 돼 가고 있음을 알 수 있다. 그러면서 붉은 아가리라고 경멸했던 뱀의 입은 클레오파트라의 피를 먹은 양 붉게 타오르는 고운 입술로 인식된다.

타자화된 여성성

클레오파트라는 스스로 독사에게 물려서 자살했다. 클레오파트라의 관능성은 그 피를 맛본 뱀에게 그대로 전이된다. 화자에게 뱀은 이브나 클레오파트라와 같이 원형적인 유혹녀들이 투사된 대상이다. 성모 마리아와 정반대에 있는 이 여성들은 시인이 보기에 마치 화사와도 같이 두려우면서도 아름다운 관능적인 존재이다. 이 유혹녀들은 그의 상상력 속에서 스물 난 색시 순네의 모습으로 되살아난다. 고양이의 입술에 비유된 순네는 고양이가 그렇듯 날카로움과 부드러움이 공존하는 관능적이며 육정적인 여성을 대표한다.

우리는 여기서 타자화된 여성성, 즉 남성의 눈으로 대상화된 여성의 모습을 읽을 수 있거니와, 이러한 시각은 서정주 초기 시의 특징이기도 하다. 남성이 생각하는 여성의 몸과 여성 스스로 인식하는 자신의 몸은 분명히 차이가 있다. 이는 '여성' 장에서 다시 논의하기로 한다.

욕망의 해방

서정주 시에서 화사는 아름답지만 위험한, 무의식 속의 억압된 욕망을 상징한다. 시의 6, 7연에서 시적 화자는 이 화사에게 "슴여라! 베암"이라고 명령한다.

그러면 두 번의 스밈은 어떤 대상을 지향하는 것일까. 6연과 7연에서의 스밈은 각각 그 대상이 다르다. 마지막 연인 7연을 먼저 살펴보자. "우리 순네는 스물 난 색시, 고양이같이 고운 입설…… 슴여라! 베암."은 순네의 입술에 뱀의 입이 겹쳐지면서, 뱀이 스미는 대상은 순네임이 분명해진다. 고양이같이 고운 입술로 이미 관능의 유전자를 타고

난 이 여인에게 뱀의 관능성이 더해진다면 그의 육체는 거듭 만개할 것이다. 서정주 초기 시에는 뱀에 비유된 여성이 여럿 등장한다.

> 속눈섭이 기이다란, 계집애의 연륜은
> 댕기 기이다란, 붉은 댕기 기이다란, 와가 천 년의 은하물 구
> 비⋯⋯푸르게만 푸르게만 두터워 갔다.
>
> 어느 바람 속에서도 부끄러운 열매처럼 부끄러운 계집애.
> 청사.
> 뽕나무에 오디개 먹은 청사.
>
> — 서정주, 「와가(瓦家)의 전설」 부분

> 땅에 누어서 배암 같은 계집은
> 땀 흘려 땀 흘려
> 어지러운 나—ㄹ 엎드리었다.
>
> — 서정주, 「맥하(麥夏)」 부분

『화사집』에는 시 「와가(瓦家)의 전설」에서의 "청사(靑蛇)"와 시 「맥하(麥夏)」에서의 "배암 같은 계집"과 같이 관능적인 여성들이 뱀의 모습을 빌려 나타난다. 서정주 초기 시의 이 여성들은 뱀의 유혹에 넘어간 이브의 딸들이자, 뱀이 스며든 순네의 분신들이다.

그러면 6연의 "크레오파투라의 피 먹은 양 붉게 타오르는 / 고흔 입설이다⋯⋯ 슴여라! 베암."은 어떤 대상을 지향하는 것일까. 클레오파트라의 피 먹은 양 붉게 타오르는 고운 입술은 화사의 입이다. 이러한 입을 가진 화사는 시의 마지막 7연에서 순네에게 스며들었고, 그 결과 인용 시에서와 같이 '배암 같은 계집'을 탄생시켰다. 그러나 순네 이전,

6연에서 시적 화자는 다른 대상에게 화사가 스며들기를 원했다. 그 대상은 바로 화자 자신이다.

시의 1연에서 4연까지, 시적 화자와 화사와의 거리는 '보다 → 따르다'로 점차 가까워졌고, 5연에서 '두르고 싶다'로 밀착됨을 지향했다. 여기에 한 걸음 더 나아가 화자는 화사가 자신에게 스며들기를 원함으로써, 주체와 대상과의 거리가 사라진 완전 일체화의 경지를 꿈꾼다. 피를 매개로 뱀과 클레오파트라의 모습이 넘나들듯이, 시적 화자는 상징적으로 화사의 기운을 몸에 스미게 함으로써 뱀과 하나가 되고자 한다.

이 시의 5연부터는 화자의 상상력 속에서 전개된 허구의 상황이므로 보다 다양한 해석이 가능하다. 화자는 뱀을 몸에 두르고 있는 것을 상상하고 있으며, 그 상태에서 뱀의 입에 주목한다. 그리고 붉은 그 입에서 독사에게 물려 죽은 클레오파트라를 연상해 낸다. 뱀의 관능성은 그 독으로 인해 치명적인 매혹의 힘을 갖는다. 화자는 이러한 뱀과 하나가 되면서 무의식 속에 억압된 욕망을 해방시킨다.

서정주 초기 시에서 뱀은 자신을 욕망하는 자에게 스며듦으로써, 욕망의 주체로 거듭난다. 화사는 시적 화자의 욕망이 투사된 대상인 동시에, 역으로 주체에 스며듦으로써 욕망 그 자체가 되는 것이다. 이 뱀에 비유된 여성은 중기 시로 접어들면서 '달'로 변모한다.

꼼꼼히 읽고 곰곰이 생각하기

이제 서정주 중기 시로 넘어가 달의 상상력을 살펴보겠다. 바로 시 「동천」의 달이다. 이 달은 에로티시즘으로 들끓던 피를 맑게 식히고 하늘에서 말갛게 빛나고 있다.

내 마음속 우리 님의 고은 눈썹을

즈문 밤의 꿈으로 맑게 씻어서

하늘에다 옴기어 심어 놨더니

동지섣달 나르는 매서운 새가

그걸 알고 시늉하며 비끼어 가네

- 서정주, 「동천(多天)」 전문

시 「동천」은 1966년 5월 『현대문학』에 발표한 시로, 같은 제목의 시집 『동천』(1968)에 수록됐다. 이미 수많은 평자가 시 「동천」을 논했거니와, 이 시가 서정주의 대표 작품임에는 이견이 없을 것이다.

겨울 하늘에 떠 있는 눈썹 같은 달과 그 달을 비끼어 날고 있는 새의 모습은 한 폭의 동양화와도 같이 신비롭다. 그러나 이 작품은 읽으면 읽을수록 알 수 없는 시가 돼 버리는 것은 무슨 이유일까. 다섯 행에 불과한 비교적 짧은 이 시를 이해하기 위해서는 서정주 시 전반을 다시 훑어보아야 할 정도로 시 「동천」은 보기보다 어렵고, 생각했던 것보다 복잡한 수수께끼 같은 시이다.

먼저, '눈썹 같은 달'의 실체는 무엇일까. 많은 연구자가 이 달을 초승달로 보고 있으나, 눈썹 같은 달이 초승달이냐 그믐달이냐에 대해서는 좀 더 논의할 필요가 있다.

그다음은 '씻음'의 의미이다. 시 「동천」의 달은 시적 화자의 마음속에 있었던 님의 눈썹이었다. 화자는 님의 고운 눈썹을 맑게 씻어서 하늘에 옮겨 심는다. 여기서 고운 눈썹이란, 미인을 일컫는 '아미(蛾眉)'라는 말도 있듯이, 아름다운 여인을 제유하는 시어이다. 그렇다면 그 여인을 맑게 씻는다는 것은 무슨 의미일까. 즈믄 밤의 꿈으로 맑게 씻어야 했던 이 여인의 즈믄 밤 이전의 모습은 어땠을까.

끝으로 '매서운 새'의 실체이다. 여기서 매서운 새란 구체적으로 어떤 새를 가리키는 것일까. 그 새가 시늉하며 비끼어 난다는 것은 무엇의 모양을 흉내 내는 것이며, 왜 그렇게 나는 것일까. 그리고 달이 뜬 밤에 이 시의 화자는 어떻게 새가 날아가는 모습을 볼 수 있었을까.

'눈썹 같은 달'과 '씻음'의 의미, 그리고 시늉하며 비끼어 가는 '매서운 새'의 실체와 시적 화자는 어떻게 그 새가 날아가는 모습을 볼 수 있었을까 하는 시의 시간적 배경에 대한 문제는 시 「동천」을 이해하는 데 반드시 짚고 넘어가야 할 중요한 사항이다. 다음의 세 가지 질문으로 시를 분석하고 '달'과 '눈썹'의 함축적 의미를 알아보자.

- '눈썹 같은 달'은 초승달일까, 그믐달일까.
- 맑게 씻음의 의미는 무엇일까.
- 매서운 새는 어떤 새이며, 이 시의 시간적 배경은 언제인가.

'눈썹 같은 달'의 실체

시 「동천」의 시간적 배경은 겨울 중에서도 가장 춥고 밤이 긴 동지선 달이다. 시적 화자는 이 춥고 어두운 겨울날, 마음속에 담아 두었던 님의 눈썹을 맑게 씻어서 하늘에다 옮기어 심어 놓는다. 그러자 여인의 눈썹은 하늘에서 달이 되고, 그 곁으로 매서운 새가 비끼어 날아간다.

이 시에서 '눈썹 같은 달'은 무슨 달일까. 눈썹을 옮겨 심은 것이니 보름달은 아니고, 그러면 초승달일까, 그믐달일까. 초승달이든 그믐달이든 시인은 둘 중 하나의 달을 마음속에 그리며 이 시를 썼을 것이다. 시인은 어느 달을 염두에 두고 이 시를 썼을까.

초승달은 음력 3일 이후 저녁 시간 서쪽 하늘에서 볼 수 있는 달이다. 그믐달은 음력 27일 이전에 새벽녘 동쪽 하늘에서 올라와 아침나

절 떠 있다. 시「동천」을 읽고 초승달을 떠올린 사람에게 이 시의 시간적 배경은 오후에서 저녁이 되고, 그믐달을 떠올린 사람에게는 반대로 새벽에서 오전이 된다. 그러니까 눈썹 같은 달이 초승달이냐 그믐달이냐의 문제는 시적 화자가 님을 생각하는 그 시간이 언제인가로 정리할 수 있겠다.

님을 생각하는 시간은 저녁이 될 수도 있고 새벽이 될 수도 있다. 그러나 그 시간이 새벽이라면 그의 마음에는 외로움의 깊이가 더해진다. 그는 님을 생각하며 밤새도록 잠 못 드는 사람이기 때문이다.

새벽까지 깨어 있는 사람만이 그믐달을 볼 수 있다. 여기서 그믐달에 대한 두 편의 글을 읽어 보겠다.

초생달이나 보름달은 보는 이가 많지마는 그믐달은 보는 이가 적어 그만큼 외로운 달이다. 객창 한 등에 정든 님 그리워 잠 못 들어 하는 이나 못 견디게 쓰린 가슴을 움켜잡은 무슨 한 있는 사람이 아니면 그 달을 보아 주는 이가 별로이 없을 것이다. 그는 고요한 꿈나라에서 평화롭게 잠든 세상을 저주하며 홀로이 머리를 풀어뜨리고 우는 청상(靑孀)과 같은 달이다. 내 눈에는 초생달빛은 따뜻한 황금빛에 날카로운 쳇소리가 나는 듯하고 보름달은 쳐다보면 하얀 얼굴이 언제든지 웃는 듯하지마는 그믐달은 공중에서 번듯하는 날카로운 비수와 같이 푸른 빛이 있어 보인다. 내가 한 있는 사람이 되어서 그러한지는 모르지마는 내가 그 달을 많이 보고 또 보기를 원하지만 그 달은 한 있는 사람만 보아 주는 것이 아니라 늦게 돌아가는 술주정과 노름하다 오줌 누려 나온 사람도 보고, 어떤 때는 도둑놈도 보는 것이다. 어떻든지, 그믐달은 가장 정 있는 사람이 보는 중에, 또는 가장 한 있는 사람이 보아 주고 또 가장 무정한 사람이 보는 동시에 가장 무서운 사람들이 많이 보아 준다. 내가 만일 여자로 태어날 수 있다 하면 그믐달 같은 여자로 태어나고 싶다.

- 나도향, 「그믐달」에서

초승달과 그믐달은 이지러진 방향만 다를 뿐 같은 모양이다. 같은 모양의 달을 언제, 누가 보느냐에 따라서 이렇게 그 의미가 달라진다. 이 글에서 나도향은 그믐달을 정든 님 그리며 잠 못 들어 하거나 한 많은 사람이 보는 애절하고 처연한 달이라고 했다. 그믐달이 새벽에 뜨기 때문에 그렇다는 거다. 다음은 박지원의 글이다.

말을 세워 강 위를 멀리 바라보니, 붉은 명정은 바람에 펄럭거리고 돛대 그림자는 물 위에 꿈틀거렸다. 언덕에 이르러 나무를 돌아가더니 가리어져 다시는 볼 수가 없었다. 그런데 강 위 먼 산은 검푸른 것이 마치 누님의 쪽 찐 머리 같고, 강물 빛은 누님의 화장 거울 같고, 새벽달은 누님의 눈썹 같았다.

- 박지원, 「새벽달은 누님의 눈썹 같았네」에서,
이승수 편역, 『옥 같은 너를 어이 묻으랴』

이 글은 연암 박지원이 죽은 누이를 위해 쓴 묘지명 「백매증정부인 박씨묘지명(伯妹贈貞夫人朴氏墓誌銘)」의 부분이다. 「새벽달은 누님의 눈썹 같았네」라는 제목으로 번역된 이 묘지명은 먼저 세상을 뜬 큰누님에 대한 추억이 애잔하게 표현돼 있다. 인용한 부분은 죽은 누이의 상여가 떠나가는 모습을 묘사한 것인데, 박지원은 상여 뒤로 보이는 새벽달을 누님의 눈썹에 비유했다. 여기서 새벽달(그믐달)은 누이에 대한 그리움임과 동시에, 그 그리움마저 넘어선 영원한 사랑을 표상한다.

이렇게 서정주 시 「동천」에서의 눈썹 같은 달과 나도향이 사랑했던 그믐달과 박지원의 새벽달은 외로움과 그리움의 시간을 견뎌 낸 이들의 감정이 이입됐다는 공통점을 갖고 있다.

눈 감지 못하는 새

마음속의 눈썹은 "즈문밤의 꿈"으로 씻어 비로소 맑아졌다. 여기서 "즈문"은 천(千)의 옛말 '즈믄'의 오기(誤記)이다. 눈썹이란 원래 검은 것이며, 그 눈썹을 하얀 달로 만들기 위해서는 그렇게 긴 시간이 필요했을 터이다. 즉, 『화사집』에서 『동천』까지 서정주의 시 세계는 검은 눈썹이 희게 변화하는 과정이라고 정리할 수 있다.

첫 시집 『화사집』에는 "속눈썹이 기이다란 계집애"(「와가의 전설」)와 "눈썹이 검은 金女 동생"(「수대동시」)이 나온다. 전자가 관능적이고 매혹적인 여성이라면, 후자는 젊음의 생명력이 넘치는 여성이다. 관능과 매혹, 젊음의 생명력은 모두 육체성에서 비롯된, 결국은 같은 것이다.

두 번째 시집 『귀촉도』에서 눈썹은 달의 이미지와 만난다. 시 「견우의 노래」에 나오는 "눈썹 같은 반달"은 직녀를 향한 견우의 그리움을 표상한다. 눈썹의 육체성이 달의 이미지와 만나면서 그리움이라는 정신적인 요소를 갖게 되고 이와 함께 여성의 이미지는 직녀와 같은, 이별의 아픔을 감내하고 다시 만날 날을 소망하는 전통적인 여인상으로 변모한다.

이 여성이 시집 『동천』에 이르면 지극히 고결한 존재가 된다. 님을 향한 시인의 마음도 육체적 욕망을 이겨 내고, 세속적인 그리움도 초월한 것처럼 보인다. 시 「동천」에서 즈믄 밤의 꿈으로, 마치 치성을 드리듯 오랜 시간 눈썹을 맑게 씻는 행위는 욕망의 더께를 걷어 내고, 종내에는 그리움조차 승화시키고자 하는 시인의 마음을 반영한다. 마음

1부 시의 원리

속 뜨거운 욕망을 잠재우고 즈믄 밤의 꿈으로 씻고 또 씻어 밤하늘에 서늘하게, 한 포기 풀처럼 심어 놓은 달. 이렇게 시집『동천』에서 눈썹은 식물적이며 초월적인 이미지로 변모한다. 이는『화사집』에서 뱀에 비유되었던 여인의 긴 속눈썹과 대조된다.

시「동천」에서 시적 화자의 눈썹을 씻는 행위는 뱀에서 달로 변모한 여인의 모습에서 알 수 있듯이, 육체적 욕망에서 정신적 초월을 지향하는 서정주 시인의 시적 여정을 함축한다.

그러면 시인은 이 시로써 님을 향한 욕망과 그리움을 완전히 초월했을까.

서정주는 1966년 5월『현대문학』에 발표한 시「동천」을 약 7개월 뒤인 같은 해 12월『예술원보』에 개작해 재수록한다.

내 마음속 우리 님의 고은 눈썹을

즈믄 밤의 꿈으로 밝게 씻어서

하늘에다 옴기어 심어 놨더니

동지섯달 날르는 매서운 새가

그걸 알고 시늉하며 비끼어 가서

수무 살쯤 더 있다 눈 감으면

그때는 감기리라 생각 하나니.

– 서정주,「동천(冬天)」전문,『예술원보』제10호, 1966. 12.

『예술원보』에 실린 개작 시 「동천」은 전체 7행으로 이뤄져 있으며, 행과 행 사이는 1행씩 띄어져 있다. 1행이 1연이다. 앞의 5연은 행이 연으로 됐다는 것 이외에는 『현대문학』에 실린 시와 크게 다르지 않다. '맑게→밝게' 정도의 변화가 있을 뿐이다. 결정적인 변화는 개작시의 6, 7연이다. 이 부분은 『현대문학』본 시에 두 행을 추가한 것으로, 시늉하며 비끼어 간 매서운 새의 생각이 드러나 있다. 그 생각이 "수무살쯤 더 있다 눈 감으면 // 그때는 감기리라"이다.

겨울 하늘에서 날고 있는 새를 '시늉하며 비끼어 간다'라고 바라본 시적 화자의 시선이 새 안으로 들어가 그것과 하나가 되었다. 새에게 자신의 생각을 투사한 것이다. 지금 화자는 감을 수 없는 눈을 뜨고 있으며, 그 눈을 감기 위해서는 이십 년이나 되는 긴 시간을 필요로 하고 있다.

따라서 개작시 「동천」에는 두 개의 '나'가 존재한다. 님의 눈썹을 즈믄 밤의 꿈으로 밝게 씻어서 하늘에 심어 놓은 '나'와, 그것을 비껴가고는 있지만, 눈을 감기 위해서는 이십 년이란 세월이 있어야 하는 '또 다른 나'가 그것이다. 여기서 눈을 감는 행위를 세속적 욕망의 초월로 해석한다면, 이 눈 뜬 새는 욕망과 초월 사이에서 갈등하는 불완전한 인간의 모습을 상징한다. 화자는 마음속 님의 눈썹을 달로 만들었지만, 정작 달을 향한 그의 마음은 여전히 초월과 욕망 사이에서 갈등하고 있었다.

1968년 시집 『동천』에는 개작 시가 아닌 『현대문학』본 「동천」이 실린다. 『현대문학』본 「동천」이 절제미와 시적 완성도에서 더 우수하다고 판단되었을 것이다. 동시에 님을 향해 여전히 갈등하고 번민하는 시적 화자의 속마음 또한 더는 드러내 보이고 싶지 않았을 것이다. 개작 시 「동천」이 사라지고 『현대문학』본 「동천」이 정본이 되면서 이 시는 시인, 혹은 시적 화자의 방황과 갈등을 종결하는 이른바 '욕망의 초월 시'로 자리매김한다. 동시에 '씻음'의 의미 역시 육체적 욕망을 극복하고 정신적 초월을 완성한 서정주 시인의 시적 성과로서 간주한다. 그러나 『예술원보』에 실린 개작 시 「동천」에 나왔던 것처럼 달을 비껴가고 있는 매서운 새가 사실은 눈을 감지 못하고 있음을, 즉 시적 화자는 여전히 번민하고 갈등하고 있음을 기억해야 할 것이다.

겨울 하늘의 아침 달

시 「동천」의 5행 중 마지막 두 행에는 눈썹 같은 달 옆으로 매서운 새가 등장한다. 동지섣달이라는 구체적인 계절도 나온다. 이 새는 달이 화자의 마음속 눈썹이라는 것을 마치 알고 있는 듯이 시늉하며 비끼어 난다.

매서운 새의 실체와 '시늉하며 비끼어 가는' 그 새의 나는 모습에 대해 생각해 보자. 매서운 새는 구체적으로 어떤 새를 가리키는 것일까. 그리고 이 새는 왜 그렇게 나는 것일까.

'시늉하며 비끼어 난다'는 것의 의미는 이 새가 '매서운 새'라는 것에 주목하면 의외로 쉽게 풀린다. 매서운 새란 시집 『신라초』에서 나왔던 매[鷹](「사소 두 번째의 단편」, 「신라의 상품」)와 같이, 맹금류(猛禽類)에 속하는 새를 지칭한다. 맹금류는 다른 동물을 사냥하여 포식하는 육식성 조류로서, 날카로운 발톱과 매서운 부리, 그리고 강한 날개를 가지고 있다. 맹금류에 속하는 새 중 일반적으로 널리 알려진 참매에 대해 살펴보면 다음과 같다.

참매(매목·수리과)
특징: 몸길이는 수컷 50cm, 암컷 56cm 정도이며 날개를 편 길이는

105~130cm에 이르는 드문 겨울 철새이다. 몸의 윗면은 어두운 청회색이고 아랫면은 흰색 바탕에 회갈색 가로무늬가 빽빽하게 있다. 흰색의 눈썹 선이 뚜렷하고 날개는 폭이 넓다. 꼬리는 길어 보이고 4개의 흑갈색 줄무늬가 뚜렷하다. 어린 새는 윗면은 갈색이고, 아랫면에는 갈색의 굵은 세로줄이 있다. 눈썹 선이 뚜렷하지 않다. 먹이를 찾을 때는 날갯짓을 하거나 기류를 타고 선회한다. 먹이를 발견하면 먹이 가까이까지 다가간 후 다리를 쭉 뻗어 날카로운 발톱으로 낚아채듯이 잡는다. 잡은 먹이는 털을 뽑은 후 날카로운 부리로 찢어 먹고, 소화되지 않는 뼈와 털은 토해 낸다. 길을 들여 토끼나 꿩 사냥에 이용해 왔다. (…)

분포: 시베리아 동부, 아무르 지방, 만주, 사할린, 일본 등 아한대에서 툰드라 지대까지 분포하고 번식하며 일부가 겨울에 한국이나 중국 남부, 일본 남부 지방으로 이동하여 월동한다.

— 김수일 외, 『한국조류생태도감 2』

참매는 겨울 철새이며, 주로 기류를 타고 선회(旋回)한다. 그런데 이것은 참매만의 특징이 아니다. 독수리, 말똥가리 등 다수의 맹금류가 겨울 철새로서 우리나라에서 월동한다. 이 시의 시간적 배경인 동지섣달과 그들의 생태가 일치한다. 또한 맹금류 대부분은 범상(汎翔, soaring)과 활공(滑空, gliding)을 반복하면서 이동한다. 여기서 범상이란 상승기류를 이용해 날개를 편 채 상승하는 것이며, 활공은 날갯짓하지 않고 공중에 미끄러지듯이 나는 비행 형태이다. 범상으로 상승한 새가 날개를 펴고 활공하는 모습은 마치 그믐달, 혹은 초승달과 같은 부드러운 곡선이다. 화자의 눈에는 활공하는 새의 모습이 달의 모양을 흉내 내어 따라 하는 것처럼 보였을 것이다.

'시늉하며 비끼어 간다'는 것은 새가 기류를 타고 달의 모양으로 활공하는 모습이다. 그 모습을 보고 시적 화자는 이 새가 마음속의 눈썹을 즈믄 밤의 꿈으로 씻어서 하늘에다 심어 놓은 사실을 '알고' 그렇게 날고 있다고 생각한다. 원근법을 무시한 화자의 이러한 시선은 자연스럽게 매서운 새에 감정이입을 유도한다. 사실 눈썹이 갖고 있던 육정적인 욕망을 모두 씻어 버리고 맑은 식물성으로 심어져 있는 달이 육식성 조류인 맹금류의 관심을 자극할 수도 없을 터이지만, 화자는 겨울 하늘을 나는 매서운 새조차도 즈믄 밤 들인 정성을 알아서 비껴가고 있다고 생각한다.

겨울날 아침 산책

그러면 마지막 질문. 달이 뜬 밤에 화자는 새가 날아가는 모습을 어떻게 볼 수 있었을까. 그것은 이 시의 시간적 배경이 밤이 아니기 때문이다. 앞에서도 말했듯이 이 시의 눈썹 같은 달은 그믐달이고, 그믐달은 아침까지 떠 있다. 하늘엔 아침 달이 떠 있고 그 옆을 매나 독수리가 비껴가고 있다. 즈믄 밤의 꿈으로 시작한 밤의 시간은 그믐달이 돋아난 새벽의 시간을 지나, 달 옆으로 맹금류가 활공하는 아침의 시간으로 펼쳐진다.

　실제로 서정주는 1974년 『월간문학』에 연재한 글 「속·천지유정(續天地有情) 2」에서 시 「동천」의 시상을 어느 겨울날 아침 산책에서 떠올렸다고 밝히고 있다.

> 나는 겨울이 되면 이 딱한 내 감정을 데불고, 우리 집 공덕동에서 과히 멀지 않은 서강의 얼어붙은 한강가의 언덕으로 나를 달래며 아침마다 눈길을 헤매가기도 했다.
>
> (…) 내 시 「동천」의 처음 시상이 떠오른 것도 사실은 이런 겨울의 내 서강 쪽의 아침 산보 속에서였다.

이 시는 훨씬 더 세월이 지난 뒤에 이 다섯 줄로 빚어졌지만, 그 겨울 하늘을 내 머리 위에서 날던 새, 그것과의 사실의 상봉과 그런 느낌은 이때의 겨울 아침 눈길 위의 산책에서 새로 얻은 것이다.

- 서정주, 「속 · 천지유정 2」, 『월간문학』, 1974. 3.

시인의 이러한 진술은 시 「동천」의 시간적 배경이 겨울 아침이며, 따라서 눈썹 같은 달이 아침 시간에 떠 있는 달, 그러니까 그믐달임을 다시 한번 확인시킨다.

그런데 여기서 주목해야 할 것이 있다. 바로 맨 앞에 나온 '딱한 내 감정'이란 말이다. 이 글에서 시인은 40세가 넘어 "연정의 지랄병"을 앓게 되었는데, 그는 그 여인을 삼사 년을 족히 혼자서만 좋아했다고 한다. 시에 나오는 즈믄 밤, 즉 천 일 밤과 일치한다. 시인의 말에 따르면 그 여인에 대한 감정을 "그 상대 본인에게는 물론, 이 땅 위의 어떤 사람에게도 말하지 않기를 깊은 바다 속에 차돌 하나 던진 것처럼" 안으로 삭여 냈다고 한다. 앞 장에서 살펴보았던 『예술원보』본 「동천」에서 "수무 살쯤 더 있다 눈 감으면 // 그때는 감기리라 생각 하나니."는 이 당시 시인의 갈등하던 마음이 은연중에 표출된 것이라 볼 수 있다. 시 「동천」에는 뜨거운 욕망을 즈믄 밤의 꿈으로 정화시키고, 그것에 접근조차 하지 않고 비껴갔던 시인의 마음이 고스란히 담겨 있음을 알 수 있다.

지금까지 서정주 시 「동천」을 시어 하나하나의 의미를 생각하면서 꼼꼼히 읽었다.

시인은 자신의 상상력으로 시를 쓴다. 그러나 시인이 시를 쓰는 것만으로 그것이 시라고 볼 수 없다. 독자가 읽어 줘야 한다. 시인이 상상력으로 쓴 시를 독자가 상상력으로 읽는데, 시인의 상상력과 독자의 상상력이 행복하게 만나는 순간을 바슐라르는 '혼의 울림'이라고 표현했다. 쉬운 말로 하면 '공감'이다.

　공감을 위해서는 시인의 정서를 상상하고 체험하고 생각하고 공부해야 한다. 아는 만큼 보이기 때문이다. 직접 보고 만날 수 없다면 백과사전이든 역사책이든 열심히 찾아보아야 한다. 시인이 시를 썼을 때를 상상하면서 독자의 상상력으로 시인의 상상력을 가늠하는 것. '공감의 시 읽기'를 위해서는 꼼꼼히 읽고 곰곰이 생각하여야 한다. 시의 숲을 거닐며 그렇게 시를 읽어 보도록 하자.

3   은유, 리듬, 상징

시를 이해하는 데 기본 원리인 은유와 리듬, 상징을 영화를 통해 알아본다. 시적 상상력과 현실, 시인과 독자와의 관계에 대해서도 이야기한다. 함께 볼 영화는 마이클 레드포드 감독의 〈일 포스티노(Il Postino)〉(1994)다. '일 포스티노'는 이탈리아어로 '우편배달부'라는 뜻이다. 주인공인 시인 파블로 네루다(Pablo Neruda)와 우편배달부 마리오에 대해 살펴보고, 영화에 나오는 시론을 학습한다. 마리오가 쓴 시와 네루가가 그에게 남긴 것에 대해서도 생각해 본다.

〈일 포스티노〉는 이탈리아 남부 어촌 마을의 풍광, 아름다운 음악, 파블로 네루다의 시, 그리고 착한 주인공들의 만남이 어우러진 한 편의 서정시와도 같은 영화다. 마시모 트로이시, 필립 느와레 주연이고, 1996년 제68회 아카데미 최우수 음악상을 받았다. 이 영화는 칠레의 작가 안토니오 스카르메타의 『불타는 인내심(Arediente Paciencia)』을 각색했는데, 우리나라에서는 『파블로 네루다와 우편배달부』(1985)라는 책으로 번역됐다. 원작과 영화 모두 파블로 네루다의 실화를 바탕으로 시인과 우편배달부 청년과의 우정이라는 픽션이 더해져 있다.

영화에 대해 이야기를 나누며 다음 세 가지를 생각해 보자. 시는 시인의 것일까, 독자의 것일까?

- 네루다가 마리오에게 가르쳐 준 시론 '은유'와 '리듬'
- 영화의 배경이 되는 칼라 디 소토 바다의 상징성
- 마리오가 시작 노트에 그린 ○의 의미

시인 네루다와 영화 〈일 포스티노〉

파블로 네루다(1904~1973)는 칠레 남부의 작은 마을 파랄이라는 곳에서 태어났다. 아버지는 철도원, 어머니는 교사였다. 본명은 네프탈리 리카르도 레예스 바소알토(Neftalí Ricardo Reyes Basoalto). 파블로 네루다란 이름은 그가 좋아했던 체코의 시인 얀 네루다(Jan Neruda, 1834~1891)로부터 따왔다. 어려서부터 문학적 재능이 뛰어나 1917년 13세 때 일간지『아침(La Mañana)』이라는 잡지에「열중과 끈기(Entusiasmo y perseverancia)」를 발표함으로써 본격적인 작품 활동을 시작하였고, 1920년부터 파블로 네루다라는 필명을 사용했다. 20세 때인 1924년『스무 편의 사랑의 시와 한 편의 절망의 노래(Veinte poemas de amor y una canción desesperada)』를 출판했다. 섬세한 감성, 독창적인 이미지와 은유가 돋보이는 이 시집은 지금도 널리 읽히고 있으며, 네루다는 문학적 명성과 대중의 사랑을 한꺼번에 얻었다.

　1945년 칠레공화국의 의원으로 선출되었으며, 공산당에 입당해 활발한 정치활동을 했다. 하지만 당시 칠레 대통령이었던 비델라와 대립하면서 정치적 시련을 겪게 된다.

　1949년부터 유럽 여러 나라를 전전하며 망명 생활을 했는데, 1951년부터는 이탈리아에 거주했다. 이듬해 8월 체포영장이 취소되고 귀국한다. 영화 〈일 포스티노〉는 이 당시를 배경으로 한다.

1953년 이후 산티아고 인근 해안 앞바다에 있는 작은 섬 이슬라 네그라(Isla Negra)에서 살았다. 1971년 노벨문학상을 받고, 이후 투병 생활을 하다가 1973년 세상을 떠났다. 원작 소설 『파블로 네루다와 우편배달부』는 네루다가 이슬라 네그라에서 말년을 보낸 이 시기를 배경으로 하고 있다.

파블로 네루다의 생애는 서정적인 낭만 시인에서 민중 시인으로, 그리고 정치가로 거듭나고 있으며, 소설과 영화는 이러한 실화를 바탕으로 당시의 상황을 비교적 사실적으로 전달하고 있다. 다만 소설은 네루다가 칠레 공산당 예비 후보가 되는 1969년에서부터 1973년 세상을 떠나기까지 네루다가 말년을 보낸 섬 이슬라 네그라에서의 생활을 그리고 있다면, 영화는 1951년 이탈리아 망명 시절을 배경으로 삼고 있다.

영화 〈일 포스티노〉에서 네루다는 아내와 함께 이탈리아 남부의 작은 섬 칼라 디 소토에 연금되어 있는 것으로 나온다. 작품의 배경이 바뀌면서 주인공 네루다의 성격은 소설에서 노시인의 성찰과 관조가 돋보였던 것에 비해, 영화에서는 망명 생활의 외로움과 그 안에 감춰진 열정이 교차하는 인물로 묘사된다.

우편배달부도 소설에서는 17세의 혈기 넘치는 청년 마리오 히메네스인 반면, 영화에서는 서른이 다 된 노총각 마리오 루폴로로 나온다. 17세 청년을 30세 노총각으로 바꾼 데에는 영화의 마리오 역에 애초부터 이탈리아 국민 배우였던 마시모 트로이시를 염두에 두었기 때문이었다고 한다. 마시모 트로이시는 마이클 레드포드 감독과 함께 칠레 배경의 원작 소설을 이탈리아 배경으로 각색했다. 당시 심장병을 앓고 있었던 트로이시는 온 힘을 다해 연기했고, 영화를 마치자마자 죽었다.

이 영화의 마지막 부분에 "우리의 친구인 마시모에게"라는 헌사가

나온다. 사후에 그는 영화 〈일 포스티노〉로 아카데미 남우주연상 후보
에 오르기까지 했다.

어부의 아들

영화 〈일 포스티노〉의 배경은 이탈리아 남부 어촌. 순박하다 못해 좀
모자란 것처럼 보이는 노총각 마리오 루폴로는 잦은 감기로 고기잡이
배를 타지 못한다. 그는 묵묵히 저녁을 먹는 아버지 앞에서 물이 다 떨
어졌다고 말하더니 계속 훌쩍거리며 변명을 한다. 배를 탔는데 축축하
고 몸이 추웠다고. 그러면서 미국으로 간 친구에게 온 엽서 이야기를
한다. 미국은 부자 나라고 일거리도 많다며, 물도 없이 사는 자신들과
비교한다. 마리오는 내심 미국으로 간 친구들이 부러운 것이다.

이런 이야기들을 주워섬기는 아들에게, 그때까지 아무 말도 하지 않
던 아버지는 한마디 던진다. "마리오, 넌 고기잡이엔 관심도 없잖니….
가고 싶으면 미국이든 일본이든 가렴. 무슨 일이든 해야지. 너도 이젠
어린애가 아니잖아."

평온한 어촌에 칠레의 대시인 네루다가 아내와 함께 망명해 온다.
비록 경찰의 허가 없이는 섬을 떠날 수 없지만 섬의 아름다움은 시인
의 적적함을 달래 줄 것이라는 뉴스가 나온다. 문맹자가 대부분인 어
촌에서, 능숙하지는 않지만 그나마 글을 읽고 쓸 줄 아는 마리오는 시
인에게 우편물을 배달하는 우체부가 된다.

우체국장은 마리오에게 시인은 어떤 분이냐고, 말하자면 '정상'이
냐고 묻는다. 마리오는 대답한다. "겉이야 정상이죠. 하지만 말을 할
땐 달라요. 척 보면 알 수 있는 걸요. 예를 들어 부인을 뭐라고 부르는
줄 아세요? '사랑'이래요. 멀리 떨어져 있을 때도 꼭 사랑이라고 불러

요…. 시인이잖아요. 한눈에 알 수 있는 걸요.”

어촌에 태어나 어부의 아들로 자랐으면서도 잦은 감기로 배를 타지 못하고, 늘 이곳이 아닌 다른 곳을 꿈꾸는 마리오는 어부도 못 되고, 그렇다고 다른 그 무엇이 될 수도 없는 정말 어설픈 존재다. 그러나 그가 우편배달부가 됨으로써 그의 존재는 새롭게 변화한다.

마을에서 멀리 떨어진 한적한 별장에서 거의 감금된 상태로 지내는 시인을 세상과 연결해 주는 것이 바로 우편배달부 마리오다. 그뿐만 아니라 글을 겨우 읽고 말이 많은 그는 문맹이며 말을 거의 안 하는 아버지 혹은 어부들과 시를 쓰며 일상어조차 시적으로 말하는 시인 사이의 중간자 역할을 한다. 문맹인 마을 사람들과 위대한 시인과의 거리는 마리오가 매일 오가는 꼬불꼬불한 산길만큼 멀지만, 마리오는 시인을 자신이 짝사랑하는 여인이 있는 식당으로, 또 그 연인과의 결혼식장으로 이끈다.

결혼식 피로연에서 그때까지 말이 없던 아버지는 처음으로 훌륭한 연설을 한다. 아버지는 말을 못 하는 것이 아니라 안 하는 것이었다. 불편하지 않다거나 불만이 없어서가 아니라, 생존을 위해서 단지 순응하고 있을 따름이었다.

시란 설명하면 진부해지는 것

이제 영화 속의 시론을 살펴보겠다. 그와 함께 ‘바다’의 상징성에 대해서도 알아보자.

어부들은 매일 아침 바다에 나가 고기를 잡고, 저녁이면 고깃배에서 그물을 거둬들인다. 그러나 마리오는 우체부가 된 이후로 바다에 나가지 않는다. 그는 다만 바다를 '바라보며' 네루다의 시집을 읽는다거나, 고깃배가 돌아오는 저녁에도 침대에 걸터앉아 지도에서 시인의 고향인 칠레를 찾아본다.

적성에 맞지 않았던 고기잡이에 비해 우편 배달일은 매우 만족스러워 보인다. 얼마간의 팁을 받을 수 있어서가 아니라, 매일매일 시인을 만날 수 있다는 그 자체에 마리오는 행복해한다. 날이 갈수록 네루다에 대한 마리오의 호기심과 존경심은 깊어진다. 그러나 시인에게 마리오는 그다지 특별한 존재가 아니다. 그가 사인을 부탁한 시집에 받는 사람인 마리오의 이름은 빼고 그저 자신의 이름만 써 주는 네루다의 무심한 태도에서 그것을 알 수 있다. 어쨌거나, 썩 마음에 들진 않더라도 시인에게 사인도 받고 조심스럽게 말을 건네 볼 만큼 둘의 사이는 친숙해진다.

한적한 시골 마을에 선거철이 왔다. 집권당인 민주당의 드 코시모 후보는 늘 물이 부족한 마을에 수도를 놓아 주겠다는 공약을 하고 다니고 사람들은 들뜨지만, 이들과는 영 무관하게 마리오는 이렇게 술집 구석에서 네루다의 시집을 읽는다.

> 난 시들고 멍한 느낌으로 영화 구경을 가고 양복점을 들른다
> 독선과 주장의 틈바귀에서 시달리고 있는 덩치만 큰 백조처럼
> 이발소에서 담배를 피우며 피투성이 살인을 외친다.
> 인간으로 살기도 힘들다.
>
> — 파블로 네루다, 「산책」 부분

인간으로서 살기도 힘들다. 마리오는 이 부분이 가장 마음에 든다. 나중에 그는 네루다에게 이 부분이 가장 공감된다면서 그 뜻을 물어본다. 네루다는 이렇게 대답한다.

"시란 설명하면 진부해지고 말아"

시를 이해하는 가장 좋은 방법은 그 감정을 직접 경험해 보는 것이다. 그러니까 시에서 말하는 것에 공감하고 그것을 느끼는 것이 소중하다는 의미인데, 우리는 앞에서 공감의 시 읽기로 「동천」을 쓴 서정주 시인의 마음을 함께 상상해 봤다. 지금부터는 우리 모두 마리오가 되어 네루다 시인에게 시를 배워 보자.

은유

어느 날 마리오는 시인에게 우편물을 전해 주고 그 자리를 뜨지 못한다. 원작에서는 이 장면을 "이렇게 빨리 헤어져야 한다는 사실이 괜히 서글퍼, 가슴 깊숙한 곳에 자리 잡은 슬픔 때문에 옴짝달싹할 수 없었다."고 나온다.

시에서 은유와 직유와 같은 비유는 시인의 말처럼 비교에 의해 관념들을 진술하고 전달하는 방법이다. 비유가 일종의 비교인 이유는 반드시 이질적인 두 사물의 결합 양식이기 때문이다. 즉, 원관념과 보조관념의 결합이 비유다. 여기서 원관념은 비유되는 이미지 또는 의미 재료이고, 보조관념은 비유하는 이미지 곧 재료재다. 이때 원관념과 보조관념이 '~와 같이, ~처럼, ~듯이'의 매개어로 결합하면 직유이고, 이 매개어가 없이 'A는 B이다'의 형태로 결합하면 은유다. 영화에 나온 예를 들어 설명하면, 하늘에서 비가 오는 것과 우는 것을 비교해, '우는 것 같은 하늘'이라고 하면 직유이고, '하늘이 운다'고 하면 은유가 된다.

시의 뜻을 설명해 달라는 마리오에게, 시인은 시란 설명하면 진부해지며, 시를 이해하는 가장 좋은 방법은 그 감정을 직접 경험해 보는 것뿐이라고 말한다. 시는 그것 자체로 존재하는 것이지, 그것을 다른 말로 해석하거나 설명을 덧붙일 때 이미 그것이 시의 본질에서 멀어진다. 아치볼드 맥클리쉬가 시 「Ars Poetica」에서 말한 것처럼 "시는 의미하는 것이 아니라 존재하는 것(A poem should not mean / But be)"이기 때문이다. 이에 대해 오탁번 시인은 시를 산문적으로 해석하는 것은 원칙적으로 불가능한 것인데, 불가능한 그것을 자꾸 해설하려고 하는 데서 시에 대한 논의는 상당한 위험을 스스로 내포하고 있다고도 설명했다.

네루다는 시를 쓰고 싶다는 마리오에게 해변을 따라 천천히 걸으면서 주위를 감상해 보라고 말한다. "그럼 은유를 쓰게 되나요?"라고 묻는 마리오에게 시인은 대답한다. "틀림없을 거야."

정말 시인이 되고 싶었던 마리오는 그의 말을 곧이곧대로 받아들여 해변을 따라 천천히 걸어 본다. 그는 과연 은유를 발견했을까. 원작을 보면 이때 마리오의 심경이 다음과 같이 묘사된다.

> (…) 마리오 히메네스는 굴곡진 바다를 자세히 살펴보면서 제방이 있는 곳까지 갔다. 파도는 매우 높았지만, 티 없이 맑은 정오였으며 보드라운 모래와 가벼운 산들바람이 따사롭게 느껴졌다. 하지만 별다른 메타포를 찾지 못했다. 바다에 있는 모든 것이 유창하게 떠들었지만, 우체부의 마음속에는 침묵만 들어 있었다. 침묵이 너무 심하다 보니 돌멩이까지 수다스럽게 느껴질 정도였다.
> 자연이 너무 협조를 안 해 주는 것 같아 괜스레 화가 치밀어 올랐다.
>   - 안토니오 스카르메타, 『파블로 네루다와 우편배달부』에서

마리오는 은유를 발견하지 못했다. 바다는 맑고 아름답고 따뜻했지만, 마리오는 그것을 느끼지 못했다. 마리오에게 바다는 새로울 것이

없는, 오히려 지겹고 떠나고 싶은 일상의 공간일 따름이었다. 그러면 시인에게 바다는 어떤 공간일까.

리듬

다음날, 바닷가에서 시인은 마리오에게 이곳은 아름답다고 말한다. 그러자 마리오는 어디 그런 게 있겠냐는 듯 바다를 한번 휘 둘러보고는 진심이냐고 생뚱맞게 묻는다. 시인에게 바다는 창조적 영감을 불러일으키는 시적인 공간이지만, 어부의 아들에게 바다는 태어나면서부터 줄곧 보아 온 일상의 공간이다. 그러니까 바닷가를 천천히 걸어 본들 새로울 것도 신비로울 것도 없는 그곳에서 시적 영감이 떠오를 리 없다. 지금까지 바다는 감상의 대상이 아니라 고된 노동의 공간이었으며, 잦은 감기로 그나마 어부가 될 수도 없는 마리오에게는 지겹고 그저 떠나고 싶은 곳이었다. 즉, 아버지의 바다는 노동의 공간이고 시인에게는 시적인 공간이지만, 마리오에게 바다는 노동의 공간도 시의 공간도 될 수 없는 지겨운 일상의 공간이었다. 그러나 마리오가 앞으로 시인과 교감하면서 바다는 아름다움의 공간으로 새롭게 인식될 것이다. 아름다움은 그것을 느낄 수 있는 사람에게만 보이며, 시를 쓰기 위해선 우선 아름다운 것을 보고 아름답다고 느낄 줄 알아야 하기 때문이다.

　시인은 우체부에게 자신의 시 「바다에 바치는 송시」를 낭송해 주고 느낌이 어떠냐고 물어본다. 마리오가, 단어가 마치 바다처럼 왔다 갔다 하는 것 같다고 하자 네루다는 그것이 '리듬'이라고 가르쳐 준다. 이어서 마리오는 배가 단어들로 이리저리 퉁겨지는 것 같아서 멀미가 나는 느낌이었다고 대답한다. 그러자 시인은 깜짝 놀란다. 바로 그 표현이 은유라고. 네루다는 마리오에게서 '시인으로서의 가능성'을 본 것이다.

리듬은 소리의 반복으로 나타나는 압운과 소리의 고저장단 강약으로 나타나는 율격으로 나뉜다. 영화에서 네루다의 바다에 대한 시 낭송을 듣고 파도 소리를 연상했다는 마리오의 대답은 시에서의 의미와 소리의 성공적인 상호작용을 보여 주는 예다. 서정주 시 「화사」에서 슬픔을 '을마나 크다란'이란 ㅡ음을 중첩해 표현한 것도 같은 예가 된다.

영화 〈일 포스티노〉는 네루다의 생애와 시를 조명했을 뿐만 아니라, 이렇게 시인의 입을 통해 시의 원리까지 설명하고 있어, 대학에서 시론(詩論)을 강의할 때 학생들의 이해를 돕기 위해 단골로 상영해 주는 영화다. 문학을 전공하거나, 시 창작이나 비평에 관심 있는 사람이라면 시인과 우체부의 대화에서 어느 것 하나도 놓칠 수 없을 것이다.

사랑을 하면 시인이 된다

마리오는 식당에 갔다가 핀볼 게임을 하는 베아트리체 루소를 보고 첫눈에 반한다. 원작에서의 이름은 베아트리체 곤살레스이며, 식당이 있는 여인숙집의 딸로 어머니와 둘이 살고 있다. 영화에서는 어머니 대신 이모가 나온다. 소설에서는 "심장이 그렇게 잔인하게 고동칠 수 있다는 사실을 안 건 평생을 따져도 불과 몇 번 안 될 터였다. 심장이 너무 강력하게 펌프질을 해댔기 때문에 가슴에 손을 얹어서 진정시켜야 할 정도였다."라고 나온다. 뜬눈으로 밤을 새운 그는 새벽같이 시인의 집에 달려간다.

마리오: 전 사랑에 빠졌어요.

네루다: 그건 심각한 병이 아니야. 치료 약이 있으니까.

마리오: 치료 약은 없어요, 선생님. 치료되고 싶지 않아요. 계속 아
프고 싶어요. 전 사랑에 빠졌어요.

- 영화 〈일 포스티노〉에서

이 장면은 사랑에 빠진 사람들에게 깊이 공감이 되는 명장면이다.

사랑을 하면 시인이 된다고 한다. 네루다의 시를 읽으며 막연히 시인을 동경하던 마리오는 베아트리체라는 여성을 사랑하면서 '자신의 생각을 잘 표현하기 위해' 시를 쓰고자 한다. 그러나 그것이 잘될 리 없다. 그가 창밖으로 내다보는 바다는 여전히 어부들이 고깃배를 대는 노동의 바다다. 달을 보면서 베아트리체를 그리워하지만, 그 마음을 시로 표현할 수가 없다. 그가 노트를 꺼내 들고 한참을 고민하다 그린 것은 동그라미다.

베아트리체를 처음 보았을 때 그녀는 핀볼 게임을 하고 있었다. 정신없이 바라보는 마리오에게 그 여자는 하얀 핀볼을 입에 물고 꺼내 가라는 듯 고혹적인 몸짓을 했었다. 마리오가 어쩔 줄 몰라 하다 겨우 손을 그녀의 입으로 가져가자, 그녀는 놀리듯 공을 뱉어 내고 마리오는 그 공을 몰래 가져왔다. 흰 종이에 그린 동그라미는 그리움의 달과 겹치는 핀볼이며, 그것은 바로 베아트리체에 대한 은유이다.

시인은 마리오와 베아트리체를 연결해 주고자 식당에 간다. 인민을 사랑하는 민중 시인이었으나, 정작 인민과 떨어진 외딴집에 칩거하던 시인은 마리오로 인해 마을이라는 작은 세상으로 나선 것이다.

시인은 베아트리체가 보는 앞에서 가죽 장식의 노트에 "나의 절친한 친구이며 동지인 마리오에게, 파블로 네루다 증"이라는 서명을 하고, 이제부터 자네는 시인이며 시를 쓰고 싶으면 이 노트에 쓰라며 선물

한다. 물론 베아트리체를 의식한 행동이었지만, 마리오는 매우 기뻐한다. 이것은 시집에 마리오 이름을 빼고 무심히 사인해 주던 때와는 다르게, 네루다에게도 마리오가 특별한 사람이 되었음을 의미한다.

시는 누구의 것인가

마리오는 시인 덕분에 베아트리체의 관심을 끌 수 있었다. 네루다의 시를 거의 외우고 있었던 그는 베아트리체와의 대화에서 시구절을 인용해 그녀의 아름다움을 칭송하고, 시를 적어 주기까지 한다. 베아트리체도 이내 마리오에게 마음을 빼앗긴다. 그런데 문제는 그녀의 이모다. 아무것도 가진 것이 없는 마리오가 예쁜 조카딸을 유혹한다는 것을 알고 노발대발해 네루다를 찾아온다.

> 로사 부인: 한 달 동안 마리오 루폴로라는 남자가 우리 여관을 배회하며 조카딸을 유혹했어요.
>
> 네루다: 무슨 말을 했는데요?
>
> 로사 부인: '은유'라나요. 그놈이 은유를 해서 조카 년을 후끈 달아오르게 했어요. 재산이라곤 발톱 사이에 낀 때밖에 없는 자식이 말솜씨 하난 비단이더군요. 처음엔 점잖게 나가더라고요. 미소가 나비 같다느니 뭐니 하면서 말이죠. 그런데 이제 젖가슴이 두 개의 불꽃이라고 한대요.
>
> 네루다: 그게 상상일까요, 아니면…….
>
> 로사 부인: 전 그놈이 조카딸 년을 만졌다고 생각해요. 읽어 보세요. 그년 브래지어에서 찾았어요.
>
> 네루다: "벌거숭이…… 무인도의 밤처럼 섬세한 당신. 당신의 머리

카락엔 별빛이……" 아름답군요.

로사 부인: 이게 벌거벗은 몸을 봤다는 증거가 아니고 뭐겠어요.

네루다: 아니죠, 로사 부인. 이 시에 그런 말은 나오지 않았어요.

로사 부인: 이 시에 사실이 나와 있어요! 조카 년은 이 시에 나온 그
대로예요. 선생님께 많이 배운 그 청년에게 전해 주세요. 다시는
우리 애를 만나지 말라고 말입니다. 다시 찾아오면 총으로 쏴 죽
인다고 하세요.

– 영화 〈일 포스티노〉에서

마리오는 사색이 되어 이 대화를 엿듣는다. 문제가 된 벌거숭이 운
운하는 시는 네루다의 시 「사랑의 소네트」 중 27번 작품이다. 이 작품
들은 1959년 시집 『사랑의 소네트 100편(Cien sonetos de amor)』(1959)
으로 출판되어 아내 마틸드에게 헌정됐다.

벗으면, 너는 네 손처럼 단순하다,
매끄럽고, 흙 같고, 작고, 투명하고, 둥글다 :
너는 달의 선들(moon-lines), 사과의 오솔길을 갖고 있다 :
벗으면, 너는 벗긴 밀알처럼 날씬하다.

벗으면, 너는 쿠바의 밤처럼 푸르다 ;
머리카락 속에 포도 넝쿨과 별들을 갖고 있다 ;
벗으면, 너는 금빛 교회의 여름처럼
널찍하고 누르스름하다.

벗으면, 너는 네 손톱처럼 작다—
굴곡이 있고, 미묘하고, 장밋빛이다, 날이 밝고,

옷과 가사(家事)의 긴 터널로 내려가듯이,

네가 지하세계로 물러갈 때까지 :
너의 밝은 빛이 흐려지고, 옷을 입고— 잎들을 떨어트리고—
다시 맨손이 된다.

- 파블로 네루다, 「사랑의 소네트 27」, 전문

자신의 시 한 편으로 일이 이상하게 꼬였다는데 시인은 어이없어한다. 게다가 아내를 위해서 쓴 시를 다른 사람이 다른 이에게 주었다는 사실이 유쾌할 리 없다. 시인은 마리오를 책망한다.

> 네루다: 책을 준 적은 있으나 내 시를 도용하라 한 적은 없네. 내가 마틸드를 위해 쓴 시를 베아트리체에게 주다니……
> 마리오: 시란 시를 쓴 사람의 것이 아니라 그 시를 필요로 하는 사람의 것입니다.

- 영화 〈일 포스티노〉에서

마리오는 시가 시인의 책상 서랍에 있을 때는 시인의 것이지만, 그것이 세상에 발표되는 순간부터 읽는 사람들의 것이라고 생각한다. 그러나 네루다의 견해는 다르다. 독자는 문학작품을 즐길 수는 있지만 도용해서는 안 된다는 것이 그의 생각이다. 그러면 시를 좋아하는 평범한 독자에게 인용과 도용은 어떻게 구별될까.

물론 시의 저자를 밝히면 인용이고, 저자를 밝히지 않고 '마치 자신이 쓴 것처럼' 하면 도용이다. 영화에서는 여기서 한 걸음 더 나아가 시가 시인의 것이냐, 독자의 것이냐 하는 시의 존재 의미에 대해 질문하고 있다. 이것은 문학비평에서 오래전부터 논의된 주제로 시를 연구

할 때 시를 쓴 시인의 의도가 중요한가, 그것을 받아들이는 독자의 느낌이 중요한가의 문제에 이른다. 시를 시인의 의도를 중심으로 해석한다면 그것은 시인의 것으로 간주하는 연구 태도이고, 작가와 분리해 작품 그 자체로 보고 그것을 받아들이는 독자의 상상력을 중심으로 이해한다면 독자의 것으로 보는 연구 태도가 된다.

이모인 로사 부인과 대화에서도 이러한 상반된 관점은 나타난다. 네루다는 아내인 마틸드의 모습을 그리며 시를 썼지만, 그 시를 읽고 로사는 조카딸과 똑같다고 생각한다. 물론 이것은 그 시를 마리오가 직접 쓴 것이라는 오해에서 비롯된 것이기는 하나, 마리오 역시 시에 나오는 여인이 베아트리체와 똑같다고 상상했기 때문에 그녀에게 주었을 것이다. 마틸드를 노래한 이 시는 읽는 사람에 따라서 베아트리체도, 혹은 옆집의 줄리엣도 될 수 있는 것이 마리오의 생각이다.

시적 상상력과 현실

다음은 시적 상상력과 현실의 문제다. 로사는 시를 읽고 마리오가 조카딸을 만졌다고 확신한다. 베아트리체의 모습이 시에서와 같으므로, 마리오가 조카딸의 벗은 몸을 보고 시로 옮겼다고 생각하는 것이다. 그러나 보지 않고서는 글을 쓸 수 없다는 로사의 생각과는 다르게, 네루다는 상상만으로도 글을 쓸 수 있다고 말한다. 시적 상상력과 현실을 구분하는 것이다. 이것은 범인(凡人)과 시인의 차이도 하다.

평범한 사람들은 곧잘 상상력의 세계와 현실을 혼동한다. 작가가 어떤 작품을 쓰면, 그 주인공이 현실의 누구일까 하고 궁금해한다. 특히 실존 인물을 주인공으로 했을 때 문학작품 속 주인공의 행위는 역사적인 사건으로 오인된다. 작가는 현실을 바탕으로 작품을 쓰지만, 그것이 전기나 다큐멘터리가 아닌 이상 작품 속의 사건이나 주인공이 현실의 어떤 것과 반드시 일치되는 것은 아니다. 영화 〈일 포스티노〉를 예로 들어, 비교적 역사적 사실에 충실한 원작과 이 영화에서도 파블로 네루다의 생애는 작품을 이해하기 위한 하나의 자료이지, 자료 자체가 영화 속의 진실이 된 것은 아니다. 역으로 영화 속의 인물들이 모두 실재 인물 것은 더더구나 아니다.

그러나 문학작품이 출판과 매스컴의 강력한 힘으로 전파되는 오늘날, 작가는 현실과 상상의 세계를 혼동하는 대중의 속성을 간과해서는 안 된다. 우리 주위엔 로사 부인과 같은 사람들이 많다. 특히 실존 인물과 사건을 창작의 소재로 삼으면 신중하게 접근해야 한다. 독자에게 현실과 문학작품을 구분하는 변별력이 요구된다면, 작가에게도 평범한 독자를 혼란스럽지 않게 할 의무가 있기 때문이다.

네루다가 본국 칠레로 돌아간 뒤 마리오에게 한 통의 편지가 온다. 거두절미하고 네루다가 쓰던 물건을 보내 달라는 비서의 사무적인 편지였다. 마리오는 네루다가 몹시 그리웠던 것만큼 크게 실망한다. 그는 시인이 자신을 잊었다고 생각한다. 자신은 시를 쓴 적도 없고 훌륭한 사회주의자도 못 되었고, 그저 편지를 배달한 우편배달부에 불과했다고 말한다.

원작에서 마리오는 「파리의 파블로 네루다를 덮은 눈에 바치는 송가」, 「파블로 네프탈리 히메네스 곤잘레스의 연필로 그린 초상화」 등 몇 편의 시를 쓴 것으로 나오나, 영화에서는 노트에 그린 동그라미 이외에는 한 편의 시도 관객에게 보여 주지 않는다. 영화의 끝 장면 사회주의 시위 집회에서 「파블로 네루다님께 바치는 노래」를 낭송하기로 한 마리오는 연단에 오르기 직전, 진압대 출동에 흥분한 시위 군중에 밟혀 죽는다. 결국 마리오가 쓴 시는 낭송되지 못한 채 날아가 버린다.

그래서 우리가 볼 수 있는 유일한 마리오의 시는 시작 노트에 남긴 동그라미뿐이다. 마리오가 죽은 뒤 유복자로 태어난 아들 파블리토가 핀볼을 가지고 노는 장면은 유난히 울림이 크다. 노트의 동그라미는 핀볼이며, 그것은 베아트리체에서 아들 파블리토로 이어지는 마리오의 사랑을 은유한다.

시인의 마음

영화 〈일 포스티노〉는 주인공 마리오의 변화에 초점이 맞춰져 있다. 마리오는 대시인 네루다와의 만남을 통해 어부의 아들에서 우체부로, 또 시인을 꿈꾸는 청년으로 정신적인 성장을 이룬다. 이 과정에서 아름다운 처녀 베아트리체를 아내로 맞고, 집회의 시 낭독에 초청될 만큼 동료들이 인정해 주는 사회주의자로 변신한다.

이탈리아는 1948년 공화국 수립 이후 집권당인 기독민주당은 공산당과 사회당을 배제하는 정책을 폈다. 그러나 1950년대 이탈리아 남부는 산업화로 발전하는 북부와는 다르게 실업률이 높았고 빈부의 격차가 컸으며 경제력 또한 빈약했다. 이러한 배경으로 이탈리아 남부 일부에서는 사회주의 사상을 찬양했다. 영화에서 사회주의자인 네루다가 이탈리아 남부지방으로 망명을 하고, 마리오를 비롯한 주위 사람들이 사회주의를 지지하는 것은 당시의 이러한 분위기를 반영한다.

처음에 마리오는 세상에 불만이 있어도 그저 그러려니 하고 지내는 순박하고 착한 마을 사람 중 하나였다. 늘 물이 부족한 마을에 집권당인 민주당 의원은 선거 때마다 수도를 놓아 주겠다는 공약을 하지만 그때뿐, 지켜지지 않는다. 다시 선거철이 돌아오고, 사람들이 헛공약에 들떠 할 때도 마리오는 술집 구석에서 무심하게 네루다의 시집을 읽는다.

물 부족 때문에 불편을 겪는 것은 시인도 마찬가지였다. 그는 물이 나오지 않아 고장인 줄 알고 있다가 물이 떨어져 그렇다는 말을 듣는다. 시인은 말한다. 의지가 있으면 세상을 바꿀 수 있다고. 그때부터 마리오는 조금씩 변화하기 시작한다.

영화에서, 수도를 놓아 주겠다고 여관에서 하숙하던 인부들이 선거가 끝나고 그냥 철수해 버리자 로사도 베아트리체도 낙심할 뿐 그 어떤 불만도 표출하지 못한다. 이때 마리오가 나선다. 주방에서 일하다 나와 부엌칼을 들고 있었고, 그래서 본의 아니게 칼을 휘저으며 이야기하는 모습이 어설프기는 하지만 다른 마을 사람들과는 다르다. "난 멍청이가 아니오. 우린 당신이 선출되면 공사가 끝날 줄 알았어요."

원하지 않았던 민주당 후보가 선출되고 마을의 수도공사는 중단되자 마리오는 네루다가 있었으면 이렇게 되지 않았을 거라면서 몹시 그를 그리워한다.

마리오는 시인이 두고 간 짐을 정리하기 위해 네루다의 집에 갔다가 녹음기를 발견한다. 거기에는 이 섬의 아름다움애 대해 말해 보라는 시인의 음성과 머뭇거리다가 그냥 '베아트리체 루소'라고 엉뚱한 대답을 한 자신의 목소리가 녹음되어 있었다. 그것이 얼마나 우스꽝스러운 대답이었는지 비로소 마리오는 깨닫는다. 마리오는 이 섬의 아름다운 소리를 담아 시인에게 보내기로 한다. 그는 칼라 디 소토의 바닷가 구석구석을 찾아다니며 녹음을 한다.

파도 소리나 절벽과 나뭇가지에 부는 바람 소리, 고기잡이배의 그물질 소리, 교회의 종소리 모두 칼라 디 소토의 일상에서 들리는 소리다. 해안을 따라 천천히 걸어도 아무런 감흥을 느낄 수가 없었고, 바다가 정말 아름답다는 시인의 말에 진심이냐고 되묻던 마리오가 이제는 파도 소리, 바람 소리 하나도 예사로 듣지 않는다. 마리오는 비로소 아름다움을 느끼기 시작한다.

그는 밤하늘에 녹음 마이크를 대고 별들이 빛나는 소리를 담고자 한다. 만삭이 된 베아트리체의 배에도 마이크를 대고 아이의 심장 소리를 녹음하고자 한다. 반짝이는 별을 청각으로 느끼고, 아직 태어나지도 않은 아이의 심장 소리를 듣는 마리오는 상상력으로 사물을 느끼는 시인의 마음과 닮아 있다. 아름다운 것을 아름답다고 느끼는 것, 나아가 남들이 들을 수 없는 소리를 듣고 볼 수 없는 것을 보는 것, 그것이 바로 시인의 영혼이다.

무심하게 지나치던 파도 소리, 바람 소리가 아름답게 느껴지면서 마리오는 네루다에게 바치는 바다에 대한 시를 쓸 수 있게 된다. 마리오는 녹음기에 네루다에게 보내는 자신의 목소리를 녹음한다.

네루다에게 쓴 마리오의 편지다. 시인은 마리오에게 무엇을 남고고 간 것일까.

마리오: 파블로 선생님께
전 마리오입니다. 절 기억하시는지 모르겠습니다. 전에 선생님 친구분들께 우리 섬의 아름다움에 대해 말해 보라고 한 적이 있었죠. 전 그때 아무 말도 하지 못했어요. 지금은 알 것 같아 이 테이프를 보냅니다. 들어 보고 괜찮으면 친구분들께 틀어 주세요. 신통치 않으면 혼자 들으시고요. 이걸 들으면 저와 이탈리아가 생각나실 겁니다.
전 선생님이 모든 아름다움을 갖고 가신 줄 알았어요. 하지만 인제 보니 저를 위해 남기신 게 있는 걸 알겠어요.
제가 시를 썼다는 것도 말씀드리고 싶습니다. 하지만 읽어 드리진 않겠어요. 창피하니까요. 제목은 「파블로 네루다님께 바치는 노래」입니다. 내용은 바다에 관한 것이지만 선생님께 바치는 시입니다. 선생님을 만나지 못했다면 전 이 시를 쓰지 못했겠죠. 전 이 시를 대

1부 시의 원리

중 앞에서 읽게 되어 있습니다. 비록 목소리는 떨리겠지만 전 행복할 겁니다. 제가 선생님 이름을 부르면 관중들은 환호하겠지요.

- 영화 〈일 포스티노〉에서

마리오는 사회주의자의 집회에서 시를 읽지도 못하고 시위 군중들에게 밟혀 죽는다.

수년이 흐르고, 아내와 함께 이탈리아를 찾은 네루다는 베아트리체에게서 마리오가 죽었다는 이야기를 듣는다. 마리오가 남긴 테이프를 듣고, 바다를 쓸쓸히 걷는 노시인. 감독은 흑백 화면으로 시위가 열리는 장면, 진압대가 들이닥치자 군중들이 흥분하고, 이어서 사람들 사이에 쓸려 가는 마리오와 시가 쓰인 종이가 날아가 결국 바닥에 떨어지는 장면을 느린 속도로 관객에게 보여 준다. 마리오는 그렇게 죽은 것이다.

시인은 우체부에게 아름다움을 느낄 줄 아는 마음을 남겼다. 마리오는 시인의 영혼을 갖게 되었지만, 험난한 세상과 맞서기에는 무력할 따름이었다. 마리오의 덧없는 죽음은 의지가 있으면 세상을 바꿀 수 있다는 시인의 말이 사실은 얼마나 실현되기 어려운 일인가를 역설적으로 보여 준다.

의지가 있어도 세상은 바뀌기 어렵다. 한 편의 시가 세상을 바꾸어 놓기도 어렵다. 그러나 의지가 있으면 자신은 바꿀 수 있다. 자신이 바뀌면 세상도 바뀐다. 마리오는 세상에 제대로 된 시 한 편 남기지 못했지만, 세상은 그에게 눈부신 한 편의 시였을 것이다.

그러니까 그 나이였어…… 시가
나를 찾아왔어. 몰라, 그게 어디서 왔는지.
모르겠어, 겨울에서인지 강에서인지.

언제 어떻게 왔는지 모르겠어,

아냐, 그건 목소리도 아니었고, 말도

아니었으며, 침묵도 아니었어,

해 간 어떤 길거리에서 나를 부르더군,

밤의 가지에서,

갑자기 다른 것들로부터

격렬한 불 속에서 불렀어,

또는 혼자 돌아오는데 말야

그렇게 얼굴 없이 있는 나를

그건 건드리더군.

- 파블로 네루다, 「시」 부분

해변에 서 있는 시인이 원경으로 멀어지면서 이 영화는 끝나고 화면에 네루다의 「시」가 올라온다. 문득 이 시가 마리오의 독백 같다는 생각이 든다. 바람 소리, 파도 소리처럼, 늘 그의 곁을 맴돌다 어느 날 갑자기 찾아온 시. 그리고 그 시와 함께 이 세상을 떠난 착한 청년 마리오. 시인이 우체부에게 시인의 마음을 남겼다면, 우체부는 우리에게 무엇을 남기고 간 것일까.

2부

테마로 읽는 시

1 신화

🌲 　　　　　2부 '테마로 읽는 시'에서는 하나의 주제로 그
와 연관된 국내외 시 작품을 살펴본다. 준비한 테마는 신화, 종교, 그
림, 노래, 성찰, 사랑, 어린이, 전쟁, 여성, 스토리텔링, 영화 등이다.

　신화와 종교 장에서는 인문학적 상상력을 바탕으로 고전과의 상호
텍스트성을 설명한다. 그림과 노래 장에서는 미술과 음악을 전공하거
나 예술에 관심이 많은 이들을 위해 융복합적인 시적 상상력을 알아본
다. 성찰과 여성 장에서는 나를 돌아보고 시 속에 표현된 여성 문제를
페미니즘 관점에서 가늠하는 시간을 갖는다.

　먼저 1장에서 신화란 전승 집단이 신성시하는 신과 그 주변 이야기
를 통칭한다. 이 장에서는 그리스 신화의 탄탈로스와 『구약성서』의 다
윗이 등장하는 이용악의 시를 중심으로 신화 속 인물이 작품에서 어
떻게 표현되는지 분석한다. 『구약성서』에 나오는 다윗의 이야기는 '종
교'의 테마로 분류될 수도 있으나, 이용악 시에서는 기독교라는 종교
적 관점보다는 이야기의 신성성 그 자체에 초점이 맞춰져 있다. 다윗
의 이야기를 소재로 한 이용악 시를 종교가 아닌 신화의 관점에서 다
루는 이유다. 시에 나타난 기독교 의식은 다음 장 '종교'에서 알아본다.

　영국의 낭만주의 시인 존 키츠의 장시 『엔디미온』을 중심으로 '아름

다움은 영원한 기쁨'이라는 키츠의 낭만주의적이며 유미주의적인 세계관도 엿보겠다.

이용악과 키츠의 시를 읽으며 다음의 것들을 생각해 보자.

- 그리스 신화, 『구약성서』 등 신화와 문학의 관계
- 이용악의 시와 서양 고전과의 상호 텍스트성의 의미
- 키츠 시에서 '아름다움의 의미'

이용악의 탄탈로스와 다윗

이용악(1914~1971)은 함경북도 경성(鏡城), 두만강 변의 소금 밀수업의 집안에서 태어났다. 이른 나이에 아버지를 잃고 극심한 가난 속에서 성장한다. 고학으로 경성고보를 졸업하고 일본으로 건너가 1934년 일본 조치대학 신문학과에서도 극도의 궁핍 속에서 힘겹게 공부하였다. 1935년 『신인문학』 3월호에 「패배자의 소원」으로 등단했다.

1939년 대학을 마치고 귀국한 이용악은 곧 '인문평론사'에 입사해 기자로 근무했고, 1943년 사상 문제로 서대문형무소에 투옥되었다가 출소하고 낙향한다. 해방 후 이용악은 상경해 1946년 2월 '조선문학가동맹'에 가입하고 좌익 활동에 앞장선다. 한국전쟁 중에 월북했다.

이용악의 생애는 가난과 굶주림, 고향에서 타향으로 다시 고향으로 떠도는 유랑, 그리고 사회주의 사상의 추구로 요약할 수 있다. 이것들은 이용악 시 세계에 그대로 나타나게 된다.

이용악 시의 개성으로서 '서사 지향성'은 널리 알려진 사실이다. 시에서의 서사 지향성은 서정성만으로는 담을 수 없는 복잡하고 다층적인 상황을 이야기로 풀어냄으로써 시적 효과를 극대화한다. 시집 『분수령』(1937)에 실린 시 「풀버렛소리 가득차 있었다」, 시집 『낡은 집』(1938)에 실린 시 「낡은집」과 같은 이용악의 '이야기 시(narrative poem)'는 삶에서 우러나온 경험이 서사의 바탕을 이룬 성공적인 작품으로 평가된다. 여기서 이야기 시란 '이야기를 소재로 쓴 시', 혹은 '이야기 자체를 작품 구성의 근간으로 삼은 시'를 이른다. 그런데 이용악의 시 세계는 『오랑캐꽃』(1947)에 이르러 서사성은 약화되고 서정성이 강화된다.

1930년대 후반부터 이용악 시의 서사성이 약화된 사실은 일제의 식민지 체제 강화라는 시대 상황과 맞물려 있으며, 1940년 전후의 비관주의적 시 정신이 현실에 대한 적극적인 탐구를 위축시켰다고 볼 수 있다.

이용악 시에서 서사성이 약화되면서 시 의식은 분열되기 시작한다. 성급한 낙관과 감상적인 비관이 혼재하는 등 일관성을 잃어버린 시 의식은 '시적 파탄'에까지 이른다. 이 무렵 이용악 시에서는 이전에 볼 수 없었던 현상이 발견된다. 바로 서양 고전과의 상호 텍스트성(intertextuality)이다.

상호 텍스트성이란 한 텍스트가 다른 텍스트와 맺고 있는 상호 관련성으로, 독자가 인식할 수 있는 다른 텍스트와의 연관 속에서 의미가 형성된다는 개념이다. 상호 텍스트성의 예로 시 「별 아래」와 「나라에 슬픔이 있을 때」에서 이용악은 나와 우리의 이야기를 '그들의 이야기'에 빗대 들려준다. 그들은 '탄탈로스'와 '다윗'으로, 각각 그리스 신화와 『구약성서』 등의 원전을 바탕으로 시의 청자로 등장하거나 화자와 동일시된다. 그리고 이 시기가 지나면 이용악 시에서의 서사 지향성은 다시 강화된다. 일제 말에서 해방기에 일시적으로 나타난 서양 고전과의 상호 텍스트성은 이용악 시의 서사 지향성을 논하는 데 매우 중요한 부분이다. 이 장에서는 이용악 시 중 비교적 덜 알려진 시 「별 아래」와 「나라에 슬픔이 있을 때」를 주요 텍스트로 원전과의 비교 및 다른 시들과의 교차 강독을 통해 이용악 시의 신화적 상상력을 가늠하고, 궁극적으로 이용악 시에서 상호 텍스트성의 역할과 의의를 알아보겠다.

채울 수 없는 욕망의 기갈

이용악 시에서 신화적 상상력이 나타나는 것은 시 「별 아래」부터다. 그리스 신화의 탄탈로스가 등장하는 이 시는 1940년 12월 30일 『매일신보』에 「별 아래-세한시초(歲寒詩抄) 3」으로 발표됐으며, 제4시집 『이용악집』(1949)에 수록됐다. 이 시를 쓸 당시 이용악 시인은 1939년 일본 조치대학 졸업 후 귀국해 서울에서 『인문평론』의 편집기자로 근무하고 있었다. 시 「별 아래」에서 시인은 고향을 그리워하는 마음을 그리스 신화의 탄탈로스 이야기를 배경으로 노래한다.

눈 내려
아득한 나라까지도 내다보이는 밤이면
내사야 혼자서 울었다

나의 피에도 머물지 못하는 나의 영혼은
탄타로스여
너의 못가에서 길이 목마르고

별 아래
숱한 별 아래

웃어 보리라 이제
헛되이 웃음 지어도 밤마다 붉은 얼굴엔
바다와 바다가 물결치리라

– 이용악, 「별 아래」 전문

시 「별 아래」는 화자의 울음으로 시작해서 웃음으로 끝난다. 여기서 웃음은 '헛되이 지은' 웃음이므로 앞의 울음과 크게 다르지 않다. 이 시는 혼자서 우는 울음과 헛된 웃음 사이에서 분열되고 있는 시 의식을 보여 주고 있다.

1연에서 눈이 내리는 풍경은 아득한 거리에 있는 고향 경성(鏡城)을 떠올리게 한다. 눈 오는 밤을 매개로 고향은 마치 내다 보일 것처럼 가깝게 느껴지지만, 그러나 그곳은 아득히 멀리 함경도에 있다. 그래서 화자는 혼자서 운다.

2연에서 화자는 시적 청자로서 탄탈로스를 부르며 그의 못가에서 길이 목마르다고 말한다. 탄탈로스와 자신을 동일시하는 것인데, 그 이유로 "나의 피에도 머물지 못하는 나의 영혼"을 들고 있다.

3연에서 화자는 자신이 별 아래, 그것도 '숱한' 별 아래 있음을 강조한다. 그러니까 화자는 현재 탄탈로스의 못가에 서 있으면서 머리 위로 숱하게 반짝이는 별들을 우러러보고 있다. 이 시의 제목이 '별 아래'임에 미루어, 시인은 화자의 이러한 상황에 큰 의미를 두고 있음을 짐작할 수 있다.

마지막 연에서 화자는 이제 웃어 보겠다고 말한다. 그러나 그 웃음이 헛된 것은 화자 자신도 잘 알고 있는 것처럼 보인다. 결국 그는 "헛되이 웃음 지어도 밤마다 붉은 얼굴엔 / 바다와 바다가 물결치리라"라며 울음을 암시하는 부정적인 마무리를 한다.

이 시의 청자인 탄탈로스는 그리스 신화에 나오는 인물이다. 탄탈로스는 최고 신 제우스의 아들이자 타르타로스의 왕이었다. 처음에 그는 신들의 사랑을 독차지해 그들과 함께 신의 음식인 넥타르를 마시고 암브로시아를 먹을 정도였다. 신들의 총애에 오만해진 탄탈로스는 그들의 권위에 도전하기에 이른다. 신들을 초대한 만찬에 자신의 아들을 삶아 내었다. 혹은 '신들의 음식을 훔쳤다', '신들의 이야기를 몰래 엿들었다' 등 여러 가지 설이 있다. 화가 난 제우스는 탄탈로스에게 '영원한 굶주림'이라는 형벌을 내린다. 바로 이 부분이 그리스 신화에 나오는 탄탈로스의 형벌에 대한 부분이다.

> 탄탈로스는 비록 엉덩이까지 물에 잠겨 있지만 늘 '지독한 갈증'에 허덕인다. 물을 마시려고 몸을 숙이면, 물은 그가 보는 앞에서 밑으로 줄어든다. 또한 '미칠 듯한 허기'에 시달리면서도 눈앞에 늘어져 있는 과일 나뭇가지에서 열매 하나도 따 먹을 수 없다. 그가 열매를 따려고 손을 뻗으면 바람이 갑자기 가지를 높이 들어 올려 팔이 닿지 않기 때문이다.
>
> — 퀼마이어, 「탄탈로스와 그의 아들」, 『그리스 로마 신화』

탄탈로스는 바로 눈앞에 있는 과일을 먹을 수가 없다. 탄탈로스의 고통은 일차적으로 굶주림이다. 신의 음식을 먹던 탄탈로스가 음식으로써 신의 권위에 도전하자 그는 어떠한 것도 먹을 수 없는 굶주림의 형벌을 받게 된다. 그러나 배고픔보다 더한 형벌은 헛된 희망이다. 조금만 몸을 숙이면, 조금만 손을 뻗으면 닿을 수 있는 곳에 존재하는 물과 열매는 늘 새롭게 그의 욕망을 불러일으킨다. 그것이 불가능하다는 것을 알면서도 끊임없이 시도하는 것이다. 그래서 그는 더욱 심한 갈망에 사로잡힌다. 눈앞에서 사라지는 물과 열매는 가능해 보이지만 실제는 불가능한 성취 대상이다. 그러나 그것은 '가능해 보이기 때문에'

탄탈로스는 어리석은 도전을 시도하고 또다시 좌절한다. 탄탈로스 형벌의 핵심은 성취할 수 없음을 알고 있음에도 불구하고 포기하지 못하는 데 있다.

　시 「별 아래」는 이러한 이야기를 배경으로 하고 있다. 이 시의 화자는 눈이 내리자 "아득한 나라까지도 내다 보이는" 것 같다고 말한다. 여기서 아득한 나라는 북쪽의 고향이다. 그러나 그 고향에는 이를 수 없다. 원작에서의 탄탈로스의 갈증이 이 시에서는 화자의 고향에 대한 갈망으로 치환되었다.

굶주림

탄탈로스 신화는 시 「별 아래」에서 뿐만 아니라, 이용악 시 전체를 가늠할 수 있는 상상력의 원형이다. 우선 그 연계점은 '굶주림'이다. 굶주림은 이용악 시에서 지속해서 나타난 이미지다. 그는 어린 나이에 아버지를 여의었다. 이후 시인은 고향을 떠나는데, 직접적인 원인이 궁핍함 때문이었다. 고향은 그에게 "기름기 없는 살림"이며 "뼉다구만 남은 마을"로 여겨졌다.

주름 잡힌 이마에
석고처럼 창백한 불만이 그득한 나를
거리의 뒷골목에서
만나거든
먹었느냐고 묻지 마라
굶었느냐곤 더욱 묻지 말고
꿈 같은 이야기는 이야기의 한마디도
나의 침묵에 침입하지 말어 다오

　　　　　　　　　　　　　　－ 이용악, 「나를 만나거든」 부분

시 「나를 만나거든」은 시집 『분수령』에 실린 이용악의 청년 시절 노동 체험을 시화한 작품이다. 여기서도 굶주림은 중요한 모티브가 된다.

이용악 시인은 조치대학 유학 시절(1932~1938) 학교 소재지인 시바우라(芝浦)에서 공사판 품팔이꾼으로 일했으며, 그곳 해군부대에서 반출되는 음식 찌꺼기로 끼니를 때웠다고 한다. 그는 「항구」라는 시에서 "부두의 인부꾼들은 / 흙을 씹고 자라난 듯 꺼머틱틱했고 / 시금트레한 눈초리는 / 푸른 하늘을 쳐다본 적이 없는 것 같았다 / 그 가운데서 나는 너무나 어린 / 어린 노동자였고—". 라고 말하기도 했다. 이 부분의 '어린 노동자'란 이용악 시인의 슬픈 자화상이자, 당대 식민지 백성의 보편적인 궁핍상이다. 가난 때문에 고향을 떠났지만, 타향에서의 삶 역시 극도로 빈곤했음을 알 수 있다.

그는 타향에서 그리움 때문에 "다시 돌다리를 건너 / 온 길을 돌아가자"(「아이야 돌다리 위로 가자」)라고 말하며 고향으로 되돌아온다. 그런데 고향은 마음속에서 그리던 그 고향이 아니었다. 그는 또다시 탈출을 꿈꾼다. 시집 『낡은 집』에 실린 시 「고향아 꽃은 피지 못했다」는 시인의 이러한 분열된 심리 상태를 잘 보여 주는 시다.

"돌아오라 나의 아들아

까치둥주리 있는

아까시야가 그립지 않느냐

배암장어 구어 먹던 물방앗간이

새잡이하던 버드랑천이

너는 그립지 않나

아롱진 꽃 그늘로

나의 아들아 돌아오라"

나는 그리워서 모두 그리워

먼 길을 돌아왔다만

버들방천에도 가고 싶지 않고

물방앗간도 보고 싶지 않고

고향아

가슴에 가로누운 가시덤불

돌아온 마음에 싸늘한 바람이 분다

이 며칠을 미칠 듯이 살아온 내게

다시 너의 품을 떠날려는 내 귀에

한마디 아까운 말도 속삭이지 말어 다오

내겐 한 걸음 앞이 보이지 않는

슬픔이 물결친다

하얀 것도 붉은 것도

너이 아들 가슴엔 피지 못했다

고향아

꽃은 피지 못했다

– 이용악, 「고향아 꽃은 피지 못했다」 부분

　　시 「고향아 꽃은 피지 못했다」에서 고향은 의인화되어 시적 화자를 부르고 있다. 그를 부르는 고향의 목소리는 고향을 그리워하는 내면의 목소리다. 화자는 어린 시절 놀던 고향의 모습을 그리며 되돌아왔으나 정작 그 자신은 어린아이가 아니었다. "가슴에 가로누운 가시덤불"이 자라는 화자에게 고향은 꽃을 피울 수 없는 불모의 땅일 뿐이었다. 그래서 화자는 다시금 고향을 떠나고자 한다.

굶주림이 촉발한 고향으로부터의 탈출은 이렇게 귀향과 이향이 반복되는 '유랑'으로 변모한다. 즉, 막막한 고향을 떠났지만 타향 역시 막막하고, 그래서 다시 귀환했지만 고향은 여전히 막막하고, 그래서 다시 떠나는 악순환이 반복되고 있는 것이다. 그와 함께 고향을 탈출했던 직접적인 원인인 굶주림은 '채울 수 없는 갈망'으로 변화한다. 그는 타향에서는 고향인 함경도 경성(鏡城)을 그리워하고, 고향에서는 서울을 그리워한다. 그러면서 고향은 그리움, 즉 실제 고향 경성이 아닌 상징적으로 '갈 수 없는 곳'으로 바뀐다. 고향은 가지 못함으로써만 존재하는 실체 없는 곳이 된 것이다. 그리움 속에서만 존재한다는 점에서 고향인 경성도 타향인 서울도 결국 동일한 '닿을 수 없는 욕망의 공간'이다.

탄탈로스의 물과 열매가 성취할 수 없는 욕망의 상징이듯이 이용악의 고향도 채울 수 없는 그리움의 대상이다. 그런 점에서 이용악의 고향은 '숱하게' 눈에 보여도 닿을 수 없는 별과 같다.

이상의 별을 찾아

이용악 시에서 별 이미지는 데뷔작 「패배자의 소원」(『신인문학』 1935. 3.)에서부터 "내 맘의 발자죽"으로 화자의 마음이 투사된 대상으로 나왔다. 이러한 별 이미지는 시 「별 아래」를 지나 해방 후 발표한 시 「하나씩의 별」(1945)에서도 화자의 소망을 상징하는 대상이 된다. 이 시에서 화물열차 지붕 위에 제각기 드러누운 귀향민들은 한결같이 '하나씩의 별'을 쳐다보고 있다. 이향과 귀향의 떠돎 속에서 "갈 때와 마찬가지로 / 헐벗은 채 돌아오는 이 사람들"에게 별은 간절히 바라지만 이룰 수 없는 소망을 함축한다. 그들의 고달픈 영혼은 시 「별 아래」에서처럼 '머물지 못하고' 별로 상징되는 이상을 찾아 떠돌고 있다. 그것은 채워지지 않는 욕망이라는 점에서 탄탈로스의 형벌과 동일하다.

시 「별 아래」는 별이 상징하는 이상적인 그 무엇에 대한 시인의 영원한 목마름을 노래한 시다. 간절한 소망의 대상은 이 시에서처럼 '고향'일 수도 있고, 이후의 시에 나오는 것처럼 '사상과 이념'이 될 수도 있다. 이렇게 이용악 초기 시에 나타난 궁핍과 굶주림은 탄탈로스 신화와의 상호 텍스트성을 계기로 이상에 대한 채울 수 없는 갈망으로 변모한다.

원수를 향한 분노와 투쟁

일제의 학정이 극에 달한 1942년 이후 절필했던 이용악 시인은 해방을 계기로 다시 작품 활동을 시작한다. 다윗이 등장하는 시 「나라에 슬픔 있을 때」는 1945년 12월에 쓰고, 1946년 4월 『신문학』에 발표했으며, 제4시집 『이용악집』(1949)에 수록된 작품이다. 시 「나라에 슬픔 있을 때」에서 시인은 자신의 정체성을 전사(戰士)에 두고 원수를 향한 투쟁을 선언하며 앞으로의 시작 방향을 제시한다.

시 「나라에 슬픔 있을 때」는 『구약성서』 「사무엘 상」의 '다윗과 골리앗 이야기'를 차용하고 있다. 시 본문에서 꼬레이어는 골리앗, 다뷔데는 다윗을 이른다.

이용악 시에서 시 전체에 성서의 이야기를 배경으로 삼은 작품은 이 시가 유일한데, 앞에서도 말했듯이 이 시는 신앙이 아닌 성서의 이야기를 소재로 삼은 작품이므로, 종교가 아닌 신화의 테마로 살펴보겠다.

　　자유의 적 꼬레이어를 물리치고저
　　끝끝내 호올로 일어선 다뷔데는 소년이었다

손아귀에 감기는 단 한 개의 돌멩이와
팔맷줄 둘러메고
원수를 향해 사나운 짐승처럼 내달린
다뷔데는 이스라엘의 소년이었다

나라에 또다시 슬픔이 있어
떨리는 손등에 볼타구니에 이마에
싸락눈 함부로 휘날리고 바람 매짜고
피가 흘러
숨은 골목 어디선가 성낸 사람들
동포끼리 옳잖은 피가 흘러
제마다의 가슴에 또다시 쏟아져 내리는
어둠을 헤치며
생각는 것은 다만 다뷔데

이미 아무것도 갖지 못한 우리
일제히 시장한 허리를 졸라맨 여러 가지의
띠를 풀어 탄탄히 돌을 감자
나아가자 원수를 향해 우리 나아가자
단 하나씩의 돌멩일지라도 틀림없는
꼬레이어의 이마에 던지자
〈1945년 12월〉

- 이용악, 「나라에 슬픔이 있을 때」 전문

인용 시 「나라에 슬픔이 있을 때」에서 시적 화자는 청자에게 다윗과
골리앗의 이야기에 빗대어 우리 모두 힘을 합해 원수를 물리쳐야 한다

고 역설하고 있다.

1연은 『구약성서』에 나오는 다윗과 골리앗의 이야기다. 여기서 원수 골리앗을 향해 내달린 다윗은 '사나운 짐승'에 비유된다.

2연은 우리의 이야기다. 해방을 맞았지만 나라에 또다시 슬픔이 있다. 그러나 '동포끼리' 피를 흘리는 것은 옳지 않다. 적은 우리가 아닌 그들이기 때문이다. 이용악의 민족해방 노선을 엿볼 수 있는 대목이다. 저마다의 가슴에 어둠이 쏟아져 내리는 비극적인 이 땅에서 화자는 골리앗과 싸워 이긴 다윗을 떠올린다.

3연에서 화자는 우리를 다윗에, 원수를 골리앗에 대입시킨다. 다윗이 단 한 개의 돌멩이와 팔맷줄로 골리앗을 쓰러뜨렸듯이 우리도 원수를 향해 "일제히 시장한 허리를 졸라맨 여러 가지의 / 띠를 풀어 탄탄히 돌을 감자"고 외친다.

다윗과 골리앗의 이야기를 소재로 한 인상적인 그림이 있다. 오스마쉰들러의 「다윗과 골리앗」이다. 이 작품은 다윗이 골리앗에게 물레로 돌을 던지는 순간이 역동적으로 그려져 있다. 그런데 여섯 규빗 한 뼘의 거인이라는 골리앗이 그리 크게 보이지 않는다. 그리고 소년에 불과한 다윗이 오히려 크게 그려져 있다. 작가는 원근법을 활용해 다윗은 실제 모습보다 크게, 골리앗은 실제 모습보다 작게 표현했다. 골리앗 곁에 서 있는 한 무리 군중들의 키와 비교해 보면 골리앗이 얼마나 거대한 몸집인가를 짐작할 수 있다.

이 그림에서 빛은 다윗에게로 집중되고 있다. 다윗이 유난히 희게 느껴진다. 이에 비해 골리앗은 어둡고 그늘져 보인다. 이 그림은 한 편으로 흰 것이 검은 것보다 선하고 우월하다는 인종적 편견이 담겨 있는 그림으로도 읽을 수 있다. 그러면 다윗과 골리앗의 이야기가 있는 성서의 한 부분을 함께 살펴보자. 여기서 블레셋 사람은 골리앗이다.

블레셋 사람이 일어나 다윗에게로 마주 가까이 올 때에 다윗이 블
레셋 사람을 향해 빨리 달리며

손을 주머니에 넣어 돌을 가지고 물레로 던져 블레셋 사람의 이마
를 치매 돌이 그의 이마에 박히니 땅에 엎드려지니라

다윗이 이같이 물매와 돌로 블레셋 사람을 이기고 그를 쳐 죽였으
나 자기 손에는 칼이 없었더라

다윗이 달려가서 블레셋 사람을 밟고 그의 칼을 그 칼집에서 빼내
어 그 칼로 그를 죽이고 그의 머리를 베니 블레셋 사람들이 자기 용
사의 죽음을 보고 도망하는지라

― 대한성서공회, 「사무엘 상」 17장 48~51절, 『관주 · 해설 성경전서』

시 「나라에 슬픔이 있을 때」는 다윗과 골리앗 편의 바로 이 부분을
배경으로 한다. 이 시에서 화자는 일종의 '편집자'로서 원전의 이야기
를 요약하고 자신의 의견을 덧붙여 자신의 주장을 직설적으로 피력하
고 있다. 이 시에서 청자가 누구인지는 구체적으로 드러나 있지는 않
으나 '우리'라고 말한 것에 미루어 화자와 동질성이 강한 집단임을 알
수 있다. 화자는 이야기를 전달함으로써 청자를 선도함과 동시에 자신
의 신념을 확고히 하고자 한다.

시 「나라에 슬픔 있을 때」를 발표하기 직전인 1946년 2월 조선문학
가동맹에 가입한 이용악은 이 시로써 자신의 이념적 방향을 표명했다.
문학을 이념의 도구로 사용했다는 점에서 시 「나라에 슬픔 있을 때」는
1920~30년대 우리 문단의 카프 시와 시적 경향이 일치한다. 이미 임
화의 '단편 서사시' 등에서 나타났던 선동적인 어조는 이 시에서 그대
로 재현된다. 다만 이용악은 신화와의 상호 텍스트성을 통해 원전의
인물을 알레고리적으로 재해석하고 있다. 즉, 우리를 다윗과 동일시하
고 원수를 골리앗에 대입함으로써 적을 향한 분노를 정당화하는 동시

에 도덕적 우월감을 선점한다.

앞에서 살펴본 시 「별 아래」에서 시적 화자가 탄탈로스와 같이 무력하고 노쇠한 인물과 동일시되었던 것과는 달리, 이 시에서는 다윗이라는 16세의 소년에 동화된다. 그런데 이 이스라엘 소년은 뜻밖에도 '사나운 짐승'에 비유된다. 다윗을 짐승에 비유한 이용악의 시적 의도는 무엇일까.

사나운 짐승

짐승의 이미지는 이용악 초기 시부터 빈번히 나왔다. 일제강점기 이용악 시에 나타난 동물은 산토끼·암사슴·코끼리·두루미·두더지와 같이 '사납지 않은' 짐승들이었다. 그런데 산토끼는 얼어 죽었으며(「국경」), 암사슴은 병들어 있고(「영(嶺)」), 코끼리는 말이 없다(「두만강 너 우리의 강아」). 두루미도 날개가 부러져 있다(「병」). 순한 자신의 본성조차 제대로 발휘되지 못한 상태였다. 두더지 역시 "숨맥히는 어둠에 벙어리 되어 떨어진 / 가난한 마음"(「두더쥐」)으로 그려진다. 그 밖에 금붕어(「금붕어」)도 나오고, 곤충(「동면하는 곤충의 노래」)도 등장한다. 이들도 유리 항아리나 땅속 같은 밀폐된 공간에서 힘겹게 연명하고 있다.

우리에 갇힌 병든 짐승과도 같이 화자는 뒷길이나 병실, 혹은 굴같이 폐쇄된 공간에서 "등을 동그리고" 죽음과 이웃하며 긴 시간을 견딘다. 그러나 시적 화자에게 폐쇄된 공간에서의 시간은 새로운 탄생을 위한 휴식기이기도 했다. 일제의 수탈 정책이 심화되던 당시 문약한 시인이 할 수 있는 것은 일제의 학정을 피해 깊이 숨는 것뿐이었다.

해방이 되자 시인은 밀실에서 거리로 나온다. 이용악 시인은 일제강점기 자의식의 표상이었던 병든 짐승이 해방을 맞아 거리로 나서며 다윗처럼 '사나운 짐승'이 되기를 원했을 것이다.

이용악 시인이 문약함을 버리고 바라던 대로 강인한 전사로서의 모습을 갖춘 것은 1947년 2월 『문학』에 발표한 시 「기관구(機關區)에서」 부터다. 이 시에서 그는 원수를 향한 분노와 적개심을 일관되게 드러 내며 투쟁의 승리를 확신하는데, 시 「나라에 슬픔이 있을 때」에서 다 만 '자유의 적'으로 규정되었던 원수는 '헐벗고 굶주린 인민의 적'으로 구체화되면서 노동자들의 시위가 "우리의 것을 우리에게 돌리라"라는 계급투쟁의 성격을 갖고 있음을 시사한다. 시 「기관구에서」는 이용악 시인이 자신의 사회주의적 이념과 그 이념을 실천하는 전사로서의 정 체성을 확립한 작품이다.

　　핏발이 섰다 집마다 지붕 위 저리 산마다 산머리 위에 헐벗고 굶 주린 사람들의 핏발이 섰다

　　누구를 위한 철도냐 누구를 위해 동트는 새벽이었나 멈춰라 어둠 을 뚫고 불을 뿜으며 달려온 우리의 기관차 이제 또한 우리를 좀먹 는 놈들의 창고와 창고 사이에만 늘여 놓은 철길이라면 차라리 우 리의 가슴에 안해와 어린것들 가슴팍에 무거운 바퀴를 굴리자

　　피로써 부르리라 우리의 것을 우리에 돌리라고 요구했을 뿐이다 생명의 마지막 끄나푸리를 요구했을 뿐이다

　　그러나 아느냐 동포여 우리에게 총부리를 겨누고 다가서는 틀림 없는 동포여 자욱마다 절그렁거리는 사슬에서 너이들까지 완전히 풀어놓고저 인민의 앞재비 젊은 전사들은 원수와 함께 나란히 선 너이들 앞에 일어섰거니

　　강철이다 쓰러진 어느 동무의 소리가 바람결에 들릴지라도 귀를

모아 천길 일어설 강철 기둥이다

　　며칠째이냐 농성한 기관구 테두리를 지키고 선 전사들이어 불 꺼진 기관차를 끼고 옳소 옳소 외치며 박수하는 똑같이 기름 배인 손들이어 교대 시간이 오면 두 눈 부릅뜨고 일선으로 나아갈 전사 함마며 피켈을 탄탄히 쥔 채 철길을 베고 곤히 잠든 동무들이어

　　핏발이 섰다 집마다 지붕 위 저리 산마다 산머리 위에 억울한 모든 사람들이 우리의 승리를 약속하는 핏발이 섰다

　　　　　　　　－ 이용악, 「기관구(機關區)에서－남조선 철도파업단에 드리는 노래」 전문

　　인용 시 「기관구에서」는 1946년 9월에 일어난 철도 총파업을 소재로 쓴 작품이다. 이 시에서 시인은 철도 파업의 현장 속에서 노동자들의 투쟁 모습을 비장한 어조와 역동적인 리듬으로 생생하게 표현하고 있다. 우리 속에 감금된 비천한 짐승과도 같았던 헐벗고 굶주린 사람들이 분노의 핏발을 세우며 함께 투쟁하는 모습은 바로 골리앗과 싸우던 '사나운 짐승'으로서의 다윗의 모습이다.

　　이 시를 발표할 당시인 1946년 조선문학가동맹의 회원으로 활약하던 이용악은 이듬해 남로당에 입당하고 조선문화단체총연맹 서울시지부 예술과 핵심 요원으로 선전·선동 활동에 종사하다 1949년 8월경에 검거된다. 그리고 1950년 2월 6일 서울지방법원에서 징역 10년을 선고받고 서대문형무소에서 복역하다 6월 28일 인민군의 서울 점령 시 풀려나와 월북한다.

　　월북 이후 이용악은 시 「평남관개시초」(『조선문학』 1956. 8.)로 조선인민군 창건 5주년 기념 문학예술상의 시 부문 일등상을 받았으며, 1957년 조선작가동맹사에서 『리용악 시선집』을 펴내는 등 북한 문단

에 성공적으로 안착했다. 이렇게 시 「별 아래」에서 '머물지 못하던' 그의 영혼은 사회주의라는 이념의 별 아래 자리 잡는다.

원쑤의 가슴팍에 땅크를 굴리자

이용악은 월북 초기에 적을 향한 강한 적개심을 드러냄으로써 전쟁의 사기를 고취하고 반미 의식을 강하게 드러내며 영웅으로서의 민중의 모습을 시화하는 데 몰두한다. 이는 월북 시인이 자신의 '이념적 결백성'을 증명하기 위한 필수 과정이었을 것이다.

　다음은 『리용악 시선집』에서 간추린 그 시기의 시들이다. "미제와 살인귀", "원쑤의 가슴팍" 등에서 강한 반미 의식을 느낄 수 있으며, "검사 놈 상판대기에 침을 뱉고 / 역도 리승만의 초상을 신작(신짝)으로 갈긴다"는 등 정제되지 않은 거친 표현이 나와 있다.

　　　미제를 무찔러 살인귀를 무찔러
　　　남으로 남으로 번개같이 내닫는
　　　형제여 강철의 대오여
　　　최후의 한 놈까지 원쑤의 가슴팍에
　　　땅크를 굴리자.
　　　　　　　－ 이용악, 「원쑤의 가슴팍에 땅크를 굴리자」 부분, 『리용악 시선집』

　　　카빈 보총이 늘어선 공판정에서
　　　검사 놈 상판대기에 침을 뱉고
　　　역도 리승만의 초상을 신작으로 갈긴
　　　어린 녀학생은 피에 젖어 들것에 얹히어
　　　감방으로 돌아갔다
　　　　　　　－ 이용악, 「평양으로 평양으로」 부분, 『리용악 시선집』

제5시집 『리용악 시선집』에 소개된 저자 약력에 따르면, 이용악이 1949년 체포된 이유는 미 제국주의와 이승만 정권에 반대하는 투쟁에 나섰기 때문이었다고 한다. 인용 시들은 이용악의 이러한 사상적 이력을 그대로 드러냄과 동시에, "원쑤에 대한 열화 같은 증오심과 애국주의와 영웅성으로 교양하기 위해 자기의 모든 재능과 정열을 다 바칠 것"을 요구했던 이른바 조국해방전쟁기 북한 문단의 지침을 충실히 수용하고 있다.

시 「나라에 슬픈 일이 있을 때」에서 나타난 『구약성서』와의 상호 텍스트성은 이렇게 원수에 맞서 싸우는 인민의 이야기로 발전한다. 월북 초기 이용악 시는 전반적으로 시 「기관구에서」에서 보여 준 분노와 선동성이 한층 더 고조되어 있으며, 시집 「오랑캐꽃」 이후 약화되었던 서사성이 다시 강화되는 경향을 보인다. 그러나 그 시기 이용악의 이야기 시는 1920~30년대 우리 문단의 카프 시가 그랬고 월북 시인의 대부분 시가 그랬듯이 편내용주의적이며, 몇몇 시에서는 노골적인 북한 체제 찬양의 구호가 눈에 띄기도 하고, 인용 시에서처럼 여과되지 않은 분노를 표출하기도 한다.

일제 말과 해방기라는 혼란기에 이용악 시인이 선택한 것이 서양 고전과의 상호 텍스트성이었거니와, 이를 통해 이념의 정체성을 확립하고 서사성을 회복하였으나 사회주의 체제 안에서의 서사성은 결국 찬양과 선전의 이야기로 단순·획일화되는 과정을 거칠 수밖에 없었다.

존 키츠의 엔디미온

존 키츠(1795~1821)는 영국 런던에서 마차 대여업자의 아들로 태어나 소년 시절에 부모를 여의었다. 클라크 사숙(私塾) 재학 중에 학교

도서를 모조리 탐독하였고, 특히 영국의 시인과 그리스·로마의 신화 읽기에 열중했다. 졸업 후에는 생계를 위해 남의 집 서생(書生)이 되기도 하고, 병원에도 근무하면서 대시인이 될 희망을 품고 독서와 시작(詩作)에 몰두했다.

소아스 런던대학 방문학자로 있을 때 시간을 내어 '키츠 투어'라는, 키츠의 발자취를 따라 시내 곳곳을 돌아보는 모임에 참석했다. 햄스테드 히스 남쪽 끝에 있는 키츠 하우스에도 갔었다.

런던 북부의 구릉지 햄스테드 히스에 있는 키츠 하우스는 약혼녀였던 패니 브론의 엄마가 운영하던 하숙집이었다. 키츠는 이 집 이 층 방에 머물면서 그 집 맏딸 패니를 만나 사랑에 빠졌다.

키츠에게 천국과 지옥을 동시에 선사해 준 패니는 옷 만들기를 좋아하고, 사교적이며 매우 활달한 여성이었다. 내성적이면서 섬세하고 지적인 키츠와는 완전히 반대인 성격이었던 셈이다. 키츠는 이 여성을 사랑하면서, 사랑하는 만큼 상처도 많이 받았다고 한다.

이 당시 키츠는 작품도 많이 썼다. 「성 아그네스의 전야」(1820), 「성 마르코 전야」, 민요풍의 「무정한 미인」 등의 역작을 비롯해 주옥 같은 일련의 송시(頌詩)를 잇달아 발표했다. 「그리스 항아리에 부치는 노래」, 「나이팅게일에게」, 「가을에」 등과 같은 작품이다.

연애의 기쁨과 괴로움을 경험하면서 많은 명저를 냈으나, 폐결핵으로 동생 톰을 잃고 키츠 자신도 같은 병으로 건강이 매우 악화되었다.

1820년 이탈리아로 요양하러 간다. 매일 비가 오고 음습한 영국 날씨를 피해 햇빛이 좋은 이탈리아로 간 것인데, 안타깝게도 이듬해 1821년 2월 그곳에서 생을 마감한다. 그때 나이 불과 26세였다. 이탈리아 로마에 있는 키츠의 묘지명은 이렇다.

"여기, 물 위에 이름을 쓴 사람이 잠들다."

아름다움은 영원한 기쁨

A thing of beauty is a joy forever. 키츠의 장시 『엔디미온』의 첫 구절이다. 아름다움은 영원한 기쁨이라는 의미다. 한국의 낭만주의 시인 김영랑은 자신의 첫 시집 『영랑시집』(1935) 안 표지에 이 구절을 원문 그대로 옮겨 놨다. 드러내 놓고 키츠에게 영향을 받았으며, 키츠의 세계관에 동의한다는 것을 표명한 것이다.

키츠의 『엔디미온』은 그리스 신화에서 달의 여신인 아르테미스와 목동 엔디미온의 사랑 이야기를 차용했다. 신화에 의하면 라트모스 산의 아름다운 양치기 소년 엔디미온은 달의 여신 아르테미스의 사랑을 받는다. 어느 날 그가 잠든 것을 지켜보던 아르테미스가 그에게 내려와 키스하고 그의 아름다운 젊음을 유지하기 위해 영원히 잠들게 한다.

엔디미온의 이야기는 문학뿐만 아니라 수많은 그림의 주제가 됐다. 엔디미온과 아르테미스를 그린 그림 중 플랑드르의 화가 페테르 루벤스의 작품이 유명하다. 이 작품은 깊은 잠에 빠진 엔디미온과 그를 찾아온 아르테미스의 모습이 몽환적인 분위기로 표현되어 있다. 그러면 이 그림에서 아르테미스가 엔디미온을 찾아온 시간은 저녁일까, 새벽일까.

앞에서 서정주의 「동천」을 읽으며 그믐달과 초승달에 대해 생각했었다. 그림에서 여신의 머리 위에 있는 것은 그믐달이다. 따라서 이 여신이 목동을 찾아온 시간은 그믐달이 뜨는 새벽녘이다. 이렇게 시를 공부하면 그림의 숨겨진 이야기까지 읽을 수 있게 된다.

원전에서 엔디미온은 수동적인 존재로 그려지지만, 키츠의 시에서는 스스로 자신이 사랑하는 달의 여신 신시아를 찾아가는, 능동적이며 적극적인 인물로 묘사된다. 여기서 신시아는 달의 여신의 또 다른 이름으로 문화권에 따라 다이애나, 혹은 셀레네로 불리기도 한다.

키츠는 신화를 변형시켜 그 이야기 속에 인간의 가능성을 담았다. 장시 『엔디미온』의 앞부분을 아름다움의 의미에 유의해 읽어 보자.

아름다운 것은 영원한 기쁨,
그 사랑스러움은 오로지 증가할 뿐, 결코
무(無)가 되지 않는다네. 그것은 우리에게 영원히
조용한 쉼터가 되어 주고, 감미로운 꿈으로
가득찬 잠을 주고, 건강과 차분한 호흡을 준다네.
그러므로 우리는 아침마다
지상에 우리를 묶어 두는 화환을 만든다네.
탐구하라고 있는 우리의 실망과
비인간적인 면이 없는 고상한 천성들과 우울한 날들,
건전하지 못하고, 너무나 암울한 모든 일이 있음에도―
그렇다네, 이런 모든 것들에도 불구하고,
아름다운 형상은 우리의 어두운 영혼들로부터
관보(棺褓)를 걷어 치워 멀리 보내 버린다네.

- 존 키츠, 『엔디미온』 부분(윤명옥 역)

시인은 엔디미온에 대해 이야기하기 전에 자신이 가진 아름다움에 대한 총체적인 생각을 제시했다. 아름다움이 영원한 기쁨이라는 것은 인간이 감각이나 상상력을 통해 느끼는 순수미가 주는 즐거움을 의미한다. 아름다움은 우리를 짓누르는 암울함을 제거하고 육체의 슬픔을 완화한다는 것이다.

빛나는 별이여

제인 캠피온 감독의 〈브라이트 스타(Bright Star)〉(2009)는 키츠의 전기 영화다. 벤 위쇼가 키츠 역을, 애비 코니쉬가 패니 브론 역을 맡았다. '빛나는 별'이라는 의미의 영화 제목은 같은 제목의 키츠 시에서 따왔다. 포스터의 이미지는 햄스테드 히스의 라벤더밭에서 키츠의 편지를 읽는 패니의 모습이다. 햄스테드 히스의 아름다운 자연의 모습과 자두나무 위에 누워 시적인 영감을 떠올리는 키츠의 모습, 그리고 옷 만들기를 좋아하는 패니의 화려한 의상이 인상적이다. 패니가 키츠 시『엔디미온』의 첫 구절 '아름다움은 영원히 기쁨이며 그 사랑스러움은 오로지 증가할 뿐 결코 사라지지 않는다.'를 외우는 장면도 나온다. 전기 연구가에 따르면 패니는 원래 화려하고 변덕스러운 성격이었다고 하나 영화에서는 키츠에게 헌신적이며 시를 배우고 싶어 하는 속 깊은 여성으로 나온다.

밝은 별이여, 내가 그대처럼 한결같았으면.
밤하늘 높이 걸려 외로이 빛나며
자연의 참을성 있는, 잠자지 않는 은둔자처럼
항상 눈꺼풀 열고
지상의 인간이 사는 해안을 깨끗이 씻어 주는
사제의 임무를 다하는 출렁이는 바닷물을 지켜보거나
산과 황야 위에 새로 부드러이 씌워진
눈의 가면을 응시해서가 아니라,
그런 게 아니라, 언제나 한결같고, 언제나 변함없이
내 아름다운 연인의 무르익은 젖가슴을 베개 삼아
그 부드러운 오르내림을 영원히 느끼면서

영원히 달콤한 흔들림 속에 잠 깨어

언제나, 온화하게 들이쉬는 그녀의 숨결을 항상 들으며 그렇게

영원토록 살았으면 해서. 그렇지 않다면 차라리 혼절해 죽었으
면.

– 존 키츠, 「밝은 별이여(Bright Star)」 전문(윤명옥 역)

이 시가 「브라이트 스타」이다. 사랑하는 연인과 영원히 함께 살고
싶고, 그렇지 못한다면 차라리 혼절해 죽었으면 좋겠다는 낭만주의 시
인다운 감성을 표현하고 있다. 영화에서는 키츠의 부고를 들은 패니가
상복을 입고 햄스테드 히스의 숲길을 걸어가며 낭송하는 것으로 나온
다. 여러 가지 의견이 있으나, 이 시는 키츠가 약혼녀 패니를 위해 쓴
시라는 설이 지배적이다.

이용악 시에서 별은 이상에 대한 갈망을 상징했다. 키츠의 별은 사
랑하는 여인으로 대표되는 아름다움의 세계다. 이 역시 결국 이루어질
수 없었던 갈망의 세계다. 이용악과 키츠의 별은 표상하는 것은 다르
지만, 닿을 수 없고, 잡을 수 없고, 실현될 수 없다는 공통점을 가지고
있다. 그것이 곧 별의 속성이기도 하다.

닿을 듯 닿을 듯 닿지 않은 저 높은 곳에서 빛나던 나의 별은 무엇이
었을까. 그 별을 찾아 오늘도 시의 숲을 걷는다.

2   종교

종교란 신이나 초자연적인 힘에 대한 믿음을 통해 인간 생활의 고뇌를 해결하고 삶의 궁극적인 의미를 추구하는 문화 체계를 이른다. 이 장에서는 시 작품 속에 나타난 종교를 김현승 시와 기독교, 조지훈 시와 불교, 그리고 타고르 시와 범신론을 중심으로 살펴본다. 특히 김현승 시에서는 상호 텍스트성의 사례로 『구약성서』의 요나의 이야기가 시에 도입된 양상과 요나의 서사와 시적 상상력의 연관성을 찾아본다. 김현승 시와 박완서 소설, 타고르 시와 최인호 소설도 비교해 보겠다. 김현승과 타고르의 시를 소설에 도입한 동시대 작가들의 작품을 교차 강독함으로써 풍요롭게 시 작품을 이해한다.

'종교'라는 테마로 시를 읽으며 다음의 세 가지를 생각해 보자.

- 기독교 관점에서 김현승 시인의 시 의식의 변화
- 조지훈 초기 시에 나타난 선(禪)
- 타고르 시가 한국에 미친 영향

김현승 시와 기독교

김현승(1913~1975)은 1934년에 등단한 이래로 신앙과 고독에 대해 노래했다. 한국 시문학사에서 기독교 정신과 인간주의를 바탕으로 독특한 시 세계를 이룬 시인으로 평가된다.

김현승의 시를 읽기 전에 『구약성서』의 요나에 대해 알아보자. 요나는 B.C. 8세기의 이스라엘의 예언자로, 「요나서」의 주인공이다. 요나는 히브리어로 '비둘기'란 뜻이다. 그는 아밋대의 아들인데, 아밋대는 '진실'이라는 의미다. '진실'의 아들이 '비둘기'인 셈이다.

요나는 하나님을 경외하던 자였다. 그러던 그가 신의 뜻을 거역한다. 풍랑이 이는 바다로 던져진 요나는 큰 물고기에 삼켜지고, 물고기 배 속에서 회개한다. 신은 물고기에게 그를 토하게 한다. 다시 살아난 요나는 신의 뜻을 따르게 된다.

절대자에 대한 경외와 그에 반하는 회피, 그리고 참회와 귀의로 이뤄진 「요나서」 제1, 2장의 서사는 김현승 시의 변모 양상과 일치한다. 김현승 스스로도 시에서 자신을 요나와 동일시했다.

김현승 시에 나타난 요나 콤플렉스는 바슐라르가 말한 문화적 콤플렉스의 일종이다. 문화적 콤플렉스란 개인적 생활에서 발견되는 것이 아니라 '책에서 발견되며', 전통문화와 연관된다. 엠페도클레스 콤플렉스, 로트레아몽 콤플렉스, 오필리아 콤플렉스, 그리고 요나 콤플렉스 등이 있다.

바슐라르는 요나가 물고기 배 속에서 사흘 밤낮을 견딘 후에 다시 살아났다는 것에 착안해 요나 콤플렉스를 도출했다. 그것은 어머니의 태반 속에 있을 때 무의식 속에 형성된 이미지로서, 우리가 어떤 공간에 감싸이듯이 들어 있을 때 안온함과 평화로움을 느낀다는 것이다. 바슐라르는 요나 콤플렉스가 '부드럽고 따뜻하며 결코 습격받은 적이 없는 편안함'을 지향하고, 죽음의 모성이라는 주제와 그리스도의 부활이라는 이미지를 함축하고 있다고 했다.

요나 원형은 김현승 시에서 처음과 끝을 일관하는 하나의 서사로 나타난다. 먼저 김현승의 시 세계를 신앙의 상태를 중심으로 나눠 보자.

제1기는 김현승 시인이 독실한 기독교적인 세계관을 기반으로 시 세계를 구축한 시기로, 1934년 등단 무렵부터 1960년대 초반까지다. 등단 후 3~4년간 쓴 시와 이후 10년의 공백기를 갖다가 다시 시작 활동을 한 시기의 작품들을 포함한다. 제1시집 『김현승시초』(1957)와 제2시집 『옹호자의 노래』(1963)가 출간됐다.

제2기는 시인이 신앙에 대해 회의를 갖은 시기로, 1960년대 중반에서 1972년까지다. 시집 『견고한 고독』(1968)과 『절대고독』(1970)이 출간됐으며, 『김현승시전집』(1974)의 '날개' 부분에 수록된 일부 시들이 쓰였다.

제3기는 신앙으로의 회귀가 이뤄진 시기로, 1973년 3월 고혈압으로 쓰러졌다가 깨어난 이후부터 1975년 타계하기까지다. 『김현승시전집』의 '날개' 부분과 유고 시집 『마지막 지상에서』(1975)의 제1부에 실린 시 대부분의 시들이 이 시기에 쓰였다. 이러한 구분은 요나 원형을 통해 김현승의 시 세계를 해석하는 데 효과적이다.

시 의식의 변모와 요나의 서사

요나가 말하되 나는 히브리 사람이요
바다와 육지를 지으신 하늘의 하나님 여호와를 경외하는 자로라

-「요나서」1:9

이제 김현승 시 의식의 변모를 요나의 서사와 비교해 보겠다. 아밋대의 아들 요나는 원래 신을 경외하던 자였다. 「요나서」의 제1장 9절에는 요나 스스로 "나는 히브리 사람이요 바다와 육지를 지으신 하늘의 하나님 여호와를 경외하는 자로라"라고 고백하는 구절이 나온다. 여기서 히브리 사람이라는 것은 이스라엘인이 이방인과 자신을 구별할 때 쓰는 말로 종교적 동일성을 바탕으로 한다.

하나님을 경외하던 요나처럼, 자신의 정체성을 기독교 신앙에서 찾았던 김현승의 중년 이전의 생애와 제1기 시를 감상해 보자.

김현승 시인은 1913년 기독교 가정에서 5남매 중 둘째로 태어났다. 목사였던 그의 부친은 매우 엄격한 기독교식 가정교육으로 자녀들을 훈육했다. 그는 "어려서부터 천국과 지옥이 있음을 배웠고, 현세보다 내세가 더 소중함을 배웠다. 신이 언제나 인간의 행동을 내려다보고 인간은 그 감시 아래서 언제나 신앙과 양심과 도덕을 지켜야 한다고 꾸준한 가정교육을 받았다."고 했다. 수필 「나의 고독과 나의 시」에 나오는 말이다.

부친은 그에게 정통적인 신앙을 계승시키기 위해 평양의 숭실학교로 유학 보냈다. 그곳에서 시인은 기독교 교육을 받으며 신앙심 깊은 모범적인 청년으로 성장한다. 이와 같은 김현승의 전기적 사실은 요나가 자신을 '하나님을 경외하는 자'로 일컬었던 것과 일치한다. 김현승의 성장 배경이 된 기독교는 시인의 시 의식에 절대적인 영향을 미치게 된다.

1934년 숭실전문학교 문과 2학년 학생이었던 김현승은 양주동의 소개로 시 「쓸쓸한 겨울 저녁이 올 때 당신들은」과 「어린 새벽은 우리를 찾아온다 합니다」를 『동아일보』 문예란에 발표함으로써 문단에 데뷔한다. 이 작품들에 대해 김현승은 "민족적 감상주의와 미래의 희망을 토로한 것"이라고 말했다.

등단 무렵부터 1936년까지 쓴 시 16편은 시집 『김현승시전집』의 '새벽교실' 부분에 실려 있다. 일제강점기 암울한 현실을 어둠에, 조국의 해방을 바라는 희망을 새벽빛에 비유한 이 시들은 성서에 자주 등장하는 어둠과 빛의 비유와 동일한 구성 원리를 가지고 있으며, '묵상(黙想)'(「쓸쓸한 겨울 저녁이 올 때 당신들은」), '퓨우린탄' '동방(東方)의 새 아기' '순례(巡禮)의 흰옷'(「아침」), '만종(晩鐘)' '묵도(黙禱)'(「황혼(黃昏)」), '검은 머리털의 힘'(「떠남」) 등과 같은 종교적 이미지들을 차용하고 있다. 이때부터 이미 시인의 시 작품에는 기독교인으로서의 정체성이 존재하고 있었다.

그 후 대략 10년간의 공백기를 갖다가 1945년 8월 『문예』에 시 「시의 겨울」을 발표하면서 시작 활동을 다시 시작하고, 1957년에 제1시집 『김현승시초』를 발간한다. 이 시집에서 김현승은 기독교 정신을 바탕으로 경건한 신앙심을 노래하고, 인간의 내면적인 본질을 추구했다고 평가된다.

시집의 발문에서 서정주 시인은 "그에게서 기독교 정신은 신약의 고행과 상대(上代) 이스라엘적 광휘의 선묘한 접선을 이루고 있다. 이는 조선(朝鮮)은 물론, 세계 어느 기독교 시인에게 있어서도 내게 잘 뵈이지 않는 그런 것이다."라고 말하면서 기독교 시인으로서 김현승의 개성을 강조했다.

눈물

시집 『김현승시초』의 첫머리에는 시 「눈물」이 실려 있다. 신에 대한 경외와 복종의 태도가 잘 나타난 이 작품은 시인 스스로 자신의 대표작으로 꼽았던 시다.

1956년 서정주가 주관한 『시정신』 창간호에 발표한 작품으로, 김현승이 어린 아들을 잃고 나서 애통해하던 중 어느 날 문득 얻어진 시라

고 한다. 사랑하는 자식을 잃은 아버지의 슬픔과 절망은 신앙의 회의
로 이어질 수 있다. 그러나 이 시에서 시인은 자식의 죽음을 신의 뜻
으로 받아들인다. 『구약성서』의 「욥기」에서 주인공 욥과도 같다. 욥은
재산과 자녀와 건강 등 모든 것을 잃고서도 "가로되 내가 모태에서 적
신이 나왔사온즉 또한 적신이 그리로 돌아올지라. 주신 자도 여호와
시요, 취하신 자도 여호와시니, 여호와의 이름이 찬송을 받으실지어
다.(욥기 1:21)"라고 말했다. 김현승은 욥의 신앙과 같은 기독교 전통의
순응 의식을 보여 준다.

김현승 시인은 시 「눈물」에 대해 수필 「굽이쳐가는 물굽이같이」에
서 "나는 내 가슴의 상처를 믿음으로 달래려고 했었고, 그러한 심정으
로서 이 시를 썼다."라고 하면서 "인간이 신 앞에 드릴 것이 있다면 그
무엇이겠는가. 그것은 변하기 쉬운 웃음이 아니다. 이 지상에서 오직
썩지 않는 것이 있다면 그것은 신 앞에서 흘리는 눈물뿐일 것이다."라
고 말했다. 눈물은 고통이 아닌 복종의 의미를 지니고 있다. 요나가 바
다와 육지를 지으신 하늘의 하나님 여호와를 경외하는 것처럼, 이 시
의 화자 역시 "아름다운 나무의 꽃이 시듦을 보시고 / 열매를 맺게 하
신" 절대자의 뜻에 순종한다.

더러는
옥토에 떨어지는 작은 생명이고저……

흠도 티도,
금가지 않은
나의 전체는 오직 이뿐!

더욱 값진 것으로

들이라 하올제,

나의 가장 나아종 지니인 것도 오직 이뿐!

아름다운 나무의 꽃이 시듦을 보시고
열매를 맺게 하신 당신은,

나의 웃음을 만드신 후에
새로이 나의 눈물을 지어 주시다.

– 김현승, 「눈물」 전문

이 시에서 눈물은 "옥토에 떨어지는 작은 생명" 즉 씨앗이자 "흠도 티도, / 금가지 않은" 견고한 결정체가 된다. 애도의 눈물이 생명의 씨앗이 되면서 액체인 눈물은 가장 단단한 고체가 되었다.

우리는 제1부 1장 '일상어와 시어'에서 장미의 얕은 함축과 깊은 함축에 대해 공부했다. 보편적으로 사랑을 상징했던 장미가 릴케의 시에서는 사랑과 함께 슬픔과 죽음을 상징했었다. 김현승 시 「눈물」에서는 보편적으로 슬픔, 혹은 애도와 죽음을 나타내던 눈물이 '생명'의 의미를 함축한다. 그러면서 그 모습은 정말 생명의 씨앗처럼 단단한 결정체가 된다. 김현승 시에서 눈물이라는 시어의 함축적 의미다.

시인은 그 눈물이 '나의 가장 나아종 지니인 것'이라고 말한다. 여기서 시의 리듬을 복습해 보자. '나중 지닌 것'과 '나아종 지니인 것'을 비교하면 당연히 후자가 느린 속도를 가진다. 시인은 이러한 느린 리듬을 통해 무엇을 표현하고자 한 것일까. 나중과 나아종, 지닌 것과 지니인 것, 어느 것이 더 간절하고 가슴을 쥐어짜듯 절절하게 느껴지는가.

'나아종'은 이후에 출간된 시집 『옹호자의 노래』와 『김현승시전집』

에 표준어인 '나중'으로 고쳐 수록된다. 2번이나 그렇게 수록했으니 출판상의 오류가 아니라 시인의 뜻으로 여겨지나, 마치 서정주 시 「화사」의 '을마나 크다란 슬픔'을 '얼마나 커다란 슬픔'으로 고쳐 읽은 것처럼 아쉽다. 그런데 이 부분을 원시에 가깝게 다시 고쳐 소설의 제목으로 삼은 작가가 있다.

나의 가장 나종 지니인 것

박완서의 소설 「나의 가장 나종 지니인 것」(1993)은 김현승 시 「눈물」과 상호 텍스트성을 갖고 있다. 그는 시집의 '나중'을 다시 '나종'으로 고쳤다. 원시의 '나아종'을 염두에 두었을 것이다. 김현승이 어린 아들을 잃고 그 시를 썼던 것처럼 박완서도 실제로 아들을 잃고 작품을 썼고, 내용도 아들을 잃은 엄마의 이야기다. 눈 밝은 독자라면 박완서의 전기적 사실을 모르더라도 소설의 제목만 보고 그것이 '자식을 잃은 부모의 이야기'임을 직감했을 것이다.

소설은 내레이터인 중년 여성이 손윗동서에게 전화로 수다를 떠는 일종의 모노드라마 형식을 취한다. 처음에는 그저 평범하고 시시콜콜한 일상의 이야기들이 나온다. 증조모 제삿날을 깜빡 잊은 것을 푸념하고 조카며느리와 딸들 흉도 본다. 그런데 그 수다가 진행될수록 평범하지 않은 사연이 드러난다. 내레이터인 나는 창완이라는, 무엇 하나 빠질 것 없는 자랑스러운 아들이 있었는데, 7년 전 그 아들이 민주화 시위를 하다 진압대가 휘두른 쇠 파이프에 맞아 죽었다. 그 여자는 지금까지, 아니 얼마 전까지 단 한 번도 그 사실을 드러내 놓고 슬퍼한 일이 없었다. 전 국민이 열사로 애도하는 장례식을 치르고 '민가협'이라는 민주화 가족 협의회에 들어가 부모로서 투쟁하며 강하게 자신을 단련한다. 그래도 힘들 때는 은하계를 생각하며 자신의 슬픔이 얼마나 작디작은 것에 불과한지를 되뇐다. 주변 사람들은 아들을 잃은 그를 위로하고, 행여라도 장성한 자기 아들의 모습에 상처받을까 봐 결혼식에도 축하 모임에도 부르지 않는다. 그럴수록 주인공 여자는 모임에 당당하게 참석한다. 좋은 규수를 만나 결혼을 하는 조카도, 사법고시에 합격한 친구의 아들도 부러워하지 않는다. 왜냐하면 그들과는 비교도 안 될 만큼 제 아들이 잘났다고 생각하기 때문이다.

그러던 여자가 무너졌다. 교통사고로 머리와 척추를 다쳐 전신마비에 치매까지 온 아들을 간병하는 친구를 보고서였다.

친구의 아들은 나이를 짐작할 수도 없었다. 누워 있는 뼈대로 봐서는 기골이 장대한 청년 같기는 한데, 살이 푸석푸석하게 찌고, 또 표정도 근육이 씰룩거리고 있다는 것밖에는 상식적인 희로애락하고는 동떨어진 것이어서 마주 보기도 민망했다.

"아이구 이 웬수, 저놈의 대천지 웬수" 친구는 아들을 이름 대신 그렇게 불렀다. 말끝마다 욕이 줄줄이 달렸다. 오죽 악에 받치면 저럴까, 지옥이 따로 없다는 생각이 들 정도였다. 그들이 사간 깡통 파인애플을 아들의 입에 처넣어 주면서도 "이 웬수야, 어서 처먹고 뒈져라", 이런 식이었다.

친구가 내레이터를 왜 거기까지 데리고 갔는지는 분명했다. 자신들의 아들 경사가 있을 때마다 여자가 부러워할 것 같아 쉬쉬하며 초대하기를 꺼렸던 것과 정반대의 이유였다. 그 집 모자의 비참한 꼴을 보고 죽는 것보다 못한 경우를 보고 위로받으라는 거였다.

파인애플을 세 조각이나 먹이고 난 친구는 그들이 보는 앞에서 깔고 있는 널찍한 요 위에서 아들을 공깃돌처럼 굴리기 시작했다. 욕창 때문에 그렇게 한다는 것인데, 여자가 도우려고 하자 환자는 이상한 괴성을 질렀다. 엄마 이외에 아무도 못 만지게 한다는 것이었다. 그러니까 공허하게 열려 있던 그의 눈은 신뢰와 편안감의 극치였다. 그때 비로소 악담밖에 안 남은 것 같은 친구 얼굴에서 씩씩하고도 부드러운 자애를 읽게 된다. 여자는 이렇게 말한다.

> 저는 별안간 그 친구가 부러워서 어쩔 줄을 몰랐어요. 남의 아들이
> 아무리 잘나고 출세했어도 부러워한 적이 없는 제가 말예요. 인물
> 이나 출세나 건강이나 그런 것 말고 다만 볼 수 있고, 만질 수 있고,
> 느낄 수 있는 생명의 실체가 그렇게 부럽더라구요. 세상에 어쩌면
> 그렇게 견딜 수 없는 질투가 다 있을까요? (…) 저는 드디어 울음이
> 복받치는 대로 저를 내맡겼죠. 제가 그렇게 많은 눈물을 참고 있었
> 을 줄은 저도 미처 몰랐어요.
>
> — 박완서, 「나의 가장 나중 지니인 것」에서

김현승에게 가장 나아종 지니인 것이 눈물이었듯, 박완서에게도 그
것은 눈물이 된다. 다만 김현승의 눈물이 신을 향한 순종의 눈물이었
다면, 박완서가 쓴 눈물은 아들의 죽음을 애써 견딘 내레이터의 허위
의식을 걷어 낸 진실의 눈물이었다.

기도하는 시인

김현승 시로 돌아와, 눈물로 신에게 복종하는 모습을 좀 더 살펴보자.
신의 뜻에 순응하는 김현승의 기독교적 시 의식은 신앙의 세계를 시로
수용하는 '기도 시'의 형태로 나타난다. 그는 기도 시를 통해 하나님을
찬양하고, 신앙인으로서 겸허한 삶의 태도를 소망한다.

> 넓이와 높이보다
> 내게 깊이를 주소서,
> 나의 눈물에 해당하는……
>
> — 김현승, 「가을의 시」 부분

내 마음은 마른 나뭇가지,

주여,

나의 육체는 이미 저물었나이다!

사라지는 먼뎃 종소리를 듣게 하소서,

마지막 남은 빛을 공중에 흩으시고

어둠 속에 나의 귀를 눈뜨게 하소서

- 김현승, 「내 마음은 마른 나뭇가지」 부분

인용 시 「가을의 시」는 앞서 살펴본 시 「눈물」과 이미지가 연계된다. '나의 전체'이며 '나의 가장 나아종 지니인 것'인 눈물은 이 시에서처럼 내면세계에 깊이 존재하고 있다. 그가 기도 시를 통해 지향하는 것은 이러한 '깊이'다. 넓이와 높이 같은 세속적 풍요로움이나 명성이 아닌, 내면세계로의 침잠을 소망한다. 인용 시 「내 마음은 마른 나뭇가지」에서도 시적 화자는 자신의 마음을 마른 나뭇가지에 비유하며 정신의 각성을 지향한다. 이렇게 시로써 기도하는 김현승 시의 특징은 자기 고백적이며, 대부분 시인과 시적 화자가 일치한다.

신을 잃은 고독

요나가 여호와의 얼굴을 피하려고 일어나

다시스로 도망하려 해 욥바로 내려갔더니

마침 다시스로 가는 배를 만난지라 (⋯)

요나는 배 밑층으로 내려가서 누워 깊이 잠이 든지라

- 「요나서」 1:3~5

요나는 신의 뜻을 거역하고 도망친다. 요나의 도피는 '내려감'의 방향성을 갖는다. 그는 신을 피해 욥바, 지금의 야파라는 항구로 내려갔으며, 다시스라는 세상에서 가장 먼 항구로 가는 배를 타러 내려갔고, 또 배 밑층으로 내려간다(욘1:5). 내밀함을 지향하는 요나의 성향은 물고기에게 삼켜지기 전, 배 밑층을 향해 내려갈 때부터 이미 발현되고 있었다. 여기서 '배의 밑층'의 원문 뜻은 깊은 구석, 밀실 같은 것을 의미한다고 한다. 배의 밑층이라는 어둡고 내밀한 공간은 신을 거역한 요나를 도피시켜주는 은신처가 된다.

신의 노여움으로 바다에는 거센 풍랑이 일지만 배 밑층에서 요나는 세상모르게 깊이 잠이 든다. 세상과 단절된 내부 공간에 깊숙이 침잠한 요나의 모습은 신을 잃고 고독이라는 내면세계에 몰입하는 김현승 시의 화자의 모습과 일치한다.

지금부터는 제2기 시를 중심으로 김현승 시인이 고독에 천착하게 된 경위와 그 과정에서 나타나기 시작한 요나 콤플렉스를 도출해 보도록 하겠다.

김현승의 시 세계는 2기에 해당하는 시집 『견고한 고독』과 『절대고독』에 이르러 크게 변화한다. 지금까지 주로 기독교적 순응주의에 머물러 있었던 그가 신을 부정하게 된 것이다. 마치 요나가 니느웨로 가서 신의 뜻을 전하라는 말을 거역하고 다시스로 달아나고자 한 것과 같다.

시인은 이에 대해 무조건 부모에게 전습(傳襲)한 신앙에 대해 50을 넘어서 회의를 일으키게 되고, 점점 부정적인 데로 기울어져 갔음을 토로했다. 김현승은 그 전환점으로 시 「제목」을 들고 있다. 신을 부정한 결과로 그는 인간의 고독에 천착하게 된다. 갈등과 신앙을 버리고 고독을 선택한 시를 함께 읽어 보자.

떠날 것인가
남을 것인가.

나아가 화목할 것인가
쫓김을 당할 것인가.

(…)

어떻게 할 것인가,
끝장을 볼 것인가
죽을 때 죽을 것인가.

무덤에 들 것인가
무덤 밖에서 뒹굴 것인가

- 김현승, 「제목」 부분

떠날 것인가, 남을 것인가를 끊임없이 묻고 갈등하는 이 시에 대해
시인은 다음과 같이 말한다.

> 시 「제목」을 계기로 해 나의 시세계에는 적지 않은 변화가 일어났
> 다. 나는 중기까지 유지해 오던 단순한 서정의 세계를 떠나, 신과 신
> 앙에 대한 변혁을 내용으로 한 관념의 세계에 발을 들여놓았다.
>
> - 김현승, 「나의 고독과 나의 시」에서

김현승 시인이 시 「제목」 이후, 신앙에 대한 변혁으로 발을 들여놓
은 관념의 세계가 바로 고독이다. 그는 신앙의 자리에 고독을 대체한

다. 김현승에게 고독이란 한마디로 '신을 잃은 고독'이다. 시 「고독한 이유」에서 고독은 정직하며, 신(神)을 만들지 않고, 무한의 누룩으로 부풀지도 않으며, 자유 그 자체라고 정의한다.

김현승의 고독은 기독교와 밀접한 관련이 있으면서도, 키에르케고르 등이 말하는 고독과는 다르다. 키에르케고르의 고독은 궁극적으로 구원에 이르기 위한 수단으로서의 고독이지만, 김현승의 고독은 구원을 잃어버린, 구원을 포기하는 고독이다. 이는 그의 고독이 수단이 아닌, 그 자체가 목적임을 의미한다. 고독은 시 「고독의 순금(純金)」에서 순수하고 견고한 순금에 비유되며, 그 자체로 영속된다.

시인이 고독 속으로 침잠하면서 시의 배경은 주로 밤이 된다. 배의 밑층이라는 어둡고 내밀한 공간이 신을 거역한 요나를 은신시켜 주는 것처럼, 어둠은 고독한 화자를 마치 어머니와도 같이 감싸 준다.

어둠에서 모성을 발견하는 김현승의 상상력은 수필에서도 찾아볼 수 있다. 평양 유학 시절 당시의 겨울을 회상하는 수필 「겨울의 예지(叡智)」에서 시인은 춥고 어두운 겨울밤을 '나의 정서를 포근하게 감싸 주는 밤'으로 인식하고 있다. 바슐라르가 말한 요나 콤플렉스다.

김현승 시인의 고독은 신에 대한 회의로부터 시작됐었다. 신의 영역 안에서 떠날 것인가, 남을 것인가를 갈등하던 모습은 그의 고독이 신과의 관계 속에서 기인한 것임을 나타낸다. 즉, 신을 부정하지만, 그것은 신의 존재를 전제로 하는 부정이다. 시인 자신도 "종교를 회의하고 비판하는 것도 결국은 이러한 종교에 더 완전히 귀의하고 싶은 심정의 변태적인 발로일지도 모른다."(「나의 고독과 나의 시」)라고 말했다. 결국 신에 대한 강한 부정은 역설적으로 강한 긍정을 낳는다. 요나가 하나님을 피해 다시스로 가는 배 밑층에 숨었지만, 폭풍우가 이는 바다에 던져지기 전 '나는 히브리 사람이며 하나님을 경외하는 자'라고 자신의 신앙을 고백한 것과 같다.

참회와 부활

> 여호와께서 이미 큰 물고기를 예비하사 요나를 삼키게 하셨으므로
> 요나가 삼 일 삼야를 물고기 배에 있으니라 (…)
> 여호와께서 그 물고기에게 말씀하시매 요나를 육지에 토하니라
>
> – 「요나서」 1:17~2:10

요나 콤플렉스의 핵심은 큰 물고기에 의해 삼켜진 요나가 밖으로 토해짐, 즉 재생에 있다. 영원한 죽음이 영원한 생명으로 바뀐 이른바 '요나의 기적'이다. 이는 그리스도의 부활에 비유된다. 이제 물고기 배 속에서 요나가 쓴 참회 시와 김현승의 시를 비교하고, 참회를 통해 부활에 이르는 김현승 시의 상상력의 지향성을 제3기 시를 중심으로 살펴보겠다.

요나는 물고기 배 속에서 사흘 밤낮을 있으면서 신에게 용서를 구하는 시를 쓴다. 『구약성서』의 「요나서」 제2장 2~9절은 다음과 같은 요나의 참회 시로 이뤄져 있다.

> 내가 받는 고난으로 인해 여호와께 불러 아뢰었삽더니 주께서 내게 대답하셨고 내가 스올의 배 속에서 부르짖었삽더니 주께서 나의 음성을 들으셨나이다.
>
> 주께서 나를 깊음 속 바다 가운데 던지셨으므로 큰물이 나를 둘렀고 주의 파도와 큰 물결이 다 내 위에 넘쳤나이다.
>
> 내가 말하기를 내가 주의 목전에서 쫓겨났을지라도 다시 주의 성전을 바라보겠다 하였나이다.
>
> 물이 나를 둘렀으되 영혼까지 하였사오며 깊음이 나를 에웠고 바다풀이 내 머리를 쌌나이다.

내가 산의 뿌리까지 내려갔사오며 땅이 그 빗장으로 나를 오래
도록 막았사오나 나의 하나님 여호와여 주께서 내 생명을 구덩이서
건지셨나이다.

내 영혼이 내 속에서 피곤할 때에 내가 여호와를 생각하였삽더
니, 내 기도가 주께 이르렀사오며 주의 성전에 미쳤나이다.

무릇 거짓되고 헛된 것을 숭상하는 자는 자기에게 베푸신 은혜를
버렸사오나

나는 감사하는 목소리로 주께 제사를 드리며 나의 서원을 주께
갚겠나이다 구원은 여호와께로서 말미암나이다.

— 「요나서」 2:2~9

요나의 참회 시는 그가 바다에 던져진 이후의 상황에서부터 시작한
다. 신으로부터의 도피는 깊은 바다 가운데로 던져져 산의 뿌리까지
가라앉는 고난을 초래한다. 이 고난으로 인해 요나는 다시 신에게 귀
의한다. 즉, 고난은 신에게서 도피했던 요나가 다시 신에게 귀의하는
계기가 된다. 물고기에게 삼켜진 요나는 거짓되고 헛된 것을 숭상하며
신이 베푼 은혜를 저버렸던 자신을 참회하고 신에 대한 믿음을 다짐함
으로써 물고기 배 속이라는 상징적인 죽음의 공간을 벗어난다.

이러한 요나의 부활은 예수의 부활에 비유된다. 『신약성서』의 「마태
복음」에서는 "요나가 밤낮 사흘을 물고기 배 속에 있었던 것같이 인자
도 밤낮 사흘을 땅속에 있으리라."(마 12:40)는 예수의 말이 기록돼 있
다. 바슐라르가 요나 콤플렉스에서 죽음의 모성이라는 주제 이외에,
그리스도의 부활이라는 이미지를 끌어낸 것도 이에 근거한다.

이 어둠이 내게 와서

김현승 시에 나타난 요나 콤플렉스의 양상은 앞에서 살펴본 제2기 시

에서 주로 죽음의 모성을 지향했던 것에 비해, 제3기 시에서는 '죽음으로부터의 부활'에 집중된다. 이는 시인의 죽음 체험과 깊게 연관돼 있다. 그는 실제로 1973년 3월 고혈압으로 쓰러져 사경을 헤매다 두 달 만에 깨어났다. 그러면서 김현승의 시 세계는 고독에서 신앙으로 다시 한번 변모한다. 이 무렵의 심경은 그의 산문 여러 곳에서 엿볼 수 있다.

쓰러지기 전까지 그는 시에 대한 애착과 확신이 대단했다고 말한다. 죽기 전날까지 시를 계속해 쓰리라고 스스로 장담하고, 생명이 붙어 있는 한 시를 버리지 않는다고 스스로 다짐했다. 그러나 쓰러지고 나서는 관심이 달라졌다. 당시 그의 애착과 신념은 시에 있지 않으며, "시를 잃더라도 나의 기독교적 구원의 욕망과 신념은 결단코 놓칠 수 없고 변할 수 없다."(「나의 생애와 나의 확신」)고 강조한다. 시는 생활의 일부일 따름이며, 결코 전부가 아니라고 강변하기도 한다. 또 다른 산문에서는 더 직설적으로 자신의 심경을 토로한다.

> 하나님께서 나를 쓰러뜨리셨을 때, 나를 데려가실 수도 있었다. 그러나 그렇게 되었으면 나는 영원히 내가 지은 죄를 하나님 앞에 뉘우치고 자복하고 하나님의 긍휼히 여기심으로 사죄함을 받을 최후의 기회를 잃어버리고 말았을 것이다. 그러나 자비로우신 하나님께서는 나를 영영 불러가지 않으시고 마지막으로 회개할 기회를 주신 것이다. (…) 나는 지금껏 인간 중심의 문학을 하면서 썩어질 그 문학 때문에 하마터면 영원한 생명의 믿음을 저버릴 뻔하였던 것이다.
>
> ― 김현승, 「종교와 문학」에서

'생활의 일부일 따름'이었던 시가 인용문에서는 '썩어질 문학'으로 한층 격하됐다. 이는 시인의 구원에 대한 열망이 얼마나 간절한지를 반증한다. 이러한 '참회로서의 시 쓰기'는 이 시기 시 작품에서 과거에 대한 뉘우침과 구원을 갈구하는 목소리로 나타난다. 시 「나무」에서 시적 화자가 마치 회개하듯이 팔을 벌려 '나의 지난날을 기도로 뉘우치면', 시 「크리스마스의 모성애」에서 지난날 멀리서 '성난 얼굴로 우리를 떨게 하신 하나님'은 오늘 우리에게 다가와 '당신의 따뜻한 품으로 우리를 안아 주신다'고 한다.

이 당시에 쓰인 작품 중 주목해야 할 시가 1973년 6월 『신동아』에 발표된 시 「이 어둠이 내게 와서」다. 이 작품에는 『구약성서』 속 요나의 이야기가 차용돼 있다. 시적 화자는 자신을 요나에 비유하며 신을 향한 절대 귀의를 다짐한다.

이 어둠이 내게 와서
요나의 고기 속에
나를 가둔다.
새 아침 낯선 눈부신 땅에
나를 배알으려고.

이 어둠이 내게 와서
나의 눈을 가리운다.
지금껏 보이지 않던 곳을
더 멀리 보게 하려고,
들리지 않던 소리를
더 멀리 듣게 하려고.

이 어둠이 내게 와서
더 깊고 부드러운 품 안으로

나를 안아 준다.
이 품속에서 나의 말은
더 달콤한 숨소리로 변하고
나의 사랑은 더 두근거리는
허파가 된다.
이 어둠이 내게 와서
밝음으론 밝음으론 볼 수 없던
나의 눈을 비로소 뜨게 한다!

마치 까아만 비로도 방석 안에서
차갑게 반짝이는 이국의 보석처럼,
마치 고요한 바닷 진흙 속에서
아름답게 빛나는 진주처럼…….

– 김현승, 「이 어둠이 내게 와서」 전문

　인용 시 「이 어둠이 내게 와서」에는 시인의 죽음 체험이 직접적으로 반영돼 있다. 이 시에서 시인은 신을 거역했던 요나가 상징적인 죽음을 겪고 물고기 배 속에서 부활했다는 점에 착안해 죽음 체험과 신앙으로의 귀의를 요나의 서사에 대입한다. 이 시에서 어둠은 물고기 배 속에 유폐됨, 즉 고난을 상징하며, "밝음으론 볼 수 없던 / 나의 눈을 비로소 뜨게 한다!"는 역설적 의미를 내포한다. 어둠은 "지금껏 보이지 않던 곳을 / 더 멀리 보게 하려고, / 들리지 않던 소리를 / 더 멀리 듣게 하려고" 하는 확산적인 성격을 지니고 있으며, 궁극적으로 "새 아침 낯선 눈부신 땅"이라는 신앙의 세계에 당도시켜 주는 역할이 강조된다.
　그는 혼수상태에서 깨어난 후 시를 통해 신앙으로의 회귀를 한층 더 공고히 하고자 했다. 큰 물고기에 삼켜진 요나가 사흘 밤낮을 그 배 속에 있다 부활했듯이, 시인은 죽음 체험을 계기로 절대 신앙에 귀의한다. 지금까지 그가 천착했던 고독과 그에 따른 어둠은 '눈부신 땅'에 도착하기 위한 여정으로 정리된다. 그는 예수의 탄생과 부활을 소재로한 시를 다수 발표한다. 부활한 요나가 신의 뜻에 따라 사역에 전념했듯이, 김현승도 하나님을 찬양하는 시를 씀으로써 신앙 속에서 거듭나고자 했음을 알 수 있다.

조지훈 시와 불교

조지훈(1920~1968)의 본명은 조동탁이다. 1939년 정지용의 추천으로 『문장』을 통해 등단한 이후, 불교적인 상상력을 바탕으로 전통적 서정성을 현대시에 계승·발전시킨 대표적인 시인으로 평가된다. 시의 제재로 우리 민족의 고유한 문화와 자연, 그리고 불교의 선(禪)에 이르기까지 한국적이고 전통적인 것을 선택했으며, 시 형식과 시어에서도 고전적인 품격을 유지했다.

　시집 『풀잎단장』은 1952년 창조사에서 간행된 시인의 첫 시집으로서, 박목월·박두진과 더불어 공동으로 간행한 『청록집』(1946) 이후 조지훈 초기 시 세계를 한눈에 가늠할 수 있는 귀중한 자료다. 이 시집에는 『청록집』에 실렸던 12편의 작품 중 9편이 재수록돼 있다. 시 「고사(古寺)」, 「산방(山房)」, 「낙화」, 「파초우(芭蕉雨)」, 「완화삼(玩花衫)」, 「봉황수」, 「고풍의상」, 「승무」, 「율객(律客)」이 그것이다. 이 시집은 『청록집』에서 보인 전통 지향적 시 세계를 심화시키고 있으며, 자연 친화적 사상과 불교적 선감각(禪感覺), 그리고 한국적 미의식이 단아한 리듬과 언어로 표현돼 있다.

시집 『풀잎단장』의 특징은 2행 1연의 형식의 시가 전체 35편 중에서 20편이나 된다는 것이다. 시인은 2행 1연의 시 형식을 통해 감정을 최대한 절제하고 간결하게 표현함으로써 여백의 미를 효과적으로 살리고 있다.

또한 이 시집에는 시인 스스로가 갈고 닦은 시어가 다수 등장한다. 시 「고풍의상」만 보더라도 "곱아라 고와라 진정 아름다운지고" "환하니 밝도소이다" "살살이 퍼져나린" "호엽(胡蝶)이냥 사풋이"와 같이 운율을 맞추며 우리말의 미묘한 질감을 잘 살린 표현들이 많이 나온다. 이러한 시어들은 시의 분위기와 어우러져 전통적인 멋과 아름다움을 빚어낸다.

자연과 선(禪)

시집 『풀잎단장』을 대표하는 시로는 시 「고사」와 「승무」를 들 수 있다. 둘 다 불교적인 소재를 사용하고 있는데, 먼저 「고사」를 살펴보자. 이 시는 시인이 1941년 외전강사(外典講師)로 오대산 월정사에 머무를 때 쓴 작품으로 불교의 선을 주제로 하고 있다.

목어를 두드리다
졸음에 겨워

고오운 상좌 아이도
잠이 들었다.

부처님은 말이 없이

웃으시는데

서역 만리 길
눈 부신 노을 아래

모란이 진다.

- 「고사(古寺)」 전문

　인용 시 「고사」는 1연에서 4연까지 2행 1연의 형식을 취하다가, 마지막 5연에서는 1행 1연으로 형식이 변화한다. 시의 전반부에는 목어를 두드리다 잠이 든 아이의 모습이 고요하게 그려진다. 그런데 그 모습을 보고 부처가 미소를 짓자 그 순간 또 다른 세상이 펼쳐진다. 서역 만 리 길이 눈부신 노을 속에 열린 것이다. 그와 동시에 2행 1연으로 유려하게 흘러가던 시의 호흡은 마치 시간이 정지하듯 잠시 멈춘다. 그리고 1행 1연의 마지막 행 "모란이 진다"에서 환상 속의 노을은 현세에서 떨어지는 붉은 꽃잎과 연결되면서 고조된 긴장감이 극적으로 해소된다. 시 「고사」는 시의 형식과 운율, 그리고 내용이 성공적으로 결합한 수작이다.

　그런데 이 시를 읽고 나면, 부처님이 말없이 웃은 이유가 궁금해진다. 부처는 왜 웃은 걸까. 부처가 목어를 두드린 상좌 아이가 잠든 것을 보고 웃은 이유는 바로 목어의 상징성 때문이다.

　목어는 물속에 사는 생명체들에게 복음을 전하는 도구이자, '항상 눈을 뜨고 있는 물고기처럼 수행자들도 졸지 말고 불도를 닦으라는 뜻'이 내포돼 있다.

　졸지 말고 수행에 정진하라고 목어를 두드리고 정작 자신은 그 옆에서 아무렇지도 않게 잠이 드는 아이는 천진함으로써 세상의 구분과 경계를 넘어선다. 집착도 욕망도 없이 자연의 이법을 그대로 따르는 이 아이에게서 부처는 진정한 깨달음의 모습을 발견하고 미소 지은 것이다.

전통의 품격

조지훈 초기 시의 경향을 함축하는 작품이자, 불교와 연관된 또 다른 시로서 「승무」를 들 수 있다. 이 시는 불교적 깨달음을 노래한 시라기보다는 전통적인 정서와 품격을 '승무'라는 민속춤을 통해 표현한 작품이다.

> 얇은사(紗) 하이얀 고깔은 고이 접어서 나빌네라
>
> 파르라니 깎은 머리 박사고깔에 감추오고
> 두볼에 흐르는 빛이 정작으로 고와서 설어워라
>
> 빈대에 황촉불이 말없이 녹는 밤에
> 오동잎 잎새마다 달이 지는데
>
> 소매는 길어서 하늘은 넓고
> 돌아설듯 날아가며 사뿌니 접어올린 외씨보선이여
>
> 까만 눈동자 살포시 들어
> 먼 하늘 한개 별빛에 모도우고
>
> 복사꽃 고운 뺨에 아롱질듯 두방울이야

세사에 시달려도 번뇌는 별빛이라

휘여져 감기우고 다시 접어 뺏는 손이
깊은 마음속 거룩한 합장이냥 하고

이밤사 귀똘이도 울어새는 삼경인데
얇은사 하이얀 고깔은 고이접어서 나빌네라

- 조지훈, 「승무」 전문

　조지훈 시 중에서 가장 널리 알려진 시 「승무」는 1939년 『문장』 추천 작품 중의 하나이며, 시집 『청록집』에 수록된 시다. 이후 시 「승무」는 띄어쓰기 중심의 수정을 거쳐 시집 『풀잎단장』에 재수록 된다. 시인의 말에 따르면, 이 시는 19세에 처음 구상해서 구상한 지 11개월, 집필한 지 7개월 만에 탈고했다고 한다. 그야말로 심혈을 기울여 완성한 작품이었다. 조지훈 시인은 "나는 이 「승무」로써 나의 시 세계의 처녀지를 개척하려고 무척 고심했다."고 밝혔다.

　이 시 역시 "얇은사 하이얀 고깔은 고이 접어서 나빌네라"라고 시작되는 1연을 제외하고는 2행 1연의 시 형식을 견지하고 있다. 이 시에서 무엇보다 돋보이는 것은 우리말의 아름다움을 잘 살린 언어 감각이다. "하이얀" "파르라니"와 같은 색채어, "나빌네라" "감추오고" "모도우고" "감기우고"와 같은 서술어, 그리고 "정작으로" "합장이냥" "이밤사"와 같은 조사어의 사용은 운율을 맞추고 시적 분위기를 고양시킨다. 서술어를 늘인 시어는 느릿한 승무의 유장한 춤사위를 연상시킨다. 그러나 유장한 운율과 섬세한 시어 사용에 지나치게 치중한 나머지, 정작 승무를 통해 보여주고자 한 이미지는 제대로 형상화되지 못하고 운율과 시어의 질감 그 자체에 묻혀 버렸다.

예컨대, 번뇌의 초월이라고 상투적으로 해석돼 온 "복사꽃 고운 뺨에 아롱질듯 두방울이야 / 세사에 시달려도 번뇌는 별빛이라"와 같은 구절은 사실상 매우 애매하다. 우선, 각 행을 마무리하는 "-이야"와 "-이라"가 서술형 어미인지 감탄형 조사인지 구별하기 어렵다. 이미지 전개를 염두에 두고 읽으면 '아롱질듯 두방울은 별빛이다'로 이해할 수 있는데, 여기서 별빛은 앞 5연의 "먼 하늘 한개 별빛"이 눈물에 아롱진 그저 '맑음' 정도로 해석하는 것이 좋을 듯하다. 그래도 '번뇌가 맑다'는 것이 어떤 의미이냐는 문제는 여전히 남는다. 시 「승무」는 조지훈 초기 시를 대표하면서, 논리를 초월한 언어의 아름다움과 그 한계까지 동시에 보여 주는 작품이다.

타고르 시와 범신론

인도 시인 라빈드라나트 타고르(1861~1941)는 벵골 문예부흥의 중심이었던 집안 분위기 덕분에 일찍부터 시를 썼고 16세에는 첫 시집 『들꽃』을 출간했다. 초기 시는 유미적인 경향이었으나 갈수록 현실적이고 종교적인 색채가 강해졌다. 교육 및 독립운동에도 힘을 쏟았으며, 시집 『기탄잘리』로 1913년 동양인으로서는 최초로 노벨문학상을 받았다.

『기탄잘리』는 '신(神)에게 바치는 송가(頌歌)'라는 뜻으로, 힌두교의 범신론적 종교관이 바탕이 됐다. 벵골어로 쓴 157편의 시를 수록하여 1910년 출간했고, 그중에서 57편을 추려 타고르 자신의 영역(英譯)으로 1912년에 영국에서 출판하였다. 영역본은 예이츠가 서문을 썼다. 이듬해 노벨문학상을 수상하였으며 유럽에서도 절찬을 받았다.

영역판에 수록된 시는 제목이 없고 번호만 붙어 있다. 모두가 종교적이고 상징적인 것으로, 원시(原詩)와는 운율과 어조 면에서 다른, 번역이라기보다 영어에 의한 새로운 작품이다. 신앙과 정념을 바탕으로 한 이 시집에는 "나는 당신을 모든 면에서 보며 / 모든 면에서 당신과 교제하며 / 밤낮을 가리지 않고 당신에게 사랑을 바칩니다"에서 보여주듯 경건하면서도 감미로운 시가 많다.

한국에서는 1923년 김억이 이문관에서 간행한 번역본이 최초다. 타고르의 『기탄잘리』는 한용운 등에게 많은 영향을 주었다.

신에게 바치는 노래

잠시 영국 런던 블룸즈버리 지역을 돌아보자. 소아스 방문학자 시절, 필자는 고든 스퀘어라는 작은 공원에 자주 갔었다. 블룸즈버리 그룹 멤버인 소설가 버지니아 울프, 버지니아의 언니이자 화가인 바네사 벨, 그리고 경제학자 케인즈 등이 살았던 건물 앞에는 뜻밖의 조형물이 있다. 타고르다. 당시 타고르의 시가 나오는 소설을 읽고 있었다. 우연히 만난 타고르의 두상(頭像)이 특별하게 느껴졌다.

타고르 두상의 받침대에는 2011년 7월 7일 프린스 오브 웨일즈, 그러니까 찰스 왕세자가 개막했다고 쓰여 있다. 아마도 타고르가 인근에 위치한 UCL에 다닌 것을 기념하기 위한 동상으로 짐작된다.

1.
당신은 나를 무한(無限)케 하셨으니 그것은 당신의 기쁨이다. 이 연약한 그릇을 당신은 비우고 또 비우시고 끊임없이 이 그릇을 싱싱한 생명으로 채우십니다.

2부 테마로 읽는 시

이 가냘픈 갈대피리를 당신은 언덕과 골짜기 넘어 지니고 다니셨고 이 피리로 영원히 새로운 노래를 부르십니다.

당신 손길의 끝없는 도닥거림에 내 가냘픈 가슴은 한없는 즐거움에 젖고 형언할 수 없는 소리를 발합니다.

당신의 무궁한 선물은 이처럼 작은 내 손으로만 옵니다. 세월은 흐르고 당신은 여전히 채우시고 그러나 여전히 채울 자리는 남아 있습니다.

2.

당신이 내게 노래를 부르라실 때 내 가슴은 자랑스러움으로 터질 것 같고 나는 당신 얼굴을 올려다 보며 눈물을 흘립니다.

내 생명 속 거칠고 어긋난 모든 것들이 한 줄기 감미로운 화음(和音)으로 녹아들고— 나의 찬미(讚美)는 바다를 나르는 즐거운 새처럼 날개를 폅니다.

당신이 내 노래에 즐거움 얻으심을 나는 압니다. 오직 노래 부르는 사람으로 내가 당신 앞에 나아감을 나는 압니다.

활짝 편 내 노래의 날개 끝으로 나는 감히 닿을 수 없는 당신의 발을 어루만집니다.

노래부르는 즐거움에 젖어 나는 넋 잃고 내 주(主)이신 당신을 친구라 부릅니다.

– 라빈드라나트 타고르, 『기탄잘리』 부분(김병익 역)

장시 『기탄잘리』의 1번과 2번 시다. 문학평론가 김병익의 번역이 참 아름답다. 원문인 벵갈어나 영어는 아니지만, 시의 분위기를 느끼기에는 충분하다.

1번 시는 『기탄잘리』의 서시로서 널리 알려져 있다. 당신은 유한한 나를 무한하게 하는 존재다. 시적 화자인 나는 연약한 그릇, 가냘픈 갈대피리에 비유된다. 갈대피리는 2에서 노래하는 시인의 모습으로 구체화된다. 시인은 당신을 찬미하는 노래를 부르는 사람이다. 여기서 당신은 절대자 신이다. 하지만 한용운의 님이 그렇듯이 우리가 진실로 생각하는 그 모든 대상을 당신으로 보아도 될 것이다.

사랑의 기쁨

타고르의 『기탄잘리』와 상호 텍스트성을 이루는 작품 하나를 살펴보겠다. 최인호의 장편소설 『사랑의 기쁨』(1997)이다. 이 소설을 소아스 런던대학교 도서관에서 읽었다. 오전에는 논문집 초고를 교정보고 오후에는 쉬면서 서가에서 장편소설을 빼와 읽었는데, 『사랑의 기쁨』도 그런 책이었다. 그 책이 타고르의 시를 소재로 했다는 것을 알고 무척 반가웠다. 타고르의 두상이 있는 고든 스퀘어 공원은 소아스 도서관 바로 옆에 있었다.

소설은 채희라는 여성이 죽은 엄마의 유품을 정리하다 최현민이라는 사람에게 보내는 미완성의 유서와 그가 번역한 시집 『기탄잘리』를 발견하는 것으로 시작한다. 번역자인 최현민은 누굴까. 그는 엄마에게 왜 이 시집을 주었으며, 엄마는 왜 그에게 유서를 쓰고자 했을까.

사실은 이렇다. 영문과 교수 최현민은 채희 엄마인 유진을 사랑했다. 영문학을 전공한 유진은 번역 일을 하며 딸을 홀로 키우고 있었는데, 그 여자는 타고르의 시를 좋아한다. 현민은 정치적인 이유로 미국에 교환교수로 가게 되었다. 친부를 교통사고로 잃고 고통스러워하는 채희를 두고 유진은 현민을 따라나설 수 없었다. 현민은 그런 유진을 위해 타고르의 시집 『기탄잘리』를 번역한다.

현민은 『기탄잘리』의 역자 후기에 이렇게 쓴다.

원래 『기탄잘리』란 시인 타고르 자신이 고대 인도의 성전인 '우파니샤드'에 근거한 범신론적인 개념으로 '신께 바치는 노래'라는 의미를 담고 있습니다. 이 신은 자연과 우주와 나를 꿰뚫고 있는 하나의 정신이며 타고르는 이 세상 모든 만물 속에서 시인의 통찰력으로 신의 모습을 화살처럼 꿰뚫어보고 있습니다.

그러므로 이 시 속에서 신은 한 송이 연꽃으로 피리를 불고 있는 미지의 사나이로, 어머니로 모습을 바꾸어 나오고 있습니다. 때문에 기독교인들은 이 신을 '하느님'으로 생각하려 하며 불교인들은 이 신을 '부처'로 간주하려고도 합니다.

그러므로 타고르가 노래한 '신'은 그 무엇으로 불러도 좋은 하나의 정신적 실재인 것입니다. 주님으로 부르고 싶은 사람은 '주님'으로 부르십시오. '그대'라고 부르고 싶은 사랑은 '그대'라고 부르십시오. '생명의 생명'으로 부르고 싶은 사람은 '생명의 생명'으로 그를 부르십시오. 저는 그를 '님'이라고 부르기로 했습니다.

- 최인호, 『사랑의 기쁨』에서

작가는 최현민의 서문을 빌려 『기탄잘리』의 성격과 신의 의미에 대해 설명하고 있다. 타고르는 '신'에게 바치는 노래로서 이 시를 썼지만, 현민은 유진을 생각하며 시를 번역했다. 현민은 영화 〈일 포스티노〉에서 네루다의 시를 베아트리체에게 준 마리오와도 같이, 타고르의 시를 번역해 유진에게 준다. 현민에게 유진이야말로 신과도 같은 절대 사랑의 대상이었다. 소설 속에 나온 시집의 서문을 좀 더 읽어 보자.

이제 저는 거친 비가 그친 후 마침내 떠오르는 저편 하늘에 내어 걸린 천궁(天弓)과도 같은 이 시들을 저의 '님'에게 바치나이다. 그대는 저의 님이 되시어 제가 드리는 노래를 받아 주십시오. 그리해 님은 저의 전부가 되어 주십시오. 그러나 저라는 존재는 아주 없애지는 마시고 그저 조금만은 남겨 두십시오—. 그래야만 그것에 의해서 저는 님을 저의 전부라고 노래 부를 수 있으니까요. 저의 의지도 그저 조금만은 남겨 두셔야 합니다. 그래야만 그것에 의해서 저는 도처에서 님을 느끼고, 모든 것 속에서 님과 만나 모든 순간마다 님에게 사랑을 바칠 수 있으니까요. 저라는 존재는 그저 조금만은 남겨 두세요. 그래야만 제가 결코 님을 숨기는 일이 없을 테니까요.

- 최인호, 『사랑의 기쁨』에서

곳곳에서 님을 느끼고, 모든 것 속에서 님과 만나, 그 순간마다 님에게 사랑을 바칠 수 있다는 현민의 말은 사실 유진에게 영원한 사랑을 고백하는 것이다.

이 소설은 미완성의 유서를 채희가 완성하고, 그 사이 눈이 멀고 쇠약해진 현민이 그 편지를 받고 행복하게 생을 마감하는 것으로 끝난다. 그리고 채희는 엄마가 자신에 대한 더 깊은 사랑을 위해 당신의 사랑을 포기했다는 것을 알고 자존감을 회복한다.

최인호의 『사랑의 기쁨』은 영문학자와 번역가인 두 주인공 덕분에 타고르의 시 이외에도 프로스트, 엘리엇의 시가 곳곳에 나오는 아름다운 작품이다. 삽입 시는 작품 자체의 의미와 함께, 두 사람의 심리를 암시하는 복선으로 쓰인다. 상·하권으로 된 장편소설이지만 최인호의 작품답게 속도감 있게 읽힌다. 절대 사랑과 기다림의 의미를 생각하고, 무엇보다 현대소설로 변주된 타고르의 시 작품을 감상하고 싶은 사람에게 이 소설을 추천한다.

동방의 등불

우리나라에 타고르는 『기탄잘리』보다 「동방의 등불」이라는 시로 더 잘 알려져 있다. 이 시는 1929년 4월 2일 『동아일보』에 실렸으며, 원래 제목은 「조선의 부탁」이었다. 시인 주요한이 번역한 이 시의 원문은 다음날인 4월 3일 『동아일보』에 다시 수록된다. 식민지 조선을 위해 타고르가 썼다고 여겨진 시였다.

> 일찍이 아세아의 황금 시기에   In the golden age of Asia
> 빛나던 등촉의 하나인 조선   Korea was one of its lamp-bearers
> 그 등불 한번 다시 켜지는 날에   And that lamp is waiting
> 너는 동방의 밝은 빛이 되리라   to be lighted once again For the
>   illumination in the East.

> — 라빈드라나트 타고르, 「조선의 부탁」 전문(주요한 역)

사실은 우리가 알고 있었던 것과 다소 거리가 있다. 1929년 세 번째로 일본을 방문 중이던 타고르는 당시 조선의 방문 요청을 받고 이에 응하지 못하면서 조선 민족에게 메시지 형태의 짧은 시를 보낸다. 그것을 주요한이 번역하면서 조선에 희망을 불어넣는 노래로 사랑받게 된다.

타고르가 조선 민족을 위해 써 준 이 짧은 시에는 평소 그가 동방 (the East)에 대해 가지고 있던 견해가 반영되어 있다. 그는 『민족주의 (Nationalism)』(1917)라는 자신의 저서에서 "동방에서 영원한 빛이 다시 빛날 것이다. 동방은 인류 역사의 아침 태양이 태어난 곳이다. 아시아의 가장 동쪽 지평선에 이미 동이 트고 태양이 떠오르지 않았다고 누가 확신할 수 있겠는가? 그리고 나는 나의 선조 현인들처럼 다시 한

번 온 세계를 밝힐 동방의 일출에 경의를 표한다."라고 하면서 동방에 대해 예언자적인 기대를 하고 있었다. 그런데 이 인용구에 나타난 시상과 어휘가 시 「조선의 부탁」과 매우 유사하다. 즉, 타고르는 우리 민족을 위해 이 시를 새로 쓰지 않았다.

어쨌거나 타고르의 메모는 이후 「동방의 등불」이라는 제목으로 우리 민족에게 희망과 긍지와 감격을 안겨 주는 예언자적인 시로 칭송받게 된다. 시는 독자의 것이라는 마리오의 말이 다시 생각난다.

시인이 그냥 자신의 이야기를 쓴 것이라고 하더라도, 혹은 그런 의미로 쓰지 않았다고 하더라도, 그것이 나에게 위로가 되고 공감이 된다면 그것이 바로 명시가 아니겠는가.

3   그림

많은 시인이 회화적인 기법을 도입하여 그림을 그리듯 시를 썼다. 그림 그 자체에 영감을 받아 시를 쓴 시인도 있다. '그림'은 현대시를 풍요롭게 감상하는 테마가 될 것이다. 이 장에서는 먼저 1930년대 한국의 대표적인 모더니즘 시인인 김광균 시 작품의 개성을 '회화성'에서 찾고, 감각의 재현 방식과 대상과의 거리를 그림의 표현 양식과 연계해 살펴본다.

'시로 읽는 그림'에서는 그림을 주요 소재로 한 시 작품을 감상한다. 이중섭, 뭉크, 로스코, 그리고 고흐의 회화가 시인의 상상력에 어떠한 영감을 주었으며 어떻게 이미지로 재해석되는지 알아본다.

김광균의 회화적인 시를 감상하며 다음의 문제를 생각해 보자.

- 한국적 모더니즘 시의 특성
- 감각의 재현 방식으로서 색채 이미지 재현의 일관된 특성
- 대상과의 거리로서 시에 투사된 내면의 정서

김광균 시의 회화적 성격

지금까지 김광균 시에 대한 논의는 주로 모더니즘과 관련되어 이뤄졌다. 널리 알려졌듯이, 김광균은 T. E. 흄, E. 파운드, T. S. 엘리엇 등 영국 주지주의 시 운동을 소개한 김기림의 이론과 시 작품에 영향을 받아 회화성을 강조하는 시를 썼다. 김광균에 대한 평가는 김기림의 「삼십년대 도미(掉尾)의 시단 동태」에서 "소리 조차를 모양으로 번역하는 기이한 재주"를 가졌다는 찬사 이후, 모더니즘 이론을 시 쓰기로써 실천했다는 긍정적인 입장과, 그와 반대로 실패한 모더니스트로 간주하는 부정적인 입장으로 나뉜다.

부정적인 입장은 김광균이 이른바 '진정한 모더니스트'로서의 면모를 갖추지 못했다는 것에서 비롯되는데, 주된 이유로 그의 시에 주조를 이루는 감상성을 들고 있다. 즉, 감상을 배격해야 할 모더니즘 시인이 바로 그 감상성에 경도됐다는 것이다. 이 말은 김광균 시에 대한 부정적인 평가가 시 자체의 완성도나 미학적 개성에서 나왔다기보다는, 모더니즘 시인으로서의 부적합성에 초점이 맞춰졌다는 사실을 방증한다.

'한국적 모더니즘' 시인

모더니즘 시인이라는 정의하에 김광균의 시적 성과는 분명 부정적인 측면이 강조될 수 있다. 그러나 김광균은 김기림의 영향을 받아 회화성이 강조된 시를 썼지만, 정작 그 자신은 모더니즘 시인이라 생각하지 않았으며 본격적인 모더니즘 시론을 피력하지도 않았다. 1988년 『월간조선』에 실린 「작가의 고향—꿈속에 가보는 선죽교」라는 글에서 시인은 "나는 모더니스트가 아니다. 굳이 모더니즘이라는 것을 의식하고 시작(詩作)을 한 적은 없다. 물론 나의 시에는 시각적 회화적인 이미지가 많이 나타나고 있는 것은 사실이다. 그러나 그것은 내가 오랫동안 서울에 거주했기 때문인지도 모르겠다."라고 밝혔다. 그러니까 그를 '모더니즘 시인'이라는 울타리에 가둔 것은 당대의 비평가와 그의 관점을 계승한 후대의 연구자들이다.

이 글은 김광균이 이른바 '진정한 모더니즘 시인'이 아니라는 것에서 출발한다. 따라서 그의 시에 빈번히 등장하는 상실감과 감상성은 실패한 모더니스트로서의 부정적인 양상이 아니라, 오히려 김광균 시의 미학적 개성으로 간주할 수 있다. 이것을 굳이 모더니즘이라는 용어를 다시 빌려 설명한다면 '감상적 모더니즘', 혹은 '한국적 모더니즘'이라고 부를 수 있을 것이다.

정통 모더니즘 시가 아닌, 한국적 모더니즘 시로서 김광균 시 작품의 개성을 '회화성'에서 찾고, 감각의 재현 방식과 대상과의 거리를 그림의 표현 양식과 연계해 살펴보자.

감각의 재현

김광균 시에 나타난 특징 중의 하나가 공감각적 표현이다. 공감각(共感覺)이란 시각·청각·후각·촉각·미각의 다섯 가지 감각 중 두 개 이상의 감각이 결합한 형태로, 대상과 접해 촉발된 한 감각이 다른 감각으로 전이되는 것을 의미한다. 소리를 들으면 빛깔이 느껴진다거나 하는 것인데, 예술에서 공감각은 창조적 영감의 원천이 된다.

가령, 칸딘스키는 색채를 각종 악기의 소리로 전환했다. 빨간색은 튜바, 혹은 강하게 두들긴 북소리에, 파란색은 명도에 따라 플루트·첼로·콘트라베이스의 소리에, 주황색은 교회의 종소리나 비올라 소리에, 보라색은 잉글리시 호른이나 갈대피리의 음향에 비유했다.

프랑스의 천재 시인 아르튀르 랭보 역시 소리와 색채를 연결했다. 그의 시 「모음(Voyelles)」을 보면 "검은 A, 흰 E, 붉은 I, 푸른 U, 파란 O" 같이 각각의 알파벳 모음은 색채로 표현된다. 이 알파벳들을 불어식으로 읽으면 '아, 에, 이, 우, 오'이니 '검은 아, 흰 에, 붉은 이, 푸른 우, 파란 오'가 되겠다. 다음은 문학평론가 김현이 번역한 랭보의 시 「모음」이다.

> 검은 A, 흰 E는 백색, 붉은 I, 푸른 U, 파란 O: 모음들이여, 언젠가는 너희들의 보이지 않는 탄생을 말하리라.
> A, 지독한 악취 주위에서 윙윙거리는터질 듯한 파리들의 검은 코르셋,
>
> 어둠의 만(灣): E, 기선과 천막의 순백, 창 모양의 당당한 빙하들, 하얀 왕들, 사형화들의 살랑거림.
> I, 자주조개들, 토한 피, 분노나
> 회개의 도취경 속에서 웃는 아름다운 입술.
> U, 순환주기들, 초록 바다의 신성한 물결침,
> 동물들이 흩어져 있는 방목장의 평화, 연금술사의
> 커다란 학구적인 이마에 새겨진 주름살의 평화.
>
> O, 이상한 금속성 소리로 가득찬 최후의 나팔,
> 여러 세계들과 천사들이 가로지르는 침묵,
> 오, 오메가여, 그녀 눈의 보랏빛 테두리여!
>
> — 아르튀르 랭보, 「모음(voyelles)」 전문(김현 역)

시 「모음」은 청각과 시각의 교감 현상으로 '모음의 색채화'가 이뤄져 있다. 즉, 청각 현상에 시각 현상을 조합하고 그 모음과 색채의 범주에서 의미들을 찾아내고 있다.

공감각적 표현은 우리나라에서 1930년대 모더니즘 시인들이 적극적으로 시작에 응용했으며, 그중 김광균의 시적 성과는 주목할 만하다. 공감각을 설명할 때면 예외 없이 예문으로 등장하는 "분수처럼 흩어지는 푸른 종소리"는 그의 시 「외인촌(外人村)」의 마지막 구절이다. 공감각적 표현은 김광균 시의 감각을 더욱 풍요롭게 재현한다.

하얀 해바라기와 파란 달빛

공감각적인 표현과 같은 감각의 재현을 통해 김광균이 나타내고자 한 것은 무엇이었을까. 시 「해바라기 감상(感傷)」과 「와사등(瓦斯燈)」을 중심으로 김광균 시의 감각의 재현 양상과 원리에 대해 알아보자.

> 해바라기의 하—얀 꽃잎 속엔
> 퇴색한 작은 마을이 있고
> 마을 길가의 낡은 집에서 늙은 어머니는 물레를 돌리고
>
> 보랏빛 들길 위에 황혼이 굴러내리면
> 시냇가에 늘어선 갈대밭은
> 머리를 헤뜨리고 느껴울었다.
>
> 아버지의 무덤 위에 등불을 키려
> 나는 밤마다 눈멀은 누나의 손목을 이끌고
> 달빛이 파—란 산길을 넘고.
>
> – 김광균, 「해바라기 감상(感傷)」 전문

시 「해바라기 감상」은 1935년 9월 『조선중앙일보』에 발표된 작품이며, 정서의 시각화라는 김광균 시의 특징을 잘 보여 주고 있다. 하얀 해바라기로 대표되는 일련의 시각적 이미지들은 늙은 어머니와 죽은 아버지, 그리고 눈먼 누나라는 불행한 가족의 모습과 그로 인해 상처받은 화자의 마음을 나타낸다. 시 「해바라기 감상」은 사물 고유의 색채를 변형시킴으로써 시인의 정서를 효과적으로 드러낸다.

1연에서 시인은 "해바라기의 하—얀 꽃잎"이라는 매개물을 통해 과거의 시간과 공간으로 들어간다. 해바라기는 원래 황금빛으로, 찬란하게 빛나는 태양을 상징한다. 그러나 이 시에서 해바라기는 하얀색이다. 노란빛이 탈색된 이 해바라기는 색채와 함께 꽃 고유의 역동적인 에너지마저 상실한 것처럼 보인다. 탈색된 해바라기는 다음 행의 '퇴색'이라는 시어와 만나면서 고향의 풍경과 연계된다. 그것은 하나같이 낡거나 늙은 모습들이다.

2연은 고향 들길의 모습이다. 황혼 녘의 들길은 붉은빛이 아닌 보랏빛으로 물들어 있다. 그리고 들길의 갈대는 "머리를 헤뜨리고 느껴 울었다."라고 표현된다. 화자의 비통한 정서가 투사된 것이다.

3연은 이 시의 애상적인 정조가 아버지의 죽음과 눈먼 누나로부터 비롯됨을 보여 준다. 저녁의 시간을 지나 밤이 된 이 연에서, 고향은 달빛이 파랗게 내린 공간으로 다시 한번 변모된다.

「해바라기 감상」의 공간은 실제의 공간이 아닌 회상을 통해 만들어낸 내면의 공간이다. 이 내면의 풍경은 낮→저녁→밤이라는 시간의 흐름에 따라 흰색→보라색→푸른색으로 채색된다. 기억 속의 풍경이 감상(感傷)이라는 렌즈를 통과하면서 창백한 모노톤으로 인화되고 있다.

김광균이 시에서 흰색과 푸른색을 즐겨 사용한다는 것은 잘 알려진 사실이다. 양왕용은 김광균 시집 『와사등』에 수록된 23편의 시에서 73

개의 색채 감각어를 찾았다. 이 중 흰색이 36개, 파란색이 18개로, 김
광균 시에는 흰색과 푸른색이 압도적으로 많이 쓰였다.

김광균 시의 흰색과 푸른색은 사물 고유의 색인 경우와 시 「해바라
기 감상」에서와 같이 본래의 색이 탈색되거나 변색된 것으로 나눌 수
있으며, 변색된 경우 대부분이 시인의 상처 입은 마음을 대변한다. 또
한 김광균은 사물이라는 매개 없이 관념 그 자체를 흰색과 푸른색으로
시각화시키기도 하는데, 이 역시 내면 풍경을 시각적인 감각으로 재현
한 결과다.

여윈 두 손을 들어 창을 내리면
하이얀 추억의 벽 위엔 별빛이 하나
눈을 감으면 내 가슴엔 처량한 파도 소리뿐.

- 김광균, 「오후의 구도」 부분

오후
하이얀 들가의 외줄기 좁은 길을 찾아나간다

- 김광균, 「창백한 산보」 부분

하이한 모색(暮色) 속에 피어 있는
산협촌의 고독한 그림 속으로
파-란 역등을 달은 마차가 한 대 잠기어 가고
(…)
퇴색한 교회당의 지붕 위에선
분수처럼 흩어지는 푸른 종소리

- 김광균, 「외인촌」 부분

낯설은 흰 장갑에 푸른 장미를 고이 바치며
초라한 가등(街燈) 아래 홀로 거닐면

- 김광균, 「밤비」 부분

푸른 옷을 입은 송아지가 한 마리
조그만 그림자를 바람에 나부끼며
서글픈 얼굴을 하고 논둑 위에 서 있다.

- 김광균, 「성호부근(星湖附近)」 부분

시 「오후의 구도」에서 하얀색으로 시각화된 추억은 화자의 처량한 마음과 연계된다. 시 「창백한 산보」 역시 서러운 옛 생각에 잠겨 산책하는 화자의 마음을 하얀 들길로 표현했다. 시 「외인촌」의 저녁 풍경 또한 하얀색으로 탈색되어 있으며, 이 흰빛을 배경으로 종소리는 푸른 빛으로 흩어진다. 여기서 푸른 종소리는 희망과 긍정을 표상한다기보다는, 앞의 행에 나오는 "퇴색한 교회당 지붕"을 배경으로 울려 퍼지는 차갑고 우울한 소리를 나타낸다고 볼 수 있다.

또한 시 「밤비」에서의 푸른 장미와 시 「성호부근」의 푸른 송아지는 화자의 초라하고 서글픈 마음을 대변하기 위해 원래의 색을 변색시킨 경우이다.

이렇게 김광균은 애상이라는 정서를 사물에 투사하면서 사물 고유의 색채를 탈색시키거나 변색시킨다. 이것은 김광균 시에 재현된 시각적 감각을 해석하는 중요한 원리다. 정통 모더니스트들이 감정의 세계를 벗어나 주지주의적 태도를 견지했던 것에 비해, 김광균은 시각적 이미지를 감정 표현의 도구로 사용했음이 다시 한번 드러난다.

차가운 와사등의 불빛

김광균 시에는 시각 이미지뿐만 아니라 촉각 이미지도 등장한다. 촉각 이미지는 시각 이미지만큼 다양하게 나타나지는 않는다. 주로 쓰인 것이 차가운 감각이다. 이 차가운 감각은 시각이나 청각과 융합되어 공감각적으로 재현된다. 김광균의 대표 시 「와사등」은 등불이라는 시각 이미지를 차가운 촉각 이미지로 묘사하면서, 도시 문명 속에서 소외된 화자의 슬픈 마음을 나타낸다.

이 시에서 눈에 띄는 시어는 '차단―한'이다. 김광균 시에 자주 나오는 시어로, 차갑다는 의미다. 김광균 스스로 그렇게 밝혔다. 그런데 '차단―한'에 ―(말 늘임표)가 붙어 있다. 리듬이 지연되면서 차가움이 은근한 서늘함으로 강조되고 있다. 말 늘임표는 '긴―', '길―게'에도 쓰였는데, 이 역시 각각 여름 해와 그림자의 길이, 즉 지루한 여름날과 그림자의 무거움을 강조한다. 또한 '호을로', '비인' 등과 같이 단어를 일부러 늘여 말하기도 한다. 시의 리듬은 전반적으로 느리고 무겁다고 볼 수 있다. 이렇게 느리고 무거운 리듬은 슬프고 눈물겹고 공허하고 비애에 젖은 화자의 심리 상태를 효과적으로 표현해 준다. 지연된 리듬에 유의하여 여러분도 함께 읽어 보기 바란다.

> 차단―한 등불이 하나 비인 하늘에 걸려 있다.
> 내 호을로 어딜 가라는 슬픈 신호냐.
>
> 긴―여름해 황망히 나래를 접고
> 늘어선 고층 창백한 묘석같이 황혼에 젖어
> 찬란한 야경 무성한 잡초인 양 헝클어진 채
> 사념 벙어리 되어 입을 다물다.

피부의 바깥에 스미는 어둠
낯설은 거리의 아우성 소리
까닭도 없이 눈물겹고나

공허한 군상의 행렬에 섞이어
내 어디서 그리 무거운 비애를 지니고 왔기에
길―게 늘인 그림자 이다지 어두워

내 어디로 어떻게 가라는 슬픈 신호기
차단―한 등불이 하나 비인 하늘에 걸리어 있다.

– 김광균, 「와사등(瓦斯燈)」 전문

시 「와사등」은 1938년 『조선일보』에 발표된 작품이다. 이 시에서 중심 이미지는 제목과 같은 '와사등'이다. 화자는 여름날 밤 도시의 한복판에서 와사등을 바라본다. 그것은 "비인 하늘에 걸려 있다."라는 말에서 알 수 있듯이 멀리 아련하게 보이는 빛이다. 화자는 와사등의 빛을 마치 신호등처럼 인식하고 있다. 차들이 신호등의 지시에 따라 망설임 없이 움직이듯이, 화자 역시 와사등의 불빛이 정해 주는 대로 가고 싶다고 말한다. 이것은 군중의 행렬 속에서 갈 길을 정하지 못하고 홀로 방황하는 시적 화자의 절박한 마음을 역설적으로 드러낸다.

군중 속에서의 외로움은 화려한 도시 풍경을 쓸쓸한 시골 풍경으로 바꿔 놓는다. 늘어선 고층 빌딩은 창백한 묘석이 되고, 찬란한 야경은 무성한 잡초가 된다. 한마디로 도시는 무덤처럼 인식되고 있다. 도시가 무덤으로 변하는, 당시로는 매우 획기적이었을 이 극단을 넘나드는 상상력은 무더운 여름밤을 밝히는 와사등을 '차갑다'라고 인식하는 데서 비롯된다.

시각이 원거리 감각이라면, 촉각은 주체와 대상과의 거리가 밀착되는 근거리 감각이다. 잠시 복습해 보자. 1부의 제1장 '공감의 시 읽기'에서 서정주의 「화사」를 분석하며 시각에서 촉각으로 뱀과 밀착을 지향하는 시인의 상상력을 살펴봤다.

김광균의 시에서 감각은 시각에서 촉각으로 '공감각'을 활용하여 전이된다. 여름 하늘에 멀리 걸려 있는 와사등의 불빛을 차갑게 느낀다는 것은 지금까지 풍경으로서 사물을 대하면서, 시적 대상에 화자의 개입을 최대한 절제한 것처럼 보였던 김광균의 시작 태도를 다르게 해석할 수 있는 여지를 제공한다. 그는 시에서 회화성을 강조하면서 멀리 있는 풍경을 객관적으로 묘사한 것처럼 보이지만, 사실상 시를 통해 드러난 것은 주관적 내면의 풍경이다. 시 「와사등」에서 볼 수 있는 것처럼, 그는 멀리 켜져 있는 등불을 근거리 감각인 촉각으로 인식한다. 그리고 그 촉각은 뜨거움이 아닌 차가움으로, 지극히 주관적으로 인식된다. 김광균은 시각적 이미지인 여름밤의 와사등을 근거리 감각인 촉각을 사용해 주관적 이미지로 재현했다.

그러면 와사등의 존재에 대해 살펴보기로 하자. 와사(瓦斯)는 가스(gas)를 지칭하는 일본어 ガス를 음차해서 만든 단어로, 와사등은 곧 가스등을 이른다. 그런데 이 시가 쓰인 1930년대 말 서울의 길거리에는 가스등이 설치되지 않았다. 와사등은 원래 유럽에서 흔하게 사용되었으며, 일본에서는 1859년 개항 이후 도입되어 메이지 시대에 빠르게 전파됐다. 당시 긴자 거리에는 벽돌로 지은 서양식 건물이 들어서고, 그 거리의 가스등과 인력거는 도쿄의 명물이 됐다고 한다. 따라서 와사등은 문명의 상징물이자, 유럽이나 일본을 연상시키는 이국적인 풍물이다.

이 작품에서 화자가 보는 것은 와사등이 아니라 전등이다. 실제로 김광균은 시 「와사등」에 대해 "1938년 5월 어느 날, 용산역에서 전차를 타고 다동(茶洞)의 하숙방으로 가던 중 전차가 남대문을 돌아설 무렵 차창 밖 빌딩 사이에 홀로 서 있는 가로등을 보고 떠올린 시상을 정리한 것"(「작가의 고향-꿈속에 가 보는 선죽교」)이라고 말했었다. 그런데 와사등이 전등이라는 그 사실보다 중요한 것은, 와사등이 없는 거리에서 와사등을 보고 있는 시적 화자의 시선이다. 도시의 한복판에서 이국의 거리를 상상하는 김광균의 공간 의식은 이후에 살펴볼 시 「눈오는 밤의 시」에서도 동일하게 나타난다.

와사등이 켜진 거리는 김광균이 살았던 1930년대 말 조선의 거리가 아니라, 그 거리에서 상상하는 이국의 거리, 즉 '내면에 존재하는 공간'이다. 김광균은 이 시에서 자신이 살고 있는 도시의 풍경이 아닌, 마음속의 풍경을 그린 것이며, 외롭고 슬픈 마음을 와사등이 켜진 이국의 거리에서 방황하는 시적 화자의 모습으로 형상화했다. 따라서 저 하늘 멀리 켜져 있는 와사등은 사실 김광균의 마음속에서 빛나는 등불이었으며, 그 불빛은 화자의 쓸쓸한 내면 풍경을 차갑게 밝혀 주고 있다.

대상과의 거리

주체와 대상 사이에는 언제나 거리가 존재한다. 시에서 이것은 시적 화자와 대상과의 거리로 나타나는데, 이 거리가 멀어질수록 시는 그림으로 말하면 풍경화가 된다. 시에서 회화성을 강조하면서 주로 원거리적 태도를 보였다고 알려진 김광균의 시를 시적 대상과의 거리라는 측면에서 상세히 살펴보기로 한다. 시 「눈 오는 밤의 시」를 읽으며 시적 화자가 서울의 뒷골목에서 실제로 보고 있는 것과 그것을 보며 상상하는 것은 무엇인지를 생각해 보자.

서울의 어느 어두운 뒷거리에서

이 밤 내 조그만 그림자 우에 눈이 나린다.

눈은 정다운 옛이야기

남몰래 호젓한 소리를 내고

좁은 길에 흩어져

아스피린 분말이 되어 곱—게 빛나고

나타—샤 같은 계집애가 우산을 쓰고

그 우를 지나간다.

눈은 추억의 날개 때 묻은 꽃다발

고독한 도시의 이마를 적시고

공원의 동상 우에

동무의 하숙 지붕 우에

캬스파처럼 서러운 등불 위에

밤새 쌓인다.

- 김광균, 「눈 오는 밤의 시」 전문

인용 시 「눈 오는 밤의 시」는 1940년 『여성』에 발표한 작품이다. 이 시는 특히 회화성이 강조된 시로, 눈 오는 밤의 풍경이 마치 한 폭의 그림처럼 펼쳐져 있다.

김광균은 이 시에서 눈 내리는 밤의 서정을 이국적 이미지를 써서 묘사하고 있다. 눈은 아스피린 분말이 되고, 등불은 캬스파처럼 서럽고, 우산을 쓴 계집애는 나타샤라는 러시아식 이름으로 불린다. 이는 앞에서도 말한 '낯설게 하기'의 시작법으로 이해할 수 있다. 이 이미지들은 「추일서정」에서와 마찬가지로 시인의 애상적인 관념을 표출하는 도구로써 사용되며, 궁극적으로 고독함이나 서러움과 같은 시인의 정서를 표출한다. 이 시 역시 한국적 모더니즘 시로서의 특징을 고스란히 내보이고 있는 셈이다.

시 「눈 오는 밤의 시」는 시적 대상과 그것을 바라보는 화자의 거리에 따라 세 부분으로 나눌 수 있다. 화자가 자신의 그림자를 바라보는 근경(1~2행)과 저만치 걸어가는 소녀를 바라보는 중경(3~8행), 그리고 도시 전체를 묘사하는 원경(9~14행)인데, 이것을 각각 a, b, c로 부르기로 한다. 이 시에서 화자의 시선은 a → b → c 순으로, 즉 근경에서 중경으로, 다시 원경으로 확산한다.

a에서 시적 화자는 눈 내리는 밤 서울의 어두운 뒷거리에 있다. 대낮의 밝은 대로변과는 달리, 도시의 어두운 뒷거리라는 공간은 무의식이 드러나는 공간이라고 볼 수 있다. 그곳에서 화자는 자신의 그림자를 발견한다. 그림자는 인간의 마음속에 잠재된 어두운 부분을 상징한다. 그는 이것을 '조그만'이라고 표현함으로써 거대한 도시 속에 왜소한 존재에 불과하다는 쓸쓸한 자기 인식 태도를 나타낸다.

그 위에 눈이 내리는데, 화자는 이것을 "눈이 나린다."라고 표현한다. '나린다'는 '날다'를 연상시킨다는 점에서 내린다보다 어감이 가벼우며, 뒤에 나오는 "추억의 날개"에 연결된다.

b에서 눈은 '정다운 옛이야기'가 된다. 현재의 눈은 과거의 추억을 끌어낸다. 그러나 그것은 정답지만 '호젓한 소리'로 인식된다. 조용하고 쓸쓸한 소리다. 결국 추억은 번잡하고 시끄러운 도시의 일상과 대조되는 소리 없는 소리로 존재한다.

다음은 눈을 아스피린 분말에 비유한 그 유명한 구절이다. 아스피린이 해열제임을 상기할 때, 눈은 도시의 열기를 가라앉혀 주는 역할을 한다. 그리고 아스피린 분말에 비유된 눈이 '곱게 빛난다'는 긍정적인 서술어에 미루어, 열기에 들떠 있었던 도시가 부정적인 상황이었음을 짐작할 수 있다. 이렇게 눈은 정다운 추억에 비유되고, 정다운 추억은 부정적인 현재 상황을 치유한다. 그러면서 서울의 좁은 뒷골목은 몽환적이며 낯선 거리로 변모하고, 눈 위를 지나가는 계집아이는 나타샤라는 러시아식 이름을 가진 이국의 소녀가 된다.

그런데 나타샤 같은 계집아이는 눈을 맞지 않으려고 우산을 쓰고 있다. 우산은 눈을 피하고 싶어 하는 소녀의 마음을 나타낸다. 여기서 눈의 이중성이 드러난다. 눈은 옛이야기처럼 정답기도 하지만, 그렇다고 마냥 즐길 수도 없다.

이것은 c에서 '추억의 날개'와 '때 묻은 꽃다발'이라는 등가적인, 그러나 상반된 의미의 비유로 발전한다. 추억은 아름답지만, 언젠가는 버려야 할 것이라고 한다. 한때 아름다웠던 꽃다발이 지금은 먼지를 뒤집어쓰고 말라비틀어진 것처럼 말이다. 이렇게 추억에 대한 이중적 인식은 고독과 서러움이라는 정서를 환기한다.

아스피린 같은 눈은 열에 들뜬 도시의 이마를 적신다. 그리고 마치 영화에서 카메라 앵글을 통해 도시 구석구석을 내려다보는 것처럼, 이 시의 화자는 공원의 동상과 동무의 하숙 지붕과 캬스파처럼 서러운 등불 위에 쌓이는 눈의 모습을 바라본다. 그런데 "캬스파처럼 서러운 등불"에서 캬스파란 무엇일까.

캬스파와 영화 〈망향〉

캬스파는 원어로 Casbah(카스바)인데, 북아프리카나 에스파냐에서 볼 수 있는 중세 및 근세에 만들어진 태수(太守)·수장(首長)의 성채를 말한다. 알제리·튀니지 등의 카스바가 좋은 예다.

카스바 하면 떠오르는 영화가 〈망향(望鄕, 원제 Pépé le Moko)〉이다. 카스바는 영화 〈망향〉 속의 남자 주인공이 범죄를 저지르고 쫓기는 몸이 되어 알제리로 갔을 때 머물렀던 곳이다. 서준섭은 "김광균의 시에는 영화의 이미지를 수용한 것, 영화에서 착상한 것이 적지 않다."라고 하면서, 「눈 오는 밤의 시」에서의 이 '캬스파'를 예로 들었다.

영화 〈망향〉은 줄리앙 듀비비에르 감독, 장 가방 주연의 프랑스 영화로 1937년에 제작되었으며, 우리나라에서는 1939년 2월에 상영되었다. 프랑스에서 은행 강도를 하다가 쫓겨 온 남자 주인공 페페는 당시 식민지였던 알제리의 한 카스바에 숨는다. 카스바의 주민들은 페페를 숨겨 주고 도망치게 해 준다.

이 골목에서 영웅처럼 군림하던 페페는 갸비라는 아름다운 프랑스 여인을 만나 이루어질 수 없는 사랑에 빠지고 결국 자살한다. 페페가 쓰러진 부둣가에 뱃고동 소리만 길게 울려 퍼지는 영화의 마지막 장면은 유명하다.

고전 영화의 아우라가 느껴지기는 하나 영화 〈망향〉의 내용은 범죄물에 로맨스를 섞어 놓은 것에 불과하다. 특히 자신을 숨겨 주었던 집시 여인을 버리고 파리에서 온 아름다운 여인 갸비에게 매혹당하는 페페나, 질투심에 페페를 밀고하고 후회하는 집시 여인은 전형적인 멜로드라마의 공식을 따르고 있다. 그런데 문제는 이 영화가 1930년대 말 일제강점기 우리나라에서 상영됐다는 사실이다. 식민지 조선에서 이 영화를 본 사람 대다수는 페페의 모습에 '일본 형사에게 쫓기는 조선인'의 이미지를 투사하지 않았을까.

영화 속에서 알제리의 형사 슬리만은 카스바에 대해 이렇게 말한다.

> 슬리만: 카스바는 어둡고 좁은 골목길과 계단이 개미굴처럼 엉켜 있어서 한번 발을 들여놓으면 쉽게 빠져나오기 힘들다오. 악취와 오물이 뒤범벅이 된 그런 곳, 각종 인종, 세계 각지의 범죄자가 숨어 사는 곳, 매춘부가 호객하고 장사꾼이 들끓어 경찰의 힘이 미치지 않는 무법 지대에 페페는 왕자로 군림하고 있소…….
>
> ─ 영화 〈망향〉에서

영화에서 카스바는 빈민굴처럼 그려져 있으나, 그럼에도 불구하고 알제리 사람들에게는 자랑스러운 곳이다. 제2차세계대전이 끝난 후 프랑스의 지배를 벗어나고자 반란이 일어났던 대표적인 곳이 바로 이 카스바이며, 당시 독립운동의 지도자들은 카스바에 숨어 조직을 결성했다고 한다. 영화 〈망향〉은 카스바를 중심으로 한 알제리의 독립을 마치 예언한 듯하다.

김광균 시인은 이 시를 쓸 때, 서울의 어두운 뒷거리에서 카스바의 골목길을 떠올리고 있었음이 분명하다. 프랑스에 강제 점령당한 알제리 카스바의 주민들이나, 망국의 설움을 가슴 깊이 묻어 둔 식민지 경성의 시민들이나 다를 바 없기 때문이다.

카스바처럼 서러운 등불은 비극적으로 죽은 영화 속 주인공 페페와 겹쳐지면서, 더 이상 원거리의 풍경이 될 수 없다. 그것은 화자의 마음이 투사된 내면의 풍경으로 전환된다. 주체와 대상이 가장 멀리 떨어진 순간, 김광균은 원거리 풍경에 고독과 서러움이라는 정서를 담음으로써 그 거리를 소멸시킨다. 객관적인 풍경에서 주관적인 풍경으로 전환되는 것이다. 이것은 앞에서 살펴본 와사등이 켜진 거리가 실제의 거리가 아닌 마음속의 풍경이었다는 사실과 동일한 맥락에서 이해될 수 있다. 김광균은 자신의 정서를 대상 속에 투사함으로써 주체와 대상과의 거리를 소멸시키며, 이는 한국적 모더니즘 시인으로서의 김광균의 시적 개성으로 간주될 수 있을 것이다.

시로 읽는 그림

'시로 읽는 그림'에서는 그림을 소재로 한 시를 살펴본다. 이중섭, 에두

바르트 뭉크, 마크 로스코, 그리고 빈센트 반 고흐의 그림을 시로 쓴 작품들이 대상이다. 그림과 시의 비교 연구, 혹은 문학과 회화의 학제 간 연구이다. 또한 선행 텍스트인 그림과, 그 텍스트에 영향을 받은 시 작품과의 상호 텍스트성을 살펴보는 작업이기도 하다

달과 까마귀

김춘수의 「이중섭 4」는 이중섭의 작품 「달과 까마귀」를 소재로 했다.

비운의 천재 화가 이중섭(1916~1956)은 평안남도 평원에서 대지주 집안의 삼 남매 중 막내로 태어났다. 1935년에는 일본으로 건너가 제국미술학원에 입학했으나 1년 만에 일본 문화학원 미술학부(양화과)로 옮겼다. 그 뒤로 이중섭은 일본과 한국에서 천재 화가로 이름을 날렸다. 1945년에는 문화학원 재학 중 사귄 일본인 후배 야마모토 마사코와 결혼했으며, 마사코는 이남덕으로 이름을 바꾸었다. 따뜻한 남쪽 나라에서 얻은 아내라는 뜻이었다고 한다.

1952년 남덕이 생활고로 두 아들과 함께 일본으로 돌아가자, 이중섭은 부산·제주·통영·진주·대구 등지를 떠돌며 그림을 그렸고, 부두 노동자로 일하기도 했다. 재료가 없어 담뱃갑 은박지를 캔버스 대신 쓰기도 했다. 그는 일본에 보낸 가족에 대한 그리움과 일정한 거처 없이 떠도는 유랑 생활, 그리고 예술가로서의 깊은 좌절과 자괴감으로 몸과 마음이 극도로 쇠약해져 정신 분열증세를 보이기 시작했고, 마침내 1956년 영양실조와 간염으로 고통을 겪다가 그해 9월 6일 서울적십자병원에서 홀로 숨을 거뒀다.

「달과 까마귀」는 1954년 이중섭이 통영에서 그린 그림이다. 휘황한 보름달이 뜬 푸르른 하늘을 배경으로 친구를 찾아 모여드는 까마귀가

수평으로 그려진 세 개의 전선을 배경으로 동화풍으로 단순하고 경쾌하게 그려져 있다. 그러나 그때까지 이중섭이 다루었던 새들이 비둘기와 같이 주로 평화나 환희를 상징하는 길조들이었던 데 반하여 까마귀를 소재로 다루었다는 점이 특이하다. 달빛을 받은 까마귀의 눈이 노란빛을 띠고 있는 것도 인상적이다.

까마귀가 상징하는 의미 때문에 이 그림은 고흐의 「밀밭 위의 까마귀」와 비교되기도 한다. 그러나 고흐의 까마귀는 음산하고 우울하지만, 이중섭의 까마귀는 명랑하고 유쾌하다. 행복과 희망의 기원이 담겨있는 것처럼 보인다. 그래서 가족에 대한 그리움으로도 읽힌다.

김춘수 시인은 이 그림을 보고 「이중섭 4」라는 시를 썼다. 이중섭 그림 중에 까마귀가 나오는 작품은 이 그림밖에 없으니 「이중섭 4」의 대상은 이 그림이 확실한데, 시 자체가 참 난해하다. 예전에 문학평론가로서 김춘수 시인을 인터뷰할 때 "선생님 시가 어려워요"라고 말하니그는 "그러니까 시지. 시는 어려워야지."라고 대답했다. 나중에 김춘수 시인의 자서를 읽어 보니까 자신은 시를 쓰면 꼭 아내한테 보여 준다고 했다. 아내가 그 시를 이해하면 버리고, 잘 모르겠다고 하면 발표를 했단다. 그 정도로 김춘수 시인은 시가 복잡하고 어려워야 한다고 생각했다는데, 이 시는 정말 이해가 되지 않는다. 앞에서 말했듯이 언어의 함축이 깊은 시를 감상하는 방법은 시인이 그 시를 썼을 상황을 상상해 보는 것인데, 이 시에는 공공연히 드러난 힌트가 있다. 바로 이중섭의 그림 「달과 까마귀」이다. 시와 그림을 견주어 보며 읽어 보자.

저무는 하늘
동짓달 서리 묻은 하늘을
아내의 신발을 신고
저승으로 가는 까마귀,

까마귀는
남포동 어디선가 그만
까욱하고 한 번만 울어 버린다.
오륙도를 바라고 아이들은
돌팔매질을 한다.
돌 하나 멀리멀리
아내의 머리 위 떨어지리라.

– 김춘수, 「이중섭 4」 전문

이중섭이 「달과 까마귀」를 통영에서 그렸다는 사실은 앞에서 이야기했다. 통영 출신 시인 김춘수도 그 사실을 알고 있었을 것이다. 1954년이었다면 이중섭이 죽기 2년 전, 가난과 가족에 대한 그리움으로 심신이 쇠약해져 있을 때다. 까마귀로 자신의 죽음을 예견했을 수도 있다. 그래서 김춘수는 이 까마귀를 저승으로 가는 까마귀이자 이중섭의 분신으로 보았다. 까마귀가 죽음을 예견하고 있다는 사실은 결과적으로 맞는다. 하지만 그림에서의 까마귀들의 모습은 따뜻하고 유쾌하다. 그냥 '고향 까마귀' 같다.

김춘수 시에서 까마귀는 저승으로 가고 있지만, 아내의 신발을 신고 있다. 아내는 신발을 벗어 놓고 어디를 간 것일까. 아내가 남긴 신발을 신은 까마귀는 부재하는 아내에 대한 그리움의 다른 표현이다. 그 까마귀는 남포동에서 까욱하고 '한 번만' 운다. 꾹꾹 참았던 울음을 딱한 번만, 하며 터뜨리는 것 같다. 저승으로 가는 까마귀는 왜 부산에서 잠시 쉬어 가는 걸까. 그리고 이 까마귀는 어디서 떠난 걸까. 남포동, 그 밑에 오륙도, 이 시에 나온 지명은 모두 부산인데, 부산은 통영에서 떠났을 까마귀가 잠시 머무는 곳이 된다. 부산은 저승과 아내가 있는 곳과의 갈림길이다. 아내가 있는 곳은 오륙도 쪽인 것 같다. 그쪽으로 던진 돌이 더 멀리 날아가 아내의 머리 위로 떨어진다는 것에서 알 수 있다.

이중섭의 그림에서 오른쪽 까마귀는 제 빛깔과 모양이 같은 까마귀에게로 열심히 날아가고 있다. 화면 좌측의 까마귀의 가족이 있는 곳. 그런데 그곳이 저승같이 보이지는 않는다. 김춘수의 까마귀도 남포동에서 멈춰 울고는 저승이 아닌 아내가 있는 곳을 향해 새롭게 날아갈 것 같다.

필자는 이중섭 이 그림을 보고 가족에 대한 그리움을 표현한 것임을 직관적으로 느꼈다. 네 마리의 까마귀는 일본에 있는 가족을 상징하고, 오른쪽 노란 달을 배경으로 부지런히 날아가는 것이 이중섭 자신이라고. 그런데 널리 알려졌듯이 일본에 간 이중섭의 가족은 아내와 두 아들, 모두 세 명이다. 까마귀 한 마리가 남는다.

그것이 마음은 이미 가족들 사이에 있는 것이나 다름없는 이중섭의 분신이 아닌가 생각했다. 몸은 지금 가족을 향해 열심히 날아가고 있지만, 마음은 진작부터 그곳에 가 있는 것이다. 그러니까 무리 가운데 그림자처럼 있는 까마귀가 이중섭의 분신이다.

또 다른 생각도 했다. 이중섭에게는 두 아들 외에 어릴 때 잃은 아들이 한 명 더 있었다. 다른 까마귀와는 달리 눈동자 없이 그림자처럼 표현된 가운데 까마귀가 어릴 때 잃은 아들이 아닌가 하는 생각도 했다.

열심히 가고자 하는 새와, 또 열심히 기다리는 새를 통해 가족을 그리워하는 이중섭의 마음을 가늠했다. 김춘수도 이 그림을 보면서 전체적인 상황을 인식하고 그것을 머릿속에 버무려서 '아내의 신발을 신고 날아가는 까마귀'의 이미지를 만들어 낸 것이 아닐까. 부재하는 아내를 향한, 닿을 수 없는 곳에 닿고자 하는 마음이 이 시에서 말하고자 하는 것이 아닐까.

지금까지 이중섭의 그림과 그에 대한 김춘수의 시를 감상했다. 그림과 시에 대한 여러 개의 단상(斷想)을 말했는데, 정답은 없다. 김춘수의 이 시는 명확하게 해석되지 않기 때문이다.

명확한 해석이 가능한 시를 제치고 애매하고 모호한 시를 한 편 준비한 것은 이참에 자유롭게 생각하는 기회를 독자에게 주기 위해서였다.

여러분은 이 까마귀 그림이 어떻게 느껴지나요. 그리고 김춘수의 까마귀는 이중섭의 까마귀를 어떤 마음으로 보고 있는 것일까요. 잠시 시간을 두고, 스스로 시와 그림을 감상해 보기 바란다.

화가 뭉크와 함께

이승하의 「화가 뭉크와 함께」는 뭉크의 「절규」를 소재로 한 시다. 이 작품뿐만 아니라 시 「병든 아이」, 「불안」, 「미역 감는 남자들」은 같은 제목의 뭉크의 그림을 시로 형상했다. 이승하는 뭉크의 예술적 상상력에 깊이 공감한 것처럼 보인다.

에드바르트 뭉크(1863~1944)는 노르웨이 화가다. 5세가 되는 해 결핵으로 어머니가 죽었고, 이후 어머니의 역할을 했던 누나 소피에도 14세가 되는 해 결핵으로 사망했다. 어머니의 죽음 이후 아버지는 거칠고 난폭해졌으며, 가정을 돌보지 않았고 뭉크와 불화했다. 뭉크가 자신의 그림에서 삶의 환희보다 죽음의 절망을, 색채의 조화보다는 섬뜩한 부조화를, 사랑의 기쁨보다는 이별의 증오를 강조하게 된 것은 이러한 어린 시절 가족의 죽음과 그에 따른 소외와 공포 때문이었다.

「절규」는 뭉크의 작품 중 가장 널리 알려진 작품이다. 같은 주제를 그린 소묘 작품에서 뭉크는 다음과 같이 말했다. "두 친구와 함께 산책하러 나갔다. 햇살이 쏟아져 내렸다. 그때 갑자기 하늘이 핏빛처럼 붉어졌고 나는 한 줄기 우울을 느꼈다. 친구들은 저 앞으로 걸어가고 있었고 나만이 공포에 떨며 홀로 서 있었다. 마치 강력하고 무한한 절규가 대자연을 가로질러 가는 것 같았다."

뭉크는 인간의 내적인 감정을 표현하기 위해 강렬한 색채와 형태의 왜곡, 율동하는 듯한 선 등을 사용했다. 이러한 기법으로 깊은 좌절에 빠진 사람을 마치 병자나 유령 같은 모습으로 묘사했다. 「절규」에서도 한 남성이 해골 같기도 하고 유령 같기도 한 모습으로 그려져 있다. 전율하며 양손을 얼굴에 대고 있는 이 인물은 화면의 아래쪽에 위치하여 정면으로 관객을 향한다. 그에게서는 공포에 찬 절규가, 찢어지는 듯한 비명이 흘러나온다.

이 그림을 보고 이승하는 「화가 뭉크와 함께」라는 시를 썼다. 1984년 중앙일보 당선작이자 시인의 대표작이다.

어디서 우 울음소리가 드 들려

겨 견딜 수가 없어 나 난 말야

토 토하고 싶어 울음소리가 끄 끊어질 듯 끄 끊이지 않고

드 들려와

야 양팔을 벌리고 과 과녁에 서 있는

그런 부 불안의 생김새들

우우 그런 치욕적인

과 광경을 보면 소 소름 끼쳐

다 다 달아나고 싶어

도 동화(同化)야 도 동화(童話)의 세계야

저 놈의 소리 저 우 울음소리

세 세기말의 배후에서 무 무수한 학살극
바 발이 잘 떼어지지 않아 그런데
자 자백하라구? 내가 무얼 어쨌기에

소 소름 끼쳐 터 텅 빈 도시
아니 우 웃는 소리야 끝내는
끝내는 미 미쳐 버릴지 모른다

우우 보우트 피플이여 텅 빈 세계여
나는 부 부 부인할 것이다.

– 이승하, 「화가 뭉크와 함께」 전문

이 시의 가장 특이한 점은 '말더듬의 시어'들이다. 유년 시절 가정폭력과 불안을 체험하고 실제로 말을 더듬었던 이승하 시인은 말더듬으로써 뭉크 그림 속 주인공만큼 불안하고 무서운 시적 화자의 심경을 표현하고 있다.

시의 화자는 울음소리를 듣고 토하고 싶고 소름이 끼치고 달아나고 싶다고 말하고, 종국에는 울음소리가 자신을 비웃는 웃음소리로 들리면서 미칠 것 같다고 토로한다. 여기서 반복적으로 들리는 울음소리는 바로 뭉크 그림에서 주인공이 절규하는 소리이다. 뭉크가 비명을 소용돌이치는 화면으로 마치 음파의 문양처럼 시각화했다면, 이승하는 시각화된 소리는 '울음소리'라는 실제 소리로 환원했으며, 그 소리의 공포를 자신의 '말더듬'으로 전이시키고 있다.

지금까지 시어란 아름답게 갈고 다듬는 것으로 여겨졌다. 그러나 이 시에서 시어는 불완전하고 파편화되어 있다. 시어는 잘 다듬어져야 한다는 고정관념을 말더듬으로 전복시킨 것이다. 그런 의미에서 이승하

의 이 시는 시어의 존재 형태에 성찰을 유도하는 현대성과 창의성을
겸비한 문제작이다.

마크 로스코와 나

황동규의 「진한 노을」은 마크 로스코 최후의 작품 「무제」, 일명 「레드」
라고 알려진 작품을 소재로 했다.

> 태안 앞바다를 꽉 채운 노을,
> 진하고 진하다.
> 몸 놀리고 싶어 하는 섬들과 일렁이려는 바다를
> 지그시 누르고 있다.
> 진하다.
> 배 한 척 검은색으로 지나가고
> 물새 몇 펄럭이며 흰색으로 빠져 나온다.
> 노을의 절창,
> 생애의 마지막 화면 가득 노을을 칠하던 마크 로스코가
> 이제 더 할 게 없어! 붓 던지고
> 손목 동맥에 면도칼 올려놓는 순간이다.
> 잠깐, 아직 손목 긋지 마시게.
> 그 화면 속엔 내 노을도 들어 있네.
> 이제 더 할 말 없어! 붓 꺾으려던 마음
> 몇 번이고 고쳐먹게 한 진한 노을이네.
>
> — 황동규, 「진한 노을」 전문

인용 시에서 언급된 화가 마크 로스코(1903~1970)는 러시아 출신의 미국 화가다. '색면 추상'이라 불리는 추상표현주의의 선구자로 거대한 캔버스를 경계가 불분명한 색으로 가득 채워 인간의 근본적인 감성을 표현하고자 했다. 로스코의 회화는 단순하고 절제된 이미지로써 깊고 숭고하기까지 한 감동을 불러일으킨다.

우리가 흔히 추상화로 분류하는 로스코의 작품은, 정작 화가 자신은 추상화가 아니라고 주장했다. 그는 "나는 색채나 형태나 그 밖의 다른 것들의 관계에는 관심이 없다. 비극, 황홀경, 운명 같은 인간의 근본적인 감정을 표현하는 데에만 관심이 있다. 내 그림 앞에서 우는 사람은 내가 그것을 그릴 때 가진 것과 똑같은 종교적 경험을 하고 있다."라고 말했다. 그는 관람객들이 작품과 교감하기를 원했고, 자신의 그림들이 개별적인 정체성을 가지고 있다고 믿었으며, 심지어 작품 스스로 개성을 가지고 있다고 보았다.

마크 로스코는 1970년 2월 25일 수요일 아침, 「레드」라고 불리는 붉은 그림 아래서 극단적인 선택을 했다. 조수가 출근해서 바닥에 쓰러진 로스코를 발견했고, 주변은 온통 붉은 피로 흥건했다. 부검 결과 화가는 항우울제 과다 복용과 그에 따른 중독으로 고통받았음이 드러났다. 그의 나이 65세 때 일이었다.

황동규 시인은 마크 로스코의 작품을 소재로 여러 편의 시를 썼다. 그중 시 「진한 노을」은 로스코의 이러한 전기적 사실을 바탕으로 화가의 최후의 순간이 묘사되어 있다. 시적 화자는 로스코의 절망에 공감하며 마치 등을 두드려 주듯이 위로와 격려의 말을 건넨다. 마크 로스코가 화가로서 붓을 던졌듯이 자신도 시인으로서 붓을 꺾으려 한 적이 있었다며 창작의 고통이라는 동병상련의 정서를 매개로 두 예술가는 만나고 있다.

마크 로스코의 죽음을 소재로 시를 쓴 또 다른 시인이 있다. 소설

『채식주의자』로 유명한 한강이다. 한강은 「마크 로스코와 나」라는 시를 썼다.

미리 밝혀 둘 것도 없이
마크 로스코와 나는 아무 관계가 없다

그는 1903년 9월 25일에 태어나
1970년 2월 25일에 죽었고
나는 1970년 11월 27일에 태어나
아직 살아 있다
그의 죽음과 내 출생 사이에 그어진
9개월여의 시간을
다만
가끔 생각한다

작업실에 딸린 부엌에서
그가 양쪽 손목을 칼로 긋던 새벽
의 며칠 안팎에
내 부모는 몸을 섞었고
얼마 지나지 않아
한 점 생명이
따뜻한 자궁에 맺혔을 것이다

늦겨울 뉴욕의 묘지에서
그의 몸이 아직 썩지 않았을 때
신기한 일이 아니라

쓸쓸한 일

나는 아직 심장도 뛰지 않는
점 하나로
언어를 모르고
빛도 모르고
눈물도 모르며
연붉은 자궁 속에
맺혀 있었을 것이다

죽음과 생명 사이,
벌어진 틈 같은 2월이
버티고
버텨 마침내 아물어 갈 무렵

반 녹아 더 차가운 흙 속
그의 손이 아직 썩지 않았을 때

          – 한강, 「마크 로스코와 나-2월의 죽음」 전문

  시적 화자는 우연히도 자신이 마크 로스코가 죽었을 무렵 잉태되었다는 것을 알고 그와 '다르지만 무언가가 연결된 것 같은' 묘한 운명의 힘을 느낀다. 한강 역시 로스코의 작품에 관한 시를 여러 편 썼다. 화가의 비극에 깊이 공감하며 시적 화자는 "내 실핏줄 속으로 / 당신 영혼의 피"(「마크 로스코와 나 2」)가 흐르고 있다고도 말한다.

고흐의 구두

빈센트 반 고흐(1853~1890)는 한국의 시인들이 가장 사랑하는 화가 중에 하나다. 고흐의 작품은 함영수, 이상, 조병화, 오탁번, 이승훈, 박의상 등 많은 시인이 시 작품의 소재로 삼았다. 이들의 시를 한데 묶은 『시집 반 고흐』가 1987년 출간된 이후로도 현재까지 고흐의 작품은 꾸준히 시화되고 있다.

박의상은 고흐의 구두 연작을 보고 「구두 1」이라는 시를 썼다, 고흐는 1886년부터 구두 연작을 그렸는데, 이 그림 중 하나를 보고 시를 것으로 여겨진다.

여러분은 자신의 낡은 구두를 보면 무슨 생각이 드나요. 구두에 어떤 질문을 하고 싶나요. 삶의 고단함과 세상을 향한 열정이 담겨있는 이 시를 함께 읽어보도록 한다.

구두를 벗고
반 고흐는 물었을 것이다
너는 어디를 그렇게 쏘다녔느냐고
무엇을 그렇게 많이 걷어차고
어디에 그렇게 많이 치이고
왜 그렇게 많이
닳고 해지고 터졌느냐고
그는 구두 한 켤레를 그리면서
그 질문을 그리면서
그리다가
웃었을 것이다
그렇게 헤매어야 다시

왔지 않느냐고

그냥 터덜터덜 떠도는
어떤 목적지를 모르는 너도
다시 지금 만난
네가 목적지가 된
그것이 당연하지 않으냐고
웃다가
그는 구두를 벗고 정중히
그 이마에 입 맞추고
이젠 맨몸으로라도
맨발로라도
맨발로라도
저를 이끌고 한세상
또 어디로
떠나려고 했을 것이다.

- 박의상 「구두 1—반 고흐의 그림 '구두'」

시적 화자는 고흐와 구두가 대화하는 것을 상상하고 있다. 고흐의
질문은 네 가지다. '너는 어디를 그렇게 쏘다녔느냐', '무엇을 그렇게
많이 걷어차고', '어디에 그렇게 많이 치이고', '왜 그렇게 많이 닳고 해
지고 터졌느냐'이다. 이것은 고흐의 고단한 삶에 관한 질문이자, 고흐
에게 투사한 시적 화자 자신의 삶에 대한 질문이다. 치열하고 진실한
삶에 대한 고뇌와 경의, 그리고 세상을 향한 방랑과 열정의 자세가 동
시에 그려져 있다.

'그림'이라는 테마로 김광균의 시 세계와, 그림을 소재로 시를 쓴 시인들의 작품을 살펴보았다. 이러한 시 읽기의 태도는 회화적인 요소가 강한 시 작품을 이해하고 감상하는 데 적용될 수 있을 것이다. 나아가 시론의 방법론으로 그림 등의 예술작품을 더욱 풍요롭게 감상할 수 있다. 예컨대 같은 붉은 색이라도 작가에 따라 그것은 정열이 될 수도 있고 죽음이 될 수도 있다. 같은 푸른색이라도 희망의 푸른색일 수도 있고 퇴락과 우울의 푸른색일 수도 있다. 그것은 색을 쓰는 작가의 정서에 따라 달라진다.

어떠한 정서를 어떠한 색으로 표현하느냐는 미술을 전공하거나 그림에 관심 있는 이라면 늘 고민하는 문제일 것이다. 중요한 것은 여러분이 그 대상을 자신의 시각으로 보고 해석하고 표현해야 한다. 새롭게 보고 남다른 것을 느끼고자 할 때, 거기에 이 책이 조금이나마 도움이 되었으면 한다.

4   노래

밥 딜런은 미국의 대표적인 싱어송라이터이다. 싱어송라이터란 자신이 쓴 가사에 곡조를 붙여 노래하는 가수란 의미이다. 그 모습이 음유시인과 참 많이 닮았다. 그런데 밥 딜런이 2016년 노벨문학상을 수상하면서 세계의 문단은 신선한 충격을 받게 된다. 노래와 문학과의 경계가 사라진 것이다. 노래가 공식적으로 문학의 장르에 들어왔다고 볼 수도 있다.

이 장에서는 시에서 노래의 의미와 '노래가 된 시'를 살펴본다. '시인과 가인'에서는 시를 쓰는 사람과 노래하는 사람의 공통점을 알아본다. 시 안에 표현된 '노래하기'의 양상을 셋으로 나누어 '노래하는 시인'으로서 김영랑의 시, '노래하지 못하는 시인'으로서 윤동주의 시, 그리고 '노래를 잊은 시인'으로서 김광규의 시를 읽겠다. '노래가 된 시'에서는 정지용, 박목월, 양명문, 김소월, 정호승의 시와 노래를 감상한다.

김영랑, 윤동주, 김광규 시를 읽으며 다음의 문제를 생각해 보자.

- 시인과 가인, 그리고 시에서 쓰인 새의 공통점
- 새와 반대되는 이미지와 그들이 상징하는 것
- 노래의 상대편에 있는 '이야기'의 특성

시인과 가인: 김영랑, 윤동주, 김광규의 시

시인과 가인(歌人)은 원래 하나였다. 음유시인이다. 『국어국문학 자료 사전』에 따르면 음유시인이란 13~14세기에 걸쳐 서양에서 오락을 제공한 예능인, 또는 각국을 돌아다닌 시인이라고 한다. 음유시인은 하프나 작은북 연주에 뛰어나고, 노래를 부르며 소설을 낭송하고 연극을 공연하면서 한 고장에서 다른 고장으로, 한 성(城)에서 다음 성으로 소식을 전했다. 왕이나 제후의 전용 악사(樂士) 역할도 했다. 그러니까 그들은 배우이고 음악가이며, 시인인 동시에 저널리스트였다. 15세기에 들어 구텐베르크가 발명한 인쇄술이 보급됨에 따라 글을 읽는 사람이 증가하면서 음유시인은 사라졌다.

여기서 주목할 것은 음유시인이 사라진 것이 인쇄술의 발달 때문이라는 대목이다. 인쇄술의 발달로 더 많은 사람이 글을 읽게 되면서 문학을 '음성' 혹은 '행동' 언어가 아닌 '문자' 언어로 향유하게 되었다. 시가 노래와 구별되는 시점이다. 사람들은 음유시인의 노래로 시를 듣는 대신 '시집'에 수록된 활자를 읽는다. 시에서 곡조는 사라지고 운율만 남게 되었다. 운율이란 시가 원래는 노래였다는 흔적이다.

현대로 접어들면서 또 한 번의 변혁이 일어난다. 대중매체의 발달이다. 사람들은 답답하고 어렵게 느껴지는 시보다는 라디오나 텔레비전에서 흘러나오는 한 편의 노래에 공감하고 위로받는다. 시적인 노랫말을 가진 가요가 대중의 사랑의 받게 된 것이다. 한편에서는 아예 시에 곡조를 붙여 노래로 부른다. 음유시인의 부활이다.

김광석

현대의 음유시인 하면 떠오르는 사람이 있다. 바로 '노래하는 철학자' 김광석이다. 김광석은 노래도 잘하지만, 그 노랫말이 정말 좋다. 보편적인 공감을 자아낸다.

김광석 노래가 가진 보편적인 공감의 힘을 인상적으로 보여 준 영화가 있다. 박찬욱 감독의 영화 〈공동경비구역 JSA〉(2000)이다. 판문점 공동경비구역 내 돌아오지 않는 다리 남쪽에서 근무하던 병장 이수혁이 북한 군인 중사 오경필을 만나면서 벌어진 이야기다. 세상과 단절된 공간에서 외로웠던 그들은 북한군 초소에서 초코파이를 나눠 먹고 남한 음악을 들으며 우정을 쌓는다. 그러나 한편으로는 당연히 긴장의 끈을 놓지 못한다. 대결하다 화해하고 화기애애하다 어색해하는 장면이 반복적으로 그려지는데, 특히 전쟁을 가정해서 이야기할 때는 서로 불편해질 수밖에 없다. 그때 흐르는 것이 김광석의 노래 「이등병의 편지」다. 그 노래를 듣고 북한 군인 오경필 중사는 '오마니'가 생각난다고 말하다가 뜬금없이 "광석이는 왜 그렇게 일찍 죽었다니?"라고 묻는다. 이념적으로는 대립하고 있지만, 그들은 모두 집 떠나서 군 복무를 하는 누군가의 자식들이었으며 김광석의 노래가 그 사실을 일깨운 것이다.

이렇게 김광석의 노래는 체험에서 우러나오는 듯한 진솔한 노랫말과 꾸밈없는 창법으로 대중에게 속 깊은 위로와 공감을 전해 준다. 영화의 배경음악으로 나온 「이등병의 편지」의 가사는 군 복무를 한 사람뿐만 아니라, 젊은 날 한때 집 떠난 경험을 한 사람에게 절절한 공감으로 와 닿을 것이다. 또한 2007년 그가 부른 노래 「서른 즈음에는」 음악 평론가들에게서 최고의 노랫말로 선정되기도 했다.

나의 노래

김광석이 부른 「나의 노래」의 가사에는 "아무것도 가진 것 없는 이에게 시와 노래는 애달픈 양식"이라는 구절이 나온다. 그리고 시와 노래, 읊조림과 가락이 혼용되어 쓰이는데 '노래' 자리에 '시'를 바꾸어 넣어도 작품의 울림이 흐트러지지 않는다. 가인인 김광석의 노래가 시인에게는 시가 된다.

아무것도 가진 것 없는 이에게
시와 노래는 애달픈 양식
아무도 뵈지 않는 암흑 속에서
조그만 읊조림은 커다란 빛

나의 노래는 나의 힘
나의 노래는 나의 삶

자그많고 메마른 씨앗 속에서
내일의 결실을 바라보듯이
자그만 아이의 읊음 속에서
마음의 열매가 맺혔으면

나의 노래는 나의 힘
나의 노래는 나의 삶

거미줄처럼 얽힌 세상 속에서
바람에 나부끼는 나뭇가지처럼
흔들리고 넘어져도 이 세상 속에는
마지막 한 방울의 물이 있는 한

나는 마시고 노래하리
나는 마시고 노래하리

수많은 진리와 양심의 금문자

찬란한 그 빛에는 멀지 않으리

이웃과 벗들의 웃음 속에는

금만 가락이 울려 나오면

나는 부르리 나의 노래를

나는 부르리 가난한 마음을

그러나 그대 모두 귀 기울일 때

노래는 멀리멀리 날아가리

노래는 멀리멀리 날아가리

– 한동헌 작사 작곡, 김광석 노래 「나의 노래」 전문

 김광석의 「나의 노래」는 노래에 대한 사랑과 예술에 대한 자의식이 진솔하게 표현되어 있다. 가인인 김광석에게 '노래'는 어떤 의미를 지니고 있으며 그 자리에 어떤 단어를 바꾸어 넣을 수 있는지, 그리고 스스로에게 빛이 되고 힘이 되고 삶이 되는 것이 무엇인지를 생각하며 감상하면 노래의 울림이 한층 깊게 느껴질 것이다.

노래하는 시인

김영랑(1903~1950)의 본명은 김윤식이다. 전라남도 강진의 지주 집안에서 태어났다. 1917년 휘문의숙에 입학하는데, 2년 뒤인 1919년 3·1운동 당시 선언문을 구두 속에 감추고 고향인 강진으로 내려갔다가 체포되어 6개월간 수감된다. 휘문의숙을 졸업하지 못하고 1920년

일본의 아오야마 학원 중등부에 입학한다.

중학교 때부터 바이올린을 배우는 등 음악에 남달리 관심 많던 김영랑은 도쿄에서 성악을 전공하려고 했으나, 노래 공부를 하면 학비를 끊어 버리겠다는 아버지의 완강한 반대로 영문학을 전공하게 된다. 1923년 관동대지진으로 귀향한다. 1930년 3월 『시문학』 창간호로 등단하고, 『영랑시집』(1935)과 『영랑시선』(1949)을 출간했다.

전기적 사실에서 중요한 것은 김영랑이 음악에 대한 관심이 깊었으며 성악을 전공하고자 할 정도로 노래에 대한 사랑이 남달랐다는 것이다. 우리에게 '시인'으로 알려진 김영랑이 사실은 시인 이전에 노래하는 가인이 되고자 했다.

그의 음악적 재능은 시에서 꽃피운다. 김영랑 시인은 우리말의 질감을 잘 살린 아름다운 운율의 시와, '노래' 자체를 시어로 사용한 다수의 작품을 쓴다. 그래서 김영랑의 시는 운율과 작품에 나타난 '노래'의 의미, 이렇게 두 가지 관점에서 살펴보는 작업이 필요하다.

내마음 고요히 고흔봄 길위에

'돌담에 속삭이는 햇발'이라는 시 제목으로 널리 알려진 김영랑의 시를 정본 작업 이전의 발표 당시 원본으로 감상하겠다. 여기서 정본이란 원본 시를 현대어로 수정 작업한 판본을 이른다. 일반적으로 중고등학교 문학 교과서에는 정본 작업된 작품이 수록된다. 정본 작업은 시의 의미 파악을 쉽게 한다는 점에서 현대시 독자의 저변 확대에 크게 기여했다. 그러나 시인이 실제로 쓴 시에는 정본과는 또 다른 울림이 있다. 이 책에서 의미 전달에 큰 무리가 없는 한 원본 시를 인용하는 이유다. 특히 시의 운율이나 시어의 음상을 살펴볼 때는 원본을 찾아 꼼꼼히 읽어야 한다.

돌담에 소색이는 햇발가치
풀아래 우슴짓는 샘물가치
내마음 고요히 고흔봄 길우에
오날하로 하날을 우러르고십다

새악시볼에 떠오는 붓그럼가치
시의가슴을 살프시 젓는 물결가치
보드레한 에메랄드 얄게 흐르는
실비단 하날을 바라보고십다

– 김영랑,「내마음고요히고흔봄길우에」 전문

인용 시는 우리말의 질감을 잘 살린 아름다운 운율을 가지고 있다.
1930년 5월『시문학』2호에 발표 당시 제목은 「내마음고요히고흔봄
길우에」였다. 이 시는『영랑시집』에 2번 시로,『영랑시선』에 14번 시
로 수록된다. 발표 당시의 원본 시는 현대어와 다소 다르게 표기되어
있지만, 김영랑이 쓴 시어가 그대로 살아 있어 운율을 가늠하기에는
더 좋다.

운율은 단어나 구절의 반복, 유사한 문장 구조의 반복, 유사한 글자
수의 반복, 일정한 위치에 소리의 반복, 일정한 음보, 즉 소리마디의 반
복 등으로 생성된다. 구체적으로 시에서 살펴보자.

이 시는 1연과 2연이 마치 노래의 1절과 2절처럼 유사한 구조로 대
응되고 있다. '○○하는 ○○가치'가 2번씩 반복되고, 각 연의 마지막
행은 '○○을 ○○하고 싶다'라고 마무리된다. 유사한 단어와 문장 구
조, 그리고 일정한 위치에 소리의 반복이 일어나고 있다. 전체적으로
음상은 양성모음과 ㄴㄹㅁㅇ의 유성음의 사용으로 밝고 부드러운 느
낌을 전한다. 여기까지는 정본과 크게 다르지 않다. 원본만의 특징은

두 가지로 정리된다.

첫째는 비표준어의 사용 효과다. '소색이는'은 '속삭이는'보다 더 작고 가벼운 소리를 연상시킨다. '오날하로 하날'은 무려 6개의 양성모음이 중첩되어 더 밝고 부드러운 하늘의 모습을 이끌어 낸다.

둘째는 음보를 의식한 띄어쓰기다. 1연과 2연의 1, 2, 4행은 각각 3음보이고, 1연과 2연의 3행만 4음보임을 한눈에 알아볼 수 있게 의도적으로 띄어쓰기를 조정했다. 1연의 3행 "고흔봄 길우에"는 '고흔 봄길 우에'가 맞는 표기다. 시인은 2음절로 된 3단어 '고흔 봄길 위에'를 3음절 2단어인 '고흔봄 길우에'로 조정하여 1연의 3행을 4음보로 만들었다. "오날하로", "새악시볼에", "시의가슴을"도 띄어쓰기를 생략해 마치 한 단어처럼 보이게 만들었다.

에메랄드빛 봄 하늘

당시로서는 매우 이국적이었을 보석 이름 에메랄드는 돌담이나 샘물, 새악시와 같은 토속적인 시어들 사이에서 도드라져 보인다. 그런데 이 에메랄드라는 시어가 좀 이상하지 않은가.

에메랄드는 초록색 보석이다. 하늘에 에메랄드가 얇게 흐른다는 것은 하늘에 초록빛이 감돌고 있다는 것이다. 황사에 얼룩진 남도의 봄 하늘이 사파이어처럼 청명한 푸른색은 아니겠지만, 그렇다고 초록색으로 보인다는 것은 무리가 있다. 그러면 여기서 에메랄드빛 봄 하늘은 어떤 의미를 함축하는 것일까.

에메랄드만큼 부드럽게 흐르는 음색을 가진 보석 이름은 드물다. 에메랄드는 앞의 '보드레한' 감각과 뒤의 '얇게 흐르는'이라는 의미에 잘 어울리는 유성음으로 이루어졌다. 그뿐만 아니라 이 보석이 가진 녹색은 봄날 새로 돋아나는 풀빛과 같다. 하늘에 얇게 흐르는 녹색은 바로 봄빛이었다. 그러니까 하늘에 초록빛이 흐르는 이유는 지상이 온통 초록색 봄이었기 때문이다.

　이 시에서 하늘은 지상을 비춰 주는 거울과 같다. 윤동주의 시에서 하늘이 '우러러보아 한 점 부끄럼이 없기를 바라는' 성찰의 거울이었다면, 김영랑의 시에서는 초록빛 봄 풍경을 비춰 주는 아름다움의 거울이 된다. 누런 황사에 얼룩진 봄 하늘을 지상을 비추는 에메랄드빛 거울로 노래한 시인의 유미주의적인 상상력이다.

　1930년, 지금으로부터 약 90여 년 전에 그것도 우리말 교육이 제한되었던 일제강점기에 이렇게 아름다운 우리말 시가 쓰였다는 것이 놀라울 따름이다. 영랑의 보드레한 에메랄드빛 시어는 어떤 구호나 외침보다도 강한 생명력으로 민족의 영혼을 밝혀 줬을 것이다.

쓸쓸하고 외로운 노래

시 「호젓한노래」는 1940년 『여성』에 발표된 시로, 『영랑시선』에 13번 시로 수록되었다. 『영랑시선』은 김영랑이 1949년 스스로 시를 뽑아서 만든 시선집이다. 세상을 떠나기 1년 전에 출간되었고, 서정주가 편집을 맡았다. 이 시 역시 정본 작업 전 『여성』에 발표된 작품을 인용한다.

　　　그대 내 홋진노래를 드르실까
　　　꽃은 까득피고 벌때 닝닝거리고

　　　그대 내 그늘없는소리를 드르실까
　　　안개 자욱히 푸른골을 다 덥헛네

　　　그대 내 흥안니는노래를 드르실까
　　　봄물결은 웨 이는지 출렁거리네

내 소리는 꿰벗어 봄철이 실타리
호젓한소리 가다가는 쓸슬한소리

어슨달밤 빩안동백꽃 쥐어따서
마음씨 양 꽁꽁 쭈무러 버리네

– 김영랑, 「호젓한노래」 전문

이 시에는 '홋진, 꿰벗어, 실타리' 같은 낯선 시어들이 나온다. '홋진'은 '호젓한', '쓸쓸하고 외로운'이라는 뜻이다. '내 홋진 노래'란 내 쓸쓸하고 외로운 노래라는 의미다. '꿰벗어'는 '깨벗어', 즉 '헐벗어'의 방언이다. '실타리'는 '싫다네'라는 뜻이고 '가다가는'은 '가다가', '어쩌다'의 뜻이다.

화자가 부르는 노래는 정말 쓸쓸하고 외로운 노래처럼 보인다. 이 시가 쓰인 것은 1940년이다. 십 년 전 그가 쓴 「내마음고요히고흔봄길우에」는 에메랄드빛 하늘 아래 햇살이 가득한 풍경 그려져 있었다. 시인은 곱고 아름다운 풍경을 곱고 아름답게 노래했다. 시적 화자도 그런 풍경에 동화되어 아름다운 하늘을 우러르고 또 바라보고 싶다고 말했다. 이 시에서도 봄날의 풍경이 나온다. 그러나 화자는 더는 봄날의 풍경에 동화되지 않는다. 봄날의 풍경은 외로운 내 마음을 더욱 쓸쓸하게 한다.

이 시는 전체적으로 A, B 두 부분으로 나눌 수 있다. A(1, 2, 3연)에서 화자는 내 노래를 그대가 들으실까 궁금해하고 있지만, 이미 스스로 그대가 내 노래를 듣지 않을 것임을 알고 있는 듯하다.

A의 세 개 연에서는 '나의 노래'가 '봄날의 풍경'에 대비되어 있다. 1연에서 봄날은 꽃이 가득 피고 벌떼가 닝닝거리고 화려하고 화기애애하지만, 나의 노래는 외롭다. 2연에서 봄 안개가 자욱이 푸른 골을 다

덮은 풍경이 나온다. 아름답고 몽환적이기도 하고 어찌 보면 답답하기도 하다. 그런데 내 노래는 그늘이 없다. 그늘이 없다는 것은 일단 맑고 밝다는 의미로 볼 수도 있다. 그러나 그늘 없는 밝음이란 밋밋해 보일 뿐이다. 3연에서 봄 물결은 출렁거리는데 내 노래는 흥이 일지 않는다. A 부분은 봄날의 풍경과 그것과는 유리된 화자의 노래가 대조되어 있다. 봄날의 풍경은 내 노래를 초라하게 한다.

이 시에 나오는 봄 풍경은 「내마음고요히고흔봄길우에」에 나오는 봄 풍경보다 입체적이다. 한편에는 꽃이 가득 피고 다른 편에는 안개가 끼고, 또 다른 편에는 봄 물결이 출렁인다. 달밤도 나온다. 「내마음고요히고흔봄길우에」의 시간이 봄날 한낮에 머물고 있다면, 이 시의 시간은 꽃과 벌떼들이 가득한 낮에서 안개가 자욱이 끼는 저녁, 그리고 어슨 달밤으로 이동하고 있다.

B에서는 화자의 속마음과 행동이 나온다. 그는 봄이 싫다고 말한다. 자신의 노래가 봄날에 비해 초라하기 때문이다. 외로운 소리는 이제 쓸쓸한 소리가 된다. 그다음 화자의 행동이 재미있다. 어슴푸레한 달밤, 화자는 빨간 동백꽃을 쥐어 따서 꽁꽁 주물러 버린다. 애꿎은 동백꽃에 하는 화풀이다.

화자는 자신의 노래를 그대가 듣지 않음을 슬퍼하고 있다. 그대가 내 노래를 듣지 않는 이유는 내 노래가 외롭고 헐벗고 쓸쓸하기 때문이다. 나의 노래는 봄날과 대조되어 더욱 초라해진다.

김영랑은 이 작품 이후 시 「집」(『인문평론』 11호, 1940. 8.), 「춘향」(『문장』 2권 7호, 1940. 9.) 단 두 편의 작품을 발표하고 해방 이후까지 절필한다. 노래를 부를 수 없는 시대가 되어 버렸다.

노래하지 못하는 시인

윤동주(1917~1945)는 북간도 명동촌에서 태어나 1945년 2월 일본 후쿠오카형무소에서 순절했다. 그의 나이 불과 28세 때였다. 윤동주 시에 대해서는 다음에 '성찰'이라는 테마로 한 번 더 살펴보기로 하고, 이 글에서는 윤동주 시에 나타난 노래의 의미를 찾아보겠다.

윤동주는 착하고 아름다운, 그러나 쓸쓸한 시적 대상에 주목한다. 시 「별 헤는 밤」에서 아름다운 말 한마디로 불린 소학교 때 책상을 같이했던 아이들과 가난한 이웃 사람들, 그리고 비둘기·강아지·토끼·노새·노루 같은 동물들은 윤동주가 즐겨 노래하던 시적 대상들이다. 특히 작고 귀여운 동물로서 '새'는 윤동주의 동시 곳곳에서 행복하고 평화로운 분위기를 연출한다.

"안아 보고 싶게 귀여운 / 산비둘기 일곱 마리"(「비둘기」)나, "가을 지난 마당은 하이얀 종이 / 참새들이 글씨를 공부하지요."(「참새」), "좀 있다가 / 병아리들은 / 엄마 품속으로 / 다 들어갔지요."(「병아리」)가 그렇다. 시인은 이들의 평화롭고 행복한 모습을 동경하고 있으며, 이는 그가 처한 현실이 평화롭거나 행복하지 않음을 반증한다.

종달새와 고기 새끼

윤동주 시에서 시인을 표상하는 새로 종달새가 나온다. 퍼시 비시 셸리가 종달새를 "불처럼 솟아오르는 한 점의 구름"(「종달새에게」)이라고 노래했듯이, 윤동주의 종달새도 하늘 높이 날아올라 지저귄다. 이 시에는 종달새와 그와 반대되는 이미지로서 고기 새끼가 나오는데, 각각 무엇을 상징하는지 생각하며 읽어 보자.

(A)   종달새는 이른 봄날

질디진 거리의 뒷골목이

싫더라.

명랑한 봄하늘,

가벼운 두 나래를 펴서

요염한 봄노래가

좋더라,

(B) 그러나,

오늘도 구멍 뚫린 구두를 끌고,

훌렁훌렁 뒷거리길로

고기 새끼 같은 나는 헤매나니,

나래와 노래가 없음인가

가슴이 답답하구나.

- 윤동주, 「종달새」 전문

인용 시 「종달새」는 이른 봄날 종달새의 모습과 이 시의 화자인 '나'의 모습이 두 부분으로 나뉘어 대비되고 있다. A에서 종달새는 하늘에서 가벼운 두 나래를 펴 봄노래를 부르고 있다. 그러나 B에서 '나'는 구멍 뚫린 구두를 무겁게 끌고 질척거리는 뒷골목을 헤매고 있다. 윤동주는 자신의 현실을 질척거리고 답답한 뒷거리로 인식한다.

이 시에서 '나'는 현실적 자아이며, 종달새는 윤동주의 이상적 자아, 즉 '노래하는 시인'의 모습이다. 여기서 현실적 자아가 가진 정서는 '답답함'으로 불만과 억압의 징후를 드러낸다. 윤동주 시에서 자주 보이는 현실적 자아의 부정적인 심리 상태는 이렇게, 추구하는 이상과 처해 있는 현실, 혹은 '보이고 싶은 나'와 '보여지는 '나' 사이의 괴리감에서 비롯된다.

시 「종달새」는 1936년 3월 윤동주가 19세 때 쓴 작품이다. 그 당시 윤동주는 평양 숭실학교에 다니다 신사참배 거부 사건으로 학교가 폐교되자 고향인 용정으로 돌아가 광명학원 중학부 4학년으로 편입한다. 광명학원은 친일 성향의 학교였다. 일제의 학정이 노골화되기 시작할 때, 친일 학교에 다니며 노래하고 싶지만 노래할 수 없었던 소년의 마음이 종달새와 고기 새끼의 대조로 표현되어 있다.

닭, 날지 못하는 새

같은 시기인 1936년 봄에 쓰인 작품 「닭」이다. 역시 광명학원 재학 시절에 쓴 시다. 날개는 있으나 날지 못하는 닭의 모습이 무엇을 상징하는지 생각해 보자.

한간 계사(鷄舍) 그 너머 창공이 깃들어
자유의 향토를 잊은 닭들이
시들은 생활을 주잘대고
생산의 고로(苦勞)를 부르짖었다.

음산(陰散)한 계사(鷄舍)에서 쏠려 나온 음산
외래종 레구홍,
학원(學園)에서 새무리가 밀려 나오는
삼월의 맑은 오후도 있다.

닭들은 녹아드는 두엄을 파기에
아담한 두 다리가 분주하고
굶주렸던 주두리가 바지런하다.
두 눈이 붉게 여물도록ㅡ

– 윤동주, 「닭」 전문

닭은 원형적으로 새벽을 알리는 새이며, 그 울음으로 천지가 개벽하고 악귀가 물러갈 정도로 우리의 전통문화 속에서 신성한 존재로 간주하였다. 그러나 인용 시에서 닭은 산란용으로 닭장에 가두어 키우는 외래종 레그혼으로, 신성성이 제거된 채 시들은 생활을 주잘대고 생산의 고단함을 부르짖는 비천한 존재로 그려진다.

시인은 닭장에서 쏟아져 나오는 레그혼의 모습에서 '학원에서 새무리처럼 밀려 나오는' 학생들을 연상한다. 그의 시에서 닭은 식민지 학생들에 대한 은유였다. 윤동주 시에서 고기 새끼가 노래와 날개를 잃고 현실에 추락한 종달새의 다른 모습이라면, 닭은 일제에 의해 이른바 '신품종'으로 개량된 충량한 신민(臣民)을 상징한다. 이 닭들은 커다란 날개로 창공을 향해 비상을 시도하는 대신, 아담한 다리와 굶주린 주둥이로 두 눈이 붉게 여물도록 두엄을 파 내려간다. 아예 꿈꾸는 법조차 가르쳐 주지 않는 식민지 교육 현실은 시인이 헤매던 진창길보다 한층 더 열악한 두엄더미에 비유되고 있다. 친일 학교인 광명학원에서 시인이 얼마나 절망했는지 짐작할 수 있다.

노래를 잊은 시인

김영랑이 외로운 노래를 부르고, 윤동주는 노래조차 부를 수 없었던 일제강점기를 지나 해방이 되고 6·25전쟁을 겪고 4·19 혁명이 일어났다. 1960년대가 된 것이다. 시인은 다시 노래할 수 있을까. 그런데 노래를 불러야 할 시인은 노래를 잊었다고 이야기한다. 한때 노래한 것은 맞지만, 이제 아무도 노래하지 않는다고 말한다. 김광규의 시「희미한 옛사랑의 그림자」에 나오는 말이다.

김광규(1941~)의 시는 대부분이 평이하고 명료한 문구로 이루어 일상 시여서 쉽게 읽힌다. 하지만 내용까지 평이한 것은 아니다. 평범한 이야기 속에 깊은 뜻을 담고 있어 복잡하고 난해한 시에 질린 독자에게 김광규의 시 작품은 특별한 시 읽기의 즐거움을 가져다 준다.

희미한 옛사랑의 그림자

김광규 시인의 대표 시 「희미한 옛사랑의 그림자」는 언뜻 보더라도 길이가 매우 길다. 지금까지 살펴본 시와는 분량부터가 다르다. 시 안에는 이야기가 담겨 있다. 시간별로 두 개의 이야기인데, 편의상 과거의 이야기를 A, 현재의 이야기를 B로 구분한다. 시적 화자는 A에서는 노래를 부르고, B에서는 노래를 부르지 않았다. A에서 부르는 노래는 어떤 노래이며, B에서 노래 부르는 대신 그들이 하는 것은 무엇일까에 유의하여 읽어 보기로 한다.

 (A) 4 · 19가 나던 해 세밑

   우리는 오후 다섯 시에 만나

   반갑게 악수를 나누고

   불도 없이 차가운 방에 앉아

   하얀 입김 뿜으며

   열띤 토론을 벌였다

   어리석게도 우리는 무엇인가를

   정치와는 전혀 관계없는 무엇인가를

   위해서 살리라 믿었던 것이다

   결론 없는 모임을 끝낸 밤

   혜화동 로터리에서 대포를 마시며

   사랑과 아르바이트와 병역 문제 때문에

   우리는 때 묻지 않은 고민을 했고

아무도 귀 기울이지 않는 노래를
누구도 흉내 낼 수 없는 노래를
저마다 목청껏 불렀다
돈을 받지 않고 부르는 노래는
겨울밤 하늘로 올라가
별똥별이 되어 떨어졌다

(B1) 그로부터 18년 오랜만에
우리는 모두 무엇인가가 되어
혁명이 두려운 기성세대가 되어
넥타이를 매고 다시 모였다
회비를 만 원씩 걷고
처자식들의 안부를 나누고
월급이 얼마인가 서로 물었다
치솟는 물가를 걱정하며
즐겁게 세상을 개탄하고
익숙하게 목소리를 낮추어
떠도는 이야기를 주고받았다
모두가 살기 위해 살고 있었다
아무도 이젠 노래를 부르지 않았다
적잖은 술과 비싼 안주를 남긴 채
우리는 달라진 전화번호를 적고 헤어졌다
몇이서는 포커를 하러 갔고
몇이서는 춤을 추러 갔고
몇이서는 허전하게 동숭동 길을 걸었다

(B2) 돌돌 말은 달력을 소중하게 옆에 끼고
오랜 방황 끝에 되돌아온 곳

우리의 옛사랑이 피 흘린 곳에

낯선 건물들 수상하게 들어섰고

플라타너스 가로수들은 여전히 제자리에 서서

아직도 남아 있는 몇 개의 마른 잎 흔들며

우리의 고개를 떨구게 했다

부끄럽지 않은가

부끄럽지 않은가

바람의 속삭임 귓전으로 흘리며

우리는 짐짓 중년기의 건강을 이야기했고

또 한 발짝 깊숙이 늪으로 발을 옮겼다

– 김광규, 「희미한 옛사랑의 그림자」 전문

인용 시 「희미한 옛사랑의 그림자」는 긴 시지만 복잡하거나 어렵게 느껴지지 않는다. 오히려 너무 쉽게 읽혀 이게 과연 시일까 하는 생각까지 든다. 우리가 일반적으로 알고 있는 내면의 정서를 노래한 서정시와는 다른 이 시는 이야기가 담겨 있는 '이야기 시'이다. 이야기 시에 대해서는 '스토리텔링' 장에서 다시 살펴보기로 한다.

이 시의 배경이 되는 주된 사건은 4·19다. 시적 화자는 그 당시를 과거로 회상하고 있다. 회상의 주된 정조는 '어리석음'이다. 즉, 화자는 그 당시 자신의 모습이 어리석다고 인식한다. 그 어리석음은 '정치와는 관계없는 무엇인가를 위해서 살리라 믿었던 것'으로 요약된다.

정치와는 관계없는 무엇인가가 구체적으로 무엇일까. 정치 그 자체는 물론, 세상에 소소한 일들도 정치와 무관한 것은 거의 없다. 이해득실을 따지고 이윤을 추구한다면 어떤 의미로든 정치에 민감해질 수밖에 없다. 아마도 시인은 그런 일이 아닌, 문학이나 예술 같은 내적 가치를 추구하며 살고자 했던 것 같다. 관점에 따라 다르고, 오히려 더 정치적일 수 있다고도 비판할 수 있으나, 일반적으로 문학과 예술은 정치와는 다른 차원의 것으로 여겨진다. 물론 이것은 화자의 기억 속에서 '어리석은' 생각이 되어 버렸다. 어리석은 생각은 "때 묻지 않은 고민"과 동의어고, 이는 다시 "아무도 귀 기울이지 않는 노래", "누구도 흉내 낼 수 없는 노래", "돈을 받지 않고 부르는 노래"로 구체화된다. 그 노래는 겨울밤 하늘로 올라가 별이 되어 찬란히 빛나는 것이 아니라, 별똥별이 되어 떨어진다. 추락한 이상이다. 여기서 별똥별은 어리석은 생각, 혹은 때 묻지 않은 고민이 구체화된 이미지이다.

18년이 흘렀다. 1978년 무렵이다. 고도의 경제 발전 시기였고 동시에 정치적으로 암울했던 시기이기도 하다. 혁명이 주체였던 그들은 '혁명이 두려운 기성세대'가 되어버렸다. 그들은 이제는 노래를 부르지 않는다. 그 대신 떠도는 이야기를 주고받는다. 이야기하던 그들은 대략 세 부류로 나누어 흩어진다. 몇몇은 포커를 하고, 또 몇몇은 춤을 추러 가고, 그리고 나머지는 허전하게 동숭동 길을 걷는다. 화자가 포함된 그룹이다. 18년 전 화자가 친구들과 대포를 마시던 혜화동 로터리나, 현재 그가 다시 그들을 만나 비싼 술을 마시고 허전한 마음으로 걷는 동숭동 길은 실은 같은 곳이다. 옛 서울대 문리대 자리다. 여기서 현재의 B 부분은 둘로 나뉜다. 동숭동 길을 걷기 전은 단순히 현재의 모습을 그리고 있지만, 화자는 그 길을 걸으면서, 그리고 그 길이 '우리의 옛사랑이 피 흘린 곳'이라는 인식에 이르면서 현실에 대해 성찰을 하게 된다. 그들의 사랑은 18년이란 세월이 흐르면서 시의 제목처럼 '희미한 옛사랑의 그림자'가 되어 버렸다.

젊은 날의 노래

김광규가 제목으로 삼은 '희미한 옛사랑의 그림자'는 실은 노래의 제목이다. 한국 최초의 본격적인 남성 사중창단이었던 블루벨즈가 1960

년대 초에 음반에 담아 발표한 노래이다. 멕시코 출신 3인조 그룹인 로스 트레스 디아만테스(Los Tres Diamantes)의 「보름달(Luna Llena)」을 번안한 노래로 당시 1960년대 젊은이들의 애창곡이었다. 로스 트레스 디아만테스는 1987년 서울에서 공연했는데, 그때 김광규 시인은 그들 노래의 번안 제목을 빌려서 이 시 「희미한 옛사랑의 그림자」를 썼다. 노래로써 한 시대에 공유했던 정서를 표현한 것이다. 그러니까 '희미한 옛사랑의 그림자'는 시적 화자의 세대가 젊은 시절 즐겨 부르던 노래임과 동시에, 그 세대의 사랑과 열정이 이제는 그림자처럼 희미해졌다는 중의적 의미가 담겨 있다.

아마 이랬을 것이다. 학창 시절 블루벨즈의 노래를 즐겨 불렀던 시인은 어느 날 그 곡의 원조 가수인 로스 트레스 디아만테스가 서울에서 공연한다는 소식을 듣는다. 어쩌면 그 공연을 직접 관람했을 수도 있겠고, 혹은 '살기 위해 사느라' 바빠 다만 라디오에서 흘러나오는 노랫소리에 귀 기울였을지도 모른다. 당시 외국 가수의 내한 공연은 드문 일이라 공연을 전후로 해당 가수의 노래가 다시 대중의 높은 관심을 받곤 했다. 시인은 젊은 날 좋아했던 노래를 중년의 나이에 들으며 이제는 그때의 순수함으로 살고 있지 않음을 문득 깨닫고 부끄러움을 느꼈을 것이다. 시에서 '아무도 귀 기울이지 않는, 아무도 흉내 낼 수 없었던 노래'를 부르는 것이 시인의 과거 모습이라면, 노래를 부르지 않는 것은 시인의 현재 모습이다.

부끄럽지 않은가

시인의 분신인 화자는 부끄러움을 느끼지만, 짐짓 아무렇지도 않은 것처럼 중년의 건강을 이야기하고, 또 빠져나올 수 없는 깊숙한 늪 속으로 스스로 걸어 들어간다. 그리고 시인은 이렇게 긴 이야기 시를 썼다. 다시 젊은 날로 돌아가 '노래'를 부르는 것은 불가능하다. 그래서 그는 늪 같은 일상에서 노래 대신 이야기를 한다.

이 시에서 노래는 젊은 날의 순수하고 한편으로는 어리석기까지 한 열정을 상징하며, 그와 상대적인 위치에 있는 이야기는 중년의 부끄러운 일상의 모습을 함축한다. 중년의 일상은 젊은 날의 혁명에 비하면 부끄럽고 초라한 것이지만, 그렇다고 포기해 버릴 만큼 만만한 것도 아니다.

다시 B2 부분을 읽어 보자. 시적 화자는 과거와 현재의 사이에 있다. 즉, 현재에 충실히 살아가고 있지만, 그렇다고 과거를 잊은 것은 아니다. 그는 현재의 일상에서 과거의 혁명을 기억해 낸다. '우리의 옛사랑이 피 흘린 곳'이 그것이다. 과거와 현재의 경계에서 그가 갖는 감정은 부끄러움이다. 그 부끄러움의 자의식은 과거에 부르던 노래와 현재에 떠들던 이야기 중간에 있는, 시이기도 하고 이야기이기도 한 '이야기 시'를 쓰게 했다.

「희미한 옛사랑의 그림자」는 청년의 순수한 노래가 중년의 서사로 옮아가는 과정에서 만들어진 성숙하고 의미 깊은 작품이다.

노래가 된 시

시를 가사로 만든 노래가 있다. 대중매체의 발달로 시가 노래로 회귀했다고 보아도 좋겠다. 시가 노래로 되었을 때의 장단점도 함께 살펴보겠다.

노래가 된 시로 가장 먼저 꼽을 수 있는 시가 정지용의 「향수」이다.

정지용(1902~1950)은 1926년 6월 일본 경도 유학생 회지인 『학조』 창간호에 「카페 프란스」, 「슬픈 기차」 등 10여 편의 시를 발표했으며,

이듬해인 1927년 『조선지광』에 「향」, 「바다」 등을 발표하면서 주목받기 시작했다. 시집으로는 『정지용시집』(1935), 『백록담』(1941), 『지용시선』(1946)이 있다. 참신한 이미지와 절제된 시어로 한국 현대시의 성숙에 결정적인 기틀을 마련한 시인이라는 평가를 받는다.

정지용에 대한 논의는 1988년 납북·월북 작가의 작품에 대한 해금 조치가 이루어지면서 작품집이 출판되는 등 활발해졌다. 이때 비로소 제대로 된 정지용의 시집을 사 볼 수 있었다. 그전에는 도대체 몇 번째 복사한 건지 가늠도 안 되는 흐릿한 복사본으로 정지용 시를 읽었다. 그 전에는 문학사 책에서도 정지용이라는 이름조차 찾을 수 없었다. 정△용, 혹은 '카페 프란스를 쓴 시인'이라고 언급될 뿐이었다.

해금 이후 정지용에 대한 학술적 논의와 함께 대중적인 관심도 집중됐다. 그런 분위기 속에서 1989년에 나온 것이 이동원, 박인수 노래의 「향수」였다. 시와 음악의 만남뿐만 아니라, 이동원의 가요 창법과 박인수의 가곡의 창법이 만난 당시로서의 매우 획기적이고 신선한 작품이었고 대중적으로도 인기를 끌었다.

향수

시를 노래로 만들었을 때의 장점은 시 작품을 대중에게 널리 알릴 수 있다는 점이다. 「향수」를 노래방에서 즐겨 부르는 사람 중에는 아마 그 노래가 아니었다면 평생 정지용의 시를 만날 일이 없을 사람도 있을 것이다. 단점은 시의 깊이가 제대로 전달되기 어렵다는 점이다. 시를 되풀이해서 읽는 것과 노래로 한번 듣고 지나치는 것과는 다르다. 이것은 음악가에게도 그대로 적용될 것이다. 그 노래가 만들어진 배경, 곡조의 의미, 노랫말의 상징성을 알고 연주하는 것과, 그렇지 않고

기계적으로 연주하는 것은 정말 다르다. 음악을 전공하거나 관심 있는 사람이 음악 공부뿐만 아니라 문학 공부도 해야 하는 이유다. 정지용의 시의 아름다움에 깊이 공감하고 노래를 부른다면 분명히 더 멋진 노래가 될 것이다.

넓은 벌 동쪽 끝으로
옛이야기 지줄대는 실개천이 회돌아 나가고,
얼룩백이 황소가
해설피 금빛 게으른 울음을 우는 곳,

—그곳이 참하 꿈엔들 잊힐리야.

질화로에 재가 식어지면
비인 밭에 밤바람 소리 말을 달리고,
엷은 졸음에 겨운 늙으신 아버지가
짚베개를 돋아 고이시는 곳,

—그곳이 참하 꿈엔들 잊힐리야.

흙에서 자란 내 마음
파아란 하늘빛이 그리워
함부로 쏜 화살을 찾으러
풀섶 이슬에 함초롬 휘적시든 곳,

—그곳이 참하 꿈엔들 잊힐리야.

전설바다에 춤추는 밤물결 같은
검은 귀밑머리 날리는 어린 누이와
아무렇지도 않고 예쁠 것도 없는
사철 발 벗은 아내가
따가운 햇살을 등에 지고 이삭 줍던 곳,

―그곳이 참하 꿈엔들 잊힐리야.

하늘에는 석근 별
알 수도 없는 모래성으로 발을 옮기고,
서리 까마귀 우지짖고 지나가는 초라한 지붕,
흐릿한 불빛에 돌아앉아 도란도란거리는 곳,

―그곳이 참하 꿈엔들 잊힐리야.

- 정지용, 「향수(鄕愁)」 전문

　인용 시는 10연으로 구성되어 있지만, '그곳이 차마 꿈엔들 잊힐리야'라는 후렴이 반복되고 있어 다섯 개의 부분으로 나누어 살펴볼 수 있다. 편의상 한 연과 후렴구를 합하여 한 개의 연으로 보겠다.
　이 시에서 각각의 연은 고향의 모습을 한 부분씩 독립적으로 그리고 있는데, 그런데도 이 시가 산만하지 않게 느껴지는 것은 '그곳이…'의 반복이 주는 통일감 때문이다. 즉, 각 연은 제각기 고향의 다른 모습을 노래하고 있으나, 그것이 '잊을 수 없는 고향에 대한 그리움', 즉 향수라는 공통분모로 묶여져 있다. 꿈에서도 잊을 수 없음을 다섯 번이나 강조한 이 시에서, 그러나 우리는 시인의 기억 속에서 잊혀 가는 고향의 모습이라는 모순을 발견할 수 있다. 잊을 수 없음을 강조하는 것은 그만큼 잊힐 가능성이 크다는 것을 의미하기 때문이다. 따라서 이 시에서의 고향은 현재의 고향이 아닌, 기억 속에서 잊혀 버릴 것 같은 과거의 '추억 속의 고향'이라 볼 수 있다.

추억이 미화된 기억이듯, 이 시에서도 고향의 모습은 아름답게 그려져 있다. 그러나 미화된 기억의 조각 속에 존재하는 궁핍감과 삶의 고달픔을 간과해서는 안 된다. 고향에 대한 아름다운 추억이라는 표면적 의미와, 그와는 상반된 삶의 고달픔이라는 심층적 의미를 중심으로 이 시를 살펴보겠다.

추억, 혹은 미화된 기억

1연은 고향이 원거리 풍경으로 묘사되어 있다. 시간적 배경은 저녁이다. '금빛 게으른 울음'에서 석양의 빛과 함께, 고된 하루 일을 마치고 비로소 게으름을 부릴 수 있는 황소의 모습을 떠올릴 수 있다. 또한 금빛이라는 시어에서 황소에게 노동력이나 재산으로서 절대적 가치를 부여하던 당시 농경사회의 의식을 엿볼 수 있다. 여기서 얼룩빼기 황소는 우리가 흔히 생각하는 왜래종 젖소가 아니라 '칡소'라고 부르는 토종 소이다.

2연에는 따뜻한 질화로가 있는 고향 집의 내부가 빈 밭에 부는 밤바람 소리와 조화되어 그려져 있다. '비인 밭에 밤바람 소리'는 파열음인 /P/ 음 반복의 자음운을 갖고 있는데, 이는 음상이 의미와 탁월하게 결합한 예라고 볼 수 있다. 2연의 분위기는 안정되고 평화롭다. 그러나 그 이면에는 궁핍감과 삶의 고달픔이 감추어져 있다. 아버지는 늙었고, 또 졸고 있다. 그가 괴고 있는 것은 초라한 짚베개다. 밭은 비어 있다. 황량하게 바람만 분다. 질화로도 재가 식어 간다. 뜨거운 열기는 이미 오래전에 상실했다. 평화로운 기억 구석구석 초라함과 쇠락함이 도사리고 있다. 즉, 초라함과 쇠락함이 기억 속에서 잊히고, 잊힌 그 부분이 추억으로 미화되어 평화로운 모습으로 변모한 것이다.

3연에서 시적 화자 '나'의 마음의 근원이 '흙'에 있음을 살필 수 있다. '흙에서 자란 내 마음'에서 흙이란 나의 성장에 자양분을 공급해 주던 모태이다. 흙은 문화적으로 조국을 상징하며, 생명을 낳고 거둬 들인다는 점에서 모성의 상징이다. 그는 성인이 되어 고향의 흙을 떠 났지만, 그의 무의식에서 흙은 조국과 고향과 어머니의 상징으로 자리 하고 있다고 볼 수 있다. 이렇게 시적 화자는 유년 시절에는 흙으로 상 징되는 세계와 조화와 일체감을 이루고 있었다. 그는 땅에서 하늘을 향해 화살을 쏜다. 화살은 지상과 천상을 수직적으로 이어 주는 매체 로, 이 시의 공간이 1연의 '넓은 벌 동쪽 끝'의 수평적 넓이에서 '파아 란 하늘'의 수직적 높이까지 확산한다. 화살과 함께 '풀섶 이슬' '함추 룸 휘적시든' 등의 시어에서 우리는 희망과 함께 싱그러움을 느낄 수 있다. 그러나 이 부분 또한 상실을 숨기고 있다. 자세히 읽어 보면, 그 는 화살을 '함부로' 쏘았고, 결국 그 화살을 잃어버리고 만다. 여기서 화살이 희망이나 목표를 상징한다면 문맥의 의미는 더욱 뚜렷해질 것 이다.

상실의 공간

4연에서는 두 명의 여성이 등장한다. 먼저 검은 귀밑머리 날리는 어린 누이의 모습이다. '전설바다에 춤추는 밤물결 같은 / 검은 귀밑머리 날 리는 어린 누이'에서, 이 비유의 원관념은 누이의 귀밑머리이며, 보조 관념은 전설바다에 춤추는 밤물결이다. 전설바다와 누이는 신비로움 과 순수함으로 의미가 연결된다. 또 하나의 여성은 이삭을 줍고 있는 아내의 모습이다. 여기서도 아내가 사철 발 벗고 일하며, 따가운 햇살 을 마치 짐짝처럼 등에 지고 이삭을 줍고 있다는 데서 고향의 궁핍상 과 삶의 고단함을 엿볼 수 있다. 그런데 여기서 주목하여야 할 것은 고향의 가족들의 모습에서 어머니가 보이지 않는다는 사실이다. 어머니는 아내나 누이가 있는 자리에도, 혹은 화롯가 아버지의 곁에도 존재하지 않는다. 고향과 흙이 모성 상징에 바탕을 둔 이미지라고 할 때, 정지용의 모성 상징에는 정작 어머니가 부재한다. 이는 그가 추억하는 고향이 원천적으로 상실감을 내포하고 있음을 시사한다.

5연에서는 이 시의 주제 의식이 드러난다. 하늘에는 석근 별이 있다. '석근 별'에 대해서는 성긴 별(문덕수, 이숭원), 혹은 큰 별과 작은 별이 뒤섞인 별(민병기, 최동호), 저녁의 어스레한 때의 별(박경수) 등으로 해석된다. 이 별들이 '알 수도 없는' 모래성으로 지향 없이 발을 옮기는 모습과 서리 까마귀가 우지짖는 소리, 그리고 초라한 지붕, 흐릿한 불빛은 모두 삶의 고달픔이나 궁핍 상을 보여 준다. 특히 "서리 까마귀 우지짖고 지나가는"이라는 구절은 음성 모음 ㅣ의 중첩된 반복으로 한층 스산한 분위기를 자아낸다. 이러한 모음 운은 바로 다음 행의 "돌아앉아 도란도란거리는"에서 양성 모음 ㅗ ㅏ 반복으로 한층 밝은 분위기로 전환된다. 어둡고 부정적인 이미지에는 음성모음 운을 쓰고, 밝고 긍정적인 이미지에는 양성모음 운을 쓴 이 부분 역시 음상과 의미가 잘 결합한 예이다. 초라한 지붕, 흐릿한 불빛 아래 돌아앉아 도란도란거리는 곳에서 우리는 가족 간의 사랑을 느낄 수 있다. 차가운 현실 속에서 안으로 따뜻함을 나눌 수 있는 혈육의 정이, 지금까지 살펴보았던 현실의 가난과 고통을 이겨 내는 것이다. 이것이 바로 시인이 고향을 그리워하는 이유이다. 그는 고향을 그리워한다고 말하고 있지만, 사실은 가족 간의 사랑을 그리워하고 있음이 드러난다. 이것은 그가 현실에서 지극히 외로워하고 있음을 방증한다.

자, 이제 여러분이 노래 「향수」를 노래방에서 부른다면 훨씬 의미 깊게 노래의 아름다움을 전달할 수 있겠지요?

사월의 노래

박목월(1915~1978)의 본명은 박영종이다. 청록파 시인으로 잘 알려졌다. 박목월의 시 역시 노래로 많이 만들어졌는데, 슬픈 사랑의 사연이 담긴 「이별의 노래」가 유명하다. 함께 살펴볼 노래는 '사월의 노래'이다.

목련꽃 그늘 아래서 베르테르의 편질 읽노라
구름꽃 피는 언덕에서 피리를 부노라
아 멀리 떠나와 이름 없는 항구에서 배를 타노라
돌아온 사월은 생명의 등불을 밝혀 든다
빛나는 꿈의 계절아 눈물 어린 무지개 계절아

목련꽃 그늘 아래서 긴 사연의 편질 쓰노라
클로버 피는 언덕에서 휘파람 부노라
아 멀리 떠나와 깊은 산골 나무 아래서 별을 보노라
돌아온 사월은 생명의 등불을 밝혀 든다
빛나는 꿈의 계절아 눈물 어린 무지개 계절아

- 박목월, 「4월의 노래」 전문

「사월의 노래」는 6·25전쟁이 끝나갈 무렵, 당시 새로운 희망과 해방감에 젖은 시대적 분위기를 배경으로 창간된 『학생계』의 주관으로 청소년의 정서를 순화하기 위해 만든 곡이다. 1960년대부터 학생들이 즐겨 부르는 노래가 되었다. 목련꽃 그늘 아래서 『젊은 베르테르의 슬픔』을 읽고 또 편지를 쓰는 모습을 상상하며 감상하면 좋을 것이다.

명태

오현명의 노래로 더 잘 알려진 시 「명태」는 양명문(1913~1985) 시인이 6·25전쟁 발발 후 낙동강 전투가 한창이던 1950년 9월에 썼다. 당시 양명문은 종군작가였다. 경북 안동에서 같은 국군 정훈국 소속이던 작곡가 변훈(1926~2000)에게 작곡을 의뢰했다. 변훈의 「명태」는 1951년 작곡되어 1952년 가을, 부산에서 열린 음악회에서 처음 발표되었다. 노래는 굵직한 목소리의 베이스 바리톤 오현명이 불렀다. 처음에는 이것도 노래냐며 혹평을 받았지만, 1960년대부터 갈채를 받기 시작하면서 인기 가곡에 되었다고 한다.

> 감푸른 바다 바닷밑에서
> 줄지어 떼지어 찬물을 호흡하고
> 길이나 대구리가 클 대로 컸을 때
>
> 내 사랑하는 짝들과 노상
> 꼬리치고 춤추며 밀려다니다가
>
> 어떤 어진 어부의 그물에 걸리어
> 살기 좋다던 원산(元山) 구경이나 한 후
> 에지프트의 왕(王)처럼 미이라가 됐을 때
>
> 어떤 외롭고 가난한 시인이
> 밤늦게 시를 쓰다가 쇠주를 마실 때
> 그의 안주가 되어도 좋고
> 그의 시가 되어도 좋다

짜약짝 찢어지어

내 몸은 없어질지라도

내 이름만은 남어 있으리라

"명태"라고 이 세상에 남어 있으리라

– 양명문, 「명태」 전문

　인용 시의 화자는 명태이다. 맑고 푸른 바다를 헤엄치며 성장한 명태는 흔쾌히 어부에게 잡히고, 말려져서 북어가 되고, 그리하여 밤새 시를 쓰는 시인의 소주 안주가 되어도 좋겠다고 호기 있게 말한다. 명태는 "내 몸은 없어질지라도 내 이름만은 남어 있으리라 '명태'라고 이 세상에 남어 있으리라."라고 큰소리친다. 사실 명태가 그렇게 말할 리 없으므로 이것은 밤늦게 시를 쓰다가 북어와 함께 소주를 마시는 어떤 외롭고 가난한 시인이 생각해 낸 말이다. 그는 소주를 마시다 문득 말라비틀어져 있는 북어를 새삼 보게 되었고, 그러면서 명태의 운명을 상상했고, 시를 썼을 것이다.

개여울

김소월(1902~1934)은 1920년대를 대표하는 시인이다. 김소월의 시도 노래로 많이 만들어졌다. 그중 대중의 지속적인 사랑을 받은 노래가 「개여울」이다. 1966년에 처음 만들어져 1972년 가수 정미조의 노래로 히트한 「개여울」이 다시 대중의 관심을 받은 것은 영화 〈모던 보이〉(2008)의 주제곡으로 삽입되면서였다.

　영화의 배경은 1937년 일제강점기다. 조선총독부 1등 서기관 해명은 정체가 묘연한 여성 난실에게 매혹되면서 이야기가 전개된다. 김혜

수가 분한 난실은 독립운동을 하는 스파이였다. 그는 영화에서 무희로, 가수로, 또 사제 폭탄 제조자로 변신하는데, 해명과의 사랑이 깊어지면서 부르는 노래가 바로 「개여울」이다. 슬픈 그들의 운명을 암시하는 듯하다.

일제강점기에 쓰인 시가 현대 이르러 대중에게 사랑받는 가요가 되고, 그 노래가 다시 일제강점기 노래로 환원될 수 있었던 것은 김소월 시가 시대를 초월해 공감을 불러일으키는 힘을 가지고 있기 때문이다. 이 노래는 최근에 아이유가 리메이크해서 다시 한번 히트했다.

> 당신은 무슨 일로
> 그리합니까?
> 홀로이 개여울에 주저앉아서
>
> 파릇한 풀포기가
> 돋아 나오고
> 잔물은 봄바람에 헤적일 때에
>
> 가도 아주 가지는
> 않노라시던
> 그러한 약속(約束)이 있었겠지요
>
> 날마다 개여울에
> 나와 앉아서
> 하염없이 무엇을 생각합니다
>
> 가도 아주 가지는

2부 테마로 읽는 시

않노라심은
굳이 잊지 말라는 부탁인지요

– 김소월,「개여울」전문

1연에서 시적 화자는 개여울에 나와 앉아 있다. 그는 혼잣말로, 당신은 무슨 일을 그렇게 하냐고 원망하고 있다. 도대체 시적 화자와 당신 사이에는 무슨 일이 있는 걸까.

2, 3연은 회상이다. 어느 봄날 두 사람은 그곳에 앉아 있었고, 그때 당신은 '가도 아주 가지는 않겠다'라고 약속을 한다. 그래서 시적 화자는 날마다 개여울에 나와 그를 기다리고 있었다.

마지막 연을 보면 화자는 그가 오지 않는다는 것을 이미 알고 있는 듯하다. 가도 아주 가지는 않겠다고 말하는 것은 다시 오겠다는 것이 아니라 '나를 잊지 말라'는 부탁이었음을 확인한다.

이 시에서 단연 돋보이는 것은 "가도 아주 가지는 않노라시던"이라는 표현이다. 가지만 그건 아주 간 것이 아니기에 이별은 아니다. 그러나 오지 않는다는 것을 알기에 이별이 아닌 것도 아니다. '가도 아주 가지는 않는다'는 것은 이별을 지연시키고 부재하는 님을 기억으로써 대체한다. 그리고 그 모든 것은 개여울 물가에서 물이 흐르듯 자연스럽게 흘러간다.

수선화에게

정호승(1950~)은 우리말의 운율을 잘 살린 시를 많이 썼다. 그의 시 「이별 노래」는 앞에서 「향수」를 노래한 이동원에 의해서 노래로 불리기도 했다. 이제 살펴볼 시는 필자의 현대시 강의에서 학생들이 인생

시로 많이 꼽았던 작품 「수선화에게」이다. 첫 구절부터 우리에게 따뜻한 위로의 말을 건네는 시이다.

> 울지 마라
> 외로우니까 사람이다
> 살아간다는 것은 외로움을 견디는 일이다
> 공연히 오지 않는 전화를 기다리지 마라
>
> 눈이 오면 눈길을 걸어가고
> 비가 오면 빗길을 걸어가라
> 갈대숲의 가슴 검은 도요새도 너를 보고 있다
> 가끔은 하느님도 외로워서 눈물을 흘리신다
>
> 새들이 나뭇가지에 앉아 있는 것도 외로움 때문이고
> 네가 물가에 앉아 있는 것도 외로움 때문이다
> 산 그림자도 외로워서 하루에 한 번씩 마을로 내려온다
> 종소리도 외로워서 울려 퍼진다
>
> — 정호승, 「수선화에게」 전문

시적 화자는 누군가에게 말을 건네고 있다. 제목이 '수선화에게'인 걸로 봐서 이 시의 청자는 수선화이다. 하지만 이 시의 독자인 우리는 사실 시인이 꽃이 아닌 누군가에게 말을 건네고 있음을 금방 알 수 있다. 그대는 지금 울고 있고, 또 전화를 기다리고 있기 때문이다. 여러분은 외로워서 눈물을 흘린 적이 있으신가요. 공연히 오지 않는 전화를 기다린 적이 있나요. 있다면, 그때의 마음으로 이 시를 감상하기 바란다.

「수선화에게」는 보편적인 공감을 불러일으킨다. 누구나 외로워서

눈물을 흘리거나 공연히 오지 않는 전화를 기다린 적이 있기 때문이다. 평범하고 흔해서 도무지 시적이라고 생각하지 않았던 행동들이 시인에 의해 새롭게 인식되기 시작한다. 시인은 살아간다는 것은 외로움을 견디는 일이라고 말한다. 외로움에 상처받지 말고 있는 그대로 받아들이라는 것, 하느님조차도 외로워서 눈물을 흘릴 것이란 말은 우리에게 많은 것을 생각하게 한다. 새들도, 산 그림자도, 종소리도 외로워한다. 세상의 모든 것들은 외로운 존재이고, 그들은 모두 저마다의 방법으로 외로움을 견디고 있다.

그런데 3연에 "네가 물가에 앉아 있는 것도 외로움 때문"이라는 구절은 기시감이 든다. 바로 앞에서 살펴본 김소월 시 「개여울」이 연상된다. "가도 아주 가지는 안노라시던" 그 약속을 생각하며 개여울에 나와 있는 시적 화자와 이 시에서의 그대는 외로움이라는 공통점으로 만나고 있다. 정호승 시와 김소월 시의 만남이기도 한다.

이 시를 '수선화에게'라는 제목으로, 자신을 사랑하다 죽어 수선화로 피어났다는 나르키소스 신화를 연상할 수도 있다. 자신만을 사랑할 수밖에 없는 나르키소스도 무척 슬프고 외로웠을 터이다. 하지만 그 이상의, 이 시와 나르키소스 신화와 상호 텍스트성은 찾기 어렵다. 오히려 시인은 외로움 때문에 물가에 나와 앉아 있는 슬프고 아름다운 사람을 보고 물가에 피어 있는 한 송이 꽃을 연상해 냈다고 보는 것이 좋을 것이다. 서양에서는 수선화를 봄을 알리는 환희의 꽃으로 여기는데, 정호승의 시에서는 외로움과 슬픔의 꽃으로 쓰인 것도 특이하다.

바쁜 일상 속에서 시로 만든 아름다운 노래를 감상하며 잠시 위안과 휴식을 시간을 가졌다. 시와 예술에 대한 감상은 스스로 공감하고 그것을 진심으로 즐기는 데서 시작한다. 함께 시의 숲을 거닐며 마음속에 위로와 공감을 가져다 주는 인생 시 한 편을 만나게 되길 바란다.

5   성찰

이 장에서는 '성찰'이라는 테마로 백석과 윤동주의 시를 살펴보겠다.

백석 시는 1930년대 후반에 쓰인 '북방 여행의 시'를 성찰이라는 관점에서 감상한다. 한때 나타샤라고 불렸던 연인에 대해서도 알아보겠다. 윤동주 시는 이준익 감독의 영화 〈동주〉(2015)를 통해서 시인의 생애를 살펴본 후 거울의 이미지를 중심으로 시 작품을 감상하겠다.

윤동주는 백석의 시집 『사슴』(1936)을 필사했다. 습작기에 백석 시의 영향을 받은 것이다. 그래서인지 백석과 윤동주의 시는 많은 면에서 공통점을 가지고 있다. 두 시인의 시 작품은 대부분 시적 화자와 시인이 일치한다. 시에서의 '나'가 시인 자신인 경우가 많고, 그래서 시를 이해하는 데 전기적 사실은 많은 도움이 된다. 시인의 시와 함께 생애도 알아보겠다.

백석과 윤동주의 시를 읽으면서 다음의 문제를 생각해 보자.

- 성찰, 혹은 '진정한 나 자신'과의 만남
- 시에 나타난 거울의 종류와 그것에 비친 모습
- 시인의 천명, 시인이 비유되는 것

백석의 여행 시

백석(1912~1996)의 본명은 백기행이다. 평안북도 정주 태생으로 김소월과 동향이다. 1935년 『조선일보』에 시 「정주성」 발표하면서 시작 활동을 시작했으며, 이듬해에 시집 『사슴』(선광인쇄주식회사, 1936)을 간행하였다. 분단이 되어 북쪽에 남기 전까지, 그가 발표한 백여 편의 시는 등단 이후부터 1941년까지 발표한 것들이 대부분으로, 약 6년간의 기간 동안 매우 열정적으로 시 창작에 몰두했음을 알 수 있다.

백석은 당시 중앙 문단과는 거리를 두고 독자적으로 작품 활동을 펴나감으로써, 1930년대 문단 흐름인 모더니즘의 한계에서 비교적 자유로웠다. 1930년대 주된 기법의 하나였던 이미지즘 기법을 활용하면서도, 단순히 기법 차원에 머물지 않고 오히려 그것을 통해 토속적인 우리 민족의 삶을 형상화시키는 데 성공했다.

백석에 대한 연구는 1988년 해금 조치 이후 활발해졌다. 그 이전까지는 '재북 시인'으로 분류되어 논의가 자유롭지 못했다. 여기서 재북 시인이란, 스스로 북한으로 넘어간 월북 시인, 강제로 납치된 납북 시인과 구별되는 것으로, 이북에 체류할 당시 휴전선이 그어져 북한에 남게 된 시인을 말한다. 그는 1939년 평안도와 함경도로, 1940년 만주로 여행을 떠났고 이후 돌아오지 못했다.

나타샤를 두고 떠나다

백석의 전기적 사실을 논하면서 사랑하는 여인에 대한 이야기를 빼놓을 수 없다. 백석이 사랑하여 시의 주인공이 된 두 여인이 있다. 첫사랑의 연인 박경련과, 자야로 널리 알려진 김영한이다.

백석이 박경련을 만난 것은 1935년 6월 친구 허준의 결혼 축하 모임에서였다. 그때 박경련은 이화고보를 다니고 있었는데 24살의 백석은 그 여학생에게 첫눈에 반하게 된다. 통영 출신의 처녀 박경련에 대한 마음은 이후 시 「통영」라는 시에서 '난'이라는 여성으로 시화된다.

> 난(蘭)이라는 이는 명정(明井)골에 산다든데
> 명정골은 산을 넘어 동백나무 푸르른 감로 같은 물이 솟는 명정
> 샘이 있는 마을인데
> 샘터엔 오구작작 물을 긷는 처녀며 새악시들 가운데 내가 좋아하
> 는 그이가 있을 것만 같고
>
> -백석, 「통영」 부분

당시 박경련의 집은 통영의 명정골 396번지에 있었다고 한다. 명정골에 대한 설명이 "동백나무 푸르른 감로 같은 물이 솟는 명정샘이 있는 마을"이고 샘터엔 "오구작작 물을 긷는 처녀며 새악시들이 있는 곳"이라고 아름답게 그려져 있다. '오구작작'은 어린아이들이 한곳에 모여 떠드는 모양을 이른다. 어감 자체가 귀엽고 사랑스럽다. 이렇게 시인은 통영을 아름답고 신비롭고 사랑스럽게 묘사한다. 물론 통영은 원래 그렇게 아름다운 고장이다. 하지만 그곳에 사랑하는 사람이 산다면 더욱더 그렇게 느껴질 것이다. 명정골에 대한 정겨운 묘사는 그곳에 사는 여인에 대한 연모의 감정을 담고 있다. 다음의 인용문은 백석의 수필에서 가져왔다.

> 남쪽 바닷가 어떤 낡은 항구의 처녀 하나를 나는 좋아하였습니다.
> 머리가 까맣고 눈이 크고 코가 높고 목이 패고 키가 호리낭창하였
> 습니다. 그가 열 살이 못 되어 젊디젊은 그 아버지는 가슴을 앓아 죽

고 그는 아름다운 젊은 홀어머니와 둘이 동지섣달에 더 눈이 오지 않는 이 낡은 항구의 크나큰 기와집에서 그늘진 풀같이 살아왔습니다. 어느 해 유월이 저물게 실비 오는 무더운 밤에 처음으로 그를 안 나는 여러 아름다운 것에 그를 견주어 보았습니다. (…) 총명한 내 친구 하나가 그를 비겨서 수선이라고 하였습니다. 그제는 나도 기뻐서 그를 비겨 수선이라고 하였습니다.

- 백석, 「편지」, 『조선일보』 1936. 2. 21.

백석이 시인 신석정에게 보낸 편지글 형식의 수필이다. 수필 속 여인이 남쪽 바닷가 어떤 낡은 항구에 산다는 것, 그리고 그 여인을 어느 해 유월에 처음 만났다는 것으로 미루어 이 여성은 박경련이 분명하다. 그 여성에 대한 백석의 마음이 어떠했는지 쉽게 짐작할 수 있다.

백석은 1935년 6월 이후 몇 번 더 통영을 방문했으나 더는 박경련을 만나지 못했다. 그는 이 수필을 쓰고 약 두 달 뒤인 1936년 4월 서울을 떠나 함흥의 영생고보 영어 교사로 부임한다. 그리고 1936년 말 친구 허준을 앞세워 통영으로 가서 박경련에게 정식으로 청혼을 했으나 뜻을 이루지 못하고 돌아온다. 그로부터 넉 달 뒤 1937년 4월 박경련은 백석의 친구이자 허준의 처남인 신현중과 결혼한다. 그러니까 백석에게 박경련은 1935년 6월 허준의 결혼식 피로연 자리에서 한 번 보았을 뿐 정식으로 사귄 적이 없는, 사실 따지고 보면 짝사랑의 대상이었다. 그랬음에도 백석의 상처는 깊었고 이후 박경련의 모습은 1941년 만주에서 쓴 시 「흰 바람벽에 있어」에 다시 등장한다. 이 시는 뒤에 살펴보겠다.

나와 나타샤와 흰 당나귀

또 다른 여인 김영한은 백석의 연인으로 널리 알려져 있다. 김영한이 쓴 수필집 『내 사랑 백석』(1995)에 의하면, 그들이 만난 것은 1936년 가을 함흥의 요릿집에서였다고 한다. 당시 백석은 함흥 영생고보의 영어 교사였고 김영한은 '진향'이라는 기명을 가진 기생이었는데, 백석은 김영한을 보자마자 손을 꼭 잡고 마누라라고 불렀고 '자야'라는 이름까지 지어 주면서 사랑을 표현했다고 했다. 1936년 가을이라면 백석이 박경련과 결혼을 생각할 정도로 그 여성에 대한 연모의 마음이 깊었던 시기이고, 두어 달 뒤인 그해 말에 청혼을 했다. 백석이 두 여인을 한꺼번에 사랑했을 수도 있고 김영한의 기억이 부정확했을 수도 있다. 어쨌거나 박경련에게 받은 실연의 상처가 김영한과의 사랑을 더욱 깊어지게 했을 것이다.

김영한의 회고에 따르면, 자신이 서울로 혼자 뛰쳐나왔을 때 백석이 수소문해서 찾아와서는 누런 미농지 봉투 속에 친필로 쓴 「나와 나타샤와 흰 당나귀」를 넣어 전했다고 한다. 몇몇 연구자들은 이 시를 박경련을 그리며 쓴 시라고 보기도 하나, 눈이 많이 오는 북방의 겨울 풍경이 배경이 된 점, '마가리'라는 함경도 방언이 나온 점 등으로 미루어 함흥에서 만난 김영한을 염두에 두고 썼을 가능성이 높다.

이 시 안에는 눈이 많이 내리고 있다. '푹푹 눈이 나린다(1연)', '눈은 푹푹 날리고, 눈이 푹푹 쌓이는 밤(2연)', '눈은 푹푹 나리고(3연)' '눈은 푹푹 나리고(4연)'의 눈 내리는 모습이 반복되고 있다. 엄청나게 많이 오는 눈이다. 그림으로 치면 새하얀 풍경화다. 그러면 눈 오는 풍경을 상상하며 숨은그림찾기를 해 보자. 시 안에 실제로 존재하는 사람 혹은 동물은 무엇일까.

가난한 내가 아름다운 나타샤를 사랑해서
오늘 밤은 푹푹 눈이 나린다

나타샤를 사랑은 하고

눈은 푹푹 날리고

나는 혼자 쓸쓸히 앉어 소주를 마신다

소주를 마시며 생각한다

나타샤와 나는

눈이 푹푹 쌓이는 밤 흰 당나귀 타고

산골로 가자 출출이 우는 깊은 산골로 가 마가리에 살자

눈은 푹푹 나리고

나는 나타샤를 생각하고

나타샤가 아니 올 리 없다

언제 벌써 내 속에 고조곤히 와 이야기한다

산골로 가는 것은 세상한테 지는 것이 아니다

세상 같은 건 더러워 버리는 것이다

눈은 푹푹 나리고

아름다운 나타샤는 나를 사랑하고

어데서 흰 당나귀도 오늘 밤이 좋아서 응앙응앙 울 것이다

– 백석, 「나와 나타샤와 흰당나귀」 전문

이 시에는 제목 그대로 나와 나타샤와 흰 당나귀가 차례로 언급된다. 가난한 나는 나타샤라는 아름다운 여인을 사랑한다. 그래서 그들은 '더러운 세상을 버리고' 흰 당나귀를 타고 깊은 산골 마가리(오두막)에 가 살기를 원한다. 여기서 흰 당나귀는 우리가 일반적으로 볼 수 있는 검은 당나귀와는 달리, 하얀 색깔로 인해 천상의 눈[雪]을 닮은 신비한 동물로 느껴진다. 흰 당나귀는 지상의 동물이면서 세속의 더러움

에서 벗어난, 즉 더러운 세상에서 순결한 산골을 지향하는 상징물이다. 그러면 이러한 당나귀가 시 안에 과연 실재하고 있는 것일까.

이 시의 맨 끝 행을 보면 "어데서 흰 당나귀도 오늘 밤이 좋아서 응앙응앙 울을 것이다"라는 말이 나온다. 우리는 '어데서 (…) 것이다'라는 말에 주의해야 한다. 그것은 어디엔가 '있을' 당나귀이지만, 그러나 지금 여기에는 '없는' 당나귀이다.

시적 화자인 나의 연인이자 동반자로서 나타샤의 존재에 대해서도 다시 생각해 보자. '나'는 1연과 2연의 앞부분에서 나타샤를 사랑한다고 거듭 말하고 있지만, 사실 지금 그는 '혼자' 쓸쓸히 앉아 소주를 마시고 있다. 그가 "나타샤와 나는 / 눈이 푹푹 쌓이는 밤 흰 당나귀 타고 / 산골로 가자 출출이 우는 깊은 산골로 가 마가리에 살자"라고 말한 것은, 소주를 마시며 혼자 생각한 것에 지나지 않는다. 결국 이 시에서 실재하는 인물은 화자 한 사람뿐이다.

그는 나타샤를 기다리고 있다. 다섯 번이나 되는, 푹푹 눈이 내리고 쌓이는 모습의 단조로운 반복을 통해 시간이 지루하게 흘렀음이 암시된다. 그래도 화자는 "나타샤가 아니올 리 없다"고 생각하며 기다린다. 그러나 이 말에서 오랜 시간을 기다려도 나타샤가 여전히 오지 않았음을 알 수 있다.

그의 확신은 마음속에 상상의 나타샤를 만들어 낸다. "나타샤가 아니 올 리 없다 / 언제 벌써 내 속에 고조곤히(고요히) 와 이야기한다 / 산골로 가는 것은 세상한테 지는 것이 아니다 / 세상 같은 건 더러워 버리는 것이다". 이것은 물론 현실 속의 나타샤의 목소리가 아니다. 생각이 만들어 낸 상상의 목소리다. 이 상상 속의 목소리는 표면상 나타샤의 말로 진술되지만, 사실은 그 자신의 말이다.

아름다운 여인 나타샤는 하얀 당나귀와 마찬가지로 몽상을 통해서만 현현하는 여인이다. 그러므로 일견 열락과 사랑의 행복한 도피행으로 읽을 수도 있는 이 시는 사실, 오지 않는 연인을 기다리면서 이룰 수 없는 몽상으로 빠져드는 쓸쓸한 시적 화자의 심경을 읊은 것이다. 여기에 소주와 눈은 현실의 세계에서 나타샤와 흰 당나귀가 있는 꿈의 세계로 인도하는 매개항의 역할을 하는데, 그 덧없음의 속성으로 인해 꿈의 세계는 오래 지속되지 못한다. 술이 깨고 눈이 그치면 그는 다시 현실의 세계로 돌아올 수밖에 없다.

결국 아무리 기다려도 나타샤는 오지 않는다. 흰 당나귀 역시 이곳에 없으므로, 그가 나타샤와 함께 흰 당나귀를 타고 산골로 가는 것은 꿈속에서나 가능한 일이 되어 버렸다.

세상살이란 대체로 그렇다. 평범한 사람들은 몇 번이나 상상 속에서 세상을 버리지만, 꿈에서 깨어나면 아무 일도 없었던 것처럼 세상으로 들어간다. 김광규의 시 「희미한 옛사랑의 그림자」에서 중년의 시적 화자가 현실 속으로 빠져드는 것과 같다. 그러나 백석은 중년의 평범한 사람이 아니었다. 그는 27세의 청년이었고, 그리고 '시인'이었다. 이듬해 백석은 혼자서 북방으로 떠난다. 평안도와 함경도를 거쳐 만주 신경까지 간 긴 여행이었다. 시인은 그곳에서 분단을 맞는다. 그렇게, 재북 시인이 되었다.

길상사의 첫눈

백석의 연인이었던 김영한은 1995년 자신의 소유였던 요릿집 대원각을 법정 스님에게 시주한다. 당시 시가로 천억 원이었다. 그때 김영한은 유명한 말을 남긴다. "내 평생 모은 돈이 백석의 시 한 줄만도 못하다." 『내 사랑 백석』(1995)이라는 수필집도 출간한다. 1997년 대원각은 길상사라는 이름의 절로 거듭난다. 김영한은 같은 해 1997년에 사재 2억 원을 들여 연인의 이름을 딴 '백석문학상'을 만든다. 그리고 그는 다음과 같은 유언을 남긴다. "한겨울 눈이 제일 많이 내린 날, 내 뼛

가루를 길상사 마당에 뿌려 달라."

1999년 11월, 그가 세상을 뜨자 유언대로 화장한 유해는 첫눈 오는 날 길상사에 뿌려진다. 이로써 김영한은 흰 눈 오던 날 백석이 기다리던 여인 나타샤로 대중에게 각인된다.

백석과 김영한의 사랑 이야기는 2016년 뮤지컬 〈나와 나타샤와 흰 당나귀〉로 만들어졌다. 뮤지컬은 노년의 자야, 김영한이 연인이었던 백석을 회상하는 기법으로 전개된다. 바닷가 산책 장면에서 나오는 시 "바다ㅅ가에 왔드니 / 바다와 같이 당신이 생각만 나는구려 / 바다와 같이 당신을 사랑하고만 싶구려"는 백석의 시 「바다」이다. 사실 이 시의 배경은 통영이며 '당신'은 박경련이라는 설이 유력하지만, 뮤지컬에서는 김영한을 그리워하며 바닷가를 거니는 것으로 나온다. 가자미 반찬을 해 달라는 백석의 모습은 그의 시 「선우사」에 나온 흰밥과 가자미를 정다운 벗으로 여긴 내용을 반영했다. 가자미가 흔한 함경도에서 가자미 반찬은 백석이 벗으로 삼을 만큼 소박하고도 정갈한 먹거리였다. 김영한도 백석에게 가자미 반찬을 해 줬을 것이다. 백석이 나타샤를 기다리며 쓴 시를 김영한이 읽으며 백석을 기다린 것으로 처리된 장면도 인상 깊다. 스토리의 대부분이 『내 사랑 백석』을 바탕으로 구성된 것이라 백석의 생애가 김영한의 시각으로 재단되었다는 비판도 있으나 백석 시를 노래로 감상하고 싶은 관객에게는 충분히 관심받을 만하다.

북방, 태반의 땅

백석은 나타샤를 두고 혼자서 북방으로 떠난다. 여행은 정신적인 관점에서 단순히 공간을 지나간다는 의미가 아니라, 새로운 세계를 발견하고 자신의 삶을 변화시키려는 격렬한 욕망을 상징한다. 참된 여행이 의미하는 것은 자아의 발전, 혹은 진보이며, 그 길에는 내적 성숙을 통해 자기를 실현시키려는 사람들이 있다. 이렇게 '진정한 나'를 찾는 성찰의 과정은 종종 미지의 세계를 향해서 떠나는 여행으로 상징된다.

백석의 시에서 화자는 평안도와 함경도, 그리고 만주 등 북방 일대를 떠돌아다닌다. 시인의 북방 체험이 그대로 반영되었다. 이러한 여정은 민족적 원형을 인식하는 중요한 과정이 된다.

화자는 북방으로의 여행 끝에 '넷 한울과 땅'에 도착한다. 시 「북방에서」는 길 떠남과 되돌아옴을 축으로 한, 백석의 지금까지의 이력을 함축하여 보여 주는 시로, 마침내 민족적 원형을 자각하는 북방 체험의 절정을 이루고 있다.

이 시는 시적 화자가 북방의 '넷 한울로 땅으로' 당도하면서 잊었던 과거를 회상하는 것에서 시작된다. 그는 지금 낯선 이방의 땅에 도착한 것이 아닌, 오래전에 떠난 땅에 '되돌아온 것'이다. 그가 북방에 온 것은 "그동안 돌비는 깨어지고 많은 은금보화는 땅에 묻히고 가마귀도 긴 족보를 이루는" 폐허가 된 삶에서 '태반에서와 같은 삶'을 회복하기 위해서다.

그는 북방을 자신의, 나아가 우리 민족의 원초적인 고향으로 인식하고 있다. 북방으로의 여행이 이 근원의 땅으로의 복귀를 촉발시킨 것이다. 이는 성찰을 통해 자신의 정체성을 확인하는 예비단계라고 볼 수 있다. 그러나 민족적 원형의 자각은 곧 식민지 시대 젊은이의 무능력함을 통감하는 처절한 현실 인식으로 이어진다. 시 「북방에서」는 민족적 원형을 자각함과 동시에, 그 훼손됨 앞에서 자신의 무능력을 인정해야만 하는 비극적인 시이다. 이러한 비극적인 현실 인식을 바탕으로 시인의 시 세계는 내면의 '진정한 나'의 목소리에 귀를 기울이는 자기 성찰의 상상력을 보여 준다. '부끄러움'을 느끼기 전과 후를 비교하며 이 시를 읽어 보자.

나는 그때
아모 이기지 못할 슬픔도 시름도 없이
다만 게을리 먼 앞대로 떠나 나왔다
그리하여 따사한 햇귀에서 하이얀 옷을 입고 매끄러운 밥을 먹고
단샘을 마시고 낮잠을 잤다
밤에는 먼 개소리에 놀라나고
아츰에는 지나가는 사람마다에게 절을 하면서도
나는 나의 부끄러움을 알지 못했다

그동안 돌비는 깨어지고 많은 은금보화는 땅에 묻히고 가마귀도
긴 족보를 이루었는데
이리하야 또 한 아득한 새 넷날이 비롯하는 때
이제는 참으로 이기지 못할 슬픔과 시름에 쫓겨
나는 나의 넷 한울로 땅으로 — 나의 태반(胎盤)으로 돌아왔으나

이미 해는 늙고 달을 파리하고 바람을 미치고 보래구름만 혼자
넋없이 떠도는데

아, 나의 조상은 형제는 일가친척은 정다운 이웃은 그리운 것은
사랑하는 것은 우러르는 것은 나의 자랑은 나의 힘은 없다 바람과
물과 세월과 같이 지나가고 없다

- 백석, 「북방에서」 부분

화자는 자신의 게으름, 즉 따사한 햇귀(햇빛)에서 하이얀 옷을 입고
매끄러운 밥을 먹고 단샘을 마시고 낮잠을 잔 것에 대하여 깊이 후회
하고 있다. 이 땅의 훼손을 방관하였다고 자책하는 것이다. 세속적인

안락함에 진실을 외면하고 산 것에 대한 후회는 '부끄러움'으로 나타난다.

이 시는 부끄러움을 중심으로 '아모 이기지 못할 슬픔도 시름도 없이' 산 부끄러움 이전의 삶의 모습과, '참으로 이기지 못할 슬픔과 시름에 쫓기는' 부끄러움 이후의 삶으로 대조된다. 부끄러움을 느끼고 비로소 슬픔과 시름에 쫓기지만, 이 시의 마지막 연이 보여 주는 것처럼 그는 폐허가 된 이 땅에서 무능력한 인간일 따름이다. 그러나 무능력에 대한 각성이야말로 새롭게 자신의 길을 모색할 수 있는 여지를 만든다. 무능력한 자신에 대한 부끄러움의 자의식은 자기 성찰의 출발점이 된다.

외롭고 높고 쓸쓸한

자기 자신을 성찰하는 과정에서 빼놓을 수 없는 것이 스스로의 모습을 '거울'에 비춰 보는 것이다. 거울은 세계를 반영하는 동시에 자기를 성찰하는 도구다. 인간은 거울을 바라보며 자신을 인식하고 내면을 성찰한다. 백석의 시에서는 '흰 바람벽'이 거울의 역할을 한다. 시 「흰 바람벽이 있어」는 거울로서의 흰 바람벽을 통하여 지금까지 살펴본 백석의 시 세계를 함축적으로 보여 준다.

이 시는 크게 현실과 환영, 즉 환상 속 영상으로 나눌 수 있는데, 환영은 다시 어머니와 여인의 모습을 거쳐, 글자로 변모되는 두 단계로 구성된다. 이를 편의상 A(현실)/B·C(환영)로 나누어 살펴보겠다. 바람벽에 비치는 어머니, 내 사랑하는 사람, 글자들을 중심으로 함께 읽어 보자.

(A) 오늘 저녁 이 좁다란 방의 흰 바람벽에

어쩐지 쓸쓸한 것만이 오고 간다

이 흰 바람벽에

희미한 오십촉 전등이 지치운 불빛을 내어던지고

때글은 다 낡은 무명샤쯔가 어두운 그림자를 쉬이고

그리고 또 달디단 따끈한 감주나 한잔 먹고 싶다고 생각하

는 내 가지가지 외로운 생각이 헤매인다

(B) 그런데 이것은 또 어인 일인가

이 흰 바람벽에

내 가난한 늙은 어머니가 있다

내 가난한 늙은 어머니가

이렇게 시퍼러둥둥하니 추운 날인데 차디찬 물에 손은 담

그고 무이며 배추를 썻고 있다

또 내 사랑하는 사람이 있다

내 사랑하는 어여쁜 사람이

어늬 먼 앞대 조용한 개포가의 나즈막한 집에서 그의 지아

비와 마조 앉어 대구국을 끓여 놓고 저녁을 먹는다

벌써 어린것도 생겨서 옆에 끼고 저녁을 먹는다

(C) 그런데 또 이즈막하야 어늬 사이엔가

이 흰 바람벽엔

내 쓸쓸한 얼골을 쳐다보며

이러한 글자들이 지나간다

— 나는 이 세상에서 가난하고 외롭고 높고 쓸쓸하니 살어

가도록 태어났다

그리고 이 세상을 살어가는데

내 가슴은 너무도 많이 뜨거운 것으로 호젓한 것으로 사랑

으로 슬픔으로 가득찬다

그리고 이번에는 나를 위로하는 듯이 나를 울력하는 듯이

눈질을 하며 주먹질을 하며 이런 글자들이 지나간다

— 하눌이 이 세상을 내일 적에 그가 가장 귀해하고 사랑하

는 것들은 모두

가난하고 외롭고 높고 쓸쓸하니 그리고 언제나 넘치는 사

랑과 슬픔 속에 살도록 만드신 것이다

초생달과 바구지꽃과 짝새와 당나귀가 그러하듯이

그리고 또 '프랑시쓰 쩸'과 도연명과 '라이넬 마리아 릴케'

가 그러하듯이

- 백석, 「흰 바람벽이 있어」 전문

A에서는 오늘이라는 시간과, 좁다란 방과 바람벽이라는 공간이 제시된다. 이 좁고 내밀한, 그리고 "오십촉 전등이 지치운 불빛을 내어던지는" 어둑한 공간은 자궁 속을 연상하게 하며, 이 시의 화자는 그 속에서 어린아이처럼 웅크리고 있다. 그러나 '쓸쓸함', '지침', '외로운'이라는 시어들에서 느낄 수 있듯이 모태로서의 방은 더 이상 아늑하고 충만한 공간이 아니다. 그곳은 마치 태반이 훼손된 공간과도 같다. 태반의 훼손은 영양의 결핍으로 이어진다. 그는 마치 모유와도 같은 "달디단 따끈한 감주"를 한 잔 먹고 싶다고 생각하지만, 태반이 훼손된 지 오래이기 때문에 그것은 불가능한 일이다. 결국 그는 어린아이로의 완전한 퇴행을 방해받게 된다. 그는 좁다란 방 안에 웅크리고 있지만, 그 방이 결핍의 공간인 이상 어린아이로의 퇴행은 무의미해진다. 태반의 훼손은 어른으로의 복귀를 촉진시킨다.

바람벽 거울

불완전한 퇴행의 모습은 B에서도 나타난다. 그는 바람벽 거울에 자신을 비춰보고 있다. 그는 거울에서 '내 가난한 늙은 어머니'를 본다. 어린아이가 타인 특히, 어머니와 자신을 동일시하는 단계에 머물러 있는 것이다. 한 인간의 원천적인 존재인 어머니야말로 자아의 실상을 가장 근사하게 비출 수 있는 존재일 것이다. 그런데 시인이 동일시한 어머니는 '늙어' 있다. 시인이 정말 어린아이로 완전한 퇴행을 하였다면, 어머니는 '젊은' 어머니여야 할 것이다. 바람벽 거울을 바라보는 이 시의 화자는 자기 인식의 한 과정에서 나타나는 상징적인 행동, 즉 어린아이가 자신을 타인과 동일시하는 과정에 있다.

이는 다시 자신을 '사랑하는 어여쁜 사람'과 동일시하는 데서도 나타난다. 그 여인은 "어늬 먼 앞대 조용한 개포가의 나즈막한 집에서 / 그의 지아비와 마조 앉어 대구국을 끓여 놓고 저녁을 먹는다 / 벌써 어린것도 생겨서 옆에 끼고 저녁을 먹는다"에서 알 수 있듯이, 이미 남의 여자가 되었다. 이 시의 화자가 백석 자신과 일치한다면, 이 여성은 앞에서 살펴본 박경련일 가능성이 크다. 이 시가 1941년에 발표되었고 박경련이 결혼한 것이 1937년이었으니 3~4년의 시간은 어린아이의 엄마가 되었다고 상상해도 좋을 시간이다. 백석의 마음속에 박경련의 흔적은 이렇게 깊었다.

그는 타인과 자신은 혼동하는 단계에서, 바람벽에 비친 영상이 '가지가지 외로운 생각'이 만든 내면의 모습이라는 사실을 깨닫는다.

C에서 흰 바람벽 거울엔 '글자'가 비친다. '내 쓸쓸한 얼골'을 쳐다보는 글자는 곧 "나는 이 세상에서 가난하고 외롭고 높고 쓸쓸하니 살아가도록 태어났다"라는 의미를 전달하면서, 시적 화자는 글자의 '나'에 동화된다. 그런데 여기에서 글자에 대한 인식이 전도된다. 글자는 글자 자체가 생명을 지니고 있는 것으로 나타난다. 글자는 능동적으로

그의 얼굴을 처다볼 뿐만 아니라 위로하기도 하고, 울력하며 힘을 실어 주기도 하고, 눈질로 힐끗 보기도 하고, 주먹질로 위협하기도 한다.

'가난하고 외롭고 높고 쓸쓸한' 글자의 질서 속에서 살아가도록 운명 지워진 그의 삶에 '넘치는 사랑과 슬픔'의 정념이 더해지면서, 그는 모든 대립되는 것들의 조화를 지향하는 '시의 세계'와 만나게 된다. 초생달과 바구지꽃과 짝새와 당나귀처럼 작고 순하고 애처로운 것, 그리고 프랑시스 잠과 도연명과 라이너 마리아 릴케와 같은 시인이 그런 세계를 대표하는 이들이다. 그는 훼손된 모태를 상징하는 결핍의 방에서 글자(언어)의 질서와 정념의 수용을 통해 '시인'으로서의 자기 동일성을 인식한 것이다.

촌에서 올라온 아이

백석에게 시인의 길은 타고난 운명과도 같다. 척박한 현실 속에서 자신이 타고난 남다른 길을 외면하지 않고 묵묵히 수행하는 것이야말로 자기실현의 첫 단계이다. 시 「촌에서 올라온 아이」는 백석의 이러한 시인관을 잘 보여 주는 시다.

> 너는 오늘 아츰 무엇에 놀라서 우는구나
> 분명코 무슨 거즛대고 쓸데없는 것에 놀라서
> 그것이 네 맑고 참된 마음에 분해서 우는구나
> 이 집에 있는 다른 많은 아이들이
> 모도들 욕심 사납게 지게굳게 일부러 청을 돋혀서
> 어린아이들 치고는 너무나 큰 소리로 너무나 튀겁 많은 소리로
> 울어대는데
> 너만은 타고난 그 외마디소리로 스스로웁게 삼가면서 우는구나
> 네 소리는 조금 썩심하니 쉬인 듯도 하다

네 소리에 내 마음은 반끗이 밝어오고 또 호끈히 더워오고 그리
고 즐거워온다

(…)

촌에서 와서 오늘 아츰 무엇이 분해서 우는 아이여

너는 분명히 하눌이 사랑하는 시인이나 농사꾼이 될 것이로다

-백석, 「촌에서 온 아이」 부분

촌에서 온 아이는 거짓되고 쓸데없는 것에 놀라서, 그것이 맑고 참
된 마음에 분해서 운다. 다른 아이들은 지게군게(고집스럽게) 일부러
청을 돋혀서 울지만 촌 아이는 '타고난' 외마디소리로 스스로웁게 삼
가면서 운다. 그래서 그 울음소리는 오히려 우리의 마음을 밝고 따뜻
하고 즐겁게 해 준다.

여기서 촌에서 올라온 아이를 시인으로, 울음을 시로 바꾸어 놓으
면, 이 작품이 의미하는 것이 한층 명확해진다. 시인이란 밝고 참된 마
음으로 거짓되고 쓸데없는 것에 대한 놀람과 억울함을 시로 표현하는
사람인데, 그 자세는 지극히 절제 되어 있다는 것이다. 이것이 백석이
말하는 진정한 시와 시인의 모습이다. 따라서 촌에서 올라온 아이는
당대 시인의 초상이자, 백석 자신의 유년의 모습을 담은 자화상이라고
볼 수 있다.

이 시의 끝에서 "너는 분명히 하눌이 사랑하는 시인이나 농사꾼이
될 것이로다"라고 시인과 농사꾼은 동일선상에 올려진다. 농사꾼이 어
떤 속성으로 시인과 함께 묶여질 수 있는지, 다음과 같은 글에서 실마
리를 찾을 수 있다.

농경시대의 사람들이 일을 한다는 것은 하늘과 땅과 사람의 세 힘
을 협화시키는 크나큰 합창이었던 것입니다. 수동적인 일이 아닙니

다. 농사를 짓는 것은 마치 신이 우주를 창조하는 것과 닮은 데가 있습니다. 한 톨의 곡식 속에는 작은 우주가 잠들어 있는 까닭입니다.

– 이어령, 「일과 놀이의 문화」에서, 『떠도는 자의 우편번호』

농부는 한 톨의 곡식 속에 잠들어 있는 작은 우주를 일깨우는 자이며, 하늘과 땅과 사람의 힘을 협화시켜 크나큰 합창을 이루는 자다. 그러므로 농부는 창조자인 신의 모습과 더불어, 이질적인 사물을 통합시켜 조화롭게 노래하는 시인의 모습을 내포하고 있다. 이러한 상징의 특성으로 백석의 시에 나타나는 '농부의 마음'은 곧 '시인의 마음'이다.

시인과 농부

시 「귀농」은 백석이 만주에서 소작 일을 한 것을 소재로 하고 있다. 이 시에서 화자는 귀치 않은 아전 노릇을 그만두고, 자신이 진심으로 하고 싶은 일인 농사를 시작함으로써 비로소 마음의 평안을 얻게 된다. 그러나 찬찬히 읽어 보면 백석의 「귀농」에는 실제 농사를 짓는 장면이 나오지 않는다.

나는 이젠 귀치 않은 측량도 문서도 싫증이 나고
낮에는 마음 놓고 낮잠도 자고 싶어서
아전 노릇을 그만두고 밭을 노왕(老王)한테 얻는 것이다

날은 챙챙 좋기도 좋은데
눈도 녹으며 술렁거리고 버들도 잎트며 수선거리고
저 한쪽 마을에는 마돝에 닭 개 즘생도 들떠들고
또 아이어른 행길에 뜨락에 사람도 우성웅성 흥성거려

나는 가슴이 이 무슨 흥에 벅차오며

　이 봄에는 이 밭에 감자 강냉이 수박에 오이며 당콩에 마늘과 파

도 심그리라 생각한다

　수박이 열면 수박을 먹으며 팔며

　감자가 앉으면 감자를 먹으며 팔며

　까막까치나 두더지 돌벌기가 와서 먹으면 먹는 대로 두어두고

　도적이 조금 걷어가도 걷어가는 대로 두어두고

　아, 노왕, 나는 이렇게 생각하노라

　나는 노왕 보고 웃어 말한다

　이리하여 노왕은 밭을 주어 마음이 한가하고

　나는 밭을 얻어 마음이 편안하고

- 백석, 「귀농(歸農)」 부분

　시적 화자는 측량하고 문서를 만드는 이른바 아전 일에 싫증이 나서, 그리고 낮에는 마음 놓고 낮잠도 자고 싶어서 농사 일을 시작한 것으로 나온다. 농사 일을 참 만만하게 본 듯하다. 그는 노왕이라는 중국인 지주에게 소작을 붙이는데, 다행히도 만족스러워 보인다. 그래서 봄날의 흥에 겨워 생각한다. 갖은 야채를 심고 열매가 열리면 먹고 팔고, 이러이러하게 인심 쓰겠다고 말이다. 그러니까 생각만 하고 있다. 지금은 눈이 녹는 초봄이다. 먹으며 팔며 까막까치나 두더지에게도 나눠 주고 도둑에게조차 인심을 쓰겠다고 말하는 수박이나 감자는 아직 씨도 뿌리지 않았다. 농사 일을 시작도 안 한 상태에서 상상 속에서 농사를 짓고 거두고 먹고 나누고 있다.

　마지막 2행은 그렇게 되기를 바란다는 말이 생략됐다. 소작인에게 밭을 주어 마음이 한가한 지주와, 지주에게 밭을 얻어 마음이 편안한

소작인의 모습은 전혀 불가능하지는 않으나, 그렇다고 흔한 모습은 아니다. 중국인 지주와 조선인 소작농 사이의 처절한 갈등은 최서해의 『탈출기』(1925), 『홍염』(1927) 등 1920년대부터 프로문학의 단골 소재가 되었다. 백석이 만주에 머물던 1940년대 초가 이때보다 상황이 좋아졌을 리 없다. 오히려 1932년 만주국이라는 일본의 괴뢰정부가 들어선 그곳은 더욱더 열악해졌다.

이 시는 실제로 백석이 귀농을 해서 쓴 시가 아니라 귀농을 상상하며 쓴 시이거나, 적어도 본격적으로 농사 일을 시작하기 전에 쓴 시라고 볼 수 있다. 그러면 그가 생각하는 농사는 무엇에 대한 상징일까.

화자가 새로 얻은 밭에 나서자 '술렁거리고', '수선거리고', '들떠들고', '웅성웅성 흥성거려'라는 시어들에서 알 수 있듯이, 자연은 노동의 공간이라기보다는 마치 축제의 공간처럼 신명나고 떠들썩하게 그를 맞아 준다. 그는 "가슴이 무슨 흥에 벅차오며" 곡식과 채소를 심으리라 생각한다. 여기서 농사란 단순히 수확하여 먹고 파는 데 의미가 있는 것이 아닌, 땅을 일구고 채소를 심고 가꾸는 농사 그 자체에 목적을 두고 있는 것처럼 보인다.

시 「귀농」에서의 기름진 농토는 앞에서 살펴본 「북방에서」의 훼손된 땅과 좋은 대조를 이룬다. 백석 시에서 농사꾼이란 바로 폐허가 된 이 땅을 기름지게 일궈서, '훼손된 태반'으로서의 대지에 다시 생명력을 불어넣는 자다. 폐허가 된 땅은 농부의 손길에 의해 본연의 생산성을 되찾게 된다. 백석은 시 「귀농」에서 시인으로 타고난 자신의 개성을 깨닫고, 훼손된 이 땅의 정서를 갈고 다듬는 진정한 시인으로의 지향성을 보여 주고 있다.

윤동주의 거울

윤동주 시를 성찰의 관점에서 살펴보겠다. 윤동주 시인 하면 떠오르는 수식어는 바로 '저항시인'이다. 그가 일제에 저항했다는 것은 여러 자료를 통해 증명되었다. 윤동주의 전기적 사실을 밀도 있게 추적한 대표적인 연구서로는 송우혜의 『윤동주 평전』(증보판, 2014)이 있다. 윤동주가 간도 명동촌에서 태어나 사촌인 송몽규와 함께 성장하고 일본 유학 시절 사상범으로 체포되기까지의 사실이 실증적인 자료를 토대로 꼼꼼하게 정리되어 있다. 윤동주의 생애에 대해 알고 싶다면 『윤동주 평전』을 정독할 것을 권한다. 이 책 역시 윤동주의 전기적 사실은 송우혜의 연구를 참고했다.

  윤동주 시를 저항이 아닌 성찰로 살펴보는 것은 윤동주가 저항시인이 아니라는 의미는 아니다. 저항과 성찰은 서로 대립되는 개념이 아니기 때문이다. 애초에 필자가 궁금했던 것은 '저항'이라는 무거운 단어에 눌린 윤동주의 인간적인 면모였다. '저항시인'이라는 말은 사실이고, 저항이라는 단어도 올바른 단어이지만, 그러한 사실과 올바름만으로 시를 대할 때 윤동주 시는 천편일률적으로 독립운동가의 비장미 흐르는 시로만 읽힐까 우려된다. 지금까지 윤동주 시를 '저항시'로만 읽었다면, 이번에는 성찰이라는 또 다른 관점을 추가해 읽어 보기 바란다.

윤동주의 생애와 영화〈동주〉

윤동주는 1917년 12월 30일 북간도 명동촌에서 태어났다. 이종사촌이었던 송몽규는 그 보다 약 석 달 먼저 같은 해 9월 28일에 태어났다.

그 둘은 어린 시절을 같이 보내고 또 같이 연희전문 문과에 입학해 졸업하고, 또 같이 일본으로 유학한다. 윤동주는 1942년 도쿄의 릿쿄대학에, 송몽규는 쿄토의 제국대학에 입학한다. 이때 처음으로 둘은 헤어진다. 윤동주가 릿쿄대학에 입학했던 당시는 학부 단발령이 실시되는 등 제국주의의 광풍이 학원까지 휩쓸고 있었다. 릿쿄대학의 그런 분위기는 윤동주가 도쿄를 떠나 송몽규가 있는 교토로 가게 되는 데 큰 영향을 미쳤다. 같은 해 10월 윤동주와 송몽규는 교토에서 다시 만난다. 윤동주는 정지용이 다녔던 도시샤대학 영문학부에 입학한다. 그리고 이듬해인 1943년 7월 독립운동 혐의로 검거되어 징역 2년을 선고받고 후쿠오카(福岡) 형무소에 투옥, 1945년 2월 28세의 나이로 그곳에서 옥사한다. 그러니까 그가 실제로 일본에서 공부한 기간은 1년 3개월에 불과하다. 윤동주는 그보다 더 긴 시간을 형무소에 갇혀 있었으며, 끝내 조국의 광복을 보지 못하고 절명했다.

윤동주의 공식적인 사인은 뇌일혈, 그러나 정체불명의 주사를 맞는 생체 실험을 당했다는 증언이 있다. 송우혜의 『윤동주 평전』에 따르면, 1980년 일본인 윤동주 연구학자인 고노오 에이찌가 그 주사는 큐슈제국대학에서 실험하고 있었던 혈장 대용 생리 식염수 주사였을 가능성이 크다고 추정해서 큰 반향을 일으켰다.

윤동주는 연희전문 졸업 기념으로 19편의 시를 뽑아 77부 한정으로 시집 『하늘과 별과 바람과 시』를 출간하고자 했지만 뜻을 이루지 못했다. 그는 시집을 3부 필사하여 한 권은 자신이 갖고 한 권은 영문과 교수였던 이양하에게, 그리고 나머지 한 권은 후배 정병욱에게 준다. 앞의 두 권은 유실됐고, 윤동주 시는 정병욱 보관본으로 세상에 알려진다. 윤동주 유고 시집 『하늘과 바람과 별과 시』는 1948년 정음사에서 발간되었으며, 1955년 10주기를 기념하여 증보판으로 재출간된다.

1968년 연세대학교 교정에 윤동주 시비가 건립된다. 「서시」가 새겨져 있다. 1990년에는 일본 교토 도시샤대학에 시비가 조성됐다. 역시 「서시」가 새겨져 있다. 바로 옆에는 있는 정지용 시비가 있다. 시 「압천」이 새겨져 있다.

동주와 몽규

이준익 감독의 영화 〈동주〉는 2015년에 제작되어 2016년에 개봉되었다. 윤동주 시를 이야기하면서 이 영화를 빼놓을 수가 없다. 『윤동주 평전』과 비교해서 보면 이 영화는 비교적 역사적 사실에 충실하게 만든 작품임을 느낄 수 있다. 지금까지 대중에게는 크게 알려지지 않았던 송몽규의 존재도 새롭게 부각됐다. 무엇보다 이 영화를 좋아하게 된 이유는 스크린에 나타난 윤동주의 모습 때문이다.

영화의 전반부에 윤동주는 그냥 책 읽기와 시 쓰기를 무척 좋아하는 청년으로 나온다. 그러면서 내심 사촌인 몽규와 경쟁하며 위축되기도 하고, 상처받고 삐지기도 한다. 좋아하는 여학생 앞에서는 말 한마디 못 한다. 우리 주위에서 흔히 볼 수 있는 내성적이고 소심하기까지 한 청년의 모습이다. 그런 인간적인 모습에 그의 시가 친근하게 다가오고, 그래서 그렇게 비극적으로 생애를 마감했다는 것이 더욱 가슴 아프다.

영화의 등장인물은 윤동주와 송몽규, 그리고 강처중과 이여진이다. 이여진을 제외하고는 실제 인물이다. 연희전문학교 동창이었던 강처중은 윤동주의 유고 시집을 내는 데 큰 역할을 한다. 윤동주가 릿쿄대학 시절 강처중에게 편지로 보낸 시 5편을 보관했다가 시집에 넣기도 했다. 윤동주가 유학 시절에 쓴 시 중 우리가 볼 수 있는 것은 그 5편이 전부다.

이여진은 있을 법한 허구의 인물이다. 영화에서는 윤동주가 연희전문 시절에 짝사랑했던 여학생으로 나온다.

윤동주가 좋아하던 여성이 있었을까, 있었다면 그게 누구일까는 윤동주 시를 연구하는 많은 학자들의 관심사였다. 윤동주 시에는 순, 또는 순이라는 여성이 나오기도 한다. 그러나 지금까지 밝혀진 바로는 윤동주에게 연인은 없다. 고향에서 여성을 사귄 일도 없었다. 다만, 연희전문 시절 이화여전 문과 출신의 여학생을 짝사랑했다는 정병욱 교수의 증언이 있었다. 매일 같은 기차를 타고 통학하고 성경 공부를 하며 서로 건너다보는 정도였다고 한다. 릿쿄대학 시절에는 도쿄에서 성악을 공부하는 박춘혜라는 여성에게 마음을 두었다고도 한다. 그러나 그 여성이 다른 사람과 약혼을 하는 것으로 이야기는 끝난다.

송몽규는 이 영화의 또 다른 주인공이다. 실제 송몽규는 윤동주와 함께 성장했으며 영화에서도 그렇게 나온다. 두 청년은 성격이 대조될 뿐만 아니라 세상을 보는 눈, 문학을 대하는 태도, 여진을 향한 마음까지 비교된다. 동주와 몽규는 빛과 그림자처럼 다르게 보이지만, 빛이 없으면 그림자가 생기지 않듯이 둘은 긴밀하게 연결되어 있으며 서로를 보완한다.

도쿄와 교토에서 떨어져 지냈던 두 사람은 윤동주가 교토의 도시샤 대학에 진학함으로써 다시 만나게 된다. 윤동주가 교토에 가지 않았다면 그의 생은 어떻게 바뀌었을까. 그냥 도쿄에서 시만 쓰면서 해방이 될 때까지 무사히 견뎌 낼 수 있었을까. 만약 그랬다면 그렇게 살아남은 윤동주는 우리가 아는 그 윤동주일까. 무엇보다, 그의 시가 여전히 감동적일 수 있을까…….

영화에는 윤동주가 시를 쓰는 장면과 그 시를 낭송하는 장면이 많다. 「흰 그림자」, 「서시」, 「별 헤는 밤」, 「참회록」, 「자화상」, 「쉽게 씌어진 시」 등이 포함되어 있는데, 일부 영화에 삽입된 연대가 시작 연대와 달라 아쉽기는 하지만, 윤동주 시를 친근하게 대중에게 소개하는 데 큰 역할을 했음은 부인할 수 없다.

저 혼자 듣는 산울림

윤동주 시를 성찰의 관점에서 읽으면 지금까지 주목받지 못하던 시들이 새롭게 보인다. 동시 「산울림」도 그렇다. 이 작품은 1939년 조선일보사 발행의 『소년』지에 '동요'로 발표되었다. 당시에는 1연과 2연의 운율이 마치 노래의 1, 2절처럼 유사하게 짜인 작품을 넓은 의미에서 동요라 칭했던 것으로 여겨진다.

윤동주는 이때 처음으로 원고료를 받았다. 윤동주는 생전에 '시인'이란 이름을 얻지 못했다. 그런 그에게 「산울림」은 당시 서울이라는 중앙 문단에 발표한 첫 작품이므로 그 의미가 남달랐을 것이다.

까치가 울어서
산울림,
아무도 못 들은
산울림.

까치가 들었다,
산울림,
저혼자 들었다,
산울림.

― 윤동주, 「산울림」 전문

인용 시 「산울림」은 윤동주 자신의 시작 태도를 암시하고 있다. 깊은 산속에서 우는 한 마리의 새와 산울림에 대하여 노래하고 있는 이 시에서 새의 울음소리는 우리를 고적함의 세계로 인도하며, 윤동주 시인의 자의식의 세계를 열어 보인다.

깊은 산속에서 우는 까치의 울음소리와, 아무도 듣는 이가 없지만 그것을 되받아 우는 산울림을 노래한 이 시에서, 까치를 시인으로, 울음을 시로 바꿔 놓으면 그 의미가 명확하게 전달된다. 보편적으로 시인이 새에 비유됨은 '노래한다'라는 공통점 때문이다. 이러한 알레고리적 비유에 개성을 불어넣는 것이 '산울림'이라는 장치다.

소리의 거울

인용 시에서 산울림은 새(까치)가 자신의 울음소리를 메아리를 통하여 또다시 듣는 '소리의 거울' 역할을 한다. 우리가 거울을 통하여 자신의 모습을 인식하고 성찰하듯이, 새는 소리의 거울 산울림을 통하여 자신의 노래를 돌이키고 있다.

이렇게 윤동주에게 있어서 시란 듣는 이를 전제하지 않고 쓰는 내면적 고백이며, 자기성찰의 도구다. 그는 시를 통하여 다시 한번 자신의 소리에 귀 기울임으로써 시가 내면세계를 객관화시키는 과정임을 작품「산울림」을 통해 보여 주고 있다. 그러니까 그는 시를 쓰는 시인이자, 자신의 시를 읽는 독자가 된다.

하늘 거울

윤동주 시에서 하늘은 종종 자기성찰의 거울 역할을 한다. 시「서시」에서도 시인은 "죽는 날까지 하늘을 우러러 / 한 점 부끄러움이 없기를" 노래했다. 시「별 헤는 밤」에서도 가을 밤 하늘은 시적 화자의 마음을 비춰 주는 거울의 역할을 하고 있다.

> 나는 무엇인지 그리워
> 이 많은 별빛이 내린 언덕 위에
> 내 이름자를 써 보고,

흙으로 덮어 버리었습니다.

딴은 밤을 새워 우는 벌레는
부끄러운 이름을 슬퍼하는 까닭입니다.

그러나 겨울이 지나고 나의 별에도 봄이 오면
무덤 위에 파란 잔디가 피어나듯이
내 이름자 묻힌 언덕 위에도
자랑처럼 풀이 무성할 게외다.

- 윤동주, 「별 헤는 밤」 부분

인용 시의 시적 화자는 밤하늘을 바라보며 별을 헤아리고 있는데, 가을 하늘의 별들은 그의 가슴속에 '추억과 사랑과 쓸쓸함과 동경과 시와 어머니'로 새겨진다. 그는 이 별들에 "소학교 때 책상을 같이했던 아이들의 이름과 패, 경, 옥 이런 이국 소녀들의 이름······"과 같은 아름다운 말 한마디씩 붙여 본다. 이로써 보편적인 정서를 환기하던 별은 시인 윤동주의 별로 새롭게 태어난다. 윤동주가 사랑했던 이 모든 것들은 한결같이 작고 연약하고 아름다우며, 가을이라는 계절이 소멸의 정서를 환기하듯이 기억 속에서 사라져 가고 있다.

하늘의 별을 바라봄으로써 떠올린 과거의 추억들은 '현재의 나'를 부끄럽게 한다. 즉, 「별 헤는 밤」은 '아름다운 이름'과 '부끄러운 이름'의 대조로 이루어지며, 부끄러운 이름으로 상징되는 자신의 정체성에 대한 회의는 "내 이름자를 써 보고, / 흙으로 덮어 버리었습니다."라는 자기부정으로 이어진다. 그러나 이러한 자기부정은 시의 마지막 연에서 "내 이름자 묻힌 언덕 위에도 / 자랑처럼 풀이 무성할 게외다."라고 미래를 기약하며 새 생명으로의 전환을 꿈꾸는 찬란한 상상력의 세계를 보여 준다.

　이 마지막 연은 후배 정병욱의 권유로 덧붙였다고 한다. 윤동주는 부끄러운 이름을 슬퍼하는 것으로 이 시를 마무리하려고 했으나 정병욱의 권유 이후 이 시는 부끄러움에서 부활하는 자랑스러운 이름으로 거듭난다.

구리거울

시 「별 헤는 밤」에서 나타났던 윤동주 시인의 하늘과 별의 상상력은 시 「참회록」으로 이어진다. 윤동주가 일본 유학을 위해 창씨개명을 하고 그 부끄러움을 시로 옮긴 작품이다. 이 시에서는 '구리거울'이 자아를 성찰하는 거울로 나온다.

> 파란 녹이 낀 구리거울 속에
> 내 얼굴이 남아 있는 것은
> 어느 왕조의 유물기에
> 이다지도 욕될까
>
> (…)
>
> 밤이면 밤마다 나의 거울을
> 손바닥으로 발바닥으로 닦아 보자.
> 그러면 어느 운석 밑으로 홀로 걸어가는
> 슬픈 사람의 뒷모양이
> 거울 속에 나타나온다.
>
> ─ 윤동주, 「참회록」 부분

화자는 파란 녹이 낀 구리거울을 들여다보고 있다. 거울 속에 비친 그의 모습은 구리거울에 낀 녹과 겹쳐지면서 낡고 녹슨 자아라는 부정적인 자의식을 불러일으킨다. 이러한 자의식은 자신의 얼굴을 보고 "어느 왕조의 유물이기에 / 이다지도 욕될까"라고 탄식하는 강렬한 자기부정과 정체성에 대한 회의로 이어진다.

그는 자신의 모습이 비친 녹슨 거울을 밤이면 밤마다 닦는다. 녹을 닦아 낸다는 것은 세월의 흔적을 지운다는 것이며, 나아가 자신의 정체성을 찾아 구리거울이 녹슬기 전 과거의 시간으로 돌아간다는 의미다. 이렇게 시적 화자가 참회와 자기성찰의 과정을 통해서 만난 '과거의 나'는 어두운 자신의 운명을 예감하듯 하늘에 빛나는 별이 아닌, 그 별이 지상으로 추락하는 운석 밑으로 홀로 걸어가고 있다. 외롭고 슬픈 모습이다. 이 '과거의 나'는 "슬픈 사람의 뒷모양"이라는 구절에서 알 수 있듯이 '현재의 나'에게 등을 돌리고 있어, 서로 화해할 수 없는 거리감을 느끼게 한다.

우물 거울

자기성찰로 인해 드러난 분열된 자아의 모습은 시 「자화상」에서도 나타난다. 이 시에서는 우물이 거울의 역할을 하고 있다. 이 우물은 달과 구름과 하늘과 바람과 가을이 비친 "자연의 거울"(김현자)이자 "내면성으로 충만한 무의식의 심연"(김은자)을 상징한다. 즉, 우물 속에 비친 모습은 자연을 배경으로 한 '현재의 나'임과 동시에, 무의식 속에 감춰져 있던 '또 다른 나'의 얼굴이기도 하다. 이 얼굴에 대해 시적 화자는 미움에서 연민으로, 다시 미움에서 그리움으로 상반되는 정서를 교차시키는데, 이렇게 자기부정의 감정이 연민을 지나 그리움이 되었을 때, 우물 속에 사나이는 '추억 속의 나'가 된다.

산모퉁이를 돌아 논가 외딴 우물을 홀로 찾아가선 가만히 들여다 봅니다.

우물 속에는 달이 밝고 구름이 흐르고 하늘이 펼치고 파아란 바람이 불고 가을이 있습니다.

그리고 한 사나이가 있습니다.
어쩐지 그 사나이가 미워져 돌아갑니다.

돌아가다 생각하니 그 사나이가 가엾어집니다.
도로 가 들여다보니 사나이는 그대로 있습니다.

다시 그 사나이가 미워져 돌아갑니다.
돌아가다 생각하니 그 사나이가 그리워집니다.

우물 속에는 달이 밝고 구름이 흐르고 하늘이 펼치고 파아란 바람이 불고 가을이 있고 추억처럼 사나이가 있습니다.

– 윤동주, 「자화상」 전문

이렇게 윤동주 시에서 시적 자아는 '현재의 나'와 '과거의 나'로 분열돼 있다. 현재의 나는 과거의 나와 같지 않으며, 여기에서 거울의 이미지는 현재의 나와 잃어버린 과거의 나를 매개한다. 과거의 나에 대한 그리움은 시 「사랑스러운 추억」에서도 "봄은 다 가고―동경교외 어느 조용한 하숙방에서, 옛 거리에 남은 나를 희망과 사랑처럼 그리워한다."와 같이 표현되거니와, 희망과 사랑과 젊음이 과거의 나를 제유하며, 현재의 나는 상대적으로 이것들을 상실해 가고 있음을 알 수 있다.

'시인'이라는 천명

윤동주는 릿쿄대학 시절인 1942년 4~6월에 쓴 시 「흰 그림자」, 「흐르는 거리」, 「사랑스런 추억」, 「쉽게 씌어진 시」, 「봄」 등을 당시 서울에 살았던 대학 동기 강처중에게 우송한다. 그 이후에 쓴 작품들은 1943년 윤동주가 독립운동 혐의로 시모가모(下鴨) 경찰서에 검거되었을 때 압수됐다고 한다. 따라서 이 다섯 편의 시들은 윤동주가 일본에 와서 처음 쓴 작품이자, 우리가 볼 수 있는 마지막 작품이 된다.

윤동주가 남긴 마지막 시가 사실은 마지막으로 쓴 시가 아니라, 오히려 일본에 와서 처음 쓴 시라는 것은 우리에게 시사하는 바가 크다. 그의 시에 나타난 일본의 모습은 거듭되는 일상 속에서 생활로 체험된 일본이라기보다는 아직은 관념 속의, 한두 달 전 떠나온 고향에 대한 대립 항으로서 존재한다.

윤동주가 일본 유학 시절 처음으로 쓴 시는 「흰 그림자」다. 이 시의 완성 날짜는 1942년 4월 14일로, 윤동주는 이 시를 4월 2일 릿쿄대학에 입학한 직후 썼다. 이 시에서 시인은 "오래 마음 깊은 속에 / 괴로워하던 수많은 나를 / 하나, 둘 제고장으로 돌려보냄"으로써, 그동안 갈등하고 분열하던 자아를 평정한다.

이 시의 화자인 '나'는 거리에서 자신의 방으로 돌아와 "하루 종일 시름없이 풀포기나 뜯는" 절대의 평화와 안식을 맞이한다. 자기성찰의 시적 여정은, 이 시에서 "소리없이 사라지는 흰 그림자"를 바라보다 "허전히 뒷골목을 돌아 / 황혼처럼 물드는 내 방으로" 돌아옴으로써 마무리된다. 그는 자아분열을 극복하고 "신념이 깊은 으젓한 양처럼" 한층 성숙해진 모습으로 거듭나고자 하는 것이다.

이렇게 윤동주 시에서 방은 진정한 나를 찾고자 하는 자기 탐구의 시적 여정에서 출발점이자 귀착점이 된다. 이 귀착점, 특히 도쿄의 육첩방에서 그는 다시 한번 내면의 성숙을 위해 자기성찰을 시작한다. 윤동주가 마지막으로 남긴 시 중에 하나인 「쉽게 씌어진 시」(1942)는 분열된 자아의 통합을 보여 주고, 시인으로서의 천명(天命)을 재확인한 중요한 작품이다.

창밖에 밤비가 속살거려
육첩방은 남의 나라,

시인이란 슬픈 천명인 줄 알면서도
한 줄 시를 적어 볼가,

땀내와 사랑내 포근히 품긴
보내 주신 학비 봉투를 받아

대학 노-트를 끼고
늙은 교수의 강의 들으러 간다.

생각해 보면 어린 때 동무들
하나, 둘, 죄다 잃어버리고

나는 무얼 바라
나는 다만, 홀로 침전하는 것일까

인생은 살기 어렵다는데
시가 이렇게 쉽게 씌어지는 것은
부끄러운 일이다.

육첩방은 남의 나라
창밖에 밤비가 속살거리는데,

등불을 밝혀 어둠을 조금 내몰고,
시대처럼 올 아침을 기다리는 최후의 나,

나는 나에게 작은 손을 내밀어
눈물과 위안으로 잡는 최초의 악수.

- 윤동주, 「쉽게 씌어진 시」 전문

「쉽게 씌어진 시」는 1942년 6월에 쓴 시로 일본 유학 초기의 작품이지만 「흰 그림자」보다 두 달 늦게 쓰인 까닭에 그 기간만큼의 실제 유학 생활의 모습이 담겨 있다. 고향에서 보낸 학비를 받고 늙은 교수의 강의를 듣고 고향을 그리워하는 시적 화자의 모습은 여느 조선인 유학생과 다르지 않다. 그러나 평범해 보이는 그 모습 뒤에는 외로움과 자기분열로 고통스러워하던 모습이 잠재되어 있었다. 대부분의 윤동주 시가 시인과 시적 화자가 일치하지만, 이 시는 특히 윤동주의 내면 고백적인 요소가 강한 자전 시로 볼 수 있다.

시의 거울

「쉽게 씌어진 시」는 다만 시를 쓸 수밖에 없는 자신을 부끄럽게 여기고 갈등하지만, 결국 자신의 천명을 받아들이는 자기실현의 과정이 잘 나타난 작품이다. 그 과정을 살펴보자.

시적 화자는 비 오는 어느 날 밤 도쿄의 하숙방에서 홀로 생각에 잠겨 있다. 육첩방(六疊房)은 당시 윤동주가 유학생 신분이었던 것을 고려하면 결코 작은 방이 아니다. 즉, 육첩방은 작고 초라한 방이라기보다는 오히려 빈 공간이 강조되는 외로운 방이다. 그 방은 등불을 켜지 않은 어두운 방으로서, 방 밖의 밤의 공간인 '남의 나라'와 구별되지 않는다. 그래서 육첩방은 남의 나라다.

화자는 시인이란 천명을 슬프다고 인식하면서도 어쩔 수 없이 그 천명으로 시를 쓴다. 3연 "땀내와 사랑내 포근히 품긴…"에서 6연 "…나는 다만, 홀로 침전하는 것일까"까지가 바로 시 안에서 시적 화자가 쓴 시다. 이 시 안의 시에는 고향을 떠난 외로움의 정서와 유학 생활에 대한 회의가 그대로 담겨 있다. 그것을 한마디로 함축한 단어가 '침전'이다. 침전은 다음 연에서 시 쓰기와, 그에 따른 부끄러움으로 이어진다.

그는 부조리한 현실을 거부하는 대신, 오히려 그 속에 가라앉음으로써 한 편의 시를 썼다. 척박한 현실 속에서 그렇게 시를 쓰는 것은 분명 부끄러운 일이다. 그러나 그렇다고 시 쓰기를 포기할 수는 없다. 그것은 천명이기 때문이다. 시인은 어쩔 수 없이 그렇게라도 시를 쓸 수밖에 없으며, 그래서 윤동주에게 시인이란 '슬픈' 천명이다. 그는 한 편의 시를 쓰기 위해 '다만, 홀로 침전하는' 고통을 운명으로 받아들여야 한다.

등불을 밝힌 육첩방은 시적 화자가 자신의 천명을 받아들이고 시를 쓰는 정체성 회복의 공간이다. 현실의 어둠은 시의 등불을 빛나게 해준다. 살기 어려운 현실 속에서 쉽게 한 편의 시가 써지면서, 분열된 자아는 "눈물과 위안으로 잡는 최초의 악수"를 한다. 윤동주 시에 등장했던 분열된 자아는, 오직 시를 씀으로써 화해를 이룰 수 있다. 즉, 시 쓰기만이 그가 '진정한 자기'에 이를 수 있는 유일한 길이다. 거듭 말하거니와, 그것이 시인의 천명이기 때문이다.

윤동주는 시를 씀으로써 자신을 성찰하고, 마침내 진정한 시인으로서의 자기 정체성을 확립했다. 아마도 윤동주는 이 시 이후 여러 편의 작품을 썼을 것이다. 그해 10월 교토 도시샤대학에 입학하고 그 이듬해인 1943년 7월 독립운동 혐의로 체포되기 직전까지도 시 쓰기는 계속되었을 것이다. 그러나 「쉽게 씌어진 시」 이후의 시는 우리가 볼 수 없다. 검거 당시 일본 유학 시절에 썼던 모든 작품과 일기가 압수되었기 때문이다.

윤동주의 「쉽게 씌어진 시」는 1947년 2월 13일 『경향신문』에 정지용의 소개문과 함께 유고 시로 발표되었다. 그가 분열된 자의식을 극복하고 "눈물과 위안으로 잡는 최초의 악수"의 시는 이렇게 우리에게 '최후의 시'로 남겨졌다. 불행한 시대가 만든 아이러니다. 더불어 윤동주가 남긴 가장 위대한 저항의 업적은 우리말을 쓸 수 없었던 그 시대에 이렇게 아름답고 진솔한 우리말의 시를 썼다는 것이다. 독립운동가로 정형화된 틀을 벗고 이십대의 평범한 청년 윤동주로 그의 시를 살펴보고자 했던 이유이다.

6   사랑

사랑에 빠지면 모두 시인이 된다고 한다. 영화 〈일 포스티노〉에서 사랑하는 베아트리체를 위해 시를 쓰고자 했던 마리오의 모습을 떠올려 보자. 그렇게 시와 사랑을 떼어 놓을 수는 없다. 어떤 테마로 시를 구별해서 살펴보아도 결국은 사랑으로 귀결된다. '성찰' 장에서도 백석이 사랑했던 두 여인에 대해 알아봤었고, 윤동주가 짝사랑했던 여성에 대해서도 이야기했다. 이 장에서는 시에 나타난 다양한 사랑의 양상을 '님과 나'의 관계를 중심으로 살펴본다.

사랑을 주제로 한용운의 「알 수 없어요」와 이상의 「이런 시」를 감상하겠다. 장영희의 번역 시집에서 셰익스피어의 소네트와 로제티의 「생일」을 찾아보겠다. 번역 시집의 제목은 로제티 시 제목과 같은 『생일』이다.

'영화로 읽는 시론' 첫 번째로 피터 위어 감독의 〈죽은 시인의 사회〉(1989)를 살펴보겠다. 시와 사랑은 어떤 관계가 있을까? 어떻게 하는 것이 자신을 삶을 사랑하는 것일까? 영화 〈죽은 시인의 사회〉는 1959년 미국의 웰튼 아카데미라는 사립학교가 배경이다. 이 학교에 존 키팅이라는 문학 교사가 부임하면서 이야기가 시작된다. 우리 모두 웰튼 아카데미의 학생이 되어 키팅 선생님의 시와 삶에 대한 강의를 듣도록 하겠다. 월터 휘트먼의 시 「오 캡틴! 마이 캡틴!」도 감상한다.

먼저 한용운, 이상, 셰익스피어, 로제티의 시를 감상하면서 다음의 문제를 생각해 보자.

- 한용운의 「알 수 없어요」에서 님의 모습과 나의 모습
- 이상의 「이런 시」에서 그대와 나의 관계
- 셰익스피어의 소네트와 로제티의 「생일」에 나타난 사랑의 의미

한용운의 님과 이상의 그대

한용운(1879~1944)은 시인으로 한정해 부르기에는 너무 큰 인물이다. 민족 대표 33인 중에 한 사람으로서 독립운동가 겸 승려였고, 시인이자 사상가였다. 시집 『님의 침묵』(회동서관, 1926)을 출간했다.

『님의 침묵』은 「군말」로 시작하여 후기인 「독자에게」로 끝난다. 표제 시 「님의 침묵」을 비롯해 「알 수 없어요」, 「예술가」, 「나룻배와 행인」, 「복종」 등 88편의 시가 수록돼 있으며, 이 작품들은 님과의 이별과 만남을 주제로 한 일종의 연작시와 같은 형식을 갖고 있다. 『님의 침묵』에는 이별과 이별의 슬픔, 기다림과 만남의 과정이 정·반·합의 과정을 거쳐 88번째 시 「사랑의 들판」에 이르러 완결된다.

긔룬 것은 다 님이다

한용운의 시에서 '님'은 무엇을 상징하는 것일까. 수많은 연구자가 님

의 상징성에 대해 거듭 논의했으며, 그 결과 한용운의 님은 '민족'(조지훈), '조국'(정태용), '조선'(신석정), '자비의 상인 법신(法身)'(송석래), '그리워하는 대상'(고은), '진여(眞如)·진제(眞諦)'(염무웅), '참다운 무아(無我)'(오세영), '인식론적 근원인 심(心)'(이인복)이라는 등의 다양한 의견이 개진됐다.

한용운은 시집의 서언인 「군말」에서 스스로 님에 대한 정의를 내리고 있다. 첫 문장이 "'님'만 님이 아니라 긔룬 것은 다 님이다"인데, 여기서 긔루다는 어떤 대상을 그리워하다라는 뜻이다. 인용 시는 원본에서 한자어를 한글로 바꾸고 띄어쓰기를 수정했다. 철자는 현대 표기법을 따르되 가능한 한 원문의 시어를 그대로 옮기고자 했다.

'님'만 님이 아니라 긔룬 것은 다 님이다 중생이 석가의 님이라면 철학은 칸트의 님이다 장미화의 님이 봄비라면 마시니의 님은 이태리다 님은 내가 사랑할 뿐만 아니라 나를 사랑하나니라

연애가 자유라면 님도 자유일 것이다 그러나 너희는 이름 조은 자유에 알뜰한 구속을 밧지 안너냐 너에게도 님이 잇너냐 잇다면 님이 아니라 너의 그림자니라

나는 해 저문 벌판에서 도러가는 길을 일코 헤매는 어린 양이 긔루어서 이 시를 쓴다

— 한용운, 「군말」 전문

「군말」은 3행으로 구성되어 있으며, 각 행의 언술 주체는 석가와 칸트 같은 3인칭에서, 화자가 독자를 직접 '너희'라고 지칭하는 2인칭, 그리고 '나는'으로 시작하는 1인칭으로 변화한다.

1행의 첫 문장에서는 님이 세 번 반복된다. 여기서 님은 세 가지의 의미로 분화된다. 첫 번째 작은따옴표 안에 묶인 '님'은 님이란 말이

지시하는 개념, 즉 시니피에(signifié)로서의 님이다. 그리고 다음에 나오는 님은 우리가 일상적으로 사용하는 언어로서의 님, 즉 시니피앙(signifiant)으로서의 님이고, 세 번째 나오는 님은 한용운이 정의한 님이다. 이것을 풀어 말하면 '연인만이 님이 아니라, 우리가 그리워하는 것은 다 님이다.'가 될 것이다.

다음 문장에서는 그룬 것에 대한 구체적인 예들이 나온다. 석가의 중생, 칸트의 철학, 장미화의 봄비, 마시니의 이태리는 각각 종교와 사상, 자연과 정치의 관점에서 님의 존재를 정의한 것이다. 그들의 님이다. 이들 네 가지 관점에서 규정한 님은 그룸을 받는 동시에 그룸을 주는 상호적인 관계에서 존재한다. 이것은 곧 다음 문장에서 "님은 내가 사랑할 뿐아니라 나를 사랑하나니라"로 정의된다. 중생과 철학과 봄비와 이태리라는 서로 다른 대상들은 '사랑을 받을 뿐만 아니라 사랑을 주는 님'이라는 존재로 함께 묶인다.

2행으로 넘어가면 연애의 관점에서 님이 정의된다. 1행이 3인칭인 '그들의 님'에 대해 말하고 있다면, 2행은 '너희들의 님'이다. 연애가 자유라면 님도 자유여야 한다. 그러나 너희들은 "이름조은 자유"라는 자유의 이름 아래 님을 구속한다. 여기서 이름 좋다는 것은 일상 속에서 관습화된 허울을 의미한다. 따라서 그 님은 진정한 님이 아니라 '너의 그림자'다. 그러면 너희들의 진정한 님이란 무엇일까. 그것은 이름 좋은 자유를 그대로 뒤집은, 구속 속에서 참된 자유를 얻는 것이다.

3행은 '나의 님'에 대해 말하고 있다. '나'는 시를 쓰고 있으며, 그것은 해 저문 벌판에서 돌아가는 길을 잃고 헤매는 어린 양을 그루어 하기 때문이다. 어린 양은 한용운에게 시를 쓰게 하는, 즉 문학적 관점에서의 님이다. 시집 『님의 침묵』을 집필할 당시, 한용운은 자신의 정체성을 시인에 두고 있었음을 알 수 있다. 그런데 어린양은 길을 잃고 헤매고 있고, 님은 표제시 「님의 침묵」에서와 같이 떠나가 버렸다. 어린

양이 돌아가는 길을 찾는 것, 님과 다시 만나는 것. 바로 이것이 시인이 시를 쓰며 지향하는 것이 된다.

길을 잃은 님

한용운이 진실로 그린 것은 길을 잃고 헤매는 어린 양처럼 애처롭고 순수한, 그러나 이곳에는 부재하는 님이다. 세속적인 가치를 초월한 곳에 한용운의 님은 자리하고 있다.

시를 쓰는 시인이 길을 잃고 헤매는 어린 양처럼 애처롭고 순수한 것들에게 절대의 가치를 둔다는 것은 어찌 보면 흔한 이야기다. 앞에서 살펴본 백석이 그랬고, 윤동주도 그랬다. 그러나 우리는 한용운을 다만 시인으로 보기엔 무언가가 부족하다고 생각한다. 대선사였고 애국지사였던 그의 이력이 너무도 크게 작용하기 때문이다.

한용운은 적어도 시집 『님의 침묵』을 집필할 때만큼은 승려나 독립운동가로서가 아닌, 좋은 시를 쓰고자 했던 시인이었음에 틀림이 없다. 따라서 한용운의 시에서 님을 그의 생애에 비추어 조국이나 불타, 혹은 진리라고 단순히 해석하는 것은 위험하다. 이것들은 앞에서 살펴보았듯이, '그들의 님'이기 때문이다.

시인으로서 한용운이 그루는 '길을 잃은 님'은 이후 시에서 침묵하거나 보이지 않는 '부재하는 님'의 모습으로 발전한다.

보이지 않는 님

시 「알 수 없어요」는 공간적인 상상력을 바탕으로 소멸하는 이미지들을 통해 님의 모습이 묘사되고 있다. 공중에서 땅으로, 그리고 다시 하늘로 향하는 수직적인 공간과, 시냇물에서 바다로 확산되는 수평적 공

간에서 시적 화자는 님의 모습을 발견한다. 님의 발자취·얼굴·입김
·노래, 그리고 시는 오동잎·하늘·향기·시내, 그리고 노을에 각각
대응된다. 이러한 이미지의 조합으로 우리는 님의 모습을 짐작할 수
있다. 님의 모습을 상상하며 여러분도 함께 시를 읽어 보기 바란다.

> 바람도 업는 공중에 수직의 파문을 내이며 고요히 떨어지는 오동
> 님은 누구의 발자최임닛가
> 지리한 장마 끝헤 서풍에 몰녀가는 무서운 검은 구름의 터진 틈
> 으로 언뜻언뜻 보이는 푸른 하늘은 누구의 얼굴임닛가
> 끝도 업는 깁흔 나무에 푸른 이끼를 거처서 옛 탑 위의 고요한 하
> 늘을 슬치는 알 수 업는 향긔는 누구의 입김임닛가
> 근원은 알지도 못할 곳에서 나서 돍뿌리를 울리고 가늘게 흐르는
> 적은 시내는 구비구비 누구의 노래임닛가
> 련꽃 가튼 발꿈치로 갓이업는 바다를 밟고 옥 가튼 손으로 끝업
> 는 하늘을 만지면서 떨어지는 날을 곱게 단장하는 저녁놀은 누구의
> 시임닛가
> 타고 남은 재가 다시 기름이 됩니다. 그칠 줄을 모르고 타는 나의
> 가슴은 누구의 밤을 지키는 약한 등불임닛가
>
> — 한용운, 「알 수 업서요」 전문

인용 시 「알 수 없어요」에서 님은 부재한다. 사실 이 시에서는 님이
라는 시어조차 나오지 않는다. 님 대신 반복되는 '누구'라는 말은 님과
의 이별의 상태가 고착됐음을 암시한다. 일반적으로 3인칭을 지시하
는 대명사는 그(그녀)다. 그들 중 가장 가까운 사람이 '님'이며, 가장 먼
사람이 '누구'다. 확실하지 않은 어떤 사람을 지칭할 때, 혹은 알지 못
하는 사람이나 잊혀진 사람을 부를 때 우리는 '누구'라고 부른다. "누

구든지 오너라, 누구나 할 수 있다, 저 사람은 누구입니까, 누구시더라" 와 같이, '누구'는 어떤 사람을 막연하게 일컫거나, 모르는 사람을 의문 의 뜻으로 부르는 인칭대명사이기 때문이다. 이렇게 누구라는 말 속에 는 미지의 인물이라는 의미가 내포되어 있다. 시 「알 수 업서요」에서 시적 화자는 그 누구에 대해 여섯 번이나 질문하고 있지만, 대답은 들 을 수가 없다. 아니, 대답은 이미 시 제목에 나와 있다. 그 사람이 누구 인지 '알 수가 없다'는 것이다.

기억의 투사

시 「알 수 업서요」를 찬찬히 읽어 보면, 이 시의 질문들은 모르는 것에 대한 의문이라기보다는, 이미 익숙한 것에서 문득 느껴지는 낯섦이라 는 것을 알 수 있다. 바람도 없는 공중에 수직의 파문을 내며 고요히 떨어지는 오동잎은 평범한 오동잎이 아니다. 그것은 지금까지 잊고 있 었던 그 누군가의 발자취를 기억하게 한다. 지루한 장마 끝에 서풍에 몰려가는 무서운 검은 구름의 터진 틈으로 언뜻언뜻 보이는 푸른 하늘 은 습관적으로 보아온 하늘이 아니다. 그것 역시 그 누군가의 얼굴을 연상하게 한다. 이 시의 낯섦은 평범한 대상에 그 누군가를 투사했기 때문이다. 그 순간 익숙한 풍경은 '어떤 사람과도 같다'라는 기시감과 맞물려 범상치 않은 시적 대상으로 탄생한다. 따라서 이 시에서 알 수 없는 그 누군가는 정말 모르는 사람이 아니라 예전에는 잘 알았던, 그 러나 지금은 잊힌 사람이다.

이별의 극한은 잊힘이다. 부재의 시간이 길어지면 결국 잊히고 마는 것이 인지상정이다. 그러나 의식 속에서 사라진다고 완전히 그 존재가 없어지는 것은 아니다. 님의 존재는 무의식 속에 잠재된다. 무의식 속 에 잠재된 기억은 종종 어떠한 계기로 의식의 표면 위로 떠오른다. 주 로 특정 대상에 투사되는 것인데, 잊은 줄 알았던 님의 모습은 어느 순간 남다른 풍경이나 사물에 투사됨으로써 시인의 눈앞에 현현한다. 이 시에서 미지의 인물인 '누구'는 사실 이미 알고 있었던 인물이었다.

낯설게 하기

앞에서 익숙한 것에서 느끼는 낯섦에 대해 이야기했었다. '낯설게 하기'는 시작법의 기본이다. 시인이 관습의 묵은 때를 벗고 마치 아이처럼 사물을 바라볼 때 비로소 그것은 시적 대상으로 거듭난다. 이 시는 보이지 않는 님이 무의식의 투사를 통해 볼 수 있게 됨을 노래하고 있는 동시에, 시적 이미지가 만들어지는 과정을 실제로 보여 주고 있다.

흔한 오동나무 잎은 "바람도 업는 공중에 수직의 파문을 내이며 고요히 떠러지는" 그 순간 새롭게 인식된다. 그리고 그것은 님의 발자취라는 시적인 대상으로 거듭난다. 푸른 하늘도, 향기도 어느 순간 새롭게 인식된다. 이러한 순간의 인식은 사물 그 자체가 가진 속성에서 비롯된 것일 수도 있고, 그 사물이 처한 상황이 일으킨 것일 수도 있다.

향기나 저녁놀은 그것 자체가 순간성을 갖고 있다. 향기처럼 형체가 없이 존재하거나, 저녁놀처럼 볼 수는 있더라도 금방 사라져버리는 이미지들이다. 고요히 떨어지는 오동잎도 그렇다. 이 시에서 오동잎은 바람에 의해 강제로 떨어지지 않았다. 생명이 소진됨에 따라 자연스럽게 우주의 질서에 순응한다. 시인은 오동나무 잎이 가지에서 땅에 이르는, 즉 생명과 죽음의 경계가 된 잠시의 순간을 포착한다.

이에 비해 하늘과 시냇물은 존재를 위협하는 부정적인 상황과 맞물려 어느 순간 사물 고유의 가치가 극대화된 이미지들이다. 이 시에서처럼 푸른 하늘은 지속해서 보이는 것보다 검은 구름의 터진 틈으로 언뜻언뜻 보일 때 그 맑음과 평온함의 가치는 두드러진다. 역설적으로 검은 구름은 평범한 푸른 하늘을 비범하게 보이게 하는 역할을 한다. 시냇물 역시 근원을 알 수 없고, 작고 가늘다는 데서 언제 끊어질지 모르는 순간성을 갖는다. 특히 이 시에서 시냇물은 시각적 이미지가 아닌 '노래'라는 청각적 이미지로 인식된다. 돌부리를 울리며 가늘게 흐르고 있는 시냇물 소리는 그 작은 소리로 인해 오히려 귀 기울여 들을 수밖에 없는 신비로움이 더해진다. 이러한 순간성으로 포착돼 시적 대상으로 거듭난 사물들은 앞에서 살펴보았듯이 님의 모습에 대응되는데, 그 님의 모습이 발자취와 얼굴에서 입김과 노래를 지나, 궁극적으로 시로 발전하고 있다는 것에 주목할 필요가 있다.

일반적으로 우리는 어떤 사람을 기억할 때 생김새인 얼굴을 떠올리거나, 그 사람이 남긴 발자취, 즉 지난날의 이력을 되짚어 본다. 그런데 시적 화자는 여기서 한 걸음 더 나아가 시에서 님의 모습을 기억한다. 그 전의 입김과 노래는 얼굴과 시를 연결하면서, 육체와 정신의 매개항 역할을 한다. 님을 기억하는 단계는 '발자취(사회성)→얼굴(육체성)→시(정신성)'이다.

이것은 공교롭게도 「군말」에서 말한 세 종류의 님, 즉 '그들의 님(정치, 사상, 종교, 자연)-너희들의 님(연애)-나의 님(시)'에 그대로 대응된다. 시 「알 수 없어요」에서의 님은 「군말」에서와 같이 '긔루는 것'은 모두 다 님이 될 수 있으되, 궁극적으로 시인의 님은 시임을 다시 한번 확인하고 있다.

「군말」의 변주

이 시의 마지막 행인 6행은 2문장으로 이뤄져 있다. "타고 남은 재가 다시 기름이 됩니다"와 "그칠 줄을 모르고 타는 나의 가슴은 누구의 밤을 지키는 약한 등불임닛가"가 그것이다. 이는 1행에서 5행까지 "○○은 누구의 ○○입니까"라는 한 문장의 의문형으로 마무리되던 것과는 다른 형태다. 특히 6행의 첫 문장은 의문형으로 마무리되는 앞의 5개의 문장과 구별되면서 다시 뒤에 오는 여섯 번째 의문문을 강조하는 역할을 한다. 결정적인 질문을 하기 전에 잠시 숨을 고르는 것과 같다.

6행의 두 번째 문장에는 화자는 님의 밤을 지키는 등불이 된다. 앞 문장의 기름과 그칠 줄 모르고 타는 가슴이 자연스럽게 연계돼 '누구의 밤을 지키는 약한 등불'의 이미지를 만든 것이다. 그리고 다시 시와 밤과 타는 가슴과 등불을 조합하면 또 하나의 커다란 그림이 완성된다. 그것은 바로, 밤새도록 등불을 켜고 타는 가슴으로 시를 쓰고 있는 시인의 모습이다!

보이지 않는 님은 밤새도록 등불을 켜고 시를 쓰게 만들었다. 시「알 수 없어요」는 서언「군말」의 변주로서, 보이지 않는 님에 대한 갈망을 시 쓰기로 승화시킨 시인의 모습을 보여 주고 있다.

내가 그다지 사랑하던 그대여

이상(1910~1937)의 본명은 김해경이다. 1930년대를 대표하는 시인이자 소설가인데, 당시의 기준으로 보면 상당히 파격적이고 난해한 작품을 많이 썼다. 「날개」(1936)를 발표하여 큰 화제를 일으켰으며, 대표시로는 「오감도」, 「거울」, 그리고 「이런 시」가 있다.

이상의 「이런 시」는 1933년 7월 『카톨릭 청년』에 발표한 작품이다. 근래 들어 이 시가 대중적인 인기를 얻고 있다. 유명 아이돌 가수가 이 시를 읽는 영상의 영향이 컸다. BTS의 윤기가 읽는 5행짜리 「이런 시」는 난해하지도 않고 복잡하지도 않다. 한 구절 한 구절 그대로 공감이 된다. 그리고 '내내 어여쁘라는' 말도 마음에 와닿는다. 그런데 사실은 그게 다가 아니다. 그것은 이상 시의 한 부분이다. 전체 시는 이렇다.

역사를하노라고 땅을파다가 커다란돌을하나 끄집어 내어놓고

보니 도무 지 어디서인가 본듯한생각이들게 모양이생겼는데 목도
들이 그것을메고나가더니 어디다갖다버리고온모양이길래 쫓아나
가보니 위험하기 짝이없는 큰길가더라.

　　그날밤에 한소나기하였으니 필시 그돌이깨끗이씻겼을터인데 그
이튿날가보니까 변괴로다 간데온데 없더라. 어떤돌이와서 그돌을
업어갔을까 나는참이런 처량한생각에서아래와같은작문을지었다.

　　**「내가 그다지 사랑하던 그대여 내한평생에 차마 그대를 잊을수
없소이다. 내 차례에 못올사랑인줄은 알면서도 나혼자는 꾸준히생
각하리다. 자그러면 내내어여쁘소서」**

　　어떤돌이 내얼굴을 물끄러미 치어다보는것만같아서이런시는그
만 찢어 버리고싶더라

– 이상, 「이런 시」 전문

　　인용 시에서 띄어쓰기는 원문 그대로 했다. 이상의 시 대부분이 띄
어쓰기를 전혀 하지 않은 것에 비해 이 시는 그나마 일부 띄어쓰기가
되어 있다. 진하게 표시한 부분이 윤기가 읽은 부분이다. 그러니까 진
하게 표시된 부분은 시 안의 시, 즉 시적 화자가 쓴 '작문'이다. 앞에서
설명한 윤동주의 「쉽게 씌어진 시」에도 시 안의 시가 나왔었다.

돌이 된 그녀

이 시에는 시적 화자와 '커다란 돌', 그리고 상상 속의 '어떤 돌'이 나온
다. 커다란 돌을 발견하고, 버리고, 다시 찾아가고, 결국 잃어버리는 과
정과, 시적 화자의 작문의 내용을 비교하며 읽어 보자.

　　맨 앞의 '역사(役事)'는 토목이나 건축 등의 공사를 말한다. '목도'는
무거운 물건이나 돌덩이를 밧줄로 꿰어 어깨에 메고 옮기는 일이다.
흔히 2명, 4명, 8명 사람이 짝이 되는데, 여기에서 '목도들'은 목도 일

을 하는 사람들을 이른다.

이 시는 시적 화자와 '커다란 돌'과 '어떤 돌'과의 관계를 노래한다. 커다란 돌은 땅을 파다가 나온 것으로 큰길 가에 버려졌으며, 소나기가 내린 밤 깨끗이 씻겨진다. 화자는 이튿날 그 돌을 찾아가 보았지만 돌은 없다. 화자는 그 돌을 다른 돌, 그러니까 '어떤 돌'이 업어갔다고 생각한다. 그래서 화자는 작문한다.

작문의 내용을 보면 커다란 돌은 화자가 사랑하는 여인 같다. 화자는 그대를 잊을 수도 없고 그대와의 사랑이 이루어질 가능성도 없지만, 꾸준히 생각하겠다고 한다. 그런데 이 작문을 쓰는 화자를 또 다른 돌, 즉 어떤 돌이 쳐다보는 것 같은 느낌이 들고, 그래서 이런 시를 찢어 버리고 싶은 생각이 든다. 화자는 왜 시를 찢어 버리고 싶을까.

이 시는 잃어버린 연인에 대한 그리움을 알레고리적 비유로 표현했다. 자기가 사랑하던 연인을 다른 사람이 업어 갔고, 그래서 그리움의 시를 썼는데, 애인을 업어 간 그 사람에게 그런 마음을 들킨 것이 수치스럽고 화가 나 '이런 시'는 찢어 버리고 싶다는 것이다.

흥미로운 것은 화자는 '이 시'를 '이런' 시라고 말했다. '이런' 시란 어떤 시인가. 시 안의 시는 기존의 이상의 시와는 매우 다르다. 낭만적이며 감상적이기까지 하다. 지금까지 감정을 절제하는 모더니즘 시풍을 견지하고 있었던 이상의 시 세계와는 구별된다. 처량한 생각에 쓴 낭만적이고 감상적인 '이런' 시로 마음을 들킨 그는 시를 찢음으로써 낭만적인 감상을 부정하고자 하는 것이다. 그러면서 이런 시는 사실상 이따위 시, 이까짓 시가 된다. 그러면 여기서 '그대'는 누구일까.

연인들

「이런 시」의 그대는 금홍이다. 이상의 문학 작품은 전기적 사실과 많은 부분이 일치한다. 이상의 작품을 이해하기 위해서는 그의 전기적 사실을 먼저 알아야 한다.

이상이 금홍을 만난 것은 1933년 3월 폐병 요양차 들른 황해도 연안에 있는 배천온천에서였다. 금홍은 기생이었다. 그해 6월 이상은 서울 종로에 제비다방을 열어 금홍을 마담으로 앉히고 살림을 차린다. 「이런 시」가 1933년 7월에 발표한 작품임을 고려하면, 이 시는 금홍과 동거할 시기에 쓰인 것이다.

초라한 공간에서 기대치 않은 멋진 사람을 보았을 때 진흙 속에서 진주를 발견했다고 한다. 금홍은 진주는 아니었지만, 그와는 비교도 안 되게 커다란 돌이었다. 그 돌이 빗물을 맞아 깨끗해졌다는 말은 그전에는 그렇지 않았다는 말이다. 게다가 화자는 그 돌을 어떤 돌이 업어 갔다고 생각한다. 이런 표현은 금홍이 기생이었고, 가출이 잦았고, 게다가 남자관계가 복잡했음을 고려하면 쉽게 이해된다.

이상은 제비다방에서 1933년 6월부터 1935년 9월 파산할 때까지 2년여의 시간을 지낸다. 이 제비다방 한구석에는 이상이 낮 동안 처박혀 있었던 골방이 있었는데, 화가 구본웅은 그 방을 '도스토옙스키의 방'이라고 불렀다. 한국 근대문학의 중요한 모임이었던 '구인회' 멤버들이 모인 곳도 이 제비다방이었다. 금홍과의 동거 생활은 1936년 12월 『여성』에 발표한 「봉별기」에서 이렇게 회상되고 있다.

금홍이가 내 아내가 되었으니까 우리 내외는 참 사랑했다. 서로 지나간 일은 묻지 않기로 했다. 과거래야 내 과거가 무엇 있을 까닭이 없고 말하자면 내가 금홍의 과거를 묻지 않기로 한 약속이나 다름없다.

– 이상, 「봉별기」에서

소설 「봉별기」에 의하면, 내레이터와 산 지 1년이 된 1934년 8월 어느 날, 금홍은 '때 묻은 버선을 윗목에다 벗어 놓고' 가출을 한다. 금홍은 이상을 버리고 여러 번 가출하고 되돌아오기를 반복한다. 이상의 대표작 「날개」가 쓰인 것은 1936년, 금홍이 두 번째 가출하고 돌아와 병든 이상을 돌보고 있을 때였다. 이때 그들은 우미관 근방 골목, 한 대문 안 수십 가구가 세 들어 사는 곳에서 각자 방을 얻어 독립적으로 살게 됐는데, 그곳은 소설 「날개」의 배경이 된다. 이 소설 역시 금홍을 주인공으로 하고 있다. 소설에 나오는 '연심'은 금홍의 본명이다.

> 아내가 외출한 틈을 타서 나는 아내 방으로 가서 아내의 화장대 앞에 앉아 보았다. 상당하다. 수염과 머리가 참 산란하였다. 오늘은 이발을 좀 하리라 생각하고 겸사겸사 고 화장품 병들 마개를 뽑고 이것저것 맡아 보았다. 한동안 잊어버렸던 향기 가운데서는 몸이 배배 고인 것 같은 체취가 전해 나왔다. 나는 아내의 이름을 속으로만 한번 불러 보았다. '연심이!' 하고.
>
> — 이상, 「날개」에서

어디서 무엇이 되어 다시 만나랴

이상은 금홍과 헤어지고 두 번째로 사랑했던 여인 권순옥을 만난다. 카페 여급 출신이다. 세 번째 여인은 당시 이화여전 문과를 나온 작가 변동림이다. 신여성이었으며 자유연애주의자였는데, 1936년 6월 이상과 상견례를 하고 결혼식도 없이 바로 신혼 생활로 들어간다. 그리고 그해 10월 하순 그 둘은 도쿄로 건너간다. 1937년 4월 이상은 멜론이 먹고 싶다는 말을 변동림에게 남기고 죽는다.

1955년 변동림은 프랑스 유학길에 오른 후 파리 소르본과 에콜 드루브르에서 미술사와 미술평론 공부를 한다. 그리고 서양화가 김환기를 만나 결혼하고 이름을 '김향안'으로 개명한다.

김환기의 대표작은 「어디서 무엇이 되어 다시 만나랴」이다. 김향안과 뉴욕에 체류하고 있었던 김환기는 1970년 절친이었던 김광섭 시인의 부고를 접한다. 실의에 빠진 김환기는 김광섭의 시 「저녁에」의 마지막 구절을 제목으로 그림을 제작한다. 검푸른 하늘에 별이 빼곡히 들어찬 듯한 작품이었다. 그런데 김광섭의 부고는 오보였다. 시인은 그로부터 7년을 더 투병하다 1977년 별세한다. 김환기가 영감을 받은 작품 김광섭의 「저녁에」를 읽어 보자.

> 저렇게 많은 중에서
> 별 하나가 나를 내려다본다
> 이렇게 많은 사람 중에서
> 그 별 하나를 쳐다본다.
>
> 밤이 깊을수록
> 별은 밝음 속에 사라지고
> 나는 어둠 속에 사라진다.
>
> 이렇게 정다운
> 너 하나 나 하나는
> 어디서 무엇이 되어
> 다시 만나랴.
>
> – 김광섭, 「저녁에」 전문

「이런 시」에서 시작하여 기생 금홍과 신여성 변동림, 그리고 김환기의 그림과 김광섭의 사랑스러운 시까지 살펴봤다. 이상의 시를 다양한 각도에서 살펴볼 수 있었던 기회였기를 바란다.

장영희 번역 시집 『생일』

장영희 교수가 번역한 영·미시 모음집 『생일』(2006)은 화가 김점선이 그림을 그려 넣은 화사한 시집이다. 간혹 학생들이 시를 좋아하는 친구의 생일날 선물할 시집 한 권 추천해 달라고 하면, 필자는 이 시집을 권한다. 시 원문과 장영희의 번역, 그리고 짧은 에세이가 아름답게 어우러져 있다.

사랑이 찾아온 날

크리스티나 로제티(1830~1894)는 영국 빅토리아 시대를 대표하는 여성 시인이다. 그의 작품은 세련된 시어, 확실한 운율법, 그리고 온화한 정감으로 신비로운 분위기를 자아낸다. 그는 신앙 때문에 두 차례 실연하고는 결혼을 단념하였으며, 평생 독신으로 살았다. 로제티의 작품 중 연애시의 대부분은 좌절된 사랑의 기록이다.

로제티의 대표 시이자, 시집의 표제시인 작품 「생일」이다. 여기서 생일은 '무엇'이 태어난 날일까.

> 내 마음은 물가의 가지에 둥지를 튼
> 한 마리 노래하는 새입니다.
> 내 마음은 탐스런 열매로 가지가 휘어진
> 한 그루 사과나무입니다.
> 내 마음은 무지갯빛 조가비.
> 고요한 바다에 춤추는 조가비입니다.
> 내 마음은 이 모든 것들보다 행복합니다.

이제야 내 삶이 시작되었으니까요.

내게 사랑이 찾아왔으니까요.

- 크리스티나 로제티, 「생일」 전문(장영희 역)

이 시를 읽으면 행복으로 충만한 마음이 그대로 전해지는 듯하다. 시를 번역한 장영희는 로제티의 「생일」을 "누군가 내게 불쑥 내미는 화려한 꽃다발"에 비유했다. 진정한 생일은 육신이 이 지상에서 생명을 얻은 날이 아니라, 사랑을 통해 다시 태어난 날이라고 한다. 노래하는 새, 탐스러운 사과나무, 무지갯빛 조가비에 마음을 비유한 것도 참 아름답다. 시적 화자는 하늘과 땅과 바다에서 가장 예쁘고 행복해 보이는 것들을 묘사했고, 그리고 그것들보다 자신의 마음이 더 행복함을 말한다. 사랑이 찾아왔기 때문이다. 시어 하나하나에 설렘이 느껴지는 작품이다.

사랑의 소네트

영국이 낳은 위대한 시인 윌리엄 셰익스피어(1564~1616)는 희·비극을 포함한 38편의 희곡과 여러 권의 시집 및 소네트집을 남겼다. 주요 작품으로는 『로미오와 줄리엣』, 『베니스의 상인』, 『햄릿』, 『맥베스』, 『리어왕』, 『오셀로』 등이 있다.

소네트는 정형시의 대표적인 형식을 이르며, 사랑 노래가 많다. 영국에서는 셰익스피어가 소네트 작품을 많이 썼다. 그중 널리 알려진 작품이 「소네트 29」이다. 영문학자인 피천득이 번역했다. 그대를 생각하기 전과 후의 모습을 비교하며 감상해 보기 바란다.

운명과 세인의 눈이 날 천시할 때

나는 혼자 버림받은 신세를 슬퍼하고

소용없는 울음으로 귀머거리 하늘을 괴롭히고,

내 몸을 돌아보고 내 형편을 저주하나니

내가 가진 것에는 만족을 못 느낄 때,

그러나 이런 생각으로 나를 경멸하다가도

문득 그대를 생각하면, 나는

첫 새벽 적막한 대지로부터 날아올라

천국의 문전에서 노래 부르는 종달새,

그대의 사랑을 생각하면 곧 부귀에 넘쳐

내 운명, 제왕과도 바꾸지 아니하노라

— 윌리엄 셰익스피어, 「소네트 29」 전문(피천득 역)

나 자신에게 만족 못 하고 내 형편을 저주하며 경멸하다가도 그대를 생각하면 나는 종달새가 되고 부귀에 넘친다. 그래서 그대를 만난 내 운명을 제왕과도 바꾸지 않겠다고 한다. 가장 비천하고 불행한 나를 가장 행복하고 위대하게 만들어 주는 것, 그것이 사랑이라고 셰익스피어는 말한다. 다음은 이 시에 대한 장영희 교수의 해설이다.

간혹 내가 싫어집니다. 못생기고 힘없고 아무런 재주도 없는 내가 밉습니다. 희망으로 가득찬 사람들, 용모가 수려한 사람들, 권세 부리는 사람들 옆에서 나는 너무나 작고 미미한 존재입니다. 하루에도 몇 번씩 주저앉아 포기하고 싶은 마음이 생깁니다.

그러나 내겐 당신이 있습니다. 내 부족함을 채워 주는 사람-당신의 사랑이 쓰러지는 나를 일으킵니다. 내게 용기, 위로, 소망을 주는 당신. 내가 나를 버려도 나를 포기하지 않는 당신. 내 전생에 무슨 덕을 쌓았는지. 나는 정말 당신과 함께할 자격이 없는데, 내 옆에 당신을 두신 신에게 감사합니다. 나를 사랑하는 이가 이 세상에 존재한다는 것, 그것이 내 삶의 가장 커다란 힘입니다.

당신이 존재하는 내 운명, 제왕과도 바꾸지 아니합니다.

- 장영희,「내 옆에 당신을 두신 신에게 감사합니다」,『생일』

나를 사랑하는 이가 이 세상에 존재한다는 것, 그것이 내 삶의 가장 커다란 힘이라는 말에 깊이 공감이 되는 글이다.

영화로 읽는 시론 1: 〈죽은 시인의 사회〉

〈죽은 시인의 사회〉(1989)를 시와 삶에 대한 사랑이라는 관점에서 살펴보겠다. 영화의 원제는 Dead Poets Society로 '죽은 시인의 사회'는 이것을 직역한 것이다. 영화에서는 학생들이 시를 읽고 감상하는 모임으로 나온다. 영화의 배경은 1959년 미국의 웰튼 아카데미라는 사립학교이다. 주인공은 문학 교사인 존 키팅과 닐, 녹스, 찰리, 토드. 죽은 시인의 사회 회원이기도 하다. 닐은 의대에 가고자 하는 모범생이고, 녹스는 법률가 지망생이다. 찰리는 자유분방한 성격이다. 전학생 토드는 주눅이 들고 소심하고 자존감이 낮은 소년이다. 제각기 다른 개성을 가졌지만, 명문대학교 진학이라는 공통의 목표가 있다. 과연 이들은 어떻게 자신의 삶을 사랑하게 될까.

다음의 문제를 함께 생각하며 영화에 관한 이야기를 나눠 보자.

• 카르페 디엠의 의미와 닐, 녹스, 찰리, 토드의 실천 양상

- 키팅 선생님이 말한 시와 사랑의 공통점
- 키팅, 맥칼리스터, 놀란의 교육관 비교

키팅 선생님의 시 강의

입시 위주의 엄격한 웰튼 아카데미에서 키팅의 강의는 파격적이다. 첫 시간 그는 학생들에게 '카르페 디엠'의 의미를 일깨운다. 현재를 즐기라는 의미다.

본격적인 시 강의가 시작된다. 시는 계량하는 것이 아니며 시와 아름다움, 낭만, 사랑은 삶의 수단이 아닌 목적이라는 키팅 선생의 말은 울림이 크다.

> 키팅: 시가 아름다워서 읽고 쓰는 것이 아니다. 인류의 일원이기 때문에 시를 읽고 쓰는 것이다. 인류는 열정으로 가득차 있어. 의학, 법률, 경제, 기술 따위는 삶을 유지하는 데 필요해. 하지만 시와 미, 낭만, 사랑은 삶의 목적인 거야.
>
> — 영화 〈죽은 시인의 사회〉 중에서

키팅은 책상에 올라서기도 한다. 사물을 다른 각도에 보아야 한다는 것을 설명하기 위해서이다. 책을 읽을 때 저자의 생각과 함께 자신의 생각도 고려해야 한다고 말한다. 1부 3장 '은유, 리듬, 상징'에서 논했던 '시는 시인의 것이냐, 독자의 것이냐'와 같은 맥락의 이야기이다. 그리고 자신의 남다른 신념, 자신다움을 존중해야 된다는 것을 직접 체험하면서 가르치려고 한다.

자유로운 사색가

라틴어 교사 맥칼리스터는 키팅의 교육을 가장 곁에서 지켜본 사람이다. 처음에 그는 키팅을 우려하지만, 점차 긍정적으로 받아들인다. 모든 학생이 천재적인 예술가가 될 수 없다며 키팅의 자유로운 교육 방식에 의문을 품는 맥칼리스터에게 "예술가가 아니라 자유로운 사색가가 되라는 것"이라는 키팅의 말이 인상적이다.

소년들은 동굴에서 죽은 시인의 사회 모임을 재결성한다. 그리고 각자의 방식으로 카르페 디엠을 실천한다.

모범생 닐은 엄격한 아버지 몰래 연극을 시작한다. 말해 봤자 못 하게 한다는 것을 알기 때문이었다. 녹스는 한 소녀에게 첫눈에 반하는데, 약혼자가 있다는 사실을 알고 절망한다. 그러나 카르페 디엠! 용기를 내어 사랑을 고백하고 그 여자의 마음을 얻는다. 자유분방한 찰리는 답답한 현실을 바꾸고자 한다. 남학교인 웰튼 아카데미를 남녀공학으로 만들자는 글을 교내 신문에 무단으로 실었다가 학교를 발칵 뒤집어 놓는다. 그 때문에 비밀 모임이었던 죽은 시인의 사회의 존재가 알려지게 된다. 견고해 보였던 웰튼 아카데미에 작은 균열이 시작되고 있었다.

오 캡틴! 마이 캡틴!

불행은 닐의 연극 연습에서부터 시작됐다. 뒤늦게 그것을 안 아버지는 닐의 연극 공연을 완강하게 반대한다. 그러나 예정대로 닐은 〈한여름 밤의 꿈〉을 성공적으로 공연하고, 분노한 아버지가 군사학교로 전학시키려고 하자 극단적인 선택을 한다.

학교 당국은 그 책임을 키팅에게 돌리고 학생들의 동의 사인을 받는데, 소심하고 말 한마디 제대로 하지 못했던 토드는 책상 위에 올라서 키팅을 '캡틴'이라고 부르며 마지막 배웅을 한다. 다른 학생들도 하나둘 책상에 올라서기 시작한다. '사물을 다른 각도에서 보라'는 키팅의 가르침처럼 학생들은 사실 그 이면의 진실을 다른 각도에서 보기 시작한 것이다.

토드와 학생들이 불렀던 '오 캡틴! 마이 캡틴!'은 미국의 시인 월터 휘트먼의 시에서 따온 구절이다. 여기서 캡틴은 노예 해방을 이뤘지만, 불행히도 암살당한 링컨을 이른다. 처음부터 자신을 '오 캡틴! 마이 캡틴!'으로 불러 달라고 했던 키팅은 어쩌면 웰튼 아카데미에서의 운명을 예감하고 있었을지도 모른다.

휘트먼의 시 「오 캡틴! 마이 캡틴!」이다.

오 캡틴! 마이 캡틴! 끔찍한 항해가 끝났습니다.
배는 온갖 황폐를 견뎌 냈고, 우리는 추구하던 목표를 성취했습니다.
항구가 가까워지며 종소리가 들려요, 사람들이 모두 환희에 차 있어요.
그들이 안정된 용골을, 굳세고 용감한 배를 바라보고 있어요.
그런데 오, 가슴이! 가슴이! 가슴이!
오, 흐르는 이 붉은 핏방울,
우리 함장님이 죽어 싸늘하게 식은 몸으로
갑판에 누워 있다니.

오 캡틴! 마이 캡틴! 어서 일어나 저 종소리 좀 들어 보세요.
일어나세요, 함장님을 맞는 기가 게양되었어요.

함장님을 위한 나팔 소리가 울려 퍼지고 있어요.

함장님을 위한 꽃다발과 리본 달린 화환이 준비되었고, 함장님을 보려고 사람들이 몰려들고 있어요.

그들이 함장님을 부르고 있어요, 동요하는 군중, 그들이 열렬한 얼굴로 이쪽을 보고 있어요

여기 좀 보세요, 함장님! 우리의 사랑하는 아버지!

함장님의 머리를 이 팔뚝으로 받치고 있어요!

함장님이 죽어 싸늘하게 식은 몸으로

갑판에 누워 있다니, 어처구니없는 꿈이로다.

우리 함장님은 대답이 없다, 입술은 창백하고 움직이지 않는다.

우리 아버지는 나의 팔뚝을 느끼지 못한다, 맥박도 끊어지고 의지도 없다.

배는 무사히 정박하여 항해가 완료되었는데,

승전의 목적을 이루고 들어왔는데.

기뻐하라, 오 육지여, 노래하라, 오 종(鐘)이여!

하지만 나는 슬픔에 잠긴 걸음걸이로

우리 함장님이 죽어 싸늘하게 식어 있는

갑판 위를 걷는다

- 월트 휘트먼, 「오 캡틴! 마이 캡틴!」 전문

오 캡틴! 마이 캡틴! 링컨은 어이없게도 암살당했지만, 그의 정신은 인류사에 길이 남았다. 피터 위어 감독은 키팅을 교육계의 링컨으로 보고자 했다.

영화 초반부터 놀란 교장과 키팅은 팽팽하게 대립했다. 놀란 교장의

교육관이 전통적이고 현실적이라면, 키팅은 혁신적이고 이상적이다. 결국 키팅은 학교에서 쫓겨난다. 그러면 웰튼 아카데미는 다시 과거로 돌아가는 것일까.

여기서 또 한 사람의 교사 맥칼리스터를 주목할 필요가 있다. 영화 내내 크게 존재감도 없고 학생들에게 인기도 없는 라틴어 교사이다. 그는 키팅의 혁신적인 교육 방법에 비판적인 입장이었다. 그러나 애정을 갖고 키팅을 관찰하면서 점점 공감을 하게 된다. 그는 키팅의 교육 방법을 자신의 수업에 적용한다. 영화의 끝부분을 보면 눈 내린 추운 겨울날 학생들이 행진을 하며 라틴어 단어를 외우는 모습이 나오는데, 키팅 때와는 다르게 학생들은 열의가 없어 보인다. 하지만 중요한 것은 또 한 명의 교사가 학생들을 교실 밖으로 데리고 나왔다는 사실이다. 키팅은 이 학교를 떠났지만, 추운 겨울이 지나면 그가 뿌린 씨앗이 곳곳에서 움틀 것이라는 암시로 보아도 좋을 것이다. 〈죽은 시인의 사회〉는 장차 교사가 되기를 원하는 학생에게도 강력히 추천한다,

시는 계량하는 것이 아니며, 삶의 목적이며, 다른 각도에서 읽고 생각하라는 키팅의 강의를 기억하기 바란다. 카르페 디엠!

7   어린이와 전쟁

이 장에서는 어린이와 전쟁이라는 두 가지 테마로 시를 감상한다. 어린이와 전쟁은 양극단에 있는 주제이다. 한쪽이 연약함과 순수함을 상징하고 있다면 다른 한쪽은 폭력과 광기의 상징이다. 이 어울리지 않는 두 주제가 한국 시에서는 동시에 나타나는 경우가 많다. 일제강점기를 거쳤고, 6·25를 겪었기 때문이다.

이 장에서는 먼저 일제강점기 시에 나타난 '어린이'의 모습을 살펴본다. 널리 알려진 김소월의 시 「엄마야 누나야」, 카프 시인인 임화의 「자장자장」, 그리고 윤동주의 동시 전반과 알려지지 않은 시 「어머니」를 감상한다. '전쟁과 상실의 시적 극복'에서는 6·25에 대한 시를 감상한다. 전후 시인 박봉우와 전봉건의 시집에 수록된 전쟁에 대한 시를 살펴보고, 전쟁을 바라보는 시각과 상실의 극복 양상을 비교한다.

먼저, 김소월과 임화와 윤동주의 시를 감상하면서 다음의 문제를 함께 생각해 보자.

- 아버지 없는 엄마와 누나의 세계
- KAPF 시의 어린이
- 동심 이면의 쓸쓸함

동심의 상상력

김소월은 한국의 전통적인 한을 노래한 시인이라고 평가받으며 향토성 짙은 서정으로 오늘날까지 많은 사랑을 받고 있다. 「금잔디」, 「엄마야 누나야」, 「산유화」 등의 명시를 남겼다. 함께 살펴볼 시는 「엄마야 누나야」다.

> 엄마야 누나야 강변(江邊) 살자,
> 뜰에는 반짝이는 금(金)모래 빛,
> 뒷문(門) 밖에는 갈잎의 노래
> 엄마야 누나야 강변(江邊) 살자
>
> - 김소월, 「엄마야 누나야」 전문

시보다 노래로 더 잘 알려진 작품이다. 한국인이라면 모르는 이가 없을 이 노래는 왜 좋으냐고 물으면, 그냥 좋다고밖에는 말할 수 없을 정도로 우리의 보편적인 정서에 잘 어울리는 시이다. 필자는 어릴 적 이 노래가 김소월의 시인지도 모르고 따라 불렀다. 공연히 슬픈 느낌이 들었었다. 정확히 말하면 슬프도록 아름다운 느낌이었다.

엄마야 누나야 강변 살자

김소월의 「엄마야 누나야」는 어려운 말 하나 없는, 게다가 아주 짧은 시이다. 4행밖에 안 되고 그 중 2행이 후렴이다. 하지만 이 짧은 시를 꼼꼼히 읽어 보면 정말 많은 의미를 함축하고 있다.

첫 줄에서 시적 화자는 '엄마야, 누나야'를 부르고 있다. '누나야'라는 말로 미루어 시적 화자는 소년이다. 그가 부르는 것은 엄마와 누나, 둘 다 여성이다. 그 두 여성과 함께 '강변'에 살자고 한다. 여기서 강변은 자연의 공간이자, 엄마와 누나와 함께 살고 싶은 여성의 공간이다. 강변 차체가 물의 공간, 즉 원형적으로 여성을 상징한다. 그는 이 공간에서 '살자'고 한다. 강변은 여성의 공간이자 삶의 공간이 된다.

그런데 이상하지 않은가. 아빠와 형과 같은 남성은 어디 간 것일까. 화자는 왜 아빠와 형을 부르지 않고 엄마와 누나만을 불렀을까. 그리고 또 하나, 지금 소년은 어디에 있는 것일까.

소년은 강변에 있지 않다. 강변에 사는 사람이 '강변에 살자'라고 말할 리 없기 때문이다. 그는 강변이 아닌 비자연적인 곳, 아마도 도시와 같은 문명의 공간에 사는 듯하다. 그가 상상하는 강변의 집은 아름답고 평화롭다. 뜰에는 금모래가 반짝인다. 뒷문 밖에는 갈잎이 노래한다. 이 물가의 작은 집은 우리가 마음속에 그리는 아름답고 평화로운 공간과 크게 다르지 않다. 보편적인 공감을 획득한다.

시적 화자가 노래하고 있는 물가의 작은 집은 엄마와 누나로 상징되는 모성의 공간이고, 화자가 살고 싶은 생명의 공간이다. 그곳은 모든 것이 물처럼 부드럽게 흐른다.

강변에는 물이 흐르고 모래도 흐른다. 단단한 바위가 부서진 모래는 고체지만 물의 모습과 많이 닮아 있다. 한 줌 쥐면 물처럼 빠져나가고 물이 햇빛에 빛나듯이 모래도 금빛으로 빛난다. 갈잎의 노래도 흐른다. 갈잎의 노래는 뒷문 밖 멀리서 화자의 귀까지 흘러 들어온다. 노래는 형체가 아닌 소리로서 느껴지는 또 하나의 세계이다.

갈잎은 갈댓잎을 이른다. 또 다른 의미로 가랑잎의 준말이기도 한데, 이 시의 공간이 물가니까 갈댓잎으로 읽는 것이 좋겠다. 갈대는 주로 습지에 서식하기 때문이다. 갈댓잎이 노래를 부른다는 것은 갈대가 바람에 나부끼면서 소리를 내는 모양을 표현한 것이다. 그 소리는 쓸쓸하고 애잔하고, 또 위로의 말의 건네줄 것만 같다.

아버지가 부재하고 엄마와 누나만이 존재하는 강변은 근원적인 모태의 공간이자 노래와 예술의 공간, 생명과 치유의 공간이다. 이 말은 곧 현재 그가 비자연적인 공간, 문명의 공간에서 지치고 상처받고 있음을 암시한다. 그는 4행밖에 안 되는 짧은 시의 절반에 해당하는 첫 행과 마지막 행에서 '엄마야 누나야 강변 살자'를 반복하며 문명의 공간에서 자연의 공간을, 상처의 공간에서 치유의 공간을 지향하고 있다. 간절하고 절실하게 느껴진다. 그러나 간절하게 소망할수록 실현 가능성은 희박해 보인다. 쉽게 실현될 수 있는 것이라면 이토록 간절하게 소망하지 않을 테니까 말이다. 이 시가 읽을수록 슬프게 느껴지는 이유다.

계희영과 오순 누나

김소월(1902~1934)의 본명은 김정식이다. 평안북도 구성에서 태어났다. 아버지는 소월이 두 살 때 철도 공사 중 일본인 목도꾼에게 맞아 정신이상을 일으켰고, 그로 인해 평생을 실성한 사람으로 지냈다. 이후 김소월은 광산을 운영하고 있었던 할아버지 밑에서 한문을 배우며 성장하게 된다. 손자에 대한 할아버지의 애정은 각별했다. 실성한 아들을 대신한 김소월에 대한 깊은 애정은 엄격한 훈육과 기대로 표현되었을 것이다.

김소월에 대한 어머니의 사랑도 당연히 남달랐다. 그리고 또 한 명의 여인, 1905년 어린 김소월은 숙모로 그 집안에 시집을 온 계희영을 만난다. 계희영은 어린 소월에게 자신이 알던 전래동화나 민요들을 들려줬다고 한다. 훗날 김소월이 민요조의 시를 쓴 것은 어릴 적 그를 돌봤던 계희영의 영향이 컸다고 한다.

1915년 김소월은 오산학교에 진학하고 세 살이 많은 오순 누나와 사랑을 키우지만, 1916년 할아버지의 주선으로 임꺽정의 작가 홍명희의 딸 홍단실과 결혼하면서 결별한다.

1922년 서울의 배재고등보통학교 5학년에 편입한다. 그의 나이 20세. 시 「엄마야 누나야」를 발표한 것은 이 무렵이다. 고향을 떠나 낯선 서울에 온 것은 분명한데, 이 당시 그에게 무슨 일이 있었던 것일까. 엄마와 누나를 부르며 강변에 살자고 말한 만큼, 그의 서울살이는 고달팠던 것일까.

이듬해 그는 다시 일본의 도쿄대학 상과에 유학한다. 문학에 뜻이 있던 그가 문과가 아니라 상과에 간 것은 무엇보다 기울어진 집안을 일으켜야 한다는 의무감 때문이었다. 그런 책임감에서 선택한 일본의 도쿄가 김소월이 살고 싶었던 강변은 아니었을 것이다.

관동대지진으로 학업을 다 마치지 못하고 귀국한 김소월은 낙향하여 할아버지의 광산 일을 돕지만 망하고, 동아일보 지국을 열었지만 그것도 얼마 못 가 문을 닫는다. 극도의 빈곤에 시달리던 김소월은 1934년 12월 24일 아편을 먹고 세상을 뜬다. 여섯 자녀를 남긴 채였다. 아버지 없이 자란 한을 고스란히 그 자식들에게 물려준 셈이었다. 아버지의 빈자리를 엄마와 누나로 채우고자 했고, 그리고 그 여성들과 강변에서 갈잎의 노래를 들으며 그 노랫소리와 같은 시를 쓰며 살고자 했지만, 세상은 그에게 가혹하기만 했다.

김소월의 시를 읽으며 숙모인 계희영과 오순 누나의 흔적을 찾아보는 것도 흥미로울 것이다.

키 작은 어른

임화(1908~1953)는 카프(KAPF), 즉 조선 프롤레타리아 예술가동맹의 최고 권력자인 서기장까지 지내고 광복 후 월북했다. 청년 시절 임화는 흰 피부와 수려한 외모로 조선의 루돌프 발렌티노라고 불렸다고 한다. 루돌프 발렌티노는 20세기 초반 이탈리아 출신의 미국의 영화배우다.

임화는 실제로 영화에 출연하기도 했고, 또 영화를 공부하기 위해 1929년에서 1930년까지 만 1년여 도쿄에 체류한 적이 있었다. 그때 어린이를 소재로 쓴 시가 「자장자장」이다.

시 「자장자장」은 1930년 『별나라』에 발표됐으며, 임화의 사회주의적 사상의 일면을 볼 수 있다. 시의 배경은 도쿄를 가로질러 흐르는 우전천(隅田川, 스미다 가와)인데, 가난한 어린이를 보는 임화의 시선에 주목하여 시를 읽어 보자.

동경의 복판으로 흘으는 우전천(隅田川) 물결 위에는 배에서 나서(出生) 배에서 자라나는 소년소녀들이 잇습니다.

그들은 자긔들의 부모가 새벽부터 밤중까지 돗대와 노의 매달녀서 겨우 먹고사는 그 사히에 어린 동생들을 보와줍니다.

강언덕 프른풀난 조붓한 길도 고흔 옷 입고 학교 가는 아희들의 뒤모양을 보면서 쓸쓸한 목소리로 자장가를 불늡니다.

자장자장 우리애기 자장

무럭무럭 자라서 힘세게되라

긔운차게 무섭게 작구 자라라

- 임화, 「자장자장」 전문

인용 시 「자장자장」에서 시적 화자는 도쿄 우전천을 터전으로 힘겹게 살아가는 도시 빈민들에 대해 이야기한다. 이 시는 "강언덕 프른풀난" 육지의 삶과 우전천 배 위에서의 고달픈 삶이 "고흔 옷 입고 학교 가는 아희들"의 모습과 그 뒷모양을 보면서 쓸쓸한 목소리로 자장가를 부르는 빈민 아이들의 모습으로 대비된다. 화자는 이들의 쓸쓸한 자장가에서 분노의 목소리를 듣는다. 무럭무럭 자라 힘세게 되고, 그리고 또 '기운차게 무섭게' 자꾸 자라라는 것. 이것은 지배계급에 대한 화자의 분노가 투사된 목소리다. 임화 시에 나오는 아이들은 이른바 동심이라는 어린이 고유의 마음을 가진 것이 아닌 키 작은 어른의 모습을 하고 있다. 그들에게 어린 시절은 고달프고 지루하며 전사(戰士)가 되기 위해 빨리 지나쳐야 할 과정에 불과하다. 그래서 자장가는 어린아이를 잠재우는 것이 아닌 오히려 각성시키는 작용을 한다.

별똥 떨어진 곳

임화의 「자장자장」은 역시 일본 유학을 하면서 강가의 풍경을 노래한 정지용의 「압천」과 비교된다.

> 압천(鴨川) 십리ㅅ벌에
> 해는 저물어……저물어……
> 날마다 날마다 님 보내기
> 목이 자졌다……여울물소리……
>
> 찬 모래알 쥐어짜는
> 찬 사람의 마음
> 쥐어짜라, 바시어라,
> 시원치도 않어라
>
> 역구풀 우거진 보금자리
> 뜸북이 홀어멈 울음 울고,
> 제비 한 쌍이 떴다,

비맞이 춤을 추어

수박 냄새 품어 오는
저녁 물바람,
오랑쥬 껍질 씹는
젊은 나그네 시름

압천(鴨川) 십리ㅅ벌에
해는 저물어……저물어……

— 정지용, 「압천(鴨川)」 전문

정지용이 해 저무는 압천(鴨川, 가모가와) 십리ㅅ벌에서 "수박 냄새 품어 오는 저녁 물바람"과 "오랑쥬 껍질 씹는 젊은 나그네의 시름"을 느꼈다면, 임화는 우전천 변에서 지배계급에 대한 분노와 저항을 키웠다. 임화의 시에서 우전천 어린이들은 그의 사상이 투사된 어린 전사의 모습으로 묘사되었다.

여기서 잠깐 필자가 좋아하는 정지용의 동시 한 편을 읽고 지나가자. 우리의 별똥은 어디에 떨어져 있을까. 더 자라서 아예 잊어버리기 전에 마음에 둔 그곳을 찾아보기 바란다.

별똥 떠러진 곳,
마음해 두었다
다음날 가보려,
벼르다 벼르다
인젠 다 자랐오.

— 정지용, 「별똥」 전문

동심에 어린 상심의 그림자

윤동주는 동시를 많이 썼다. 100여 편의 전체 시 중에서 35편가량 된다. 이는 『카톨릭 소년』이나 『소년』 등 윤동주가 시를 발표한 지면에 따라 구분한 것이다. 그러나 윤동주 시 대부분이 순수한 동심의 세계를 바탕으로 하고 있으며, 시인의 분신인 소년 화자가 등장한다. 이렇게 시와 동시로 딱히 구분하기 모호한 작품들까지 포함하면 윤동주의 동시는 전체 시에 상당한 부분을 차지한다.

윤동주가 쓴 최초의 동시는 「조개껍질」(1935)이다. 조개껍질을 가지고 노는 어린이 화자의 모습이 의성어와 의태어의 반복으로 귀엽게 표현되어 있는데, 읽어 보면 의외로 쓸쓸함의 정서를 느낄 수 있다.

아롱아롱 조개껍데기
울언니 바닷가에서
주워온 조개껍데기

여긴여긴 북쪽나라요
조개는 귀여운 선물
장난감 조개껍데기

데굴데굴 굴리며 놀다
짝 잃은 조개껍데기
한 짝을 그리워하네

아롱아롱 조개껍데기
나처럼 그리워하네

물소리 바다물소리.

– 윤동주, 「조개껍질」 전문

　인용 시 「조개껍질」은 어린이 화자의 눈에 비친 세계를 그리고 있다. 화자는 조개껍데기 하나를 보며 이야기하고 있다. 아롱아롱한 고운 무늬가 있는 조개껍데기는 언니가 바닷가에서 주워 온 귀여운 선물이다. 그런데 이 시의 화자는 조개껍데기가 잃어버린 나머지 한 짝과 바다의 물소리를 '나처럼' 그리워한다고 느낀다. 이때 조개껍데기는 작고 고운 장난감에서 그의 마음이 투사된 쓸쓸한 사물로 새롭게 태어난다. 시 「조개껍질」은 윤동주의 그리움의 정서가 상실의 정서와 맞물려져 있음을 잘 보여 주는 작품이다.

착하고 아름다운, 그러나 쓸쓸한

윤동주의 동시에서 동심 속에 그늘진 외로움과 그리움은 시 「오줌싸개 지도」에서도 찾아볼 수 있다. 이 시의 어린이 화자는 빨랫줄에 걸어 놓은 동생이 오줌 싼 요를 보며 "꿈에 가 본 엄마 계신 / 별나라 지돈가? / 돈 벌러 간 아빠 계신 / 만주 땅 지돈가?" 같이 천진난만하게 말하고 있지만, 사실은 이제는 이 세상 사람이 아닌 어머니와 만주 땅으로 돈 벌러 가신 아버지를 그리워하고 있다. 이 어린이들은 부모 없이 누구와 함께 사는 것일까.

　시 「기왓장 내외」에서는 외아들을 잃고 구슬피 우는 비 오는 날의 기왓장 내외가 등장하기도 한다. 꼬부라진 잔등을 어루만지며 쭈룩쭈룩 구슬피 울음을 우는 기왓장 내외는 식민지 조선의 평범한 노부부의 상징일 것이다. 그들은 무슨 일로 외아들을 잃었을까.

꿈에 가 본 엄마 계신

별나라 지돈가

돈 벌러 간 아빠 계신 만주 땅 지돈가

- 윤동주, 「오줌싸개 지도」 부분

비오는날 저녁에 기왓장내외

잃어버린 외아들 생각나선지

꼬부라진 잔등을 어루만지며

쭈룩쭈룩 구슬피 울음웁니다

- 윤동주, 「기왓장 내외」 부분

누나의 얼굴은

해바라기 얼굴

해가 금방 뜨자

일터에 간다.

해바라기 얼굴은

누나의 얼굴

얼굴이 숙어들어

집으로 온다.

- 윤동주, 「해바라기 얼굴」 전문

인용 시 「해바라기 얼굴」은 현실의 고단함이 더욱 직접적으로 드러
난 작품이다. 해를 바라보고 피어나는 황금색 해바라기는 뜨거운 열정
과 싱싱한 생명력의 상징이다. 그러나 이 시의 해바라기는 날이 밝자
마자 일터로 향하고 늦은 밤에나 귀가하는 누나의 지친 얼굴에 비유된
다. 해바라기 닮은 누나는 정작 온종일 해 한번 못 보고 일하고 있음을

짐작할 수 있다.

　이렇게 윤동주 시의 동심의 세계에는 맑고 아름답지만 쓸쓸하다. 그 쓸쓸함은 일제강점기의 조선 어린이들이 겪어야 했던 보편적인 상실감임을 부인할 수 없다.

어머니의 젖가슴이 그리운

윤동주 시 「어머니」는 모성의 이미지와 함께 상처받은 시인의 모습을 보여 주는 작품이다. 이 시는 두 번째 습작 노트 『창(窓)』에 실린 작품인데, 윤동주 자필 시를 사진으로 찍어 영인한 『윤동주 자필 시고 전집』(1999)을 보면 시 전체가 여러 개의 X표로 지워져 있다. 시인 스스로 인정하고 싶지 않았던 작품으로 추정된다. 어머니를 거듭 부르는 시적 화자는 지금 어떤 상태일까.

　　어머니!
　　젖을 빨려 이마음을 달래여주시오.
　　이밤이 작고 설혀 지나이다.

　　이아이는 턱에 수염자리잡히도록
　　무엇을 먹고 잘앗나이까
　　오날도 힌주먹이
　　그대로 물려있나이다

　　어머니
　　부서진 납인형도 슬혀진지
　　벌써 오램니다

철비가 후누주군이 나리는 이밤을

주먹이나 빨면서 새우릿가

어머니! 그어진손으로

이 울음을 달래여주시오.

이 시는 1938년 5월 28일 연희전문 입학 직후에 쓰인 시이다. 김소
월도 서울 배재고등보통학교에 입학하고 「엄마야 누나야」를 썼는데,
청년들의 첫 서울살이가 만만치 않았던 것 같다.

시 「어머니」의 화자인 '나'는 지금 울고 있으며, 어머니 품을 그리워
하고 있다. 거듭 어머니를 부르며 자신을 달래 달라고 하거나, 자꾸 서
러워진다는 말에서 우리는 그가 마음의 상처를 깊게 입었음을 추측할
수 있다. 그에게 상처를 주는 상황은 '부서진 납인형'이나 '철비가 후
누주군이 내리는 밤'으로 형상화되고 있으며, 젖 대신 주먹을 빨며 상
심의 밤을 새우고자 한다.

스물한 살의 턱에 수염 자리 잡은 청년이 울면서 엄마 젖을 빨고 싶
다고 말하고, 젖 대신 주먹을 물고 밤을 새운다는 것이 참으로 낯설다.
조선의 독립을 위해 저항했던 청년 시인이 이렇게 나약한 시를 썼다는
것 자체가 당황스럽기까지 하다. 그러나 한 번 더 생각해 보면 그 당황
스러움은 친근감으로 바뀐다. 그 역시 상처받고 아무도 보지 않는 곳
에서 울음을 터뜨리는 평범한 청년이었다. 마치 우리가 그런 것처럼
말이다.

어머니의 젖가슴이 그리운

서리 내리는 저녁—

어린 영(靈)은 쪽나래의 향수를 타고

남쪽 하늘에 떠돌 뿐—

- 윤동주, 「남쪽 하늘」 부분

절망스러운 외부 공간에 대한 피난처로서 어머니의 품속은 시 「남쪽 하늘」에서 고향의 이미지와 연계되어 어린 영혼이 절절히 그리워하는 대상으로 그려지기도 한다. 이 시에서도 시적 화자는 서리 내리는 저녁에 어머니의 젖가슴을 그리워한다. 서리의 날카로운 차가움이 어머니 젖가슴의 부드러운 따뜻함과 대비되면서, 시인의 시 의식은 내밀한 공간으로의 지향을 보인다. 그러나 이 시에서 내밀한 공간으로의 지향성이 향수(鄕愁)라는 그리움의 정서로 표출되는 것은, 그것이 더는 존재하지 않거나 실현되기 어려움을 나타낸다.

어둠은 어린 가슴 짓밟고

우리는 앞에서 윤동주 최초의 동시 「조개껍질」이 그리움과 상실의 정서가 맞물려 있음을 살펴보았다. 윤동주의 시에 나타난 동심의 세계는 자아와 외계가 융화된 평화와 행복의 공간을 이루고 있으면서도, 그 기저에는 외로움이나 그리움이라는 결핍의 정서를 깔고 있다. 그는 맑고 밝은 어조로 동심을 노래하고 있지만, 그 영혼 속에는 상심의 그림자가 드리워져 있다.

어둠은 어린 가슴을 짓밟고

이파리를 흔드는 저녁바람이
쏴– 공포에 떨게 한다.

(…)

나무틈으로 반짝이는 별만이

새날의 희망으로 나를 이끈다.

- 윤동주, 「산림」 부분

　인용 시 「산림」의 한 구절처럼 암흑기 어둠은 어린 가슴을 짓밟았다. 그것은 일제강점기 누구도 피해 갈 수 없었던 불행이었다. 윤동주는 그 공포 속에서 반짝이는 별을 발견하고 새날의 희망을 노래했다. 그리고 그는 새날이 되기 불과 몇 달 전인 1945년 2월, 시인 정지용이 말한 대로 '무시무시한 고독' 속에서 세상을 떠났다. 이후 70여 년의 세월이 흘렀다. 윤동주가 노래하던 별은 그를 기리는 우리 모두의 가슴속에서 쓸쓸하고, 여전히 아름답게 빛나고 있다.

전쟁과 상실의 극복

박봉우 시집 『휴전선』과 전봉건 연작시집 『돌』을 전쟁으로 인한 상실의 치유와 극복의 관점에서 살펴보겠다. 박봉우, 전봉건의 시를 감상하면서 다음의 문제를 생각해 보자.

- 전후 시인으로서 박봉우 시의 특징과 꽃의 의미
- 전봉건 시에서 돌의 변용 양상
- 전쟁을 대하는 태도 비교

박봉우의 휴전선

박봉우(1934~1990)는 1956년 『조선일보』 신춘문예에 시 「휴전선」으로 등단했으며, 시집 『휴전선』(1957), 『겨울에도 피는 꽃나무』(1959) 등을 출간했다. 그는 지속해서 분단 현실을 응시하고 분단 극복의 의지를 치열하게 보여 줌으로써 전후시(戰後詩)에 민중 의식을 투영시킨 대표적인 시인으로 자리매김한다.

시인이 등단한 1950년대 문단은 전후문학의 시기였다. 한국의 전후문학은 6·25 전쟁 체험을 소재로 남북분단과 동족상잔의 비극을 형상화했다. 1956년에 분단을 소재로 한 시 「휴전선」으로 등단하고, 이듬해 동명의 시집을 출간한 박봉우 역시 전후 시인으로 분류된다. 그러나 전쟁의 참상을 고발하는 데서 한 걸음 더 나아가 탈 이데올로기를 지향하고, 민족의 동질성 회복을 염원했다. 이러한 사실로 박봉우의 시는 등단 당시부터 문제작으로 거론되었다. 당시 심사를 맡았던 김광섭의 심사평이다.

> 「휴전선」을 일석으로 택한 것은 시상과 표현이 바로 째여 있는 까닭이다. 가명인지 본명인지, 수상하다는 느낌을 금할 수 없으면서도 이 시는 '휴전선'의 위치에서 있는 사람으로 하여금 새로운 의미를 가지게 하고 새로운 의미를 열어 보기 위하여 새로운 형성력을 발휘하고 있다.
>
> (…) 허다한 시인들이 쓰는 아름다운 이야기는 이 신인에게 있어서는 국토에 가로놓여 있는 휴전선에서 '아름다운 길은 이것뿐인가' '이런 자세로 꽃이 되어야 쓰는가'라는 죽음의 산화로서 흔히 있는 전쟁시나 애국시와의 유(類)를 달리하고 있다.
>
> — 김광섭, 「1956년도 신춘문예 심사 선후평」에서

양주동과 함께 심사위원이었던 김광섭은 선후평에서 박봉우의 시가 "시상과 표현이 바로 째여 있는 까닭에" 1등으로 뽑았다고 말하며, 이 때문에 "휴전선의 위치에서 있는 사람으로 하여금 새로운 의미를 가지게 하고 새로운 의미를 열어 보기 위하여 새로운 형성력을 발휘하고 있다."고 크게 칭찬했다. 한 문장에 '새롭다'는 말이 무려 세 번이나 들어갈 정도로 박봉우의 시는 전후 문단에 신선한 충격이었다.

시 「휴전선」이 새로운 점은 그 다음 문단에서 설명된다. 일반 시인들이 쓰는 아름다운 이야기가 이 시인에게는 휴전선에서의 이야기로 되어 있다. 이른바 '현실 참여시'의 시작이다. 나아가 이 시는 기존의 전쟁 시와 애국 시와도 차별화된다. 박봉우의 시는 냉전시대에 이데올로기를 넘어서 민족의 동질성을 찾고자 하는 의지를 보여 준다.

탈이데올로기와 민족의 동질성 회복

박봉우의 첫 시집 『휴전선』에는 표제 시 「휴전선」을 비롯해, 「나비와 철조망」, 「음악을 죽인 사격수」, 「사미인곡」 등 모두 39편의 작품이 수록돼 있다. 이 작품들은 시 「휴전선」이 열어 놓은 새로운 시적 지평을 다양한 각도에서 형상화한다. 즉, 시인은 이 시집에서 전쟁과 분단의 아픔을 민족의 동질성 회복이라는 측면에서 극복하고자 한다. 그가 고발하는 것은 시 「음악을 죽인 사격수」에 나타난 것처럼 "어째서 나 같이 비슷하게 생긴, 어머니의 어머니를 아는 놈을 죽여 놓고 너털웃음을 웃게 마련"인 동족상잔의 비극이다. 그래서 그는 이 웃음에 대해 "천치의 미소"라고 분노한다.

시 「나비와 철조망」에서는 이데올로기라는 벽을 넘고자 "피비린내 나게 싸우는 나비 한 마리의 생채기"에 대해 노래한다. 여기서 특이한 것은 벽이 "아방(我方)의 따시하고 슬픈 철조망"으로 인식된다는 사실이다. 이데올로기라는 벽에 갇혀 있을 때 철조망은 안온하게까지 느껴진다. 그러나 그것을 넘고자 할 때는 피비린내 나는 상처를 입을 수밖에 없다. "처음으로 나비는 벽이 무엇인가를 알며 피로 적신 날개를 가지고도 날아야만 했다."는 데서 알 수 있듯이, 시인은 그것이 얼마나 치명적인 위험인 줄 알면서도 탈이데올로기를 향한 투혼을 멈추지 않는다.

시 「사미인곡」에서 벽은 금[線]의 이미지로 변형된다. "너와 나와의 가슴에 이 착각의 금을 누가 만들었는가 금의 비극이 여기서부터 싹튼 것이 요때까지 사랑할 수 없었던가"에서 금은 남북으로 갈린 휴전선임과 동시에, 그로 인해 민족의 가슴에 그어진 전쟁의 상처를 상징한다.

이렇게 시집 『휴전선』은 전쟁 시와 애국 시 일색의 전후 시단에 전쟁의 비극을 새롭게 인식함으로써 분단 극복과 민족 통일을 향한 의지를 형상화했다는 점에서 문학사적으로 중요한 의미를 지닌다.

불운의 시인

박봉우의 시 세계를 논하면서 예외 없이 거론되는 것이 시인의 정신 병력이다. 그의 정신병은 두 번째 시집 『겨울에도 피는 꽃나무』(1959)를 출간한 후 얼마 지나지 않아서인 1960년 초여름 우연한 사고로 시작됐다. 당시 『전남신문』 기자였던 박봉우는 목포에서 폭력배로부터 폭행을 당한 후 정신병원 신세를 지게 된다. 회복되면 퇴원하고 악화하면 다시 입원하기를 여러 차례, 정신황폐증과 그로 인한 주사(酒邪)는 1990년 작고할 때까지 계속되었다. 그는 생애의 절반 이상을 의식의 불연속성 안에서 살아온 셈이다.

그의 정신병에 대해 김중배는 「직업이 조국이었던 시인 박봉우」에서 "우리 봉우는 미치지 않았다. 미친 것은 나이다. 광기와 살기의 시대에 그 광기와 살기를 이겨 내지 못했던 봉우야말로 비광기와 반살기의 시인이 아니었던가."라고 말했다. 하인두는 「우리 시대의 괴짜 천상

병과 박봉우」에서 "박봉우 시인이 미친 게 아니라 세상이 미친 것인지 모른다. 미쳐 나자빠지든가 환장할 세상에 멀쩡하게 버티고 있는 사람들, 그 성한 사람들이 어쩌면 더 미쳐 있는 사람이라 치부해도 좋을지 모른다. 나는 차라리 정신비옥증이라고 부르고 싶다."라고 증언했다. 마치 철조망 속 상처 입은 나비와도 같이, 모진 이 세상을 감당하기엔 그의 감성이 너무도 맑고 여렸음을 방증하는 말이다.

박봉우 시인은 전쟁으로 인한 분단 현실을 데뷔작 「휴전선」에서 다룬 이후, 4·19혁명 뒤에는 타락한 현실에 대한 허무감과 비판 의식을 드러내는 데 관심을 두었고, 독재정권에 분노하기도 했다. 그는 30년이 넘는 세월 동안 고통스러운 현실 속에서 시로써 저항하다가 불행하게 사라진 불운의 시인이었다. 그러나 그가 남긴 시는 1990년대 이후 탈이데올로기와 민족의 동질성 회복이 통일의 화두가 되면서 새롭게 조명받기 시작했다.

나약하고 무지한 꽃

박봉우의 대표 시 「휴전선」에는 '꽃'과 '아름다움'이라는 시어가 반복적으로 나온다. 꽃과 아름다움은 일반적으로 긍정적인 의미를 내포하지만 이 시에서는 그렇지 않다. 휴전선에 피어난 꽃으로 시인은 무엇을 말하고자 하는지 생각해 보자.

산과 산이 마주 향하고 믿음이 없는 얼굴과 얼굴이 마주 향한 항시 어두움 속에서 꼭 한 번은 천동 같은 화산이 일어날 것을 알면서 요런 자세로 꽃이 되어야 쓰는가.

저어 서로 응시하는 쌀쌀한 풍경. 아름다운 풍토는 이미 고구려 같은 정신도 신라 같은 이야기도 없는가. 별들이 차지한 하늘은 끝끝내 하나인데…… 우리 무엇에 불안한 얼굴의 의미는 여기에 있었던가.

모든 유혈은 꿈같이 가고 지금도 나무 하나 안심하고 서 있지 못할 광장. 아직도 정맥은 끊어진 채 휴식인가 야위어 가는 이야기뿐인가.

언제 한번은 불고야 말 독사의 혀같이 징그러운 바람이여. 너도 이미 아는 모진 겨우살이를 또 한 번 겪으라는가. 아무런 죄도 없이 피어난 꽃은 시방의 자리에서 얼마를 더 살아야 하는가 아름다운 길은 이뿐인가.

산과 산이 마주 향하고 믿음이 없는 얼굴과 얼굴이 마주 향한 항시 어두움 속에서 꼭 한 번은 천동 같은 화산이 일어날 것을 알면서 요런 자세로 꽃이 되어야 쓰는가.

– 박봉우, 「휴전선」 전문

인용 시 「휴전선」은 분단 직후의 휴전선을 소재로 하고 있다. 시의 형식은 일반적인 자유시가 아니라 구어체에 가까운 산문적 진술의 형식을 취한다. 1연에서 화자는 다시 전쟁이 일어날 것 같은 불안감을 "꼭 한 번은 천동 같은 화산이 일어날 것"이라고 토로한다. 화자는 그 사실을 알면서도 무심한 사람들을 마치 아무것도 모르는 듯 피어 있는 꽃과 같다고 비난한다. 꽃은 나약하고 무지한 사람들을 상징한다. 2연에서 화자는 다시 "고구려 같은 정신도 신라 같은 이야기도 없는" 분단의 참담한 현실을 별들이 차지한 하늘이 하나임과 비교한다. 3연에서 화자는 전쟁을 벌써 망각하고 있는 사람들을 비판하며 지금의 상황을 "아직도 정맥은 끊어진 채 휴식인가 야위어 가는 이야기뿐인가."로 탄식한다. 그리고 4연에서는 이러한 안이한 의식이 전쟁을 다시 불러오고 말리라는 준엄한 경고로 이어진다. "독사의 혀같이 징그러운 바람"은 전쟁의 광풍을 의미한다. 5연은 1연을 다시 한번 되풀이함으로써 현재 상황을 강하게 부각한다. 시인은 이 시에서 분단 현실에 안주하고 있는 안이한 삶을 꽃에 비유해 비판하며 통일에 대한 간절한 염원을 노래하고 있다.

전봉건의 돌

전봉건(1928~1988)은 평안남도 안주에서 출생했다. 1950년 『문예』로 등단 직후 6·25 전쟁에 참전하고 1951년 중동부 전선에서 부상하고 제대한다. 이후 전봉건은 1988년 지병으로 타계할 때까지 지속해서 전쟁에 대한 상흔을 노래하고 시적 극복을 모색했다. 그것을 하나의 이미지로 함축한 것이 '돌'이다. 전봉건의 『돌』(1984)은 80년대 들어 발표했던 돌에 대한 연작시를 한데 모은 기념비적인 시집이다.

전봉건은 수석 모으기를 즐겼다. 휴일이면 배낭을 메고 수석을 찾아 남한 강변 구석구석을 누볐다고 한다. 그 경험을 바탕으로 쓴 시가 연작시 「돌」이고, 이 시집에 그 연작시들을 수록했다.

생명의 돌

전봉건의 시에서 돌은 무기물이 아닌, 내면에 불을 지닌 '살아 있는 돌'로 그려진다. 이 생명의 돌은 씨앗으로, 또 알로 변용되며, 시인은 돌에서 꽃을 피워 내고 새를 부화시키는 경이로운 상상력의 세계를 보여 준다.

비가 들에도 내려서
돌을 적셔 온몸으로 벙글게 하는 것을
돌로 하여금 꽃 피게 하는 것을
아는 사람은 더욱 많지 않다.

- 전봉건,「돌·43」부분

돌밭에서 만나
함께 내 집에 와서 살게 된
말 없는 돌 속의
말 없는 새들이
내가 쓰는 시를
말 없이 지켜보는 것입니다

- 전봉건,「요즈음의 시」부분,『새들에게』

밤새 비는 내리고
나는 잠을 이루지 못한다
(…)
밤새 내리는 빗물 머금어
자욱한 어둠보다 더 짙은 검정빛
한 마리 작은 새가 되는 돌 탓이다

- 전봉건,「돌·7」부분

　　인용 시「돌·43」에서 돌에 비가 내리자 그 안의 생명력은 꽃으로 피어난다. 돌 속에서 굳어진 불이 빗물에 의해 꽃이라는 또 다른 불의 모습으로 터져 나온 것이다.
　　전봉건의 돌은 그 내부에 '새'를 지니고 있기도 하다. 전봉건의 다른 시집 『새들에게』에 수록되어 있는 시인 「요즈음의 시」를 보면 "말 없는 돌 속의 말 없는 새들"이 시적 화자가 쓴 시를 말 없이 지켜본다는 구절이 나온다. 이때 돌은 새의 전신인 생명의 알이 된다. 이렇게 새가 들어 있는 생명의 알은 역시 물에 적셔지므로 부화한다.

「돌·7」에서 돌은 밤비를 머금어 어둠의 색깔인 검정빛 새가 된다. 꽃으로 피어나고 새로 부화하는 전봉건의 돌이 참 신기하다. 꽃 같고 새 같은 문양이 있는 수석(문양석)을 보면 돌에서 꽃이 피어나고 새가 부화한다는 시인의 말에 쉽게 공감할 수 있을 것이다.

침묵과 분노

시인은 돌 속에 굳어진 생명의 불꽃을 '소리'로 풀어내기도 한다. 전봉건의 시에서 돌은 외형적으로 무겁게 침묵하는 모습으로 그려진다. 「돌 39」에는 "그 수많은 돌로 쌓아 올린 커다란 돌무덤"이 나온다.

> 수많은 돌로 쌓아 올린 커다란 돌무덤의 침묵.
> 말로써 말을 다 할 수 없는 말은
> 차라리 입을 다물고 침묵한다. 그리하여
> 마침내 침묵은, 저 불의 각인, 침묵의 말을 한다.
> 오 침묵의 돌무덤은
> 휘딱 스쳐 지나가는
> 일 초 아니면 이 초에 불과한 순식간에
> 내 눈시울 속 가득히 불의 각인을 찍었던 것이던가
>
> — 전봉건, 「돌·39」 부분

> 달밤이면 달빛 같은 색깔의
> 고운 돌 하나가 서서

달빛 같은 소리로 운다는

소문이 돌았다.

- 전봉건, 「돌 · 2」 부분

인용 시 「돌 · 39」는 일본의 도쿄 한 귀퉁이에 터 잡은 한국인 묘지를 소재로 하여 쓰인 작품이다. 이 묘지 중에 많은 돌을 쌓아 올린 집채만큼이나 큰 돌무덤이 있는데, 이는 일본서 죽은 한국 사람들의 시신을 한자리에 모아서 묻은 공동묘지이며, 그곳의 돌들은 모두 한국의 여러 지역에서 가져온 것이라고 한다. 전봉건은 텔레비전에 소개된 그 돌무덤을 보고 이 시를 썼다.

「돌 · 39」에서는 돌이 내포하고 있는 무거움의 특성을 "말로써 말을 다 할 수 없는 말은 차라리 입을 다물고 침묵하는 것"으로 암시한다. 즉, 돌이 무거운 것은 그 안에 너무나 많은 말이 쌓여 있으며, 그럼에도 불구하고 그 말을 한마디도 내보낼 수 없어서다. 침묵의 무거움은 갇혀 있는 소리의 무거움에서 비롯된다.

이러한 돌은 불로써 침묵의 말을 하는데, 화자의 눈시울을 가득히 파고드는 '불의 각인'이 그것이다. 이 불의 각인은 돌의 내부에 타고 있는 불길을 한순간에 표출한 빛의 언어인데, 그것은 분노의 정서를 표현한 것으로 짐작된다. 돌 속에 갇혀 있는 말이란 타오르는 분노가 응어리진 불의 언어다.

돌 속에는 꽃을 피우고 새를 부화시키는 생명의 불도 잠재되어 있지만, 이 시에서와같이 분노의 불길도 응어리져 있다.

이 석화된 불은 돌 속에 갇혀 있을 때는 무게를 가지나, 빛으로 빠져나오면 그 무게에서 해방된다. 인용 시 「돌 · 2」는 돌의 침묵이 소리로 풀리는 과정을 불에서 빛으로 전환되는 이미지의 변용을 통해 보여 준다.

침묵의 무거움을 깨고 우는 돌은 달빛 같은 색깔이다. 가벼움의 색인 달빛으로 변신한 돌은 울음소리 또한 달빛과 같은데, 이는 처연하고 한스러운 정서를 환기한다. 이 돌은 하늘을 향해 서서 울고 있다. 돌은 침묵이 소리로 풀리면서 그 무게가 가벼워짐과 동시에, 돌 자체가 달빛이라는 차갑게 빛나는 불꽃이 되었다.

피리 소리

돌의 내부에서 타오르는 불의 힘으로 상승하고 확산되는 울음소리는 시 「돌·31」에서 피리 소리로 변용된다. 전봉건의 시에서 돌은 내부에 무한한 소리를 지녔다는 점에서 피리와 동일시된다. 씨앗이고 알이었던 돌이, 이번에는 피리로 변용되는 과정을 살펴보겠다. 피리가 된 돌은 원래 무엇이었으며, 그 돌은 왜 피리가 되었는지 찾아보면서 시를 읽어 보자.

> 대나무로 만든
> 피리 구멍은 전부 아홉 개다
> 사람의 몸에도 아니 뼈에도
> 아홉 개의 구멍은 날 수가 있다
> 아홉 개의 구멍 난 돌도 있다
> 그제는 30년 전 한 이등병이 피 흘린
> 강원도 깊은 산골짜기 떠도는 피리 소리를 들었고
> 어제는 충청북도 후미진 돌밭을 적시는
> 강물 속에 떠도는 피리 소리를 들었다
> 오늘 내가 부는 대나무 피리 소리는
> 그제의 피리 소리와 어제의 피리 소리가
> 하나로 섞인 소리로 떠돈다.
>
> — 전봉건, 「돌·31」 전문

인용 시에서 돌은 이등병이 아홉 개의 총알을 뼈에 맞고 피 흘린 땅에서 만들어졌다. 이등병은 어떻게 죽은 것일까. 군대에 들어가자마자 받는 계급장이 이등병이다. 시에서 이등병은 스스로 종군한 것일까, 아니면 징집된 것일까. 그는 입대한 지 며칠이나 된 군인이었을까. 총은 제대로 쏠 수나 있었을까. 아마도 그는 스무 살이 갓 넘은, 아니 그보다 더 어린 소년병이었을지도 모른다. 강원도 깊은 골짜기에서, 혹은 충청북도 후미진 강가에서 아홉 개의 총알을 뼈에 맞았을 때 그는 얼마나 고통스러웠을까. 숨이 끊어지는 순간, 그는 어머니를 떠올렸을까, 아니면 속 깊은 누이를 생각했을까.

돌은 그 죽음의 상흔을 아홉 개의 구멍에 지니고 침묵한다. 그러나 그 돌이 대나무 피리로 변용되자 30년 동안 유지하고 있었던 돌의 무거운 침묵은 가볍게 떠도는 피리 소리로 변모한다. 피리 소리는 강원도 깊은 산골짜기를 떠돌고 충청북도 후비진 돌밭을 적시는 강물 속에 떠돈다. 돌은 피리가 되어 아무에게도 말하지 못했던 이등병의 한 맺힌 죽음을 이 땅의 곳곳에 울려 퍼뜨림으로써 침묵의 무게에서 해방된다.

뼈에서 돌로, 돌에서 피리로 변하는 상상력의 변용을 통해 이 피리는 돌이 지닌 한을 소리로 풀어 주면서, 과거의 시간을 오늘 이 시의 화자가 듣는 피리 소리에 연결해 준다. 오늘의 피리 소리는 한 맺힌 역사의 피 울음소리임과 동시에, 그 상처를 극복하고 새로운 삶의 지평을 열어 주는 생명의 소리다.

상처와 치유

전봉건은 연작시 「돌」 이후 또 다른 연작시 「6·25」를 집필하는 한편, 타계하기 직전 해인 1987년 『문학사상』 10월 호에 시 「눈물빛 별」을 발표한다. 이 시 역시 전쟁을 소재로 하고 있으며, 연작시 「돌」에서 노래했던 한 맺힌 피 울음소리가 궁극적으로 지향하는 바를 구체적으로

제시한다.

해는 기우는데
굶주리고 눈물조차 마른
어린아이 보듬고
하늘 쳐다보는
이

눈뜬 채
죽은 사람 껴안고
땅거미 지는 벌판에서
다시 하늘 쳐다보는
이

피터지고
뼈는 부러지는 밤 전장에서
작은 꽃송이 움켜잡고
또다시 하늘 쳐다보는
이

어둠에 눌린
이 세상 모든 나무들이
무릎 꺾어지고
등 무너질 때

오

머리 들고
눈을 밝혀
하늘 쳐다보는
이

천년을
하늘 쳐다보는
이
이천년을
하늘 쳐다보는
이

그이
눈엔 비치는
커다란 별 하나
눈물빛 별
하나

– 전봉건, 「눈물빛 별」전문, 『문학사상』 1987.10.

인용 시 「눈물빛 별」에는 폐허 속에 한 사람이 등장한다. 그는 "십
년 이십 년 백 년을 칼질하다가 물빛보다 맑은 소리로 땅끝에 선 피
리"(「피리」)처럼 폐허가 된 이 땅끝에서 천 년 이천 년 동안 하늘을 쳐
다보고 있다. 뼈 → 돌 → 대나무 피리로 발전했던 이미지가 다시 전쟁
으로 상처받은 이 땅의 사람으로 환원된다. 전쟁의 굶주림과 어둠 속
에서 모든 나무가 무릎 꺾이고 무너질 때도 그는 하늘의 별을 바라본
다. 그가 지향하는 것은 이 세상 것 같지 않은 영롱한 별 하나, 바로 '눈

물빛 별'이다.

이 시의 제목이자 중심 이미지이기도 한 눈물빛 별은 전봉건이 40년의 시 작업을 통해 한결같이 추구해 온 초월적 생명 의식의 표상이자 치유의 상징이다. 시인이 연작시 「돌」에서 궁극적으로 추구하고자 했던 것이 이 눈물빛 별의 세계가 아니었을까.

시인은 「나의 문학 나의 시작법」에서 "시가 사회라는 바다에 떨어지는 맑은 물방울 하나, 그런 것이 되었으면" 한다고 말했다. 그런 스스로의 바람과 같이, 분단과 6·25의 상실 의식을 시인은 물방울처럼 맑은 눈물빛 별의 세계로 극복하고자 했다.

트럼펫 천사

전봉건의 시에서 돌은 씨앗으로 변용되면서 꽃으로 터져 나오고, 알로 변용되면서 새가 되어 비상한다. 또한 돌이 피리로 변용되면서 침묵하는 돌 속에 맺힌 한은 음악 소리가 되어 풀린다. 그러면 눈물빛 별이 천사가 되어 피리 대신 트럼펫을 부는 사랑스러운 시를 함께 읽어보자.

바다에서
얼굴 드는
태양의 머리 위에서
첫 가락 뽑은
트럼펫 천사의
트럼펫은

이윽고
이슬 덮힌 숲속에 내려와서
수없이 많은 녹색을

눈 뜨게 하고

다음엔
네거리에 나와서
솟는 분수 물보래를 노래하는 물보래로 만들고
날개치는 비둘기들 노래하는 날개침으로 만들어서
하늘 가득히 뿌린다.

그리고
정오쯤엔
반드시 공원으로
찾아 오는 트럼펫 천사.

그런데
웬일일까
벌써 공원은
정오의 연인들로 만원인데
아직껏 트럼펫 천사는 보이지 않는다.

어쩌면 지금쯤
보루네이의 어두운 오솔길에서
혹은 콩고의 검은 다리 아래서
녹 쓴 총알들 어루만지면서
가슴 메어 있는지도 모를 일이지.
거기서 슬픈 진혼곡
슬프게 슬프게 불고 있는지도

모를 일이지.

아 이제 막
나타났다.
트럼펫 천사,
만원을 이룬 정오의 연인들
이리 누비고 저리 누비면서

큰 목소리로
낮은 목소리로
혹은 아주 안 들리는 그런 목소리로
원하는 사람이면 누구에게나
잘 알아서
은빛 금빛 트럼펫
옥빛 남빛 트럼펫 분홍 트럼펫
골고루 하나씩 나누어 주며
눈부시게 웃으면서 이제 막 나타났다
트럼펫 천사.

— 전봉건, 「트럼펫 천사」 전문, 『전봉건 시선』

시 「트럼펫 천사」는 하늘에서 트럼펫을 불고 있는 천사라는, 마치 크리스마스카드에 나오는 듯한 동화적인 이미지를 통하여 전쟁의 상처와, 이를 치유하는 사랑의 힘을 아름답게 그린 작품이다.

이 시에서 트럼펫은 피리의 또 다른 모습으로, 하늘의 가장 높은 곳인 '태양의 머리 위'에서 울려 퍼진다. 이 태양은 아침의 시간에 바다에서 새롭게 떠오르는 신생의 빛을 상징한다. 이 생명의 빛과 함께 울려 퍼지는 트럼펫의 음악 소리는, 나무들을 녹색으로 눈뜨게 하고, 물의 분수를 노래하는 물보라로 만들고, 날개 치는 비둘기들을 노래하는 날개 침으로 만든다. 나무가 있고 분수가 솟고 비둘기가 퍼덕거리는 평범한 공원의 풍경이 천사의 트럼펫 소리로 마법에 걸린 듯 춤추고 노래하는 모습으로 바뀌는 것이다. 그뿐만 아니라, 트럼펫 천사는 보루네이의 어두운 오솔길과 콩고의 검은 다리 아래라는 전쟁의 공간에서는 슬프게 진혼곡을 불기도 한다. 죽은 사람을 기리고 산 사람을 위로하는 것이다. 이렇게 트럼펫 소리는 초목과 짐승, 그리고 산 자와 죽은 자에게 감동을 주는 오르페우스(Orpheus)의 피리 소리이다.

오르페우스는 그리스 신화에 나오는 인물 중에서 최고의 음악가이자 시인이다. 그는 현악기의 일종인 리라를 다루는 솜씨가 뛰어났는데, 그가 리라를 타며 노래를 부르면 신과 인간은 물론 만물이 감동했다고 한다. 야수들조차 싸움을 멈추고 다가왔고, 초목들은 아름다운 선율을 더 잘 듣기 위해 줄기와 가지를 기울였다. 강물은 자신보다 더 운율이 넘치는 노래를 듣고자 흐르는 것을 멈추었고, 심지어 그가 리라로 바위를 건드리면 단단한 바위도 부드러워졌다.

이 시에서 트럼펫 천사는 마치 오르페우스와도 같이 사랑과 평화의 음악을 연주한다. 그런데 트럼펫 천사는 사랑하는 연인들로 가득한 공원에서는 트럼펫을 불지 않는다. 대신 '원하는 사람이면 누구에게나' 트럼펫을 나누어준다. 연인들이 제각각 사랑의 트럼펫 소리를 울려 퍼뜨리면 세상은 온통 빛의 소리로 가득할 것이며, 그들 스스로가 모두 트럼펫 천사가 될 것이라는 시인의 소박하고 아름다운 상상력의 세계를 엿볼 수 있다.

공원에서 빛의 소리로 확산하는 트럼펫의 소리는 트럼펫의 전신인 돌의 침묵이 상징했던 죽음과 무덤의 공간, 즉 보루네이나 콩고 같은 녹슨 총알이 뒹구는 어두운 전쟁의 공간을 넘나들면서 사랑과 전쟁의 상반되는 두 세계의 대립과 긴장을 화해시킨다. 나아가 눈부신 웃음의 트럼펫 천사는 하늘과 땅을 눈부신 음악 소리로 가득 채운다.

이 시에서 트럼펫 천사는 전쟁의 상처를 치유하고 평화와 아름다움을 불러일으키고자 하는 현대의 오르페우스이며 전봉건의 분신이라고 볼 수 있다. 시 「트럼펫 천사」에서 보여 주는 평화와 화해의 세계야말로 전봉건의 상상력이 궁극적으로 지향하는 세계일 것이다. 앞에서 박봉우가 분단 극복의 자세를 역설했다면, 전봉건은 이렇게 전쟁의 상처를 치유하는 데 주력했다.

8   여성

🌲   여성적 글쓰기와 몸에 대한 담론은 1990년대 이후 본격화되었다. 그리고 2000년대에 들어 주춤하다가 근래 들어 다시 활발하게 논의되고 있다. 여성 시인이 자신의 정체성에 대해 질문하고 성찰하고, 또 시를 쓰는 과정을 여성주의 관점에서 해석하고 감상한다.

먼저 한국 최초의 여성 서양화가이자 시인인 나혜석의 시를 그의 파란만장한 생애와 함께 살펴본다. 동시대 시인인 이선영이 재해석한 신여성 김명순의 작품을 여성적 글쓰기의 관점에서 감상한다. 그리고 영화로 읽는 시론 두 번째로서 미국의 대표적인 페미니즘 시인인 실비아 플라스의 극적인 삶을 영화 〈실비아〉를 통해 엿보고, 그의 대표시도 함께 감상한다. '고백 시'에 대해서도 알아보겠다.

여성주의 시를 감상하면서 다음의 문제를 함께 생각해 보자.

- 나혜석의 시에서 사람의 의미
- 동시대 시인이 노래한 여성의 몸이 기존의 시각과 다른 점
- 페미니즘 관점에서 실비아 플라스 시의 특징

사람이 되고 싶었던 나혜석

나혜석(1896~1948)은 수원에서 태어나 서울시립병원에서 무연고자로 사망하기까지 화가로, 문인으로 시대를 앞선 작품을 남겼고, 또 숱한 화제를 불러일으키며 불꽃 같은 삶을 살았다. 나혜석의 시와 글을 감상하기 위해서는 그의 삶에 대한 이해가 선행되어야 한다.

　나혜석은 경술국치 전후로 군수를 지낸 개명 관료였던 아버지의 2남 3녀 중 둘째 딸로 태어났다. 1913년 진명여고보를 최우등으로 졸업한 뒤 일본 도쿄 사립여자미술학교 서양화부에 진학한다. 신여성 운동이 활발했던 도쿄의 자유로운 분위기 속에서 여권론 「이상적 부인」을 발표한다. 아버지가 결혼을 강요하면서 학비를 보내 주지 않자 휴학하고, 1년간 보통학교 교사로 돈을 모아 다음 해 복학하기도 한다. 1918에 발표한 단편소설 「경희」는 이러한 분위기 속에서 집필되었다. 1919년 3·1운동에 여학생의 조직적 참가를 논의하다가 일본 경찰에 체포되어 5개월간 옥고를 치르기도 했다.

　1920년 변호사 김우영과 세상이 떠들썩하게 결혼한다. 김우영을 만나기 이전에 나혜석에게는 시인이었던 최승구라는 애인이 있었다. 그는 1916년 병사한다. 나혜석은 김우영과 결혼하면서 네 가지 조건을 내건다. 일생을 두고 지금과 같이 사랑해 줄 것과 그림 그리는 것을 방해하지 말 것, 시어머니와 전실 딸과는 함께 살지 않도록 해 줄 것, 그리고 첫사랑 최승구의 묘지에 비석을 세워 줄 것을 요구했다. 김우영은 당시에는 파격적이라 할 수 있는 이 요구를 아무런 조건 없이 받아들였다. 김우영은 신혼여행 길에 최승구의 묘에 들러 비석을 세워 주었다.

　나혜석은 아이 넷을 낳고 키우며 개인전을 열고 매년 조선 미술 전람회에 당선되었다. 글도 썼다. 「모(母)된 감상기」는 이 당시에 쓰인 것이다.

1927년 나혜석 부부는 구미 여행길에 오른다. 나혜석은 파리에서 그림 공부를 하고 남편은 영국에서 법학 공부를 했는데, 그때 파리에서 나혜석은 당시 천도교 지도자인 최린을 만난다. 그리고 그와의 불륜으로 1930년 이혼을 당한다. 다음은 나혜석이 이혼 후 십 년 동안의 결혼 생활과 파리에서 생활을 되돌아보고 쓴 글이다.

> 나의 생활은 그림을 그릴 때 외에는 전혀 남을 위한 생활이었다. 속에서 부글부글 끓는 마음을 꾹꾹 참으며 형식에 얽매여 산 것이다. 그러므로 구미 만유의 기회는 내게 씌운 모든 탈을 벗고 펄펄 놀고 싶은 것이었다. 나는 어린애가 되고, 처녀가 되고, 사람이 되고, 예술가가 되고자 한 것이다. 마음뿐 아니라 환경이 그리 만들고 사실이 그리 만들었다.
>
> — 나혜석, 「화가로, 어머니로—나의 십 년간 생활」, 『신동아』 1933. 1.

이 글에는 나혜석이 지향하는 바가 이항 대립적으로 설명되어 있다. 먼저 '나의 생활'과 '남을 위한 생활'이 대립한다. '남을 위한 생활'은 '형식에 얽매인 삶', '탈을 쓴 삶', '놀지 못하는 삶'이기도 하다. 그런 삶 속에서 그의 마음은 분노로 부글부글 끓어오른다. 구미 만유의 기회는 형식과 탈을 벗어버리고 진정한 나를 찾는 계기가 되었다고 한다. 그는 어린애가 되고 처녀가 되고 사람이 되고 예술가가 되고자 했다. 그것들은 어른과 부인(婦人)과 일반인에 대응된다. 예술가의 영혼을 가지고 태어난 그가 자유롭고 순수하게 자신의 예술혼을 추구하고자 했던 것은 어찌 보면 당연한 일이다. 그런데 특이한 것은 '사람'이 되고자 한다는 말이다. 그러니까 그는 사람이 아니었다. 그때까지 무엇이었을까.

인형의 집

다음은 나혜석의 대표 시 「인형의 가(家)」이다. 시인 자신의 생각이 직설적으로 표현되어 있다. '사람'의 반대말이 무엇인지 생각하며 읽어 보자.

1
내가 인형을 가지고 놀 때
기뻐하듯
아버지의 딸인 인형으로
남편의 아내 인형으로
그들을 기쁘게 하는
위안물 되도다

(후렴)
노라를 놓아라
최후로 순순하게
엄밀히 막아 논
장벽에서
견고히 닫혔던
문을 열고
노라를 놓아 주게

2
남편과 자식들에 대한
의무같이

내게는 신성한 의무 있네
나를 사람으로 만드는
사명의 길로 밟아서
사람이 되고저

3
나는 안다 억제할 수 없는
내 마음에서
온통을 다 헐어 맛보이는
진정 사람을 제하고는
내 몸이 값없는 것을
내 이제 깨도다

4
아아 사랑하는 소녀들아
나를 보아
정성으로 몸을 바쳐 다오
맑은 암흑 횡행할지나
다른 날, 폭풍우 뒤에
사람은 너와 나

– 나혜석, 「인형의 가(家)」 전문

　사람의 반대말은 인형이다. 이 시는 헨리크 입센의 희곡 『인형의
집』과 상호 텍스트성을 이룬다. 1과 2는 주인공인 노라의 대사에서 따
온 것이고, 후렴은 희곡의 내용에 대한 화자의 의견이다.
　헨리크 입센(1828~1906)은 노르웨이를 대표하는 극작가이자 시인

　　　　　　　　　　　　2부　테마로 읽는 시

이다. 근대 시민 극 및 현대의 현실주의 극을 세우는 데 공헌했다. '현대극의 아버지'로 불린다.『인형의 집』(1879)은 그의 대표작이다.

주인공 노라는 은행가 헬메르의 사랑스러운 아내이다. 결혼한 지 8년이 되었고 세 명의 귀여운 아이도 있다. 헬메르는 노라를 마치 새장 속의 작은 새인 양 사랑하고 있다. 그런데 노라에게는 비밀이 있었다. 결혼하고 얼마 지나지 않아 남편이 큰 병에 걸리자 그 치료비를 마련하기 위해 아버지의 서명을 위조해서 돈을 빌렸었다. 병에서 회복하여 출세한 남편은 뒤늦게 이 사실을 알고는 노라를 맹비난한다. 노라는 놀라고 당황한다. 도대체 남편에게 자신은 어떤 존재였던 것일까.

> 노라: 당신은 지금까지 내게 잘해 주셨습니다. 그러나, 우리들의 집은 한낱 놀이방에 지나지 않았습니다. 나는 친정에서는 아버지의 인형이었고, 여기에 와서는 당신의 인형에 불과했습니다. 나는 당신이 나와 놀아 주시면 기뻤지요. 이것이 바로 우리의 결혼이었습니다. (…)
> 헬메르: 너는 무엇보다 첫째로 아내요, 어머니란 말이다.
> 노라: 그런 것은 이제 믿지 않습니다. 무엇보다 우선 저는 하나의 사람이란 사실이 중요합니다
>
> — 헨리크 입센,『인형의 집』에서

결국 집을 나가겠다는 노라에게 헬메르는 아내와 어머니로서의 신성한 의무를 저버릴 거냐고 다그친다. 노라는 이렇게 대답한다. "내게는 그만큼이나 신성한 의무가 있다고요. 그건 바로 '나 자신'에 대한 의무라고요." 나혜석의 시의 2는 바로 이 부분에서 가져왔다. 노라는 집에 남아달라고 애원하는 남편을 뿌리치고, 문을 열고 나가버린다.

맑은 암흑 속에서

나혜석은 이러한『인형의 집』의 이야기를 차용하여「인형의 가」를 썼으며, 한편으로는 집을 나가는 노라와 자신을 동일시하고, 다른 편으로는『인형의 집』의 관객이 되어 헬메르로 대표되는 가부장적 권력을 향해 경고한다. 그가 사람이 되고자 하는 것은 곧 가부장적 체제 안에서 인형으로 사는 삶을 거부한다는 의미이다.

이 시는 미래의 여성 동지가 될 소녀들에게 전하는 메시지로 마무리된다. 여기서 '맑은 암흑'이란 가부장적 질서 안에서의 부당한 권력을 의미한다. 그것은 암흑이지만 너무도 익숙해서 어두움을 느끼지 못하기 때문에 '맑은' 암흑이다. 맑은 암흑 속에서 화자와 소녀들은 연대할 것임을 암시한다.

> 나는 사람이라네
> 남편의 아내 되기 전에
> 자녀의 어미 되기 전에
> 첫째로 사람이 되려네
>
> 나는 사람이로세
> 구속이 이미 끊쳤도다
> 자유의 길이 열렸도다
> 천부(天賦)의 힘은 넘치네
>
> 아아 소녀들이여
> 깨어서 뒤를 따라오라
> 새날의 광명이 비쳤네
>
> ― 나혜석,「노라」부분

『인형의 집』의 노라 목소리를 빌려 노래한 또 다른 시 「노라」에서는 보다 직접적으로 소녀들에게 말을 건네고 있다. 이 시에서 인형과 사람은 각각 구속과 자유의 의미를 한층 강조한다.

예술가의 정원

이혼한 나혜석은 창작에만 전념한다. 1931년 제10회 조선미술전람회에 「정원」이 입선하고, 같은 그림이 제12회 제국미술전람회에서 다시 입선한다. 「정원」은 파리에 체류했을 때 클뤼니 중세 미술관의 정원으로 들어가는 문을 그린 것이다. 현재 이 그림의 소재는 알 수 없고, 다만 『조선미술전람회 도록』에 흑백사진으로 수록된 것으로 작품의 분위기를 짐작할 뿐이다.

클뤼니 미술관은 중세의 고풍스러운 건물과 아름다운 정원으로 이루어져 있다. 나혜석은 이 그림을 출품하고 『동아일보』와 다음과 같이 인터뷰한다.

> 「정원」은 파리 클뤼니 뮤지엄 정원입니다. 2천 년 된 폐허인 클뤼니 궁전 속에 있는 정원으로 이 건물은 당대에도 유명한 건물일 뿐만 아니라, 지금은 박물관이 되어 있습니다. 앞 돌문은 정원 들어가는 문이요, 사이에 집들은 시가입니다.
>
> – 나혜석 인터뷰, 『동아일보』, 1931. 6. 3.

이 그림을 찬찬히 살펴보면 화가의 시선은 정원 밖에서 문안을 향하고 있다. 그는 아직 문밖에 있다. 여기서 문은 일상의 공간에서 예술의 공간으로 들어가는 통로가 된다. 화가는 정원 밖에 있고 그가 그린 것은 정원으로 가는 문이지만, 이 그림의 제목은 '정원'이다. 그의 마음은 이미 예술의 정원 안에 들어가 있음을 의미하는 것이 아닐까.

외로움과 싸우다 객사하다

나혜석에게 파리는 예술의 공간이자 미래의 공간이다. 그는 현재에서 미래를 산, 앞서간 예술가였다. 자신이 사회제도와 잘못된 도덕과 법률과 인습에 희생됐다고 말했다. 그리고 '과도기의 선각자'라고 생각했다. 다음 시의 제목은 「외로움과 싸우다 객사하다」이다. 무연고자로 외롭게 사망한 자신의 미래를 예견한 듯하다. 한 여성 예술가의 일대기를 생각하며 읽어 보자. 인용 시 중 '애미'는 '어미'가 표준어이나 나혜석이 쓴 원본을 그대로 사용한다.

> 가자! 파리로.
> 살러 가지 말고 죽으러 가자.
> 나를 죽인 곳은 파리다.
> 나를 정말 여성으로 만들어 준 곳도 파리다.
> 나는 파리 가 죽으런다.
> 찻을 것도, 만날 것도, 언을 것도 없다.
> 돌아올 것도 없다. 영구히 가자.
> 과거와 현재 공(空)인 나는 미래로 가자.
>
> 사남매 아해들아!
> 애미를 원망치 말고 사회제도와 잘못된 도덕과 법률과 인습을 원망하라.

네 애미는 과도기에 선각자로 그 운명의 줄에 희생된 자였더니라.

후일, 외교관이 되어 파리 오거든

네 애미의 묘를 찾아 꽃 한 송이 꽂아 다오.

- 나혜석, 「외로움과 싸우다 객사하다」 전문

일제강점기 여성 예술가의 슬픈 고백이다. 이렇게 나혜석은 외로움과 평생을 싸우고 예술과 사랑의 도시 파리를 그리워하다 52세의 나이로 생을 마감했다. 사인은 영양실조였다. 한국 최초의 여성 서양화가이자 양성평등을 위해 투쟁했던 찬란한 모습과는 다르게 그의 말년은 초라하고 비참했다.

김명순의 현대적 해석

김명순(1896~1951)은 평양의 부호 김희경과 기생 출신의 소실 산월 사이에서 태어났다. 한국 근대문학사의 최초의 여성 작가이자 번역가였다. 영화 〈장한몽〉, 〈나의 친구여〉 등에 출연하기도 했다. 조선 여성들에게 필요한 것은 자유이며, 그를 위해 자유연애와 자유결혼이 필수라고 역설했다. 1세대 신여성으로 국내와 일본에서 신교육을 받았지만, 기생의 딸이라는 배경과 데이트 강간 사건은 김명순을 평생 고통 속에 살게 한다. 김기진, 김동인, 방정환 등은 당시 남성 중심의 문단에서는 김명순을 '남편 많은 처녀'라며 공공연히 모욕하기도 했다. 김동인의 소설 「김연실전」의 모델이기도 하다. 일본에서 생활고와 정신병으로 사망한 것으로 추정된다(공진호).

김명순의 작품을 동시대 시인인 이선영이 현대적으로 해석했다. 이선영의 시 「조로의 화몽」은 김탄실의 수필 한 구절을 인용하면서 시작한다. 김탄실은 김명순의 필명이다.

> "엇전지 눈물이 흘늡니다그려. 당신들을 대하매
> 내가 꼿을 피엿든 때를 회억(回憶)하여지는구려"
> 망양초(望洋草)는 백장미와 홍장미를 갓가히
> 안치고 그가 젊엇슬 때에 담홍색의 꼿을 피엿슬
> 때 한 옛적의 니야이를 시작하려 한다.
> — 김탄실 수필 「조로(朝露)의 화몽(花夢)」에서

미안하지만, 백장미 홍장미여
나는 날마다 새로 피는 꽃이다
나는 지는 꽃이 아니요
떨어지는 꽃잎도 모른다
누군가 시든 꽃잎을 허옇게 빼물며 나에게 물었다
날마다 다른 빛깔 때론 다른 모양의 꽃잎을 다는 게 귀찮지 않으
냐고
그저 웃었을 뿐이지만
나에겐 그 하루 동안이면 끝자락이 처지는 한 철이다
하루가 채 가기도 전에 나는 벌써 나를 새로 그리고 싶어진다
나는 무언가 늘 모자라고 어딘가 늘 고칠 데가 있는 것이다
알아챘는가, 나는 날이 새면 종이에 다시 그려지는 종이꽃이다
나는 늙는 게 싫어서 종이에게 내 영혼을 팔았다
나는 종이 위에서 날마다 조금씩 색깔과 모양을 바꾸며
언제까지나 젊고 새로울 것이다
나는 늙지 않고 진행 중인, 젊음을 향해 수정 중인 꽃이다
백장미 홍장미여,

담홍의 추억도 나는 종이에다 말리련다

멀찌가니 저쯤에 날아가지 않는 남호접 한 마리를 그려 놓아 다오

- 이선영, 「조로(早老)의 화몽(花夢)」 전문

인용 시의 제목은 김명순의 「조로(朝露)의 화몽(花夢)」에서 따왔는데, 이선영은 아침 이슬인 조로(朝露)를 빨리 늙는다는 의미의 조로(早老)로 바꾸었다.

김명순의 「조로의 화몽」은 1920년 7월 『창조』지에 발표되었으며, 망양초(望洋草)가 백장미와 홍장미에게 자신의 사랑 이야기를 들려주는 것을 탄실이라는 주인공이 엿듣는 형식으로 전개된다. 망양초가 담홍의 꽃을 탐스럽게 피웠을 때 남호접(藍胡蝶)이 와서 머무르고 말하기를, 후일에 또 올 터이니 기다리라고 한다. 그래서 망양초는 10년째 거문고를 타며 남호접을 기다린다.

여기서 망양초는 당시 복잡한 연애 사건으로 세인의 관심을 받았던 작가 김명순과 많은 부분이 겹쳐진다. 실제로 김명순은 필명으로 탄실외에 망양초라는 이름을 쓰기도 했다. 즉, 김명순과 탄실과 망양초는 같은 인물이다. 그뿐만 아니라, 백장미 홍장미 역시 남호접과 사랑을 나누었던 망양초의 과거 모습이라 볼 수 있다. 불행했던 삶을 산 한 신여성의 과거와 현재, 꿈과 현실이 그의 분신들을 통해 작품 속에 탐미적으로 재현되고 있다.

이선영의 종이꽃

이선영(1964~)은 김명순의 텍스트를 어떻게 해석하고 있을까. 시인은 김명순 작가가 개화기 최초의 여성 문인이었으며, 매우 불행한 말

년을 보냈다는 작품 외적인 사실을 염두에 두었을 것이다. 그리고 작품에서 꽃들을 내세워 여성으로서의 정체성을 꽃피움이라고 보고 있으며, 더는 꽃을 피우지 못하는 늙은 망양초가 꽃 대신 노래를 부른다는 사실에 주목하였을 것이다.

이선영은 김명순과 같이 망양초를 시의 화자로 삼는다. 그러나 시 앞부분에 인용한 것처럼 김명순의 망양초가 눈물을 흘리며 비탄의 노래를 부른 것과 달리, 이선영의 망양초는 자신이 담홍의 꽃 대신 '종이꽃'을 피우고 있음을 당당하게 내세운다.

> 알아챘는가, 나는 날이 새면 종이에 다시 그려지는 종이꽃이다
> 나는 늙는 게 싫어서 종이에게 내 영혼을 팔았다
> 나는 종이 위에서 날마다 조금씩 색깔과 모양을 바꾸며
> 언제까지나 젊고 새로울 것이다

이선영은 젊었던 한때 담홍의 꽃을 피우고 시들어, 남은 평생 비탄의 눈물을 흘리며 남호접을 기다리는 망양초가 되기를 거부한다. 그는 늙지 않고 시들지 않는, 날마다 다른 빛깔 다른 모양의 꽃잎을 다는 종이꽃이 되고자 한다. 날이 새면 종이에 다시 그려지는 종이꽃. 시인은 늙는 게 싫어서 종이에게 영혼을 팔았으며, 그래서 그는 종이 위에서 언제까지나 젊고 새로울 것이라고 말한다.

여기서 종이꽃은 시를 상징하며, 나아가 불변하는 예술의 가치를 나타낸다. 사랑도 젊음도 세월 속에서는 소멸한다. 마치 아름다운 꽃이 시들어 버리듯 말이다. 그러나 시는 영원할 수 있다. 사랑도 젊음도 예술 안에서는 영원할 것이다.

종이에게 영혼을 팔아 피운 종이꽃. 피어 있는 채로 영원히 멎어 버린 꽃. 김명순의 망양초와 대조되는 이선영의 종이꽃을 감상했다. 여

러분은 지금 어떤 꽃을 피우고 있나요.

영화로 읽는 시론 2: 〈실비아〉

영화로 읽는 시론 두 번째로 페미니즘 관점에서 실비아 플라스의 시를 살펴본다. 실비아 플라스는 이른바 '고백파' 시인을 대표한다. 여기서 고백파 시인이란 자신의 개인적인 경험, 여성적 체험을 비롯하여 고통스럽고 내면적인 자기 생각을 그대로 시로써 표출하는 시인을 이른다. 불편하고 부끄러울 수 있는 고백도 포함된다.

　고백 시는 1950년 이후 미국 시단의 새로운 경향으로 자리 잡았는데, 가장 큰 특징은 실존적 주관성과 일상적 자아의 탐색이다. 고백파의 대표 시인으로는 로웰, 실비아 플라스, 긴즈버그, 앤 섹스턴 등이 있다.

　고백파 시인의 시는 '자신의 내면의 세계'를 그대로 고백하듯이 쓴 것이기 때문에 시적 화자와 시인 자신이 일치한다. 즉, 대부분 시에서 따로 페르소나를 사용하지 않으므로 시적 화자인 '나'를 시인 자신으로 보아도 무방하다. 따라서 고백파의 시인의 시를 이해하기 위해서는 시인의 전기적 사실이 중요하다. 특히 그가 시에서 그렇게 고백할 수밖에 없었던 그 상황을 시 해석에 참고한다. 그 상황은 대체로 고통스럽고 불편한데, 고백파 시인의 시는 그 고통스러운 상황 속에서 시를 썼기 때문에 역설적으로 자기 치유적인 성격을 가진다. 고백파 시인의 시에 공감하기에는 많은 에너지 필요하지만, 그 과정에서 위안을 얻게 되는 이유이다. 어쩌면 그들은 우리가 고백하고 싶은 어떤 기억을 먼저 우리에게 들려주고 있는지도 모른다.

여성주의 시인 실비아 플라스

실비아 플라스(1932~1963)는 영국에서 태어났지만, 어린 시절 미국으로 건너갔다. 그는 스미스대학을 장학생으로 다닌 후 수석으로 졸업했으며, 영국 케임브리지대학에 풀브라이트 장학생으로 들어가는 등 외면적으로는 모범적인 삶을 살았다. 케임브리지에서 그는, 나중에 영국의 계관시인이 된 테드 휴즈를 만나고, 그와 함께 아이 둘을 낳아 데본의 아름다운 마을에 정착했다. 그러나 이러한 동화 같은 성공 뒤에는 불공정하고 비합리적인 문제들이 누적되고 있었다.

실비아가 가진 문제 중 일부는 자살한 아버지로 인한 트라우마 등 개인적이었지만, 나머지는 여성에 대한 1950년대의 억압적인 풍조에서 나왔다. 여성은 분노를 표출하지 말아야 하며, 자신의 경력을 야심적으로 추구해서도 안 되고, 대신 남편과 아이들을 돌보는 데서 성취감을 찾아야 한다는 것이 당시의 일반적인 생각이었다. 대부분 여성도 그렇게 생각하고 있었다. 실비아 플라스 같은 성공한 여성은 이러한 모순 속에서 살아야 했다.

실비아의 동화 같은 삶은 휴즈와의 별거로 무너졌다. 병들고 고립된 채 절망에 빠진 실비아는 추운 겨울날 런던의 아파트에서 가스로 자살한다. 그때까지 쓴 시 작품은 그가 죽은 지 2년 후에 출간된 시집 『에어리얼(Ariel)』(1965)에 수록되었다.

시 쓰는 남편, 빵 굽는 아내

이러한 시인의 생애는 크리스틴 제프스 감독의 영화 〈실비아〉(2005)에 담담하게 그려져 있다. 주인공 실비아 역에는 기네스 펠트로가, 남편인 테드 휴즈 역에는 다니엘 크레이그가 분했다. 기네스 펠트로는 실비아 플라스의 실제 모습과 많이 닮아 화제를 불러일으키기도 했다.

영화는 죽음을 암시하는 도입부를 지나 영국 케임브리지대학 유학 시절로 거슬러 올라간다. 우중충한 영국 날씨와 고색창연한 건물들 사이로 핑크 빛 스웨터를 입고 자전거를 타는 모습으로 등장하는 실비아의 모습이 인상적이다. 이렇게 생기 있는 모습이 이후 어떻게 변모하는지, 그 이유는 무엇인지 함께 생각해 보자.

실비아는 테드 휴즈와의 운명적인 만남으로 결혼하고 미국으로 건너간다. 모교인 스미스대학에서 시 강의를 하고, 바닷가 마을에서 여름을 보낸다. 그런데 시가 써지지 않는다.

하고 싶은 무언가가 안 될 때 여러분은 대신 무엇을 하나요. 실비아는 빵을 굽는다. 처음에는 한 판만 굽는데, 시간이 지나면서 온 집안에 빵이 널린다. 시가 써지지 않는다고 호소하는 실비아에게 남편 테드는 한마디 던진다.

"빵은 잘 굽잖아."

글을 쓰고 싶지만 쓸 수 없는 아내와 낚시 하러 갔다가도 잡은 물고기만큼 시를 써 오는 남편 사이에는 서서히 균열이 가기 시작한다.

자신이 정말 하고 싶은 것을, 아니 죽어라 해도 될까 말까 한 것은 아무렇지도 않게 힘도 들이지 않고 하는 사람들을 보면 어떤 생각이 드는가. 그것도 나와 가장 가까운 곳에 있는 사람이 매번 그렇게 한다면 그때마다 어떤 기분이 될까. 상처는 멀리 있는 사람, 싫어하는 사람보다, 가까운 사람, 사랑하는 사람이 더 많이 줄 수 있다.

여성에게 인기가 많은 테드 휴즈에게 실비아는 점점 예민해지지만, 시간은 흐르고 결혼 생활도 그럭저럭 별일 없는 것처럼 지속된다. 그러면서 실비아의 몸에 변화가 생긴다. 무슨 일이 생긴 것일까.

임신과 출산

시인은 '아홉 자모로 된 수수께끼'를 내고 있다. 이 단어가 무엇인지 생각하며 읽어 보자. 한글로는 두 음절이다.

> 나는 아홉 자모로 된 수수께끼,
> 코끼리, 육중한 집,
> 두 덩굴손으로 어슬렁어슬렁 거니는 수박.
> 아, 붉은 과일, 상아, 좋은 목재!
> 발효되어 크게 부풀어 오른 빵 덩어리.
> 여기 두툼한 지갑에 담긴 새로 주조된 돈.
> 나는 수단이고, 무대이고, 송아지 속 암소.
> 나는 한 자루의 초록 사과 먹고는
> 내릴 수 없는 기차에 올라탔네.
>
> – 실비아 플라스, 「은유들」 전문

    수수께끼의 정답은 임신(pregnancy)이다. 코끼리, 육중한 집, 수박, 붉은 과일, 목재, 부풀어 오른 빵 덩어리, 그리고 두툼한 지갑은 임신한 자신의 몸에 대한 은유이다. 자신이 새로운 생명을 담는 수단이 되고 있음을 노래한다. 이미지 하나하나가 사랑스럽지만, 부자연스럽고 불편하게도 느껴진다. 시인은 입덧히는지 시디신 풋사과를 한 자루씩 먹기도 한다.

    마지막 말이 의미심장하다. 시인은 임신 기간의 열 달을 '내릴 수 없는 기차'에 비유한다. 왜 그렇게 이야기한 것일까. 애초에 내릴 생각이 없다면 이렇게 표현하지도 않았을 텐데 말이다. 혹시 내리고 싶은 마음이 들었던 게 아니었을까. 그때마다 '아냐, 내리면 안 돼. 이 기차는 내릴 수 없는 기차야!'라고 자신을 다잡은 건 아니었을까.

그렇게 해서 첫딸 프리다와 둘째인 아들 니콜라스가 탄생한다. 그들이 영국으로 되돌아갔을 때였다. 아이를 출산하고 난 후 실비아는 「아침의 노래」라는 아름다운 시를 쓴다. 아이의 모습을 무엇에 비유했는지, 자신의 모습은 또 어떻게 묘사했는지, 그리고 아이의 울음소리에 일어난 화자는 무엇을 하고 있는지 살펴보기를 바란다. 그리고 중간에 화자는 왜 아이에게 "난 네 엄마가 아니다."라고 말했을까. 함께 생각해 보자.

사랑은 너를 통통한 금시계마냥 움직이게 했다.
산파(産婆)가 네 발바닥을 세게 치자, 너의 꾸밈없는 울음소리는
우주의 원소들 사이에 자리 잡았다.

우리의 목소리가 메아리치며 너의 도착을 과장한다. 새로운 조상(彫像),
외풍 심한 박물관에서 너의 나체는
우리의 안전에 그늘을 드리운다. 우리는 벽처럼 멍하니 둘러서 있다.

난 네 엄마가 아니다
거울을 증류시켜 바람의 손에 자신이 천천히 지워지는 모습을
반영하고 있는 구름이 그렇듯.

나방이 같은 네 숨소리가 밤새도록
시든 핑크빛 장미들 사이에서 깜빡거린다. 난 일어나 그 소리를 듣는다.
먼 바다가 내 귓속에서 움직인다.

한 번의 울음소리에 난 비틀거리며 침대에서 일어난다.
빅토리아조 풍의 잠옷을 걸치고
암소처럼 무겁게, 그리고 꽃무늬를 두른 채.
네 입은 고양이의 입처럼 깨끗하게 열린다. 창문의 네모꼴이

하얗게 되고 흐릿한 별들을 집어삼킨다. 그리고 이제 넌
네 주먹만큼 옹알거려 본다,
투명한 모음(母音)들이 풍선처럼 솟아오른다.

– 실비아 플라스, 「아침의 노래」 전문

시인은 갓 태어난 아이를 금시계에 비유했다. 숨소리는 나방에, 입은 고양이의 입에, 옹알거림은 풍선에 비유했다. 귀하고 여리고 깨끗하고 사랑스럽다. 반면 화자의 몸은 암소처럼 무겁다. 출산 후 여전히 무거운 몸과 젖이 불어 가는 모습을 그렇게 표현했다. 화자는 아이의 여린 숨소리도 바닷소리처럼 듣는다. 아이의 울음소리에 한밤중에 깬 그 여자는 암소처럼 불어 터진 젖을 아이의 입에 물린다. 어느새 별들이 흐려지는 아침이 되었다.

출산과 수유의 모습을 힘겹게, 그러나 아름답게 그린 이 시는 출산을 경험한 여성들에게 전폭적인 공감을 끌어냈다. 이 시가 시인의 개인 체험을 그대로 표현했기 때문이다. 금시계처럼 소중하고 귀한 아이를 보며 "난 네 엄마가 아니다."라는 엉뚱한 말을 하는 시적 화자는 출산을 경험한 여성들이라면 한번 생각할 수 있는 낯설고 복잡하고 미묘한 심경을 대변한다. 중요한 것은 이 시의 화자는 습관화된 모성이 아닌, 스스로 체험하고 생각한 자신만의 이야기를 진솔하게 고백하고 있다는 점이다. 참고로 실비아 플라스는 심한 산후 우울증을 앓았다고 한다. 그리고 산후 우울증은 출산 후 많은 여성이 겪고 있는 심리 현상

이다.

　육아와 가사 노동으로 지친 실비아는 글을 쓰는 것이 더욱 어려워진
다. 반면에 테드는 점점 더 인정받는 시인이 된다. 바쁜 남편 때문에 육
아는 실비아의 몫이 된다. 그런데 테드의 태도가 점점 이상해진다. 원
래부터 여성에게 인기가 많았지만, 부쩍 외출이 잦아지기 시작하고 그
에 비례해 실비아는 예민해진다. 결혼 후 미세하게 시작된 균열이 독
박 육아와 가사 노동을 계기로 수면 위로 떠 오른 것이다. 이때부터 실
비아는 결혼에 대한 회의를 시로 담아낸다.

> 살아 있는 인형, 너는 어디서나 본다.
> 그것은 바느질하고, 요리할 수 있으며,
> 그것은 말하고, 말하고, 말할 수 있다.
>
> 그것은 잘한다, 거기에는 잘못된 것이 없다.
> 너는 구멍이 있다, 그것은 땜질한 것이다.
> 너는 눈이 있다, 그것은 그냥 환상이다.
> 내 아이야, 그것은 네가 의지할 수 있는 유일한 것이다.
> 그것과 결혼, 결혼, 결혼하겠니.
>
> – 실비아 플라스, 「지원자」 부분

　시인은 결혼한 여성을 '살아 있는 인형'에 비유하고 있다. 나혜석의
시와 유사하다. 여성의 존재는 바느질하고 요리하고 수다를 떠는 기능
적인 면으로 평가된다. 그리고 여성의 인격이 아닌 기능에 대한 필요
성으로 결혼하고자 하는 남성을 '지원자'로 비꼬고 있다. 그가 얼마나
도구로서 타자화된 여성성에 환멸을 느꼈는지 짐작할 수 있다.

아빠

실비아는 결국 테드와 이혼한다. 결정적인 이유는 테드가 앗시아라는 여성과 외도를 했기 때문이었다. 이혼 후 그는 시 쓰기에 전념한다. 이때 쓴 시「아빠」는 큰 반향을 불러일으키고, 여성 시의 걸작으로 자리매김한다. 나치, 흡혈귀, 악마에 비유되는 아빠는 부당한 가부장적인 권력을 상징한다. 그것은 테드의 모습이기도 하다.

> 당신은 안 돼요 더 이상은 안 돼,
> 까망 신발 속 간힌 발처럼
> 삼십 년을 살았어요,
> 가엾게도 하얗게 질려, 감히 숨 쉬지도
> 재채기 한 번도 제대로 못 하고서.
>
> 아빠, 난 당신을 죽였어야 했어요.
> 그러기도 전에 당신은 죽어 버렸지만―
> 대리석처럼 무겁고 신(神)으로 가득한 자루,
> 바다표범처럼 커다란 회색 발가락
> 샌프란시스코에 걸치고
>
> 아름다운 노싯 해변 푸른 바다로
> 콩 빛 초록 쏟아 내는 변덕스런 대서양에
> 머리 앉은 무시무시한 동상.
> 난 당신을 되찾으려 기도하곤 했어요.
> 아, 당신을.

전쟁, 전쟁, 전쟁의 굴림대로 밀어대

평평히 짓눌린

독일말 쓰는 폴란드 마을.

하지만 그 마을 이름 너무 흔해

내 폴란드 친구는

수십 개는 될 거라 하더군요.

그래서 당신이 어디에 있는지

어디서 왔는지 알 수 없었어요,

당신에게 결코 말 걸 수도 없었고요.

혀가 턱에 붙어 버렸거든요.

가시철조망 덫에 걸린 거예요.

나, 나, 나, 나는,

나는 거의 말할 수 없었죠.

나는 독일인은 죄다 당신이라 생각했어요.

그리고 독일어는 불결한

엔진, 엔진이 되어

칙칙폭폭 유태인처럼 나를 싣고 갔죠.

다카우, 아우슈비츠, 벨젠으로 가는 유태인처럼.

나는 유태인처럼 말하기 시작했죠.

나는 아마 유태인일지도 모르죠.

(…)

내가 가진 사진 속,

아빠, 당신은 흑판 앞에 서 있어요,
발굽 말고 턱이 갈라졌다고
그것 땜에 악마가 아닌 건 아니지요, 아니에요
나의 어여쁜 빨간 가슴 둘로 쪼갠

당신의 살찐 시커먼 심장엔 말뚝 박혔고
마을 사람들은 당신을 조금도 좋아하지 않아요.
그들은 춤추며 당신을 짓밟지요.
그들은 항상 그게 당신이란 걸 알고 있죠.
아빠, 아빠, 나쁜 새끼, 나는 끝장났다니까.

– 실비아 플라스, 「아빠」 부분

그리고 실비아는 극단적 선택을 한다. 아이들의 아침 식사를 마련하고 방문 틈새를 테이프로 막고 오븐을 연다. 시가 써지지 않을 때마다 오븐에 빵을 굽곤 했던 그가 오븐을 사용해 그런 선택을 했다는 것이 참담하다.

남편 테드 휴즈에 의해 사후 출판된 『에어리얼』은 20세기의 유명한 베스트 셀러가 되었고, 실비아를 독자 세대의 우상으로 만들어 줬다. 이렇게 해서 실비아 플라스의 작품은 여성 시의 전설이 되었다.

9 스토리텔링

스토리텔링(storytelling)이란, story와 telling의
합성어로서 '이야기하다'라는 의미이다. 즉, 상대방에게 전달하고자
하는 것을 재미있고 생생한 이야기로 설득력 있게 전달하는 행위이다.
현대사회에서 스토리텔링은 커뮤니케이션의 중요한 수단으로 활용된
다. 정보 과잉 시대에 단편적인 정보는 더는 상대방의 마음을 움직이
기 어렵다. 다른 사람과 차별화되는 '나만의 이야기'를 갖는다는 것은
바로 그 사람의 경쟁력이 된다. 인간이라면 누구나 이야기를 좋아하기
때문이다.

이러한 이야기의 힘이 시에 도입되었다. 스토리를 담은 시들은 '이
야기 시', '단편 서사시' 혹은 '자전 시(自傳詩)' 등으로 불리며 보다 효
과적으로 독자와 소통을 시도했다.

이 장에서는 서정주의 이야기 시와 임화의 단편 서사시를 중심으로
이야기의 재현 양상과 서사 전략에 대해 알아본 후, 젊은이들이 좋아
하는 시인 기형도의 시 세계를 스토리텔링 시 중심으로 감상한다.

먼저 노래와 구별되는 이야기에 대해 작품을 쓴 최두석의 시 「노래
와 이야기」를 살펴보자. 시인은 노래와 이야기의 속성을 '처용 설화'를
예로 비교한다. 노래와 이야기의 특성에 유의하여 읽어 보자.

노래는 심장에, 이야기는 뇌수에 박힌다.

처용이 밤늦게 돌아와, 노래로써

아내를 범한 귀신을 꿇어 엎드리게 했다지만

막상 목청을 떼어 내고 남은 가사는

베개에 떨어뜨린 머리카락 하나 건드리지 못한다.

하지만 처용의 이야기는 살아남아

새로운 노래와 풍속을 짓고 유전해 가리라.

정간보가 오선지로 바뀌고

이제 아무도 시집에 악보를 그리지 않는다.

노래하고 싶은 시인은 말속에

은밀히 심장의 박동을 골라 넣는다.

그러나 내 격정의 상처는 노래에 쉬이 덧나

다스리는 처방은 이야기일 뿐

이야기로 하필 시를 쓰며

뇌수와 심장이 가장 긴밀히 결합되길 바란다.

- 최두석, 「노래와 이야기」 전문

동시대 시인인 최두석(1956~)은 「성에꽃」이라는 시로 유명하다. 새벽 버스 안의 남루한 풍경과 차창에 어린 성에의 차가운 아름다움이 어우러진, 사실성과 서정성이 결합한 수작이다. 시인은 그 시에서 성에를 "엄동 혹한일수록 선연히 피는 성에꽃"으로 표현했다. 최두석 시인은 이른바 '이야기 시론'을 주창하기도 했다. 그는 「성에꽃」처럼 주로 우리 이웃의 고단한 삶의 이야기를 시 안에 담아냈는데, 인용한 시 「노래와 이야기」는 시인의 이러한 시론을 시로써 표현했다.

시의 첫 행은 노래와 이야기가 비교된다. 노래는 심장에, 이야기는 뇌수에 박힌다고 한다. 여기서 심장은 감성, 뇌수는 이성을 상징한다.

이것은 이후에 '격정의 상처'와 '다스리는 처방'으로 각각 대응된다. 시인은 노래보다는 이야기 쪽에 마음의 무게를 두고 있는데, 그것을 증명하고자 처용의 사례를 든다. 처용이 역신을 감복시킨 노래는, 그러나 이제 노래의 가사만 남아 전해진다. 더는 노래로서의 가치를 갖지 못하는 것이다. 그러나 처용의 이야기는 살아남아 그것이 새로운 노래가 된다. 그래서 시인이 제시한 것이 '이야기로 쓰는 시'이다. 뇌수와 심장의 결합이다. 그러면 뇌수와 심장이 결합한 이야기 시를 살펴보면서 다음의 문제를 생각해 보자.

- 서정주 이야기 시에서 화자의 역할과 전달 방식
- 임화의 단편 서사시의 전략
- 기형도의 생애가 담긴 자전 시

서정주의 이야기 시

이야기 시, 즉 narrative poem은 '이야기를 리듬에 맞춰 읊은 시' 혹은 '이야기를 말하는 시'로서, 이야기를 소재로 쓴 시나 이야기 자체를 작품 구성의 근간으로 삼은 시를 포함한다. narrative poem은 주로 이야기 시로 번역되나, 관점에 따라 '서술시'로 번역되기도 한다. 이 글에서는 '이야기 시'라는 용어로 통일해 사용하기로 한다. 이후에 살펴볼 단편 서사시나 자전 시는 이야기를 작품 구성의 근간으로 삼았다는 점에서 이야기 시에 포함된다.

서정주는 이야기 시를 쓴 대표적인 시인이다. 고향 질마재의 이야기를 소재로 한 연작시 「질마재 신화」를 썼다. 서정주는 이야기적 특성이 강조된 자신의 시 작품에 대해 이렇게 말했다.

> 그게 말하자면 액션이거든. 액션이란 말씀야. 액션이 없으니까 독
> 자들이 떠나가는 것 같아요. 그러니까 시에도 액션을 넣었지. 소설
> 처럼 말이오.
>
> — 서정주 인터뷰 「이야기를 가진 시」에서

『현대문학』에 연작시 「속(續) 질마재 신화」를 발표하던 1972년 무
렵, 서정주가 문학평론가 김주연과 대담에서 한 말이다. 시인은 인간
이라면 누구나 재미있는 이야기를 좋아한다는 사실을 일찌감치 간파
하고, 떠나가는 독자를 잡기 위해 '액션'이라는 소설적인 요소를 시에
도입하였다고 했다. 대담 내용으로 미루어, 이 시들은 당시 문단에 신
선한 충격을 주었음을 짐작할 수 있다. 그가 '액션을 넣어 만든 시'는
이후 산문시 · 이야기 시 · 서술시 등 다양한 이름으로 불린다.

이 글에서는 서정주 이야기 시에서 화자의 역할 분석을 통해 이야기
의 재현 방식을 살펴본다. 또한 이야기 시 텍스트를 꼼꼼히 읽음으로
써 이야기의 의미와 상징, 시적 형상화를 통한 선행 텍스트의 변용 양
상을 살펴본다. 이러한 작업은 서정주 이야기 시의 서사 전략을 규명
하고, 나아가 이야기의 서사성이 현대시에 미치는 영향을 살펴볼 수
있다는 데 의의를 둘 수 있다.

작중인물 화자

서정주 시 「처용훈」은 처용의 교훈, 혹은 훈계라는 의미의 작품이다.
이 시의 화자는 작중인물인 처용이다. 시를 읽기에 앞서 이야기 시의

작중인물 화자에 대해 알아보자.

작중인물 화자는 화자가 이야기에 등장하는 인물 중의 한 사람이 됨을 이른다. 화자가 이야기 시의 작중인물이 된다는 것은 화자와 시적 페르소나(persona)와의 관계와 연관 지어 생각할 수 있다. 융의 분석심리학에서 페르소나란 자아와 세계의 중간에 있는 통로이자 보호막에 비유된다. 즉, 페르소나란 '나의 개성'과 '세상의 기대치'가 만난 타협점이다. 이러한 페르소나는 연극에서 배우가 쓰는 가면, 배우의 역할 등의 의미를 거쳐 인물의 개성을 가리키게 됐다.

시에서 페르소나는 시적 화자를 의미한다. 그러나 일반적으로 페르소나라고 명명된 시의 화자는 경험적 자아인 시인과 구별되는 허구적 자아임이 강조된다. 이 허구적 자아는 시 안에 존재하는 인물의 배역에 따라 말하는데, 그 허구적인 속성으로 인해 시의 이야기적 성격은 보다 강화된다.

서정주 시에서도 화자가 작중인물 중의 하나가 되어 말하는 경우가 있다. 시 「추천사(鞦韆詞)」 「다시 밝은날에」 「춘향 유문(遺文)」의 춘향, 시 「견우의 노래」의 견우, 그리고 「처용훈」의 처용 등이 그들이다.

작중인물 화자는 이야기 안으로 들어가 '그들의 이야기'를 '자신의 이야기'로 바꿔 들려준다. 화자가 이야기 일부가 되어 원작인 선행 텍스트의 이야기 중 전체를 함축하는 한 장면을 선택해 그 상황을 연기하거나, 이야기를 재창조한다. 부분으로 전체를 보여 주는 것이다.

작중인물 화자는 이야기를 대화나 독백으로 이끌어 간다. 이때 청자역시 대부분 작중인물로 지정된다. 「추천사」의 향단, 「춘향 유문」의 도련님, 「견우의 노래」의 직녀, 그리고 「처용훈」의 역신이 그들이다. 실제 청자인 독자는 화자로부터 이야기를 직접 전해 듣는 것이 아니라, 그가 이야기 속 청자에게 한 말을 엿듣는 위치에 있다. 마치 연극에서 배우의 연기를 엿보는 관객과 같다.

처용 설화

시 「처용훈」은 『삼국유사』 제3권, '처용랑 망해사(處容郞 望海寺)' 조에 실린 처용 설화를 선행 텍스트로 한다. 『삼국유사』는 고려 후기의 고승 일연이 1281년 충렬왕 7년에 편찬한 역사서이다. 이 책의 '처용랑 망해사' 조는 8개의 에피소드로 이뤄져 있다.

① 신라 제49대 헌강왕 시대 태평한 나라의 모습, ② 헌강왕이 개운포로 행차했다가 동해 용왕의 아들인 처용을 데려옴, ③ 처용이 아내를 범한 역신을 보고 노래를 하고 춤을 춤, ④ 처용이 '벽사진경(辟邪進慶)'의 상징물이 됨, ⑤ 헌강왕이 망해사를 세움, ⑥ 헌강왕이 포석정에서 남산의 신이 춤을 추는 것을 봄, ⑦ 헌강왕이 금강령에서 북악의 신이 춤을 추는 것을 봄, ⑧ 헌강왕이 동례전 잔치에서 지신이 춤을 추는 것을 봄 등이다. 이 중 처용 설화는 ①~④인데, 시 「처용훈」에 해당하는 부분인 ③을 옮겨 보면 이렇다.

> 처용의 아내가 무척 아름다웠기 때문에 역신이 흠모해서 사람으로 변하여 밤에 그 집에 가서 몰래 동침했다. 처용이 밖에서 자기 집에 돌아와 두 사람이 누워 있는 것을 보자 이에 노래를 부르고 춤을 추면서 물러 나왔다. 그 노래는 이러하다.
>
> 동경 밝은 달에, 밤들어 노닐다가
> 들어와 자리를 보니, 다리 가랑이 넷일러라.
> 둘은 내해이고, 둘은 뉘해인고.
> 본디 내해지만, 빼앗겼으니 어찌할꼬.
>
> — 일연, 「처용랑 망해사」에서, 『삼국유사』

처용 설화와 시 「처용훈」은 이야기의 내용이나 작중인물의 성격이 크게 다르지 않다. 다만 시에서 화자인 처용은 아내를 범한 역신을 보고 춤을 추기까지, 즉 설화에서 "집에 돌아와 두 사람이 누워 있는 것을 보자 이에 노래를 부르고 춤을 추면서 물러 나왔다."라는 장면을 선택해 직접 재연(再演)함으로써, 이 '이해할 수 없는 행동'의 행간을 설명하고 있다.

처용훈

이렇게 이해할 수 없는 행동을 하는 처용에 대해 이어령은 신화 비평에서 말하는 '현자-바보(wise-fool)' 인물 원형에 해당된다고 했다. 겉보기에는 바보 같으나 실은 세상의 이치를 아는 외로운 현자로 설정되는 인물의 원형이다. 서정주 시에서의 처용도 그렇다. 그러면 시를 찬찬히 살펴보자.

> 달빛은
> 꽃가지가 휘이게 밝고
> 어쩌고 하여
> 여편네가 샛서방을 안고 누은 게 보인다고서
> 칼질은 하여서 무얼 하노
> 고소는 하여서 무엇에 쓰노
> 두 눈 지그시 감고
> 핑동그르르…… 한 바퀴 맴돌며
> 마후래기 춤이나 추어 보는 것이라.
> 피식! 그렇게 한바탕 웃으며
> 「잡신아! 잡신아!

만년 묵은 이무기 지독스런 잡신아!
어느 구렁에 가 혼자 자빠졌지 못하고
또 살아서 질척질척 지르르척
우리 집까정 빼지 않고 찾아 들어왔느냐?」
위로엣말씀이라도 한마디 얹어 주는 것이라.
이것이 그래도 그중 나은 것이라.

– 서정주,「처용훈(處容訓)-『삼국유사』 제3권,
'처용랑 망해사(處容郎 望海寺)' 조(條)」 전문

시적 배경이 '달빛은 꽃가지가 휘이게 밝은 밤'인 것은 「처용가」의 배경이 '동경 밝은 달밤'인 것과 같다. 문제는 그다음 "들어와 자리를 보니, 다리 가랑이 넷일러라."의 상황이다. 처용이 아무리 도량이 큰 사내라 할지라도 여편네가 샛서방을 안고 누워 있는 상황에 마음에 갈등이 생기지 않을 리 없다. 시는 그러한 마음의 상태를 독백으로 드러낸다. "칼질은 하여서 무얼 하노 / 고소는 하여서 무엇에 쓰노"라는 말은, 역설적으로 칼질을 할까, 즉 폭력으로 해결할까, 고소할까, 즉 법대로 처리할까 갈등하며 처용이 한동안 고민했다는 것이다. 두 눈을 감고 춤을 추고, 한바탕 웃으며 노래하는 해탈의 경지 이전에 당연히 분노의 상태가 있었음을 짐작할 수 있다. 용의 아들로서가 아닌, 보다 인간적인 처용의 모습이다.

여기서 춤을 추는 처용의 모습은 "두 눈 지그시 감고 (…) 한 바퀴 맴돌며 / 마후래기 춤이나 추어 보는 것"으로 마치 처용무의 춤사위를 추어 보이듯이 묘사돼 있으며, 처용가에서 "본디 내해지만, 빼앗겼으니 어찌할꼬."의 심경은 인용 시에 진하게 표시한 처용의 노랫소리, "잡신아! 잡신아!"에서 "우리 집까정 빼지 않고 찾아 들어왔느냐?"로 자세히 노래 불린다. 시적 화자가 시 안에서 처용무와 처용가를 자기

식으로 시연하는 것이다.

용서와 위로

역신을 "만년 묵은 이무기"와 "지독스런 잡신"으로 규정한 처용이 부르는 노래는 역신에 대한 질책으로 들릴 수도 있다. 그러나 이 노래는 "피식! 그렇게 한바탕 웃으며" 불렀다는 점에서 질책이 아닌 용서를 의미한다. 그리고 이러한 용서의 노래는 다음 행에서 "위로엣말씀"과 연결되면서, 처용의 이해할 수 없는 행동이 잘못을 범한 역신을 오히려 불쌍히 여겨 위로하는 어진 마음에서 비롯되었음을 알려 준다. 칼질이나 송사보다 용서하고 위로하는 마음이 "그래도 그중 나은 것이라."고 처용은 믿고 있다. 이것이 바로 '처용훈', 즉 처용이 우리에게 주는 교훈이다.

전해 내려오는 이야기로, 연산군은 처용무를 즐겨 췄다고 한다. 춤을 출 때 쓰는 가면을 보면, 머리에 모란꽃과 복숭아로 장식된 모자를 쓴 처용이 호탕하게 웃고 있는 모습이다, 모란은 부귀, 복숭아는 귀신을 쫓는다는 의미가 있는데, 연산군은 화려하게 꾸민 의상과 가면을 쓰고 할머니인 인수대비 앞에서 천연덕스럽게 처용무를 추었다. 웃는 모습의 가면 뒤에 어떤 표정이 감춰져 있을지 상상이 된다. 연산군에게는 어머니를 죽인 인수대비가 역신이나 다름없었을 것이다. 처용은 역신을 용서하지만, 처용의 탈을 쓴 연산군은 끝까지 복수하다 파멸한다. 만약 그가 이 시에서처럼 칼질과 고소의 덧없음을 깨닫고 인수대비에게 '위로엣말씀'이라도 한마디 얹어 주었더라면 역사는 다른 방향으로 흘러갔을 것이다.

이야기 시의 서사 전략

서정주는 이야기 시의 화자를 통해 서정적 자기 고백의 시에서는 충분히 말할 수 없었던 이야기를 구체적으로 설명하고, 그에 따른 메시지를 효과적으로 전달했다. 시인은 자신의 정서를 이야기로 말함으로써 독자와의 원활한 의사소통을 지향했다.

독자와의 소통이라는 측면에서 서정시가 가지는 한계를 이야기로써 극복하고자 한 시인의 당초 의도를 상기한다면, 적어도 그 점에서만큼은 서정주의 이야기 시가 선도적인 역할을 했음이 분명하다. 서정주 이야기 시의 서사 전략은 현대시가 일반 대중과 소통하는 방식으로서 앞으로도 관심 있게 논의돼야 할 것이다.

임화의 단편 서사시

단편 서사시는 한마디로 '짧은 서사시'이다. 기존의 서사시가 신화 속 영웅의 세계를 노래했다면, 단편 서사시는 계급투쟁에서 비롯되는 혁명적인 사건과 인물을 취급한다. 임화의 대표작이자 카프 시를 대표하는 「네거리의 순이」(1929), 「우리 옵바와 화로」(1929), 「우산 밧은 요꼬하마의 부두」(1929), 「양말 속의 편지」(1930) 등이 있다.

임화(1908~1953)에 대해서는 '어린이와 전쟁' 장에서 잠시 살펴봤다. 임화가 일본에서 생활한 것은 1929년에서 1931년까지 만 1년여, 비교적 짧은 기간이다. 박영희의 도움으로 영화를 공부하기 위해 도쿄에 갔으며, 거기서 이북만이 주재한 유학생 잡지 『무산자(無産者)』 편집 일을 돕는 한편, 카프 도쿄 지부에서 생활했다. 이 당시 임화는 김기진이 명명했던 이른바 '단편 서사시' 창작에 크게 활기를 띠고 있었다. 앞에서 말한 「네거리의 순이」 등 4편의 단편 서사시가 이 시기를 전후로 창작됐다.

단편 서사시에는 인물과 사건, 그리고 배경이라는 서사적인 요소들이 하나의 이야기를 구성하고 있다. 임화는 추상적인 관념이나 객관적인 현실의 묘사보다는 한 집단의 전형으로 설정된 허구의 인물을 등장시켜 그들이 이야기를 이끌어가게 하는데, 이 방식은 메시지의 효과적인 전달을 위해 사용하는 오늘날의 스토리텔링 기법과 유사하다. 즉, 임화는 노동자 계급의 투쟁심을 고취하기 위해 한 편의 극적인 이야기 시를 만들었다.

우산 받은 요코하마 부두

임화의 「우산 밧은 요꼬하마 부두」는 일본 요코하마를 배경으로 1929년에 쓰였는데, 시의 주인공은 일본인 소녀와 조선인 노동자 청년이다. 시의 일부를 두 부분으로 나누어 살펴보겠다. 당시의 분위기를 엿보기 위해 정본 작업 전의 원문 작품을 텍스트로 했다. 현대어와 표기가 다소 다르지만 일제강점기 일본에 체류하고 있었던 조선인 청년의 음성을 상상하며 읽어 보기 바란다. 시의 도입부다.

> 항구의 게집애야! 이국의 게집애야!
> '독크'를 뛰여오지 마러라 '독크'는 비에 저젓고
> 내 가슴은 떠나가는 서러움과 내어쫓기는 분함에 불이 타는데
> 오오 사랑하는 항구 '요꼬하마'의 게집애야!
> '독크'를 뛰여오지 마러라 란간은 비에 저저 잇다

"그남아도 천기가 조흔 날이엇드라면?"……

아니다 아니다 그것은 소용없는 너만이 불상한 말이다

네의 나라는 비가 와서 이 '독크'가 떠나가거나

불상한 네가 울고 울어서 좁드란 목이 미여지거나

이국의 반역 청년인 나를 머믈너두지 안으리라

불상한 항구의 게집애야……울지도 말어라

추방이란 표를 등에다 지고 크나큰 이 부두를 나오는 네의 산아
회도 모르지는 안는다

네가 지금 이 길노 도라가면

용감한 산아희들의 우슴과 아지 못할 정열 속에서 그 날마다를
보내이든 조그만 그 집이

인제는 구두발이 들어나간 흙자죽박게는 아무것도 너를 마즐 것
이 업는 것을

나는 누구보다도 잘 알고 생각하고 잇다

- 임화, 「우산 밧은 요꼬하마의 부두」 부분

비 오는 날 연인과 이별을 하는 장면이 드라마틱하게 펼쳐져 있다.
시 제목에 나온 것처럼 작품의 배경은 일본의 요코하마 부두다. 이 시
의 화자는 반역죄로 강제 추방당하는 조선인 청년이며, 그에게는 가요
라는 이름의 일본인 연인이 있다. 청년은 가요에게 떠나가는 서러움과
내쫓기는 분함에 대해 이야기한다. 서러움이 안으로 잦아드는 정서라
면, 분함은 밖으로 터져나가는 감정이다. 청년은 자신의 분노를 이별
의 서러움에 다만 눈물을 흘리고 있는 연인의 마음에 전이시킨다. 그
래서 그는 용감한 사나이에 대해 이야기한다. 그들은 시에 직접 등장
하지는 않지만, 청년과 가요 두 사람이 지향하는 삶을 미래에 함께 성

취할 사상의 동지이다. 이들을 함께 묶어주는 공통분모는 '근로하는 형제', 즉 노동자 계급이라는 사실이다.

계급적 연대

화자와 청자, 그리고 이야기 속 인물이라는 삼원적 체계는 임화의 단편 서사시에 공통으로 나타나는 구조다. 「네거리의 순이」에서는 화자인 공장 직공이 청자인 순이에게 용감한 사내에 대해 이야기하는 것으로, 「우리 옵바와 화로」에서는 소녀(화자)가 오빠(청자)에게 영남이와 오빠 친구들에 대해 이야기하는 것으로 구성돼 있다. 화자가 청자에게 말을 건네는 지금 이곳은 비록 착취와 궁핍의 부당한 세계지만, 용감한 그들이 존재함으로써 화자는 계급투쟁의 승리를 확신한다.

대화체로 현상적 청자를 설정하고 그에게 직접 말을 건네듯이 이야기하는 이 시의 기법은 대중을 선동하는 데 매우 효과적이다. 또한 민족을 넘어서 계급적 연대감으로 묶인 조선인 청년과 일본인 소녀와의 로맨스 또한 대중의 관심을 끌 만하다. 특히 임화의 분신이라고도 할 수 있는 청년의 강한 어조와 이별을 슬퍼하며 눈물을 흘리는 소녀의 여린 모습, 그리고 세찬 비바람과 부서지기 쉬운 종이우산의 대비는 이 시를 더욱 극적으로 만들고 있다.

우산이 부서질나—
오늘—쫓겨나는 이국의 청년을 보내주든 그 우산으로 내일은 내일은 나오는 그 녀석들을 마주러
'게다' 소리 높게 경빈거리(京濱街里)를 거러야 하지 안켓느냐

오오 그럼은 사랑하는 항구의 게집애야

너는 그냥 나를 떠내보내는 스러움

사랑하는 산아회를 이별하는 작은 생각에 주저안질 네가 아니다

네 사랑하는 나는 이 땅에서 좃겨나지를 안는가

그 녀석들은 그것도 모르고 갓쳐 잇지를 안은가 이 생각으로 이

생각으로 이 분한 사실로

비달기갓흔 네 가슴에 발갓케 물들어라

그리하야 하얀 네 살이 뜨거서 못 견딜 때

그것을 그대로 그 얼골에다 그 대가리에다 마음껏 메다 처 버리

어라

– 임화, 「우산 밧은 요꼬하마의 부두」 부분

종이우산은 현재의 청년과 미래의 동지를 연결해 주는 역할을 한다. 사실 그것은 세찬 비바람을 막기에 역부족이다. 독자들은 당연히 종이우산을 들고 있는 소녀에게 안타까움과 애처로움을 느낄 수밖에 없으며, 이러한 마음이야말로 독자들을 심리적으로 강하게 결속시키는 작용을 한다.

대중 선동의 시

추방당하는 청년의 분한 마음은 시의 끝에 이르러 소녀의 마음을 붉게 물들인다. 그리고 그 뜨거운 불길은 '그 얼골 그 대가리'라는 특정한 인물을 향해 격렬하게 표출된다. 그러니까 이 시는 청년의 마음에 불타던 분노의 불길이 이국 소녀에게로 전이돼 적개심을 불러일으키고 행동화시키는 과정까지를 그리고 있다. 김윤식은 '그 얼골 그 대가리'

가 천황을 가리킨다고 특정했으나, 이 시만을 두고 볼 때, 분노의 대상
은 일본에서 그를 추방한 세력, 구체적으로 자본가 혹은 지배계급으로
상정할 수 있다. 청년은 일본의 노동자들에 대해서는 오히려 "두 개의
다른 나라의 목숨이 한가지 밥을 먹었든 것"이라고 강한 연대감을 과
시한다. 즉, 임화는 카프의 시인으로서 민족주의에 선행하는 사회주의
적 계급투쟁의 메시지를 이 시에 담고 있다.

임화는 문학에서 이야기의 힘을 일찌감치 터득한 인물이었다. 그는
이렇게 계급투쟁과 대중 선동에 이야기를 활용했다. 그의 단편 서사시
속에서 강한 의지로 자신의 신념을 실천하는 인물은 일제강점기 고단
했던 삶을 산 임화 시인의 자의식을 반영하고 있으며, 시인의 이념을
대중에게 효과적으로 전달하는 역할을 한다.

기형도의 자전 시

젊은이들이 좋아하는 시인 중의 한 사람인 기형도 시인의 짧은 생애와
자신의 생각과 체험을 이야기로 풀어놓은 시를 살펴본다.

기형도의 시 「위험한 가계(家系) · 1969」는 시인의 전기적 사실을 바
탕으로 한 시이다. 소설로 말하면 자전소설인데, 자전소설의 예는 '종
교' 장에서 함께 읽은 박완서의 「나의 가장 나종 지니인 것」이 되겠다.
실제 아들의 죽음을 겪은 작가가 그 경험을 바탕으로 소설을 썼다.

필자는 기형도의 시 「위험한 가계 · 1969」를 '자전 시'라고 이름 붙
인다. 자전 시는 자전소설과 같이, 자기의 생애와 생활 체험을 소재로
쓴 시 작품을 이른다.

자전 시는 시인 개인의 내면세계를 소재로 했다는 점에서 고백 시와

유사하다. 주로 고통스러웠던 기억을 날것 그대로 토해 내는 고백 시는 자전 시의 극단적인 형태다.

자전 시의 이해는 시인의 전기적 사실에 대한 이해에 기초한다. 기형도(1960~1989)는 29년의 짧은 생애를 살았다. 경기도 옹진군 연평리에서 태어났고 1964년 경기도 시흥군 소하리(현 광명시 소하동)로 이사했다. 당시 소하리는 급속한 산업화에 밀린 철거민과 수재민들의 정착지로 도시 근교의 농촌이었다. 1969년 아버지가 중풍으로 쓰러지면서 어머니가 생계를 꾸렸다. 이때의 체험은 뒤에 살펴볼 시 「위험한 가계·1969」에 그대로 나타난다. 1980년 연세대학교 정외과에 입학하여 시를 썼고, 1985년 『동아일보』 신춘문예에 당선됐으며, 중앙일보사에 기자로 입사한다.

입 속의 검은 잎

1989년 봄, 심야 극장에서 뇌졸중으로 타계했다. 그의 나이 불과 29세였다. 두 달 뒤 유고 시집 『입 속의 검은 잎』(1989)이 문학과지성사에서 발간됐다. 문학평론가 김현은 시집의 해설에서 "그의 어린 시절 상처는 가난이며 젊은 날의 상처는 이별이었다."라고 말했다. 개인적인 상처를 서정적으로, 추억의 어조로 되살리고 있다고도 했다. 그로테스크 리얼리즘이라는 말도 있다.

「젊은 시인을 위한 진혼가」라는 부제가 달린 김현의 이 글은 기형도 시를 '상처와 예견된 죽음의 기록'이라는 선입관으로 읽게 한다. 기형도 시에서 상처가 발견되지만, 그건 우리 모두 내밀한 상처를 갖고 사는 것과 다르지 않다. 프랑스 시인 랭보가 말했듯이, 상처 없는 영혼이 어디 있을까. 필자는 김현의 말에 한마디 더 보태고 싶다. 기형도 시인은 어둠과 절망을 증오와 분노가 아닌 섬세한 감성으로 쓸쓸하고 아름답게 그리고 있으며, 궁극적으로 그 속에서 희망을 찾고자 했다고.

대학 시절

시집에 수록된 기형도의 시는 당연하게도 모두 이십 대에 쓴 작품들이다. 대학 시절의 기억, 만남과 이별, 인간관계에서의 상처가 시에 그대로 담겨 있다. 80년대의 풍경이지만 지금 대학생들의 내면 풍경과 크게 다르지 않다.

> 나무의자 밑에는 버려진 책들이 가득하였다
> 은백양의 숲은 길고 아름다웠지만
> 그곳에서는 나뭇잎조차 무기로 사용되었다
> 그 아름다운 숲에 이르면 청년들은 각오한 듯
> 눈을 감고 지나갔다, 돌층계 위에서
> 나는 플라톤을 읽었다, 그때마다 총성이 울렸다
> (…)
> 몇 번의 겨울이 지나자 나는 외톨이가 되었다
> 그리고 졸업이었다, 대학을 떠나기가 두려웠다
>
> – 기형도, 「대학 시절」 부분

> 나를
> 한 번이라도 본 사람들 모두
> 나를 떠나갔다, 나의 영혼은
> 검은 페이지가 대부분이다, 그러니 누가 나를
> 펼쳐볼 것인가, 하지만 그 경우
> 그들은 거짓을 논할 자격이 없다

거짓과 참됨은 모두 하나의 목적을
꿈꾸어야 한다, 단
한 줄일 수도 있다

나는 기적을 믿지 않는다

- 기형도, 「오래된 서적」 부분

밑줄 친 시

기형도 시에는 관념어와 현란하다고 할 만큼 많은 비유가 등장해 그 의미를 하나하나 따져 읽기가 쉽지 않다. 그러나 그 의미를 떠나 직관적으로 주는 감동이 있다. 기형도의 시를 읽다가 나도 모르게 밑줄을 치게 되는 이유이다. 대중적으로 널리 알려진 시 「빈집」이나 「질투는 나의 힘」 같은 시가 그렇다. 「정거장에서의 충고」도 많이 인용된다. 희망을 노래하는 것이 왜 미안한 일일까. 그래도 그는 희망을 노래하고자 했다. 필자가 밑줄 친 구절이다.

진눈깨비 쏟아진다, 갑자기 눈물이 흐른다, 나는 불행하다
이런 것은 아니었다, 나는 일생 몫의 경험을 다했다, 진눈깨비

- 기형도, 「진눈깨비」 부분

한때 절망이 내 삶의 전부였던 적이 있었다
그 절망의 내용조차 잊어버린 지금
나는 내 삶의 일부분도 알지 못한다

- 기형도, 「10월」 부분

장님처럼 나 이제 더듬거리며 문을 잠그네

가엾은 내 사랑 빈집에 갇혔네

— 기형도, 「빈집」 부분

나의 생은 미친 듯이 사랑을 찾아 헤매었으나
단 한 번도 스스로를 사랑하지 않았노라

— 기형도, 「질투는 나의 힘」 부분

먼지투성이의 푸른 종이는 푸른색이다,
어떤 먼지도 그것의 색깔을 바꾸지 못한다.

— 기형도, 「먼지투성이의 푸른 종이」 부분

미안하지만 나는 이제 희망을 노래하련다.(…)
내 희망을 감시해 온 불안의 짐짝들에게 나는 쓴다.

— 기형도, 「정거장에서의 충고」 부분

위험한 가계 · 1969

자전적 경험을 바탕으로 쓴 시 「위험한 가계(家系) · 1969」 중 1번, 5번, 6번 시를 살펴보겠다. 시는 아버지가 중풍으로 쓰러진 일로 시작한다. 기울어진 집안의 생계를 책임져야 했던 어머니와 누이들의 목소리가 들린다. 학교에서 담임선생님의 목소리도 들린다. 그리고 그 사이사이 그들과 대화하는 열 살 기형도 어린이의 목소리도 있다. 별도의 따옴표 없이 말들이 섞여 있지만, 그냥 읽다 보면 그게 누구의 말인지 알 수 있다. 기형도 시인이 추억하는 어린 시절의 이야기에 귀 기울여 보기 바란다. 어린 기형도의 목소리는 진하게 표시했다.

1.

그해 늦봄 아버지는 유리병 속에서 알약이 쏟아지듯 힘없이 쓰러지셨다. 여름 내내 그는 죽만 먹었다. 올해엔 김장을 조금 덜 해도 되겠구나. 어머니는 남폿불 아래에서 수건을 쓰시면서 말했다. 이젠 그 얘긴 그만하세요 어머니. 쌓아 둔 이불에 등을 기댄 채 큰누이가 소리질렀다. 그런데 올해에는 무우들마다 웬 바람이 이렇게 많이 들었을까. 나는 공책을 덮고 어머니를 바라보았다. 어머니, 잠바 하나 사 주세요. 스펀지마다 숭숭 구멍이 났어요. 그래도 올 겨울은 넘길 수 있을 게다. 봄이 오면 아버지도 나으실 거구. 풍병(風病)에 좋다는 약은 다 써 보았잖아요. 마늘을 까던 작은누이가 눈을 비비며 중얼거렸지만 어머니는 잠자코 이마 위로 흘러내리는 수건을 가만히 고쳐 매셨다. (…)

5.

선생님. 가정방문은 가지 마세요. 저희 집은 너무 멀어요. 그래도 너는 반장인데. 집에는 아무도 없고요. 아버지 혼자, 낮에는요. 방과 후 긴 방죽을 따라 걸어오면서 나는 몇 번이나 책가방 속의 월말고사 상장을 생각했다. 둑방에는 패랭이꽃이 무수히 피어 있었다. 모두 다 꽃씨들을 갖고 있다니. 작은 씨앗들이 어떻게 큰 꽃이 될까. 나는 풀밭에 꽂혀서 잠을 잤다. 그날 밤 늦게 작은누이가 돌아왔다. 아버진 좀 어떠시니. 누이의 몸에서 석유 냄새가 났다. 글세, 자전거도 타지 않구 책가방을 든 채 백 장을 돌리겠다는 말이냐? 창문을 열자 어둠 속에서 바람에 불려 몇 그루 미루나무가 거대한 빵처럼 부풀어오르는 게 보였다. 그리고 나는 그날, 상장을 접어 개천에 종이배로 띄운 일을 누구에게도 말하지 않았다.

2부 테마로 읽는 시

6.

그해 겨울은 눈이 많이 내렸다. 아버지, 여전히 말씀도 못 하시고 굳은 혀. 어느 만큼 눈이 녹아야 흐르실는지. 털실뭉치를 감으며 어머니가 말했다. 봄이 오면 아버지도 나으신다. 언제가 봄이에요. 우리가 모두 낫는 날이 봄이에요? 그러나 썰매를 타다 보면 빙판 밑으로는 푸른 물이 흐르는 게 보였다. 얼음장 위에서도 종이가 다 탈 때까지 네모반듯한 불들은 꺼지지 않았다. 아주 추운 밤이면 나는 이 불 속에서 해바라기 씨앗처럼 동그랗게 잠을 잤다. 어머니 아주 큰 꽃을 보여 드릴까요? 열매를 위해서 이파리 몇 개쯤은 스스로 부숴뜨리는 법을 배웠어요. 아버지의 꽃 모종을요. 보세요 어머니. 제일 긴 밤 뒤에 비로소 찾아오는 우리들의 환한 가계(家系)를. 봐요 용수철처럼 튀어 오르는 저 동지(冬至)의 불빛 불빛 불빛.

– 기형도, 「위험한 가계(家系)·1969」 부분

절망 속에서 희망을 이야기한다는 말은 상투적이지만, 기형도 시에서는 정말 그렇다. 그의 내면에 잠재해 있는 어둠조차도 밝게 느껴진다. 앞에서 말했듯이 이 시에는 여러 사람의 목소리가 어울려 있다. 그것들은 기억의 밑바닥에 서로 뒤엉겨 있다. 집에서, 학교에서 일상적으로 대화하던 어린이 목소리는 시의 말미에서 시인 자신의 목소리와 겹쳐진다. 그는 동지와 같이 춥고 어두운 유년의 기억 속에서 해바라기와 같은 크고 환한 꽃을 찾고자 했다.

엄마 걱정

아버지가 돌아가시고 생계를 책임져야 했던 엄마의 모습은 그의 시 곳곳에 나타난다. 대표적인 것이 「엄마 걱정」이다.

열무 삼십 단을 이고

시장에 간 우리 엄마

안 오시네, 해는 시든 지 오래

나는 찬밥처럼 방에 담겨

아무리 천천히 숙제를 해도

엄마 안 오시네, 배춧잎 같은 발소리 타박타박

안 들리네, 어둡고 무서워

금 간 창틈으로 고요히 빗소리

빈방에 혼자 엎드려 훌쩍거리던

아주 먼 옛날

지금도 내 눈시울을 뜨겁게 하는

그 시절, 내 유년의 윗목

– 기형도, 「엄마 걱정」 전문

    중학교 국어 교과서에 수록된 이 시는 찬밥처럼 방에 담겨 엄마를 기다리던 기형도 어린이의 모습이 그대로 느껴지는 작품이다. 엄마의 모습과 소년의 모습을 상상하며 시를 감상해 보자.

    이야기를 담은 기형도의 시를 몇 개 더 살펴보겠다. 실제 경험했거나, 혹은 일상에서 경험한 사실에 상상력을 더해 쓴 작품들이다.

우리 동네 목사님

기형도는 독실한 기독교 가정에서 성장했다. 어려서부터 교회에 다녔는데, 바로 위 누나의 죽음 이후 신앙에 회의하게 되었다고 한다. 이 시는 시인의 신앙관과 그가 생각하는 목회자상이 담겨 있다.

읍내에서 그를 본 것은 이번이 처음이었다
철공소 앞에서 자전거를 세우고 그는
양철 홈통을 반듯하게 펴는 대장장이의
망치질을 조용히 보고 있었다
자전거 짐틀 위에는 두껍고 딱딱해 보이는
성경책만 한 송판들이 실려 있었다
교인들은 교회당 꽃밭을 마구 밟고 다녔다, 일주일 전에
목사님은 폐렴으로 둘째 아이를 잃었다, 장마통에
교인들은 반으로 줄었다, 더구나 그는
큰 소리로 기도하거나 손뼉을 치며 찬송하는 법도 없어
교인들은 주일마다 쑤군거렸다, 학생회 소년들과
목사관 뒤터에 푸성귀를 심다가 저녁 예배에 늦은 적도 있었다
성경이 아니라 생활에 밑줄을 그어야 한다는
그의 말은 집사들 사이에서
맹렬한 분노를 자아냈다, 폐렴으로 아이를 잃자
마을 전체가 은밀히 눈빛을 주고받으며
고개를 끄덕였다, 다음 주에 그는 우리 마을을 떠나야 한다
어두운 천막교회 천정에 늘어진 작은 전구처럼
하늘에는 어느덧 하나둘 맑은 별들이 켜지고
대장장이도 주섬주섬 공구를 챙겨들었다
한참 동안 무엇인가 생각하던 목사님은 그제서야
동네를 향해 천천히 페달을 밟았다, 저녁 공기 속에서
그의 친숙한 얼굴은 어딘지 조금 쓸쓸해 보였다

　　　　　　　　　　　　　　　 - 기형도, 「우리 동네 목사님」 전문

그가 생각하는 이상적인 목회자란 성경이 아니라 생활에 밑줄을 긋는 목회자이다. 스토리텔링 기법으로 시인의 생각을 효과적으로 전달하고 있다.

소리의 뼈

마치 소설의 한 부분처럼 주인공과 관찰자 겸 내레이터인 시적 화자가 있다. 한 학기 동안 강의 시간마다 침묵의 강의를 하는 교수와 그 엉뚱한 강의를 듣는 학생들의 이야기이다.

김 교수님이 새로운 학설을 발표했다
소리에도 뼈가 있다는 것이다
모두 그 말을 웃어넘겼다, 몇몇 학자들은
잠시 즐거운 시간을 제공한 김 교수의 유머에 감사했다
학장의 강력한 경고에도 불구하고
교수님은 일학기 강의를 개설했다
호기심 많은 학생들이 장난삼아 신청했다
한 학기 내내 그는
모든 수업 시간마다 침묵하는
무서운 고집을 보여 주었다
참지 못한 학생들이, 소리의 뼈란 무엇일까
각자 일가견을 피력했다
이 군은 그것이 침묵일 거라고 말했다
박 군은 그것은 숨은 의미라 보았다
또 누군가는 그것이 개념은 중요하지 않다고 했다
모든 고정관념에 대한 비판에 접근하기 위하여 채택된
방법론적 비유라는 것이었다

그의 견해는 너무 난해하여 곧 묵살되었다

그러나 어쨌든

그다음 학기부터 우리들의 귀는

모든 소리들을 훨씬 더 잘 듣게 되었다

– 기형도, 「소리의 뼈」 전문

소리의 뼈가 무엇일까. 시적 화자는 학생들의 말을 인용해 침묵과 의미와 고정관념을 성찰한다. 그러나 시적 화자도 잘 모르는 것 같다. '어쨌든'이라는 단어 하나가 "뭐 그런 것은 중요한 것은 아니다, 중요한 것은 이것이다."라고 말하고 있다. 중요한 것은 우리가 모든 소리를 훨씬 더 잘 듣게 되었다는 사실이다. 당연한 것을 당연하지 않게 생각함으로써 그의 본질에 더 가까워지게 되었다는 의미가 아닌가 생각한다. 어쨌든, 교수의 침묵이 학생의 토론을 이끌었다는 대목은 동종업계의 사람으로서 참 흥미롭다. 가끔 필자도 기형도 시인의 소리의 뼈를 생각하며 강의 시간에 침묵을 실천한다. 침묵이 더 많은 논쟁을 끌어낼 수 있다. 그리고 침묵이 더 많은 것을 듣게 한다.

집시의 시집

제목이 재미있다. 집시를 거꾸로 하면 시집이다. 제목이 많은 것을 암시하는 듯하다. 이 시는 세 종류의 사람들이 등장하는데, 시적 화자인 나를 포함한 '우리'와 떠돌이 사내, 그리고 어른들이다. 떠돌이 사내는 집시이다. 그는 노래한다. 여기서 노래는 무엇을 상징하는 것일까. '노래' 장에서 그 의미를 말했다.

떠돌이 사내의 반대편에 있는 어른, 그리고 그 사이에는 어린 시절 떠돌이 사내와 어울리다가 '수염이 돋기 시작하면서' 어른 쪽으로 이동해 가는 우리가 있다. 떠돌이 사내 정체는 무엇일까. 그리고 우리에 포함되기는 했으나 내가 그들과 다른 결정적인 모습은 무엇일까. 찾아 보며 읽어 보자.

1
우리는 너무 어렸다. 그는 그해 가을 우리 마을에 잠시 머물다 떠난 떠돌이 사내였을 뿐이다. 그러나 어른들은 그를 그냥 일꾼이라 불렀다.

2
그는 우리에게 자신의 손을 가리켜 신의 공장이라고 말했다. 그것을 움직이게 하는 것은 굶주림뿐이었다. 그러나 그는 항상 무엇엔가 굶주려 있었다. 그는 무엇이든지 만들었다. 그는 마법사였다. 어떤 아이는 실제로 그가 토마토를 가지고 둥근 금을 만드는 것을 보았다고 말했다. 그가 어디에서 흘러 들어왔는지 어른들도 몰랐다. 우리는 그가 트럭의 고장 고등어의 고장 아니, 포도의 고장에서 왔을 거라고 서로 심하게 다툰 적도 있었다. 그는 모든 것을 알고 있었다 저녁때마다 그는 농장의 검은 목책에 기대앉아 이상한 노래들을 불렀다.

모든 풍요의 아버지인 구름
모든 질서의 아버지인 햇빛
숲에서 날 찾으려거든 장화를 벗어 주어요
나는 나무들의 가신, 짐승들의 다정한 맏형

그의 말은 누구도 이해할 수 없었다. 어른들은 우리들에게 호통을 쳤다. 그는 우리의 튼튼한 발을 칭찬했다. 어른들은 참된 즐거움을 두려워하기 때문이란다. 그들은 세상을 자물통으로 만들고 싶어한다. 그러나 세상은 신기한 폭탄, 꿈꾸는 부족에겐 발견의 도화선, 우리는 그를 믿었다. 어느 날은 비에 젖은 빵, 어떤 날은 작은 홍당무를 먹으며 그는 부드럽게 노래 불렀다. 우리는 그때마다 놀라움에 떨며 그를 읽었다

나는 즐거운 노동자, 항상 조용히 취해 있네
술집에서 나를 만나려거든 신성한 저녁에 오게
가장 더러운 옷을 입은 사내를 찾아 주오
사냥해 온 별
모든 사물들의 도장
모든 정신들의 장식
랄라라, 기쁨들이여!
과오들이여! 겸손한 친화력이여!

추수가 끝나고 여름 옷차림 그대로 그는 읍내 쪽으로 흘러갔다. 어른들은 안심했다. 그러나 우리는 벌써 병정놀이들에 흥미를 잃고 있었다. 코 밑에 수염이 돋기 시작한 아이도 있었다. 이상하게도 우리는 한동안 그 사내에 대해 한마디도 말하지 않았다. 오랜 뒤에 누군가 그에 관한 이야기를 꺼냈을 때 우리는 이미 그의 얼굴조차 기억하기 힘들었다. 상급반에 진학하면서 우리는 혈통과 교육에 대해 배웠다. 오래지 않아

3
우리는 완전히 그를 잊었다. 그는 그해 가을 우리 마을에 잠시 머물다 떠난 떠돌이 사내였을 뿐이었다. 어쩌면 그는 우리가 꾸며 낸

이야기였을지도 몰랐다. 그러나 나는 저녁마다 연필을 깎다가 잠드는 버릇을 지금까지 버리지 못했다.

- 기형도, 「짚신의 시집」 전문

이 시는 동화적인 상상력으로 진정한 삶에 대한 성찰을 이야기하고 있다. 떠돌이 사내는 어른들의 눈에는 그냥 일꾼이지만 아이들의 눈에는 신비로운 마법사가 된다. 짚신 청년은 아이들에게 진정한 즐거움에 대해 이야기한다. 아이들에게 세상은 신기한 폭탄이고, 꿈꾸는 자에겐 발견의 도화선이 된다. 이는 어른들의 자물통 같은 세상과 대조된다. 그는 늘 노래를 부르는데, 우리는 그 노래를 듣지 않고 '그를 읽는다'. 사람을 책처럼 읽다니, 그것은 그 사내가 짚신이기 때문이다. 짚신 청년은 곧 시집이다. 노래하는 시인의 모습이기도 하다.

시를 읽고 꿈을 꾸던 아이들은 어른이 되면서 짚신의 노래를 잊는다. 그들은 노래하던 짚신의 모습을 노래가 아닌 이야기로 기억하는데, 그나마 꾸며 낸 이야기라고 생각한다.

화자는 그들과 조금은 달라 보인다. 그는 왜 저녁마다 연필을 깎다가 잠이 들었을까. 그렇게 깎은 연필로 무엇을 했을까. 아마도 짚신 청년에 대한 이야기를 썼을 것이다. 이렇게 해서 이 시의 마지막 부분은 시의 맨 앞과 연결된다. 이 시는 떠돌이 청년에 관한 이야기이자, 그에 대한 기억을 이야기로 쓴 시적 화자의 작품이 된다.

노래를 이야기로 기억하고, 이야기 시를 쓰는 화자의 모습은 기시감이 든다. 바로 '노래' 장에서 함께 읽었던 김광규의 시 「희미한 옛사랑의 그림자」의 화자이다. 그 시에서 화자는 노래를 잊고 이야기만 하는 사람들 속에서 그 이야기로 시를 쓰고 있었다. 기형도의 시도 그렇다. 노래를 잊고 어른이 된 사람들 속에서 아잇적 순수함을 기억하고 그 이야기를 시로 쓰는 사람, 바로 자신의 이야기를 시로 쓰는 시인의 모습이다.

잠시 마을에 다녀간 집시 청년처럼, 기형도는 짧은 생을 우리와 함께하고 사라졌다. 하지만 그는 자신을 기억하는 어떤 사람들보다 더 오랜 삶을 살게 될 것이다. 이렇게 기형도 시인은 영원한 29살 청년의 모습으로 우리 곁에 있다. 그리고 우리 중 몇몇은 여전히 저녁마다 연필을 깎다가 잠이 들 것이다.

10

영화

시를 원작으로 한 영화는 소설을 원작으로 한 영화와는 비교도 안 되게 드물다. 이러한 현상은 시를 영화로 각색할 때 다의적이고 함축적인 시 고유의 장르적 개성을 일정 부분 포기해야 하기 때문일 것이다. 그러나 이것은 다른 한편으로, 모호한 시가 영화가 되면서 서사적인 명료성을 획득하는 것으로도 해석할 수 있다. 이러한 현상은 논자에 따라서 긍정적으로도 혹은 부정적으로도 평가한다. 분명한 것은 특정 소수의 독자를 대상으로 하는 시가 불특정 다수의 관객에게 노출되면서 대중성을 확보한다는 사실이다. 시와 영화의 만남은 그 자체가 주목할 만한 현상이다.

원작이 시인 영화는 시 작품 자체를 영상으로 해석하여 옮겨 놓은 것과 시를 영화의 주된 소재로 삼는 것으로 나눈다. 전자의 대표적인 예가 장정일의 시 「요리사와 단식가」를 원작으로 한 박철수 감독의 영화 〈301/302〉(1995)와 이 영화를 리메이크한 에히디오 코치미글리오 감독의 〈섹슈얼 컴펄전〉(원제 Compulsion, 2013)이다. 후자에 속하는 영화는 황동규의 시 「즐거운 편지」를 소재로 한 이정국 감독의 영화 〈편지〉(1997)다. 굳이 구분한다면 빔 벤더슨 감독의 독일 영화 〈베를린 천사의 시〉도 후자에 분류된다. 이 영화에는 페터 한트케의 「유년기의 노래」가 천사의 목소리로 낭송된다. 이 장에서는 영화의 상징성과 함께 시의 역할도 알아본다.

이번 테마는 '영화'이지만 진짜 주제는 외로움과 기다림과 위로이다. 시와 영화에 대해 이야기를 나누며 다음의 문제를 함께 생각해 보자.

- 음식과 외로움, 혹은 억압된 심리와의 연관성
- 시의 각색에서 창의적 해석과 오독의 경계
- 천사와 인간의 특징을 '시선'을 중심으로 비교

「요리사와 단식가」와 〈301/302〉

시「요리사와 단식가」를 쓴 장정일(1962~)은 시집 『햄버거에 대한 명상』(1987)으로 김수영 문학상을 받은 이후 신선하고도 파격적인 상상력으로 시·소설·희곡 등 여러 방면에서 존재감을 드러냈다. 이 글에서 살펴볼 시는 많은 문제작 중 하나인「요리사와 단식가」이다.

이 시는 지난 장에서 다뤘던 일종의 이야기 시이다. 외로운 두 여성이 주인공이다. '외로움'이라는 말이 무려 11번이나 반복되면서 이야기가 전개된다.

1의 301호에 사는 여자는 요리사이다. 그 여자는 외롭기 때문에 요리를 하고 먹어 댄다. 2의 302호에 사는 여자는 단식가이다. 그 여자는 외롭기 때문에 단식을 하고 글을 쓴다. 그리고 3은 그 두 여성에 대한 이야기의 결말이다. 가히 충격적인데, 그보다 더 놀라운 것은 모든 것이 외로움에서 비롯되었으며, 여전히 두 여성은 외로워하고 있다는 사실이다. '외로움'이라는 시어에 유의하여 읽어 보자.

1.

301호에 사는 여자. 그녀는 요리사다. 아침마다 그녀의 주방은 슈퍼마켓에서 배달된 과일과 채소 또는 육류와 생선으로 가득 찬다. 그녀는 그것들을 굽거나 삶는다. 그녀는 외롭고, 포만한 위장만이 그녀의 외로움을 잠시잠시 잊게 해 준다. 하므로 그녀는 쉬지 않고 요리를 하거나 쉴 새 없이 먹어 대는데, 보통은 그 두 가지를 한꺼번에 한다. 오늘은 무슨 요리를 해 먹을까? 그녀의 책장은 각종 요리 사전으로 가득하고, 외로움은 늘 새로운 요리를 탐닉하게 한다. 언제나 그녀의 주방은 뭉실뭉실 연기를 내뿜고, 그녀는 방금 자신이 실험한 요리에다 멋진 이름을 지어 붙인다. 그리고 그것을 쟁반에 덜어 302호의 여자에게 끊임없이 갖다 준다.

2.

302호에 사는 여자. 그녀는 방금 301호가 건네준 음식을 비닐봉지에 싸서 버리거나 냉장고 속에서 딱딱하게 굳도록 버려둔다. 그녀는 조금이라도 먹지 않기 위해 노력한다. 그녀는 외롭고, 숨이 끊어질 듯한 허기만이 그녀의 외로움을 약간 상쇄시켜 주는 것 같다. 어떡하면 한 모금의 물마저 단식할 수 있을까? 그녀의 서가는 단식에 대한 연구서와 체험기로 가득하고, 그녀는 방바닥에 탈진한 채 드러누워 자신의 외로움에 대하여 쓰기를 즐긴다. 한 번도 채택되지 않을 원고들을 끊임없이 문예지와 신문에 투고한다.

3.

어느 날, 세상 요리를 모두 맛본 301호의 외로움은 인간 육에게까지 미친다. 그래서 바싹 마른 302호를 잡아 스플레를 해 먹는다. 물론 외로움에 지친 302호는 쾌히 301호의 재료가 된다. 그래서 두 사람의 외로움이 모두 끝난 것일까? 아직도 301호는 외롭다. 그러므로 301호의 피와 살이 된 302호도 여전히 외롭다.

- 장정일, 「요리사와 단식가」 전문

시 「요리사와 단식가」는 시라는 형식 속에 개성적인 인물과 독특한 스토리가 들어 있어 한 편의 짧은 소설을 보는 듯하다. 두 여성은 탐식과 거식으로 일견 대조되는 것처럼 보이나, 외로움이라는 공통분모를 가지고 있다. 탐식과 거식은 외로움을 표출하는 각각의 방식이다. 301호에 사는 여성의 요리하기와 302호에 사는 여성의 단식하기는 요리사가 단식가를 잡아먹는 데서 끝난다. 그러나 그들은 여전히 외롭다. 외로움이란 어떤 방법으로도 해결할 수 없다.

이 시는 전형적인 스토리텔링 시이다. 소설의 한 부분을 요약해 놓은 것 같다. 하지만 소설이라고 하기에는 매우 불친절하다. 일단 이 여자들이 어떤 사람인지 설명되어 있지 않다. 그들의 극단적인 행동은 모두 외로움에서 비롯되는데, 왜 그렇게 외로워하는지도 나와 있지 않다. 외로움은 정도의 차이만 있을 뿐 누구나 가진 정서이다. 이 여성들을 보며 나 자신을 돌아보게 되는 것도 외로움의 보편성 때문이다.

우리는 마음이 허할 때마다 무언가 그 속을 채울 음식을 찾는다. 혹은 마음이 상할 때면 아무것도 먹지 못하고 무언가 자꾸 끄적이면서 종이에 마음을 토해 내기도 한다. 우리에게는 301호 여자의 모습과 302호 여자의 모습이 공존하고 있다. 외로움이 만든 탐식과 거식의 궁극은 탐식이 거식을 잡아먹는 것이다. 그러나 그 극한의 상황에서도 외로움은 사라지지 않는다. 외로움은 인간의 힘으로는 넘어설 수 없는 불가항력의 힘처럼 보인다.

탐식과 거식

왜 하필이면 음식일까. 참 많은 사람이 음식에 감정을 투사한다. 어쩌면 우리가 가장 행복했던 최초의 기억이 무언가를 맛있게 먹었던 기억이 아니었을까. 음식을 탐하는 것은 원초적인 그 기억을 현재로 소환하는 것이다. 그런데 원초적이며 가장 행복했던 기억은, 그렇기 때문에 훼손되기도 쉽다. 행복의 훼손은 극단적인 불행을 불러일으켜 음식에 대한 과도한 집착 혹은 거부로 발현될 수 있다. 특히 음식이 성적인 상징성과 결합하면 성에 대한 탐닉 혹은 혐오로 전이될 수 있다. 이러한 상상력으로 시를 해석해서 영상화시킨 것이 영화 〈301/302〉이다.

영화 〈301/302〉는 음식과 성을 소재로 한 이른바 '컬트영화'다. 박철수 감독, 방은진 · 황신혜 주연으로 1995년 청룡 영화제 여우주연상, 각본상, 춘사영화제 여우주연상, 영화평론가상 여우주연상을 수상하는 등 작품성을 인정받았다.

시를 원작으로 한 몇 안 되는 영화 중의 하나인 이 영화는 원작 시를 충실하게 영상화시켰을 뿐만 아니라 요리사와 단식가의 과거를 되짚어, 그 여자들의 비정상적인, 음식에 대한 집착과 거부의 원인을 밝힌다. 시가 현재 시제로 두 여성의 행동을 보여 주고 있다면, 영화는 회상의 기법으로 현재와 과거의 모습을 교차시켜 재현한다.

영화는 두 여자아이의 독백으로 시작한다. 주인공 여성들의 어린 시절 모습이다. 한 어린아이는 일하는 엄마 밑에서 자랐다. 냉장고에 가득 찬 차가운 음식이 싫어서 어릴 때부터 스스로 음식을 만들었다. 다른 아이는 정육점 집 딸이다. 고깃덩어리에 둘러싸여 성장했지만 정작 그가 좋아하는 것은 '노란 오렌지 주스'다. 두 아이는 음식을 통해 마음속에 잠재된 이야기를 하고 있다. 성장해서 누가 요리사가 되고 누가 단식가가 될지 어렵지 않게 짐작할 수 있다.

윤희

윤희는 작가 지망생이다. 새희망바이오 아파트 302호에 살고 있다. 책으로 가득 찬 서재가 인상적이다.

그 여자는 바싹 말랐다. 신경성 식욕부진증에 시달리며 음식을 먹지 못한다. 영화에서 정신과 의사의 진단에 따르면, 신경성 식욕부진증이란 음식에다가 사랑이라든지 섹스를 결부시키는 병이다. 사랑을 운반하는 도구가 음식이라는 것이다.

신경성 식욕부진증에 걸린 것은 정육점을 하는 의붓아버지에게 성폭행을 당했기 때문이다. 그래서 자신의 몸이 더럽다고 생각한다. 음식을 거부할 뿐만 아니라, 이미 받아들인 음식마저 토해 냄으로써 자신을 깨끗하게 비우고자 한다.

윤희가 책으로 둘러싸인 서재에서 말라가는 것은 자신의 여성성에 대한 환멸과 그 반작용으로서 정신세계에 대한 동경을 상징한다. 물론 그 밑바닥에는 성폭행당했던 고깃덩어리 가득한 정육점과 의붓아버지에 대한 증오와 두려움이 잠재돼 있다. 윤희의 단식은 바로 이 고깃덩어리로서의 자신의 육체성을 거부하는 것이다.

조용한 아파트에서 적어도 겉으로는 평온하게 글을 쓰며 살고 있던 윤희의 일상이 흔들리기 시작한다. 바로 앞집에 이사 온 301호 여성이 끊임없이 음식을 가져오기 때문이다. 윤희에게 음식을 날라다 주는 301호 여성의 정체는 무엇일까.

송희

송희는 원래 요리하기를 무척 즐기고, 남편과의 관계에서 가장 큰 만족감을 느끼던 여성이었다. 송희는 신혼 시절 자신이 만든 요리를 맛있게 먹는 남편에게 어떠냐고 묻고, 최고라는 남편의 대답이 끝나기가 무섭게 다시 묻는다. "난 어때?" 요리를 먹던 식탁은 곧바로 성행위의 공간이 된다.

남편이 송희가 만든 음식에 싫증을 내는 것과 그 여자를 외면하는 것은 동시에 일어난다. 남편이 요리를 거절할 때마다 송희는 자신이 거절당했다고 생각하고, 실제로 남편은 그를 거부한다. 송희는 남편을 위해 만든 요리를 혼자서 다 먹어 치운다. 그뿐만 아니라 쉴 새 없이 음식을 만들고 허전한 속을 채우려는 듯 마구 먹어 댄다.

송희는 비대해진다. 끊임없이 음식을 먹어 댄 결과이다. 그만큼 외로웠다. 남편의 외도를 안 송이는 앙갚음으로 그가 아끼는 반려견을 요리해 먹이고 이혼당한다. 이혼 조정위원회에서 송이가 한 말 "사랑 대신 얼마나 많은 음식을 먹어 치워야 했는지, 관심 대신 얼마나 많은 생크림 케이크를 먹어야 했는지, 그리고 그 외로움을 왜 탄수화물로밖에 바꿀 수 없었는지…"는 그 여자 역시 음식을 사랑을 대체하는 도구로 여겼음을 알 수 있다. 그랬기에 송희는 자신이 만든 음식을 윤희가 그대로 버렸다는 사실을 알고 상처받고, 분노하고, 그리고 윤희에게 억지로 음식을 먹이려 한다.

음식을 두고 벌이던 갈등 끝에 송희와 윤희는 서로의 과거를 알게 되고 외로운 윤희는 기꺼이 외로운 송희의 음식 재료가 된다.

시적 이미지의 영상적 해석

영화 〈301/302〉는 요리를 소재로 한 영화답게 음식과 관련된 영상이 많이 등장한다. 송희가 장 볼 때 시장과 마트에서 클로즈업되는 다양한 음식 재료와 그것들을 조리할 때의 능숙한 손놀림, 완성된 요리의 모습은 관객에게 보는 즐거움을 선사한다.

또한 이 영화는 요리사와 단식가라는 두 여성의 특별한 개성을 시각적인 대비를 통해 효과적으로 전달한다. 301호 송희는 비만하며, 302호 윤희는 바싹 말랐다. 의상도 원색의 화려함과 검은색의 절제됨으로 각각 대비된다.

마주 보고 있는 두 집도 다르다. 송희는 이사 오면서 301호 전체를 주방으로 개조하여 원색의 싱크대와 색색의 그릇, 번쩍이는 조리 기구로 가득 채워 넣었다. 302호는 책으로 둘러싸인 서재다. 소박한 나무 책상에는 컴퓨터와 종이, 펜 같은 최소한의 집필 도구만 있다. 장식품은 무채색 그림, 윤희처럼 바싹 마른 자코메티 풍의 조소 작품과 선인장 화분 하나가 전부다. 송희가 요리할 때 윤희는 글을 쓴다. 301호가 육신의 양식을 만드는 공간이라면, 302호는 정신의 양식을 구하는 공간이다.

영화 〈301/302〉는 탐식과 거식이라는 원작의 시적 이미지를 풍부한 영상으로 재해석해 직접적으로 보여 줄 뿐만 아니라, 시에서 말하는 외로움의 실체를 추적함으로써 독자들의 이해를 돕고 있다. 그러나 이 과정에서 인간의 외로움 그 자체에 주목하였던 원작 시의 의미는 외로움을 초래한 가해자로서의 남성과 피해자로서의 여성의 대결 구도로 단순화되었다. 또한 송희에게 잡아먹힌 윤희가 환영으로 나타나 만족스럽게 음식을 먹고 있는 이 영화의 마지막 장면은, 외로움이란 어떤 방법으로도 해결할 수 없다는 원작의 의미를 성급한 화해로 마무리한 것으로 시의 여운을 영상과 서사로 해석하는 데 한계를 보여 주었다. 그러나 이러한 문제점에도 불구하고 박철수 감독의 〈301/302〉는 시를 원작으로 한 영화의 가능성을 열었다는 데 큰 의의가 있는 작품이다.

섹슈얼 컴펄전

영화 〈301/302〉는 2013년 에히디오 코치미글리오 감독에 의해 리메이크되었다. 우리나라 개봉 제목은 〈섹슈얼 컴펄전〉. 헤더 그레이엄과 캐리 앤 모스 주연의 캐나다 영화이다. '섹슈얼 컴펄전'이라는 제목 그대로 탐식과 거식으로 표현되는 두 여성의 성적 강박증을 그렸다. 요리사 에이미는 텔레비전 요리 프로그램의 진행자로 성공을 꿈꾸는 여성이다. 포스터에서 그 여자가 들고 있는 칼에는 단식가 사프란이 비쳐 보인다. 이 영화에서도 요리사는 단식가를 잡아먹는다.

사프란은 아역배우 출신으로 한때는 유명했으나 현재는 한물간 배우다. 글을 쓰며 근근이 생활하는데, 이웃집에 이사 온 에이미는 사프란에게 음식을 가져다주기 시작한다. 사프란에 대한 에이미의 집착은 스토킹하고 음식을 억지로 먹이는 등 날로 심해진다. 그러나 사프란이 어린 시절 영화감독에게 성폭행당한 경험이 있다는 것을 알고, 음식을 사이에 두고 갈등하던 두 여성은 '남성에게 상처받았다'라는 공통점으로 화해하고 서로 의지한다. 여기서 동성애적인 코드가 추가된다.

영화 〈섹슈얼 컴펄전〉은 영화 〈301/302〉와 같이 현재에서 과거를 회상하는 기법으로 전개되며, 탐식과 거식으로 표현된 두 여성의 외로움의 근원을 추적한다. 다만 송희가 윤희를 살해하고 잡아먹었음을 분명히 하는 〈301/302〉와는 다르게 이 영화는 피로 얼룩진 수건과 시퍼렇게 빛나는 칼, 그리고 형사의 놀란 표정을 차례로 보여 줌으로써 '에이미가 사프란을 죽였고 어쩌면 요리했을 수도 있다.'라고 암시하는 선에서 마무리된다. 한마디로 〈섹슈얼 컴펄전〉의 영상은 〈301/302〉보다 화려하고 자극적이지만, 충격은 덜하다. 푸드 포르노, 혹은 먹방을 보는 것처럼 상대적으로 가벼운 마음으로 감상할 수도 있으나, 그만큼 원작 시에서 멀어지고 있음은 부인할 수 없다.

「즐거운 편지」와 〈편지〉

시가 영화의 주된 소재가 된 예로는 영화 〈편지〉 속의 시 「즐거운 편지」를 들 수 있다. 앞에서는 시가 영화와 만나 서사를 획득하고 동시에 많은 관객에게 폭넓게 다가설 수 있었던 비교적 긍정적인 예를 살펴보았다. 그러나 시 「즐거운 편지」는 〈편지〉의 상업적 성공으로 대중에게 널리 알려졌으나 아쉽게도 영화 속 많은 장면이 왜곡된 시 해석을 유도한다. 시의 의미가 영화에서 어떻게 변형되었는지 살펴보자.

짝사랑의 시

「즐거운 편지」를 쓴 황동규(1938~)는 1958년 『현대문학』에 시 「시월」, 「동백나무」, 그리고 「즐거운 편지」가 서정주의 추천을 받아 등단했다. 시집으로는 『어떤 개인날』, 『비가』, 『열하일기』 등이 있다. 그의 데뷔작 「즐거운 편지」는 연애 시의 고전으로 많은 사랑을 받고 있다.

> 1.
> 내 그대를 생각함은 항상 그대가 앉아 있는 배경에서 해가 지고 바람이 부는 일처럼 사소한 일일 것이나 언젠가 그대가 한없이 괴로움 속을 헤매일 때에 오랫동안 전해 오던 그 사소함으로 그대를 불러보리라.

> 2.
> 진실로 진실로 내가 그대를 생각하는 까닭은 내 나의 사랑을 한없이 잇닿은 그 기다림으로 바꾸어 버린 데 있었다. 밤이 들면서 골

짜기엔 눈이 퍼붓기 시작했다. 내 사랑도 어디쯤에선 반드시 그칠 것을 믿는다. 다만 그때 내 기다림의 자세를 생각하는 것뿐이다. 그 동안에 눈이 그치고 꽃이 피어나고 낙엽이 떨어지고 또 눈이 퍼붓고 할 것을 믿는다.

- 황동규, 「즐거운 편지」 전문

인용 시는 짝사랑하는 연인을 향한 마음을 퍼붓는 눈에 비유한, 함박눈과도 같이 순결하고 서늘한 열정을 노래한 시다. 기다림의 자세 또한 고뇌의 시간을 견디는 지순함을 나타낸다. 화자는 그대를 향한 고뇌와 열정이 언젠가는 반드시 그칠 것을 알고 있지만, 그때까지 그의 등 뒤에서 한결같은 마음으로 기꺼이 기다리겠다고 한다. 짝사랑은 외롭고 쓸쓸하다. 그러나 그렇게 지순한 사랑을 바치며 마냥 기다릴 수 있는 것만으로도 행복하다. 시인이 시 제목을 '쓸쓸한 편지'가 아닌 '즐거운 편지'로 쓴 이유일 것이다.

실제로 이 시는 황동규 시인이 고등학교 3학년인 18세 때, 연상의 여성을 사모하는 애틋한 마음을 표현한 작품이다. 그는 한 신문과의 인터뷰에서 이렇게 말했다. "고3 때 짝사랑했던 연상의 여대생에게 전해 준 시였고, 쓰다 보니 영원한 사랑은 존재하지도 않고 바랄 수도 없다는 것이 됐다."고 한다. 그리고 사랑도 선택이고, 중간에 그칠 수도 있고, 그럼에도 온몸을 바쳐 사랑할 수밖에 없음을 말한다. 이 시가 짝사랑의 지순함을 노래한 것임을 시인 스스로 밝힌 셈이다.

「즐거운 편지」는 고등학교 졸업할 때 교지에 실렸던 것입니다. 완성도에서 만족스러웠지요. 그러니 글자 한 자 덧붙이지 않고 나중에 이 작품으로 『현대문학』 추천(1958)까지 받아 등장했지요. (…) 고3 때 짝사랑했던 연상의 여대생에게 전해 준 시였으니, 완전히 고3의 시라고는 볼 수 없죠. 처음에는 김소월과 한용운 유의 연애 시를 쓰려고 했어요. 그런데 쓰다 보니, 영원한 사랑은 존재하지도 않고 바랄 수도 없다는 것이 됐어요.

"진실로 진실로 내가 그대를 사랑하는 까닭은 내 나의 사랑을 한없이 잇닿은 그 기다림으로 바꾸어 버린 데 있었다. 밤이 들면서 골짜기엔 눈이 퍼붓기 시작했다. 내 사랑도 어디쯤에선 반드시 그칠 것을 믿는다"는 구절처럼. 사랑도 선택이고, 중간에 그칠 수도 있고, 그럼에도 온몸을 바쳐 사랑할 수밖에 없다는 것이죠. 어쩌면 우리나라 최초의 현대적인 연애 시일지 모르죠.

– 황동규, 대담 「등단 50년…황동규 시인」에서, 『조선일보』, 2008. 1. 12~13.

아내에게 보내는 편지

「즐거운 편지」를 소재로 한 영화 〈편지〉는 남자 주인공이 불치의 병으로 죽는 이른바 최루성 멜로영화다. 이정국 감독. 최진실·박신양 주연. 제34회 백상예술대상 인기상(박신양), 제18회 영평상 신인남우상(박신양), 제21회 황금촬영상 동상(박경원), 인기 배우상(박신양), 제19회 청룡영화상 최고흥행상(신씨네), 인기스타상(박신양·최진실) 등을 수상하였다. 주연을 맡았던 배우들의 인기에 힘입어 1997년 당시 서울 관객 72만 명을 동원한 흥행작이다. 2004년에는 태국의 파온 찬드라시리 감독이 〈더 레터(The Letter)〉라는 제목으로 리메이크했다. 이 영화는 같은 해 부산국제영화제를 통해 국내에도 소개되었다.

영화 〈편지〉의 줄거리는 단순하다. 청평의 한 수목원 연구원인 조환유는 매일 아침 기차를 타고 춘천으로 등교하는 국문과 대학원생 이정인 짝사랑하고, 둘은 결혼한다. 수목원의 그림 같은 집에서 신혼 생활을 하는 두 사람. 정인은 환유에게 생일 선물로 편지를 써 달라고 하고 환유는 편지를 쓰는 대신 황동규의 시 「즐거운 편지」를 읽어 준다. 국문과에서 시를 전공하는 대학원생 정인이 그 유명한 황동규의 시 「즐거운 편지」를 마치 처음 들은 것처럼 행동하는 것은 개연성이 떨어지지만, 한창때 최진실의 청순한 모습과 풋풋한 박신양의 모습을 보는 것만으로도 즐거운 장면이다.

영화의 분위기는 환유가 악성 뇌종양이었음이 드러나면서 급격하게 침울해진다. 투병 끝에 그는 정인이 읽어 주는 시 「즐거운 편지」를 들으며 숨을 거둔다.

남편이 죽은 뒤 정인은 그 뒤를 따르려 하지만, 환유의 편지가 한 통씩 배달되기 시작하면서 그 편지를 기다리며 하루하루 생명을 연장한다. 그리고 임신 사실을 알게 된다. 정인은 비로소 자신을 위하여 편지를 미리 써 놓은 환유의 깊은 뜻을 깨닫는다.

의도된 오독

영화에서 시 「즐거운 편지」는 주인공인 정인과 환유가 가장 행복할 때와 가장 불행할 때, 한 번은 남편에 의하여 장난스럽게, 한 번은 아내에 의하여 비장하게 낭송되었다. 황동규의 시는 두 사람의 지고지순한 사랑을 상징하는 역할을 하며, 죽음을 준비하는 환유가 혼자 남을 정인을 위하여 매일매일 실제로 편지를 쓰게 되는 것에 대한 복선이다. 즉, 이 영화에서 황동규의 「즐거운 편지」는 환유의 실제 편지와 겹치면서 병든 남편이 아내에게 보내는, 혹은 임종을 앞둔 남편에게 아내가 마지막으로 전하는 애절한 마음을 대변한다.

특히 정인이 환유의 임종을 지키며 시를 읽어 줄 때, "밤이 들면서 골짜기엔 눈이 퍼붓기 시작했다. 내 사랑도 어디쯤에선 반드시 그칠 것을 믿는다."라는 대목에서 환유가 숨을 거두는 장면은 이 시가 마치 영화 속 주인공들의 운명을 그대로 그린 것 같은 느낌을 유발한다. 물론 이런 것은 영화를 만든 감독의 의도된 연출이다. 이 시가 지고지순한 연시임은 분명하지만, 신혼부부의 사랑 노래로 해석하기는 분명 무리가 있으며, 죽음을 예감하는 유언 시는 더더욱 아니다.

　한 편의 시를 영화 안에 삽입할 때는 신중하여야 한다. 영화의 관객들은 시 자체의 의미보다는 영화의 전반적인 맥락 안에서 제한적으로 시를 이해한다. 이렇게 되면 영화에 삽입된 시는 본래의 의미를 떠나 영화의 소품으로 전락한다. 문학작품을 영화로 만들 때는 원작의 의미를 왜곡하거나 훼손시키지 않는, 보다 세심한 배려가 필요하다. 창의적 해석과 의도된 오독은 다른 차원의 문제이기 때문이다.

「유년기의 노래」와 〈베를린 천사의 시〉

페터 한트케(1942~)는 오스트리아 출생의 독일어권 시인이자 극작가, 소설가다. 문학의 정치화를 주장했으며, 대표작으로는 〈관객모독〉이 있다. 2019년 노벨문학상을 수상했다. 페터 한트케는 빔 벤더스 감독의 영화 〈베를린 천사의 시〉의 시나리오를 공동 집필했다. 영화에는 그의 시 「유년기의 노래」가 곳곳에 삽입되어 있다.

> 아이가 아이였을 때
> 팔을 휘저으며 다녔다
> 시냇물은 하천이 되고

하천은 강이 되고
강도 바다가 된다고 생각했다

아이가 아이였을 때
자신이 아이라는 걸 모르고
완벽한 인생을 살고 있다고 생각했다

아이가 아이였을 때
세상에 대한 주관도, 습관도 없었다
책상다리를 하기도 하고 뛰어다니기도 하고,
머리가 엉망이었고
사진 찍을 때도 억지 표정을 짓지 않았다

아이가 아이였을 때
질문의 연속이었다
왜 나는 나이고 네가 아닐까?
왜 난 여기에 있고
저기에는 없을까?
시간은 언제 시작되었고
우주의 끝은 어디일까?
태양 아래 살고 있는 것이 내가 보고 듣는 모든 것이
모였다 흩어지는 구름 조각은 아닐까?
악마는 존재하는지, 악마인 사람이 정말 있는 것인지,
내가 내가 되기 전에는 대체 무엇이었을까?
지금의 나는 어떻게 나일까?
과거엔 존재하지 않았고 미래에도 존재하지 않는

다만 나일 뿐인데 그것이 나일 수 있을까.

아이가 아이였을 때
시금치와 콩, 양배추를 억지로 삼켰다
그리고 지금은 아무렇지도 않게 모든 것을 잘 먹는다

아이가 아이였을 때
낯선 침대에서 잠을 깼다
그리고 지금은 항상 그렇다
옛날에는 인간이 아름답게 보였지만
지금은 그렇지가 않다
옛날에는 천국이 확실하게 보였지만

지금은 상상만 한다
허무 따위는 생각 안 했지만
지금은 허무에 눌려 있다

아이가 아이였을 때
아이는 놀이에 열중했다
하지만 지금에 와서 열중하는 것은 일에 쫓길 뿐이다

아이가 아이였을 때
사과와 빵만 먹고도 충분했다
지금도 마찬가지다

아이가 아이였을 때

딸기만 손에 꼭 쥐었다 지금도 그렇다
덜 익은 호두를 먹으면 떨떠름했는데 지금도 그렇다
산에 오를 땐 더 높은 산을 동경했고
도시에 갈 때는 더 큰 도시를 동경했는데 지금도 역시 그렇다
버찌를 따러 높은 나무에 오르면 기분이 좋았는데 지금도 그렇다
어릴 땐 낯을 가렸는데 지금도 그렇다
항상 첫눈을 기다렸는데 지금도 그렇다

아이가 아이였을 때
막대기를 창 삼아서 나무에 던지곤 했는데
창은 아직도 꽂혀 있다

— 페터 한트케, 「유년기의 노래」 전문

영화에서는 천사 다미엘로 분한 브르노 간츠가 노래하듯이 시를 낭송한다. 천사의 마음과 아이의 마음이 다르지 않다는 것을 암시한다.

다미엘

영화의 원제목은 '베를린의 하늘(Der Himmel üeber Berlin)'이다. 1993년 빔 벤더스가 감독하고 브르노 간츠, 오토 샌더, 솔베이그 도르마틴이 주연한 독일 영화다. '베를린의 하늘'은 영어권에서는 '욕망의 날개(Wings of Desire)'로 번역되었다. '베를린의 하늘'이나 '욕망의 날개'보다는 우리나라의 개봉 제목인 '베를린 천사의 시'가 영화의 분위기를 훨씬 잘 전달한다.
　내용은 인간이 되고 싶은 천사 다미엘의 이야기와 〈형사 콜롬보〉라

는 드라마를 찍고 있는 배우 피터 포크의 이야기가 겹쳐지면서 독일의 당시 모습과 과거의 역사가 교차한다. 하지만 줄거리를 따라 이 영화를 보면 지루하다. 천사들이 보는 세상 풍경을 소소한 에피소드 중심으로 이어 붙인 이 영화는 스토리가 정말 느리게 전개된다. 그냥 장면 그 자체에 의미를 두고 감상하는 편이 나을 것이다. 그러면 페터 한트케의 시를 읊는 주인공 천사 다미엘을 중심으로 영화를 살펴보자.

영화의 오프닝은 아름다운 글씨체로 페터 한트케의 「유년기의 노래」를 필사하는 장면으로 시작한다. 다미엘의 시 낭송도 시작된다. 이 영화에서 천사와 가장 가까운 것은 어린아이로 나온다. 어린아이만 천사를 알아볼 수 있다. 이어서 흑백 화면으로 베를린 시내 풍경이 펼쳐지는데, 그것은 천사의 눈으로 본 것이다. 영원을 사는 천사는 존재하지만 존재하지 않는 것이나 다름없으며 감각 또한 없다. 그것을 흑백으로 세상을 인식하는 것으로 표현했다. 이후 천사가 사람이 되면서 세상은 총천연색으로 바뀐다.

천사의 시선

베를린 주재 천사인 다미엘은 전승 기념탑에서 시내 곳곳을 내려다본다. 저녁이면 동료 천사인 카시엘과 만나 그날 있었던 일을 서로 이야기한다. 카시엘이 사건을 있는 그대로 기록하고 사실만 전달하는 것에 비해, 다미엘은 자신의 느낌과 상상, 그리고 미래의 소망까지 이야기한다. 카시엘이 역사가라면 다미엘은 시인인 셈이다.

다미엘은 영원을 사는 천사가 지루하다고 생각한다. 그는 순간을 살아도 인간이 되고 싶다고 말한다. 그런데 인간이 돼서 하고 싶은 것이 참 소소한 것들이다. 다미엘의 말이다.

다미엘: 영원히 살면서 천사로 순수하게 산다는 건 참 멋진 일이야. 하지만 가끔 싫증을 느끼지. 영원한 시간 속을 떠다니느니 나의 중요함을 느끼고 싶어. 내 무게를 느끼고 현재를 느끼고 싶어. 불어오는 바람을 느끼며 '지금'이란 말을 하고 싶어. 지금, 바로 지금. 더이상 '영원'이란 말은 싫어. 카페의 빈자리에 앉아 사람들에게 인사받고 싶어. 고개만 끄덕일지라도. 지금까지의 모든 것은 그저 환상일 뿐이야. 어떤 녀석과 싸운 것도 환상이고 물고기를 잡는 것도 환상이고 테이블에서 술을 마시거나 음식을 먹는 것도 환상이야. 황야에서 양고기를 구워 먹고 포도주를 마신 것도 다 환상이지. 아이를 낳거나 나무를 기를 순 없지만, 난 그러고 싶어. 힘든 일과 후 집에 와서 고양이에게 먹이도 주고 싶고. 아파 봤으면 좋겠어. 손때가 묻게 신문도 읽고. 정신적인 것만이 아닌 육체적인 쾌락도 느끼고 싶어. 목선이나 귀에 흥분해 보고도 싶고. 때론 거짓말도 하고. 걸을 때 움직이는 뼈를 느끼고 전능하지 않아도 좋으니 예감이란 것도 느껴 보고. '네'나 '아멘' 대신 '오!', '아!'라고 외치고 싶어.

- 영화 〈베를린 천사의 시〉에서

도서관

도서관 장면은 필자가 가장 좋아하는 부분이다. 베를린 시립도서관에는 천사들이 많이 모여 있다. 열심히 공부하는 사람들 곁에는 천사가 하나씩 있다. 영화에서 도서관은 천사들의 집으로 나오는데, 왜 하필이면 도서관일까.

도서관은 세상의 진리를 모아 놓은 곳이다. 진리는 절대 선이며 영원하다. 천사 속성과 같다. 진리가 인격화된 것이 천사다. 그래서 천사들은 도서관에 모여 있다.

도서관은 조용한 공간이다. 그러나 천사들은 책을 읽는 인간 내면의 소리를 들을 수 있으므로 도서관이야말로 진리의 소리를 들을 수 있는 곳이다. 거대한 오케스트라의 선율과 아름다운 합창이 장엄하게 울려 퍼지는 공간이다.

천사를 만나고 싶으면 도서관에 가 보자. 우리 동네 도서관에는 어떤 천사가 살고 있을까. 바로 앞에 앉은 이가 혹시 천사가 아닐까. 천사는 천사의 눈에만 보인다.

공감과 위로

천사는 절망에 빠진 사람을 위로한다. 천사는 인간을 지켜볼 뿐 인간의 일에는 개입할 수 없다. 영화에서 극중극으로 보이는 독일의 불행한 역사 현장에서도 천사는 그저 가슴 아파하며 바라볼 뿐이다. 그런데 단 하나, 천사가 할 수 있는 게 있다. 공감과 위로다.

다미엘은 자동차 사고로 고통스러워하는 남성 곁에서 그의 곁을 지키며 함께 구조를 기다린다. 지하철에서는 승객의 속마음을 듣고 절망에 빠진 사람의 어깨를 감싼다. 필자가 두 번째로 좋아하는 장면이다. 연속해서 나오는 서커스단 소녀 마리온 역시 아무렇지도 않게 웃고 있지만, 꿈이 좌절되는 아픔을 겪고 있다. 천사가 이들에게 전하는 공감과 위로의 힘은 시, 나아가 예술이 가지고 있는 힘과도 같다.

마리온

마리온은 척박한 현실에서 비상의 꿈을 지니고 있다. 낮에는 웨이트리스지만, 밤에는 천사의 분장을 하고 하늘로 날아오르는 곡예를 한다. 하늘에서 지상으로 내려오고 싶어 하는 진짜 천사 다미엘과는 정반대다. 그 여자는 서커스 일을 좋아하지만 공연 전에는 당연히 불안과 두려움을 느낀다. 불안과 두려움은 생명을 가진 인간만이 느낄 수 있다. 다미엘은 마리온의 불안한 속마음을 들으며 그를 위로하지만, 한편으로는 그럴 수 있는 그 여자를 부러워한다. 꿈을 성취하고자 하는 자만이 불안하고 두려울 수 있다.

다미엘은 이 여성을 천사가 아닌 인간으로서 사랑하고 싶어진다. 진작 천사 일에 싫증을 느끼고 있었던 다미엘에게 마리온과의 만남은 그가 인간이 될 결정적인 계기가 된다.

전직 천사

여기에 또 한 사람이 나타난다. 바로 전직 천사인 피터 포크다. 그도 천사에서 인간이 되었는데, 전직 천사답게 인간이 되어서 좋은 점을 자랑한다. 그런데 그것 역시 참 소소한 것이다. 추운 날 손을 비비며 따뜻한 커피를 마시는 것. 이런 소소한 기쁨이 영원을 사는 것보다 좋다고 한다. 일상의 작은 행복이 얼마나 소중한 것인지 다시 한번 느껴진다. 여기서 흥미로운 것은 세상에는 전직 천사가 생각보다 많다는 감독의 관점이다.

영화의 끝에는 모든 전직 천사에게 바친다는 감독이 헌사가 나온다. 여러분 주위에도 어쩌면 전직 천사가 있을지도 모른다. 한번 여유를 갖고 주위를 둘러보기 바란다.

시티 오브 엔젤

인간이 된 다미엘은 운명적으로 마리온을 만나 사랑에 빠진다. 그리고 "나는 세상의 모든 천사가 하지 못한 것을 했다."라고 말한다.

이 영화에서 다미엘과 마리온의 사랑은 중요하지만, 그게 전부는 아니다. 그런데 할리우드에서는 이들의 사랑 이야기에만 초점을 맞춰 영화를 리메이크했다. 바로 〈시티 오브 엔젤〉(1998)이다. 아무리 좋은 부분이라도, 그것이 전체가 되면 부분으로서의 감동조차 사라질 수 있다는 교훈을 보여 주는 영화다. 한마디로 싱겁지만, 색다른 로맨틱 영화를 보고 싶다면 독일 천사와 미국 천사를 비교하며 보아도 좋겠다.

시는 그냥 읽어도 좋고, 영화로 보아도 좋다. 바쁜 일상, 도서관에서, 강의실에서, 그리고 전철에서 여러분의 천사를 만나기 바란다.

참고문헌

1. 기본 자료

공진호 편,『슬픔에게 언어를 주자』, 아르테, 2006.

기형도,『입속의 검은 잎』, 문학과지성사, 1989.

김재용 편,『임화 문학예술전집 1 · 시』, 소명출판, 2009

김학동 편,『정지용 전집 1 · 시』, 민음사, 1998.

김학동 편,『김광균 전집』, 국학자료원, 2002.

김현승기념사업회 편,『다형 김현승 전집』, 한림, 2012.

박완서,『나의 가장 나종 지니인 것』, 문학동네, 2006.

서정주,『미당 시전집』, 민음사, 1994.

왕신영 편,『윤동주 자필 시고전집』, 민음사, 1999.

윤동주,『하늘과 바람과 별과 시』, 정음사, 1994.

윤영천 편,『이용악 시전집(증보판)』, 창작과 비평사, 1995.

이동순 편,『백석 시전집』, 창작과비평사, 1987.

이승훈 편,『이상 문학전집 1 · 시』, 문학사상사, 1989.

이용악,『리용악 시선집』, 조선작가동맹출판사, 1957.

전봉건,『돌』, 현대문학사, 1984.

최인호,『사랑의 기쁨』, 여백, 1997.

허윤회 편,『원본 김영랑 시집』, 깊은샘, 2007.

2. 논문 및 단행본

고형진, 『백석 시를 읽는다는 것』, 문학동네, 2013.

김용직, 『임화 문학 연구』, 새미, 1999.

김우창 외, 『미당 연구』, 민음사, 1994.

김유중, 『김광균』, 건국대학교 출판부, 2000.

김윤식, 『한국근대문학사상사』, 한길사, 1984.

김윤식, 『이상 연구』, 문학사상사, 1987.

김윤식, 『임화 연구』, 문학사상사, 1989.

김은자, 『현대시의 공간과 구조』, 문학과 비평사, 1988.

김은자 편저, 『정지용』, 새미, 1996.

김은자, 『일 포스티노와 빈대떡』, 고려대학교 출판부, 2009.

김인섭, 『김현승 시 논평집』, 숭실대학교 출판부, 2007.

김재홍, 『한국현대시인연구』, 일지사, 1986.

김재홍, 『한국현대시인 연구 2』, 일지사, 2007.

김주연, 『나의 칼은 나의 작품』, 민음사, 1975.

김준오, 『시론』, 삼지원, 1982.

김학동, 『정지용 연구』, 민음사, 1987

김학동 외, 『김광균 연구』, 국학자료원, 2002.

김학동 외, 『서정주 연구』, 새문사, 2005.

김현, 『바슐라르 연구』, 민음사, 1976.

김현자 외, 『한국 여성시학』, 깊은샘, 1997.

김현자, 『아청빛 길의 시학』, 소명출판, 2005.

김현자, 『현대시의 서정과 수사』, 민음사, 2009.

김화영, 『미당 서정주 시에 대하여』, 민음사, 1984.

류양선 외, 『윤동주 시인을 기리며』, 창작산맥사, 2017.

바슐라르, 『공간의 시학』, 곽광수 역, 민음사, 1990.

박덕규 외, 『한국대표시집 50권』, 문학세계사, 2013.

박민영, 『현대시의 상상력과 동일성』, 태학사, 2003.

박민영, 『현대시 산책』, 태학사, 2008.

박민영, 『시인, 영화관에 가다』, 태학사, 2010.

박민영, 『탄탈로스의 시학』, 태학사, 2017.

박철희 편, 『서정주』, 서강대학교 출판부, 1995.

박호영, 『몽상 속의 산책을 위한 시학』, 푸른사상사, 2002.

박호영, 『무명화를 위한 변명』, 국학자료원, 2008.

사나다 히로꼬(眞田博子), 『최초의 모더니스트 정지용』, 역락, 2002.

서준섭, 『한국 모더니즘 문학연구』, 일지사, 1999.

송우혜, 『윤동주 평전(증보판)』, 서정시학, 2014.

송희복, 『윤동주를 위한 강의록』, 글과마음, 2018.

송희복, 『불꽃 같은 서정시』, 글과마음, 2019.

숭실어문학회 편, 『다형 김현승 연구』, 보고사, 1996.

오오무라 마스오(大村益夫), 『윤동주와 한국문학』, 소명출판, 2001.

오정국, 『시의 탄생, 설화의 재생』, 청동거울, 2002.

오탁번, 『한국현대시사의 대위적 구조』, 고려대학교 민족문화연구소, 1988.

오탁번, 『현대시의 이해』, 나남출판사, 1998.

이남호, 『서정주의 『화사집』을 읽는다』, 열림원, 2003.

이부영, 『그림자』, 한길사, 1999.

이부영, 『자기와 자기실현』, 한길사, 2002.

이숭원, 『백석을 만나다』, 태학사, 2008.

이숭원, 『백석 시의 심층적 탐구』, 태학사, 2009.

이숭원, 『미당과의 만남』, 태학사, 2013.

이승하 외, 『새로 쓴 시론』, 소명출판, 2019.

이어령, 『시 다시 읽기』, 문학사상사, 1997.

이어령, 『이어령의 삼국유사 이야기』, 서정시학, 2006.

이어령, 『언어로 세운 집』, 아르테, 문학사상사, 2008.

이화현대시 연구회, 『행복한 시인의 사회』, 소명출판, 2004.

이화현대시 연구회, 『이제 희망을 노래하련다』, 소명출판, 2009.

정재찬, 『시를 잊은 그대에게』, 휴머니스트, 2015.

칸딘스키, 『예술에 있어서 정신적인 것에 대하여』, 권영필 역, 열화당, 1979.

칼 구스타브 융, 『인간과 상징』, 이윤기 역, 열린책들, 1996.

한영옥, 『한국 현대 이미지스트 시인 연구』, 푸른사상, 2010.

현대시학회 편, 『한국 서술시의 시학』, 태학사, 1998.